KB121083

뮤즈

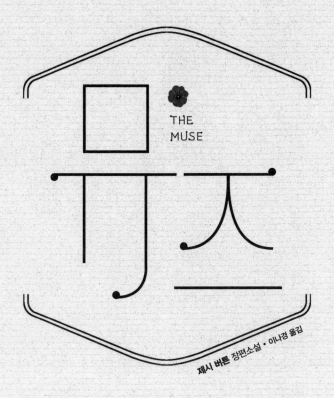

THE
MUSE

뮤즈

제시 버튼 장편소설 • 이나경 옮김

비채

앨리스와 티즐, 핍에게

다시는 그 어떤 이야기도
그것이 유일한 이야기라는 양
전해지는 일은 없을 것이다.

　　　—존 버거

한국의 독자 여러분께,

먼저 《뮤즈》를 선택해주셔서 감사드립니다. 한국의 독자 여러분
과 만나게 되어 대단히 기쁩니다. 부디 즐겁게 읽어주시기를 진심
으로 바랍니다. 제게 《뮤즈》는 여성의 창조성과 자기 본연의 자리
를 찾는 과정, 우정과 비밀뿐만 아니라 그 비밀을 지키는 데에서
오는 파멸을 담아내려는 시도였습니다. 이 책을 쓸 때 상당히 다양
한 것에서 영감을 받았는데, 크게는 전쟁과 사랑, 예술, 식민주의
등이었습니다.

저는 정교하게 공들여 설정한 인물과 플롯을 좋아합니다. 이 소
설은 두 시대를 배경으로 플롯을 전개하면서 특유의 리듬을 찾고
균형을 맞추기를 끝없이 반복했습니다. 소설에 등장하는 에스파냐
안달루시아 지방은 제가 학창시절을 보낸 곳이고, 친밀감을 느껴
왔기 때문에 10대 때부터 그곳을 배경으로 하는 글을 쓰고 싶었습
니다. 또, 1960년대에 런던으로 온 카리브해 지역 사람들의 이야
기에도 관심이 많았고, 예술작품을 창조하고 전파하는 인간의 심
리에도 흥미를 느꼈습니다. 저는 욕심이 많아서 이런 관심사들 중
한 가지도 놓치기 싫었고, 이 세 가지 분야를 함께 엮어낼 방법을
찾아야 했습니다. 저는 보통 큰 주제를 먼저 정하면서 창작을 시작

합니다. 무슨 이야기를 하고 싶은가? **무엇에 대한** 이야기인가? 한동안은 그런 방식으로만 진행할 수 있지만, 그다음에는 그것을 끊이고 줄여내 살아 있는 인물과 장면으로 그려내야 합니다.

저는 오델을 사랑합니다. 자신의 상상력이 만들어낸 산물이기에 사랑할 수밖에 없는 걸까요? 저는 그렇습니다! 오델은 깐깐하고 필사적이며, 창의적이고 사랑스럽고, 자존감이 높으면서도 전전긍긍하는 인물입니다. 그녀는 런던 고유의, 런던 사람의 전형을 보여주는 인물입니다. 저는 영국인들이 영국 본토와 서인도제도, 카리브해 국가의 경계를 모호하게 여긴다고 종종 생각해왔습니다. 영국은 주변국과 오랜 역사를 함께했지만, 결코 조화로운 사이는 아니었습니다. 영국은 그 섬들을 약탈한 결과로 부강해졌고, 그 끝에는 노예제도가 있습니다. 오델은 바로 그 역사의 산물입니다.

다른 쪽 이야기에 등장하는 올리브의 경우…… 그녀는 불편한 마음으로 어머니의 그늘 속에 살면서 어머니를 질투하고, 내키지 않지만 어머니에게 매혹되기도 하며, 때로 어머니와 맞서려고 합니다. 올리브는 젊은 여성으로서 여성스러운 면모를 보이기도 하지만, 어머니처럼 과거 여성에게 부과되어온 성 역할을 과도하게 수행하지는 않습니다. 가차 없이 이기적이고 목표 지향적이며, 시장성에 대한 자신감은 없더라도 비전만큼은 뚜렷하게 지닌 올리브야말로 제 환상 속의 예술가입니다. 그녀는 창작에 있어서는 열린 마음으로, 얼마든지 실수할 각오가 되어 있지만 자신의 삶 앞에서는 그러지 못합니다. 올리브에게는 예술가로서의 삶이 전부이기에 자신을 온통 예술에 쏟아붓고, 예술의 추구를 위해 현실의 삶을 희생시킵니다. 결국 올리브는 예술가로서의 삶과 현실적인 삶의 차이를 구별하지 못하게 되고, 그 과정에서 무엇을 파괴하든 상관하지 않게 됩니다. 세속적인 호기심에도, 올리브는 형이상학적인 삶을 살아갑니다. 이 같은 예술가의 삶 이면에는 오델이 있습니다. 오델은 자신의 재능을 사람들 앞에서 드러내는 데는 자신감이 부족하지만, 인간관계의 중요성을 알고 창조적 세계관 속에서 타인을 존중할 줄 압니다.

여성을 뮤즈로 이용하고, 많은 경우에 그 뮤즈를 파괴하는 남성 예술가에 대해서 다루어보고 싶었습니다. 남성들이 붓과 물감, 돈과 지위를 손에 넣는 동안, 여성의 몸은 목소리를 내지 못한 채 종종 누드로 대상화되었고, 이것이 미술사의 초석이 되었습니다. 남성은 원하는 것을 쉽게 손에 넣을 수 있었고, 그들의 목소리로 여성의 이야기를 전해왔습니다. 그래서 저는 **다른 무엇보다,** 연애와 욕망을 그들 자신을 창조적으로 표현하는 수단으로 삼은 두 여성의 이야기를 써야겠다고 생각했습니다. 이건 사실 그렇게 급진적인 이야기가 아닙니다. 유일하게 급진적인 요소가 있다면, 여성들이 죽기 전 자신의 작품으로 호평을, 그것도 굉장한 호평을 받는다는 점뿐입니다. 그리고 **여성**이 다른 여성의 뮤즈가 되어준다는 것입니다. 남성의 도움 없이 말입니다.

여성 예술가는 더 완강해야 했고, 더 많이 몰락하고, 패배하고, 침묵당하고, 전복적이고, 소심하고, 공격적이고, 방어적이어야 했습니다. 여성의 예술작품은 보편적인 평가를 받을 수 있는 존재로 간주받지 못했습니다. 삶에서 소외되어 있던, 우리 삶의 내면과 같은 영역에 관심을 기울인다는 이유였습니다. 혹은 여성이 가정이라는 공간에서 뛰쳐나가 그 어둠을 드러낸다는 이유였습니다. 남성이 장악한 주류 담론 속에서 낯설거나 피상적으로 간주되는 것을 폄하하는 일은 쉬웠으니까요.

여성은 오랜 세월 다른 여성과 침묵의 공동체를 형성함으로써 지지받고 영감을 얻어왔습니다. 그리고 남성으로부터의 언어적, 신체적 폭력에 직면했을 때, 공모하고 연대해왔습니다. 아마 제가 이 책에 녹여 보여드리고자 한 것도 이런 점들일 것입니다. 남성들은 수백 년 동안, 여성의 삶을 문자 그대로 통제해왔습니다. 여성은 남성의 재산이었습니다. 하지만 그것은 단순히 과거의 역사가 아닙니다. 현재도 지구 곳곳에서 이 같은 일이 벌어지고 있습니다. 그래서 저는 이 소설에서 완전한 자유, 재정적 독립, 그 누구에게도 의존할 필요가 없는 상태, 남성이 여성의 삶 무대 가운데에 서지 않는 세상, 여성이 섹스와 고독 둘 다 고를 수 있는 세상의 가능성을 제시했습니다. 남성이 이런 여성을 두려워할 필요가 없는 세상의 가능성도 제시했습니다. 오히려, 남성 스스로 자신에게 무엇이 이로운지 안다면 그 세상을 축복하고, 함께 혜택을 누리게 될 겁니다. 그러한 측면에서 여성은 얼마나 놀라운 존재인지요.

세상에 유일한 목소리란 존재하지 않습니다. 불협화음을 수용할 공간 또한 충분합니다. 그리고 이 책 역시 그 중 하나입니다. 즐겁게 읽으시길 바랍니다.

2017년 7월, 런던에서
제시 버튼

1967년 영국 런던

오델 바스티엔

런던 스켈턴 미술관의 타이피스트.
영국의 식민지였던 트리니다드 토바고 출신이다.

신스

오델의 절친한 친구. 오델과 함께
트리니다드 토바고를 떠나 런던에 왔다.

로리 스콧

부유한 가정의 백인 영국 남자로,
오델에게 호감을 보인다.

마저리 퀵

스켈턴 미술관의 고위 직책을 맡고 있다.

1936년 에스파냐 말라가

올리브 슐로스

슐로스 집안의 외동딸. 뛰어난 그림 실력을 지녔지만
누구에게도 말하지 못한 채 부모의 뜻에 따라
에스파냐로 이주한다.

해럴드 슐로스

올리브의 아버지. 부유한 미술품 거래상이다.

세라 슐로스

올리브의 어머니로 외모가 매우 아름답다.

테레사 로블레스

말라가로 이주한 슐로스 가족을 찾아와 가정부 일을 얻는다.

이삭 로블레스

테레사의 이복 오빠. 말라가 산 텔모 미술학교의 교사이다.

4 사라진 세기

5 루피나와 사자

6 발붙일 곳

후기

1

양배추와 왕들

1967년 6월

1

누구나 노력한 만큼 결과를 얻는 것은 아니다. 배에서 낯선 사람과 대화를 나눈다거나, 인생의 여정을 바꾸어놓는 여러 순간을 마주하는 것은 순전히 행운에 좌우된다. 특별한 이유가 없다면, 그 누구도 추천서를 써주거나 비밀을 털어놓는 상대로 골라주지 않는다. 그것이 그녀가 내게 준 가르침이다. 운이 좋으려면 준비가 되어 있어야 한다는 것. 패를 제대로 들고 있어야 한다는 것.

그런 행운이 찾아왔던 날은 무척이나 더웠다. 나는 구두 매장에서 유니폼 블라우스 겨드랑이가 젖은 채로 일하고 있었다.

"사이즈는 상관없어요."

여자가 손수건으로 땀을 닦으면서 말했다. 어깨가 쑤셨고, 손끝은 부르텄다. 나는 멍하니 여자를 바라보았다. 땀이 흘러 이마를 가린 그녀의 옅은색 머리카락은 물에 젖은 생쥐 털 같았다. 런던의 더위는 감당하기 어려웠다. 그리고 그때는 몰랐지만, 여자는 내가 마지막으로 응대한 손님이었다.

"네?"

"말했잖아요." 여자가 한숨을 쉬며 말했다. "아무 사이즈나 된다니까요."

폐점시간이 다가오고 있었고, 카펫에 떨어진 손님들의 발 각질
—우리는 그것을 발가락 잼이라고 불렀다—을 치우려면 청소기를
돌려야 했다. 신스는 항상 그 각질을 모아서 발 하나를 만들 수 있
을 거라고, 그러면 발이 괴물처럼 혼자 춤출 거라고 우스갯소리를
했다. 신스는 '돌시스 구두점'에서 일하는 것을 좋아했다. 내가 이
곳에서 일할 수 있게 알아봐준 것도 신스였다. 하지만 근무시간이
끝나갈 무렵이 되면 서늘한 내 방과 좁은 침대맡에 놓아둔 싸구려
공책과 연필이 그리웠다. 그럴 때마다 신스는 "이보세요, 표정 좀
밝게 하시죠. 혹시 요 앞 장례식장에서 일하세요?"라고 속삭였다.

나는 창고로 향했다. 이제는 구두 고무창 냄새에 익숙해질 법도
한데, 창고에만 가면 항상 빨리 빠져나오고 싶었다. 하지만 그때만
큼은 얼른 들어가 천장까지 쌓여 있는 상자들을 향해 비명이라도
지르고 싶었다.

"잠깐만요. 저기, 잠깐."

여자가 등 뒤에서 나를 불렀다. 여자는 내가 돌아보는 것을 확인
하고는 허리를 숙여 흠집 가득한 구두를 벗더니 발가락이 없는 발
을 보여주었다. 정말 하나도 없었다. 끝이 매끈한, 네모난 살덩어리
가 낡은 카펫 위에 덩그러니 놓여 있었다.

"이제 알겠죠." 반대쪽 구두를 벗어 똑같은 상태의 발을 꺼내놓
으면서 여자는 풀죽은 목소리로 말했다. "이…… 속에 종이를 넣어
두니까, 아무 사이즈나 가져와도 돼요."

나는 발가락 없는 발을 보여준 그 영국 여자를 지금도 잊지 못한
다. 그때는 혐오스럽다고 생각한 것 같다. 흔히 어릴 때는 흉한 것
을 잘 받아들이지 못하고, 충격을 감추는 법도 제대로 알지 못한다

고들 한다. 하지만 되돌아보면 당시 난 그렇게 어리지 않았다. 스물여섯 살이었으니까. 여자에게 어떤 응대를 했는지 기억도 나지 않는다. 다만 신스와 함께 살던 클래펌 커먼의 아파트로 퇴근하면서 신스에게 그 여자 이야기를 했고, 신스가 기겁하며 소리 질렀던 것은 기억난다.

"발가락 없는 유령이야! 널 잡으러 왔나보다, 델리!" 그러고는 긍정적이고 실용적인 성격답게, 신스는 이렇게 덧붙였다. "어쨌든 원하는 신발은 뭐든지 신을 수 있겠네."

어쩌면 그녀는 내 앞날에 곧 변화가 생긴다고 알리러 온 마녀였는지도 모른다. 하지만 사실 그렇지 않다. 그렇게 알려준 사람은 다른 사람이었으니까. 그럼에도 그 손님은 내 인생에서 한 장章이 끝났음을 알려준 오싹한 존재처럼 느껴진다. 그녀가 혹시 내게 동질감을 느꼈을까? 그녀와 나는 빈자리를 종이로 메울 수밖에 없는 운명을 함께했던 것일까? 잘 모르겠다. 그저 새 구두를 한 켤레 사러 온 손님일 뿐이라는 가능성도 배제할 수는 없다. 그렇지만 그녀를 떠올리면 항상 동화 속에서 튀어나온 존재 같다. 그날 모든 것이 바뀌어버렸으니까.

트리니다드 토바고에서 영국으로 건너온 이후 5년 동안 나는 온갖 회사에 지원했고 아무 데서도 연락을 받지 못했다. 사우샘프턴에서 탄 기차가 워털루 역으로 들어왔을 때, 신스는 주택의 굴뚝을 공장으로 착각해 일자리가 아주 많을 거라고 생각했다. 하지만 그것은 꿈에 불과했다. 나는 신문사의 차 심부름하는 여직원 자리에 지원하면서 돌시스 구두점을 떠나는 것을 꿈꾸곤 했다. 고향에서 나는 학위와 자존심이 있었으니 누구에게나 차를 따르는 일은 생각지도 않았을 테지만, 신스는 이렇게 말했다.

"눈이 한쪽밖에 없고, 아무것도 듣지 못하는 개구리도 그런 일은 할 수 있겠지만 그래도 너한테는 그 자리를 주지 않을 거야, 오델."

학교도 같이 다녔고, 영국에도 함께 온 신스는 구두와 클래펌 하이 스트리트의 교회에서 만난 약혼자 새뮤얼, 이 두 가지에 정신을 못 차렸다. 교회에는 보통 좋았던 옛 시절 이야기를 늘어놓은 늙은 이들만 가득한데, 그곳에서 새뮤얼을 만난 것은 엄청난 행운이었다. 그를 만난 덕분에 신스는 나처럼 괴로워하지 않았고, 그런 입장 차이로 우리는 수차례 위기를 맞기도 했다. 나는 더는 못 참겠다고, 너와는 너무 달라서 안 맞는다고 화를 내곤 했다. 그러면 신스는 체념한 듯이 이렇게 말했다.

"아하, 나는 멍청하고 너는 **똑똑해서?**"

나는 경력이 없어도 된다는 구인광고가 보이는 대로 전화를 걸었다. 전화받는 사람들은 모두 너무나 상냥했다. 그런데 내가 찾아가면 사람을 구했다는 기적이 일어났다! 그렇다. 그것은 기적임에 분명하다. 내가 찾아가기 전에 모두가 하나같이 이미 사람을 구했다니! 하지만 나는 포기하지 않았다. 내가 어리석었거나 혹은 정당한 몫을 얻고 말겠다고 고집을 부린 탓인지도 모른다. 그저 포기하지 않고 계속 지원했다. 가장 최근에 본 일자리이면서 동시에 내가 본 것 중에 최고의 자리는 석조 기둥과 포티코•로 지은 스켈턴 미술관의 타이피스트 자리였다. 한 달에 한 번 쉬는 날, 토요일에 그곳에 가본 적도 있었다. 그날 나는 게인즈버러에서 윌리엄 블레이크의 동판화를 거쳐 샤갈까지 여기저기를 구경하며 돌아다녔다.

• 건물 입구로 이어지는 현관 또는 내부의 높고 두꺼운 기둥을 뜻함.

클래펌 커먼으로 돌아가는 기차에서는 어린 여자아이가 나를 그림 보듯이 바라보았다. 그 애가 작은 손가락을 뻗어 내 귓불을 문지르더니 엄마에게 물었다. "이거 떨어져요?" 그 애 엄마는 아이를 야단치지 않았다. 오히려 내 귀를 떼어서 가지고 싶은 얼굴이었다.

나는 서인도 대학교에서 우수한 성적으로 영문학 학위를 받기 위해 남학생들과 치열하게 경쟁했던 일을 헛수고로 끝낼 수 없었다. 기차에서 아이가 꼬집는 것을 꾹 참아준 것도 내가 지은 시 〈카리브해의 수선화〉가 영국연방 학생 최고상을 받은 것도 모든 것을 허사로 만들고 싶지 않아서다. 신스에게는 미안한 말이지만, 평생 땀에 흠뻑 젖은 신데렐라들에게 구두를 신겨주며 살 생각이 추호도 없었다. 간혹 눈물을 흘리는 날도 있었다. 나는 푹 꺼진 내 베개에 얼굴을 파묻고 울었다. 묵직한 욕구가 쌓여가는 것이 부끄러웠지만, 오히려 그것이 나를 정의해주기도 했다. 나는 더 큰일을 하고 싶었고, 5년 동안 그런 날이 오기를 기다렸다. 그 사이에 영국의 날씨를 향해 복수의 시를 썼고, 엄마에게는 런던이 천국이라고 거짓말했다.

그날, 편지는 신스와 내가 귀가했을 즈음 매트 위에 놓여 있었다. 나는 신발을 벗어던지고 복도에 우뚝 섰다. 우체국 소인은 런던 W.1, 온 세상의 중심인 그곳이었다. 맨발에 닿는 타일 바닥이 유난히 차가웠다. 갈색과 청색 타일 위에서 발가락을 꼼지락거렸다. 봉투 덮개에 손가락을 밀어넣은 뒤, 들어올려 쭉 찢었다. 스켈턴 미술관에서 보낸 편지였다.

"응?" 신스가 말했다.

나는 대답하지 않았다. 집주인이 발라둔 아나글립타 벽지*를 한 손끝으로 누른 채, 나는 충격받은 상태로 편지를 끝까지 읽었다.

스켈턴 미술관
스켈턴 스퀘어
런던, W.1

1967년 6월 16일

친애하는 바스티엔 씨께,
　지원서와 이력서를 보내주셔서 감사합니다.
　삶이 어떤 조건을 부여하든지 잘 성장하는 것은 누구나 희망할 수 있는 일입니다. 우리는 일주일간 바스티엔 씨를 수습 직원으로 채용하려고 합니다.
　바스티엔 씨는 훌륭한 능력을 충분히 갖춘 젊은 여성이 틀림없습니다. 하지만 이곳에서는 배울 것이 많고, 대부분은 혼자서 배워야 합니다. 우리의 조건이 바스티엔 씨와 맞는다면, 채용 수락 여부를 알려주시기 바랍니다. 바스티엔 씨의 답신을 받는 대로 채용 절차를 시작하겠습니다. 초봉은 주급 10파운드입니다.

마저리 퀵 드림

주급 10파운드라니. 돌시스 구두점에서는 6파운드밖에 받지 못했

---

* 무늬가 도드라진 두꺼운 벽지.

다. 4파운드는 엄청난 차이였지만, 사실 돈은 중요하지 않았다. 내가 중요하다고 배운 것들, 문화나 역사, 예술 같은 것에 한 걸음 다가간다는 사실이 소중했다. 보낸 사람의 서명은 두꺼운 검은 잉크로, 멋지고 화려하게 기울여 쓴 글씨체였다. 마저리 퀵이라는 사람이 이 편지를 우체국에 가져가기로 결정하기까지 며칠 동안 핸드백에 넣어둔 것마냥 가장자리가 조금 접혀 있었다.

구두점이여 안녕, 지루한 삶이여 안녕. "됐어." 내가 속삭였다. "붙었대, 됐어."

신스는 괴성을 지르며 나를 끌어안았다. "됐구나!"

나는 흐느꼈다. "해냈어. 해낸 거야!" 신스는 이렇게 말했고, 나는 포트오브스페인**에서 폭풍우가 지나간 뒤 맑은 공기를 들이마시듯 신스의 목덜미에 코를 묻고 숨을 들이쉬었다. 신스는 편지를 읽어보더니 이렇게 말했다. "어쩌다 이름을 마저리 퀵이라고 지었을까?"

나는 너무 기뻐서 대답도 하지 못했다.

손톱으로 벽에 구멍을 파렴, 오델 바스티엔. 벽지 위의 꽃을 찢어버려. 그리고 전에 겪었던 일들을 떠올려봐.

나는 다시 겪을 수 있을지 자문해보았다.

1967년 7월 3일 월요일 아침 8시 25분. 모자를 고쳐 쓰고, 돌시스 구두점의 구두를 신은 발가락을 꼼지락거리면서 주급 10파운드를 받으며 마저리 퀵이라는 여자 밑에서 일하기 위해 스켈턴 미술관에 출근할 것인가?

그렇다. 할 것이다. 왜냐하면 나는 오델이고 퀵은 퀵이었으니까. 그리고 두 번째 길이 있다고 생각하는 것은 바보 같은 짓이니까.

** Port-of-Spain, 트리니다드 토바고의 수도이자 카리브해 트리니다드 섬 북서안에 위치한 항구도시.

2

나는 커다란 사무실을 가득 채운 타이피스트들과 함께 일하는
모습을 상상했지만, 직원은 나뿐이었다. 직원들은 프랑스 같은 이
국적인 곳에서 연차휴가를 쓰고 있으리라고 생각했다. 나는 날마
다 돌계단을 올라가 스켈턴 미술관의 커다란 문으로 향했다. 그 문
에 난 유리창에는 금박으로 'ARS VINCIT OMNIA•'라고 적혀 있
었다. 나는 'VINCIT'와 'OMNIA'에 손을 올려 문을 밀고 오래된 가죽
과 가구 냄새가 풍기는 실내로 들어갔다. 내 자리 바로 오른쪽에는
기다란 접수대 책상이 놓여 있었고, 그 바로 뒤에 벽을 가득 채우
고 있는 서류함에는 벌써 그날 아침의 우편물이 가득 꽂혀 있었다.
　　내게 할당된 사무실의 전망은 보잘것없었다. 검은 그을음이 잔
뜩 묻은 벽돌담과 아래를 내려다보면 실외 화장실이 보일 뿐이었
다. 골목길도 하나 보였는데, 이웃 건물에서 나온 짐꾼과 비서들이
나와 줄을 지어 담배를 피우곤 했다. 대화는 들을 수 없었고 손짓
발짓만 볼 수 있었다. 호주머니를 두드리고, 담배에 라이터로 불을

• '예술은 모든 것을 이긴다'는 뜻의 라틴어.

붙일 때 키스하듯이 두 사람이 머리를 마주대고, 마치 유혹하는 것처럼 한쪽 다리를 뒤로 뻗어 벽에 걸치는 동작이 매번 반복되었다. 참 숨기 좋은 곳이었다.

스켈턴 스퀘어는 피커딜리 뒤, 강 쪽에 자리 잡고 있었다. 조지 3세[**]가 왕이었던 시절부터 그 자리에 서 있었던 그 건물은 대공습을 거치고도 무사했다. 지붕 너머로 피커딜리 서커스의 소음이 들려왔다. 버스 엔진 소리, 빵빵거리는 자동차들, 우유 파는 소년이 외치는 소리. 런던 웨스트엔드의 이런 조용한 곳에 있으니 이곳만큼은 안전하다는 생각이 들기도 했다. 첫 일주일이 다 지나가도록 내가 대화한 상대는 패밀라 러지라는 여자뿐이었다. 패밀라는 접수 직원이었는데, 항상 자기 자리에서 팔꿈치를 책상 위에 올려놓고 풍선껌을 불면서 〈익스프레스〉를 읽고 있다가 높은 사람들이 나타나면 껌을 쓰레기통에 뱉었다. 패밀라는 어려운 일을 하다가 방해받은 사람마냥 살짝 인상을 찡그리며 신문을 섬세한 레이스 접듯이 접고 나서 나를 보곤 했다. "안녕하세요, 아델." 패밀라는 이렇게 말하곤 했다. 스물한 살의 패밀라 러지는 최근 이스트엔드에 입성해 비하이브 헤어스타일[***]을 언제나 고수하고 이집트 파라오 다섯 명이 쓰기에 충분한 양의 검정색 아이라이너를 바르고 다녔다.

패밀라는 세련되었고, 누가 봐도 관능적이었다. 나도 그녀처럼 민트색 미니드레스나 목에 리본을 묶는 주황색 블라우스를 입고 싶었지만, 내 몸을 그렇게까지 드러낼 자신이 없었다. 나의 모든 재능은 머릿속에 갇혀 있었다. 그녀와 같은 립스틱 색과 블러셔를

[**] 영국 하노버 왕가의 왕으로 1760~1820년에 재위함.
[***] 긴 머리를 고깔 모양으로 머리 위에 쌓아올리는 스타일.

갖고 싶었지만, 영국 사람들이 쓰는 파우더를 바르면 나는 이승에 떠돌아다니는 유령 같은 꼴이 되었다. 그래서 나는 교차로의 아딩 앤 홉스 백화점 화장품 매장에서 '버터밀크 누드'나 '블론드 콘', '애프리컷 블룸', '윌로우 릴리' 같은 유치한 작명 센스를 자랑하는 연한 색의 화장품만 찾곤 했다.

나는 패밀라를 즐거운 밤이란 레스터 스퀘어에서 새비로이•를 먹는 것이라 생각하는 사람이라고 판단했다. 패밀라는 월급을 헤어스프레이와 삼류소설에다 쓰면서도 머리가 나빠서 그걸 읽지도 못하는 사람일 것이라고 생각했다. 어쩌면 내가 이런 생각을 하고 있다는 게 얼굴에 드러나는지, 패밀라는 매일 나를 볼 때마다 눈을 동그랗게 뜨고 놀란 표정을 지었다. 내가 꿋꿋이 출근을 하고 있어서이거나 내 생김새가 죽을 만큼 지루해서 놀라는지도 몰랐다. 때때로 내가 접수대 책상의 덮개를 들어 패밀라의 오른쪽 귀 높이에서 살짝 소리가 나도록 떨어뜨렸지만 그녀는 고개도 들지 않았다.

신스가 내 옆모습이 더 낫다고 했을 때, 나는 동전이 된 기분이라고 대답했다. 하지만 지금은 그 말을 떠올리면서 내가 가진 양면성을 생각했다. 패밀라 눈에 비친 내 모습과 그때까지 아무도 원하지 않았던 나의 얼마 안 되는 가치에 대해서도 되돌아보았다. 나는 패밀라 앞에서 꽤나 고지식한 사람인 양 굴었다.

출근 첫 번째 주 목요일에 패밀라는 나 말고 아는 '흑인'이 한 명도 없다고 말했다. 그에 반박하듯 내가 여기 오기 전까지 패밀라라는 이름을 가진 사람을 본 적이 없다고 했더니 그녀는 어리둥절한 표정을 지었다.

• 돼지고기로 만든 순대와 비슷한 소시지.

패밀라와 어색한 관계를 이어가면서도 나는 거기서 일하는 것이 무척 좋았다. 스켈턴 미술관은 내가 늘 꾸던 가장 멋진 꿈이 이루어지는 곳이었다. 사무실과 책상, 타이프라이터, 아침에 채링 크로스로부터 지나가는 펠맬**, 금빛 거리. 내게 그곳은 에덴이며 메카이자 펨벌리***였다.

내가 해야 할 일 중에는 학자들의 연구 노트를 타이핑하는 것도 있었다. 물론 그 학자들이 누구인지는 전혀 알지 못했다. 청동 조각상이나 라이노컷****에 대해 휘갈겨 쓴, 거의 알아볼 수 없는 손글씨를 마주할 뿐이었다. 하지만 이보다 주된 업무는 책상 위 상자에 도착한 편지들을 타이핑하여 패밀라에게 넘기는 것이었다. 편지의 대부분은 매우 지루했지만, 간혹 나이 많은 갑부나 노쇠한 귀부인에게 부탁을 전하는 흥미로운 편지를 만나기도 했다. 가령 '친애하는 피터 경, 경께서 1957년에 다락방에 소장하고 계셨던 렘브란트의 작품을 확인하는 작업은 큰 기쁨이었습니다. 스켈턴 미술관을 이용하셔서 경이 갖고 계신 훌륭한 소장품들의 목록 정리를 해보실 의향은 없으신지요?' 같은 내용 말이다. 자본가나 영화계 거물에게 마티스 작품이 들어온 것을 알리거나, 소장품을 스켈턴 미술관의 전시실에 전시하고 자신의 이름을 붙일 생각은 없는지 묻는 편지도 있었다.

편지는 주로 스켈턴 미술관의 관장인 에드먼드 리드 씨가 썼다. 패밀라는 60대인 리드 씨가 성격이 급하다고 알려주었다. 전쟁 중

** 영국 런던의 웨스트민스터에 있는 거리 이름.
*** 소설 《오만과 편견》의 남자 주인공 중 한 명인 피츠윌리엄 다아시가 소유한 저택.
**** 인쇄용 리놀륨 판면.

그는 나치가 압수한 미술품을 복구하는 일을 했는데, 그 이상은 모른다고 했다. 나는 '에드먼드 리드'라는 이름이 너무나 영국적이라서 어쩐지 위협적인 느낌을 받았다. 그 이름을 생각하면 정부 관료들이 모이는 클럽에 다니며 새빌 로에서 정장을 맞추는 사람들이나 스테이크를 먹고, 여우 사냥을 하는 사람들이 떠올랐다. 스리피스 정장에 포마드를 발라 넘긴 머리에 증조부 헨리가 물려준 금시계를 가진 사람들도 마찬가지다. 이따금 복도에서 리드 씨와 마주쳤는데, 그는 그때마다 놀란 얼굴을 했다. 나는 학교에서 그와 같은 부유한 백인 신사들을 '기득권을 가진 사람들'이라고 배웠다. 그리고 그들이 펜을 들어 써낸 세상사를 읽고 세상을 이해했다.

스켈턴 미술관은 책에서 보던 세상이 펼쳐진 것 같았고, 나는 그 세상의 일원이 되기를 원해야 한다고 배웠다. 그렇기에 관장이 쓴 편지를 옮겨 쓰는 것만으로 그 세상에 가까워진 것 같았다. 일을 하는 동안 나는 이곳에서 무척이나 가치 있는 일을 하고 있고, 마땅한 이유가 있어서 선택되었다고 생각했다. 그리고 무엇보다 좋은 점은 내가 일을 빨리 처리할 수 있다는 것이다. 나는 편지 타이핑이 끝나면, 여기저기 남는 시간을 내 작품을 구상하는 데 썼다. 첫 부분을 몇 번이나 고쳐보고, 구겨버린 종이는 증거로 남기지 않으려 휴지통에 넣지 않고 핸드백에 넣었다. 핸드백에 종이 뭉치를 불룩하게 넣고 퇴근하는 날도 종종 있었다.

나는 신스에게 돌시스 구두점의 창고 냄새를 잊어버렸다고 했다.

"일주일 만에 오 년이 날아가 버릴 수도 있나 봐."

나는 변화를 확신하며 거창하게 말했다. 패밀라 이야기를 하면서 그녀의 비하이브 머리가 얼마나 단단한지 말해주었다. 신스는 내게 달걀 프라이를 해주려고 아파트 부엌에 서 있었는데, 불 세기가 일정치 않은지 이맛살을 찌푸리며 말했다.

"잘돼서 기쁘다, 델리. 잘돼서 정말 기뻐."

출근 첫 번째 주 금요일, 리드 씨의 편지를 완성한 뒤에 나는 시를 쓰느라 30분이나 끙끙거렸다. 신스는 내게 결혼선물로 '글로 쓴 것'을 받고 싶다고 했다. "글을 쓸 줄 아는 사람은 너뿐이니까"라고 한 신스의 말에 감동을 받았지만, 그 뒤로는 스켈턴 미술관의 타자기를 노려보면서 샘과 신스가 얼마나 행복하게 살지 생각했다. 그러자 내게 없는 것이 떠올랐다. 나는 발이 있었지만, 유리 구두가 없었다. 더불어 몇 달째 글이 써지지 않는다는 사실도 떠올랐다. 내게서 나오는 단어가 모두 마음에 들지 않았고, 그중 어느 것도 나를 숨 쉬게 할 수 없었다.

적당한 구절을 발견한 순간, 어떤 여자가 들어왔다.

"안녕하세요, 바스티엔 씨." 그녀가 이렇게 말하자 머릿속에 떠오른 생각은 사라져버렸다. "잘 지내죠? 내 소개를 할게요. 마저리 퀵이라고 해요."

나는 황급히 일어서다가 타자기에 부딪쳤고, 그녀는 웃었다. "여긴 군대가 아니에요. 앉아요." 타자기에 끼워놓은 시가 눈에 들어왔다. 나는 그녀가 내 쪽으로 와서 그것을 볼까 봐 속이 메스꺼워졌다.

마저리 퀵은 다가오면서 나를 향해 손을 뻗었고, 타자기 쪽으로 잠시 시선을 던졌다. 나는 재빨리 그녀의 손을 잡아 그녀가 책상 반대쪽에 서도록 했다. 그녀에게서는 담배 냄새와 그녀가 보낸 편지에서 풍겼던 남성적인 머스크 향이 풍겼다. 향수 이름이 '오 소

31

바주•'라는 것은 나중에 알게 되었다.

마저리 퀵은 작은 체구에 꼿꼿한 몸매를 갖고 있었고, 그녀의 옷차림은 패밀라의 노력을 물거품으로 만들었다. 통이 넓은 검정 바지는 그녀가 걸을 때마다 선원 바지처럼 펄럭였다. 연분홍색 실크 블라우스 속에는 회색 새틴 넥타이가 느슨하게 매여 있었다. 짧은 은빛 곱슬머리와 섬세한 꿀색 목재로 깎은 것 같은 뺨을 보면 영화에서나 나올 법한 사람 같았다. 50대 초반 정도로 보였지만, 내가 만나본 그 어떤 50대 여성과도 달랐다. 턱선이 날카로웠고, 화려함이 늘 따라다녔다.

"안녕하세요." 나는 이렇게 말했지만, 그녀에게서 눈을 뗄 수가 없었다.

"제가 방해가 됐나요?" 퀵도 나와 같은 생각인지 새카만 눈동자를 내게 고정시킨 채로 대답을 기다렸다. 나는 그녀의 이마에 땀방울이 맺혀 있는 것을 보고 나서야 그녀의 얼굴이 상기된 것을 알아차렸다.

"방해라뇨, 아닙니다." 내가 대답했다.

"다행이네. 지금 몇 시죠?" 그녀의 등 뒤에 시계가 있었지만, 그녀는 돌아보지 않았다.

"열두 시 삼십 분쯤 되었습니다."

"그럼 우리 식사하러 가요."

• Eau Sauvage, 디올에서 1966년 출시한 남성용 향수로 '야성적인'이라는 의미를 지님.

3

그녀의 사무실 문 황동판에 이름이 새겨져 있었다. 1967년에 런던 한복판에 자기 사무실을 가진 여자가 몇 명이나 될까 궁금했다. 노동계급 여성은 육체노동을 하든가, 국립병원에서 간호사 일을 하든가 나처럼 공장이나 상점에서 혹은 타이피스트 일을 했고, 그런 상황은 수십 년 동안 이어졌다. 하지만 그것과 사무실에 자기 이름을 붙여놓는 경지 사이에는 좀처럼 넘을 수 없는 벽이 가로막고 있었다. 어쩌면 마저리 퀵이 스켈턴 일가의 후손이라서 명예직으로 여기서 일하는 것일지도 몰랐다.

그녀가 문을 열자 명패가 그 너머 창문을 통해 들어오는 햇살을 받아 반짝였다. 그녀는 나를 안으로 맞이했다. 흰색으로 꾸며진 널찍한 사무실에는 광장을 내려다보는 커다란 창문이 나 있었다. 벽에는 그림이 한 점도 없었는데, 그곳이 어디인지 감안하면 이상한 일이라고 생각했다. 삼면의 벽이 책장이었는데, 19세기와 20세기 초 소설이 주를 이뤘고, 놀랍게도 프레더릭 홉킨스**가 에즈라 파운

** 영국의 생화학자로 비타민 연구에 지대한 업적을 남겼으며 1929년 노벨의학상을 수상함.

33

드 옆에 놓여 있었으며, 로마사도 간간히 섞여 있었다. 모두 양장본이라서 읽은 흔적이 있는지는 확인할 수 없었다.

퀵은 커다란 책상에 자리를 잡더니 담배 한 갑을 쥐었다. 그녀는 담배 한 개비를 꺼내 망설이고는 입에 살짝 물었다. 행동의 속도를 높이다가 다시 스스로를 점검하듯이 속도를 낮추는 그녀의 습관에 곧 적응되었다. '퀵Quick'이라는 이름이 어울리는 사람이었지만, 타고난 성품이 느긋한 사람인지, 급한 사람인지는 언제나 파악하기 어려웠다.

"하나 피울래요?" 그녀가 물었다.

"아뇨, 감사하지만 괜찮습니다."

"그럼 혼자 피우죠."

라이터는 리필이 가능한 묵직한 은제였고, 주머니에 넣고 다니기보다는 책상 위에 두고 쓰기 적당해 보였다. 전원 별장에서 볼 수 있는, 수류탄과 크리스티 경매품의 중간쯤 되어 보이는 물건이었다. 스켈턴 가문은 돈이 많았고, 퀵은 그 사실을 보여주었다. 대놓고 말하지는 않았지만, 그 사실은 그녀의 핑크색 블라우스 재단 솜씨와 대담한 바지, 흡연용품 속에서 존재감을 드러냈다. 그녀에게서는 말할 것도 없었다. 이곳에서 그녀가 맡은 역할이 정확히 무엇인지 다시 궁금해졌다.

"진 마실래요?" 그녀가 물었다.

나는 망설였다. 나는 술을 많이 마시는 일도 없었고, 독주의 맛을 싫어했다. 그 냄새를 맡으면 포트오브스페인의 클럽하우스에 모여든 남자들이 떠올랐다. 럼주에 잔뜩 취해, 시내로 들어가는 비포장도로에서 들려오는 지저분한 고함 소리, 환호 소리에 맞추어 떠들던 남자들. 하지만 퀵은 한쪽 구석의 테이블에 놓여 있던 술병을 열더니 잔 두 개에 조금씩 따랐다. 그리고 집게로 얼음 통에서 얼음을 두 조각 들어 내 잔에 넣고 토닉을 가득 채운 뒤 레몬 한 조각을 더한 다음 내게 건넸다.

퀵은 한 20년쯤 서 있었던 사람처럼 의자에 털썩 주저앉더니 자기 잔을 들이켜고는 수화기를 들고 전화를 걸었다. 라이터에 불을 붙이니 커다란 주황색 불꽃이 타올랐다. 담배 끝에 불이 붙자 담뱃잎이 파란 연기로 변했다.

"안녕하세요, 해리스? 오늘 하는 거 아무거나요. 그리고 성세흐 와인 한 병이랑. 잔은 두 개요. 얼마나 걸리죠? 좋아요." 딱딱 잘라 말하는 허스키한 목소리는 확실히 영국 억양 같지는 않았다. 그래도 유서 깊은 기숙학교에서 공부한 것임은 분명했다.

퀵은 수화기를 도로 내려놓더니 커다란 대리석 재떨이에 담배를 던져넣었다. "근처 레스토랑이에요. 음식이 나오기까지 그 안에 앉아 기다리기 싫어서요."

나는 마주 앉아 술잔을 만지작거리면서 신스가 싸준 샌드위치를 떠올렸다. 책상 안은 기온이 높아서 빵 가장자리가 말라붙어 있을 것이다.

"자, 새로 하는 일이죠."

"네, 부인."

퀵은 잔을 책상 위에 내려놓았다. "우선 말이죠, 바스티엔 씨. 날 '부인'이라고 부르지 말아요. 그렇다고 '아가씨'도 아니고. 퀵으로 불리는 게 좋아요." 그녀는 우울한 표정으로 웃어보였다. "이름이 프랑스어인가요?"

"네, 그런 것 같아요."

"프랑스어를 하나요?"

"아뇨."

"굉장히 놀랍네요. 트리니다드에서는 프랑스어를 쓰는 줄 알았는데?"

나는 머뭇거리며 말했다. "저희 조상 중에서 몇 명만 집 안에서 일하며 프랑스인들과 대화를 하셨어요."

퀵의 눈이 동그래졌다.

놀란 걸까? 아니면 기분이 상한 걸까?

알 수 없는 노릇이었다. 나는 내가 늘어놓은 역사 이야기가 너무 지나친 나머지 수습기간을 통과하지 못할까 봐 더럭 겁이 났다. "그렇군요. 흥미롭네요." 퀵은 진을 한 모금 더 마셨다. "당장은 별로 할 일이 없지만, 리드 씨는 끊임없이 서신을 보낼 테니 바쁠 거예요. 지루하지 않을까 걱정되는군요."

"아, 그럴 일은 없습니다." 나는 돌시스 구두점에서 신스와 내게 얼마나 일을 많이 시켰는지 떠올렸다. 부인이 하이힐을 신는 동안 남편이 우리 엉덩이를 구경하던 것도. "여기서 일하게 되어서 정말 기쁩니다."

"스켈턴 미술관의 일주일보다 돌시스 구두점의 하루가 구경거리는 더 많았을 텐데. 그 일 재미있었어요? 여자들의 발을 만지는 일."

그때 내가 순진하긴 했지만 그 질문에는 분명 성적인 느낌이 있었고, 나는 살짝 충격을 받았다. 하지만 주눅 들지 않기로 했다. "솔직히 하루에 삼십 켤레 팔고 나면 끔찍했죠."

퀵은 고개를 뒤로 젖히며 웃어댔다. "프랑스 치즈를 쌓아놓은 것 같았겠네!"

퀵의 웃음에는 전염성이 있어서 나도 키득거렸다. 터무니없는 소리였지만, 그 말을 들으니 마음속의 긴장이 사라졌다. "싫어하지 않는 사람들도 있어요." 나는 신스를 생각하며 말했다. 신스가 거래와 규칙이 뭔지도 알 수 없는 이상한 게임을 하고 있다고 경멸했던 것이 떠올랐다. "기술이 필요한 일이에요."

"그렇겠죠. 하지만 모르는 사람들 발가락을 그렇게 상대해야 하다니." 퀵은 몸을 부르르 떨었다. "스켈턴 미술관에는 아름다운 초상화가 많지만, 사실 따지고 보면 사람이란 덜렁거리는 팔과 꾸르륵거리는 창자일 뿐이죠. 간은 뜨겁고." 퀵은 나를 빤히 바라보더니 진을 한 모금 더 마셨다. "바스티엔 씨보다 한참 더 살았으니 그런 결론에 도달한 거예요. 발가락이니, 팔꿈치니. 그런 것들의 품위를 누릴 수 있을 때 누리도록 해요."

"그러겠습니다." 나는 다시 긴장했다. 그녀는 불안한 듯 가만있지 못했다. 마치 나를 앞에 놓고 공연을 하는 것 같은 느낌이었다. 이유는 알 수 없었다.

문을 두드리는 소리가 들렸다. 퀵이 들어오라고 하자 트롤리에 실린 점심식사가 들어왔다. 몸집이 아주 작고 팔이 하나뿐인 노인이 트롤리를 밀었다. 빵이 담긴 바구니, 납작한 생선요리 두 접시, 싱싱한 샐러드, 와인 쿨러에 든 와인 한 병, 그리고 둥그런 금속 뚜껑에 또 다른 무엇이 감추어져 있었다. 노인은 나를 보더니 토끼처럼 깜짝 놀랐다. 그는 흐릿한 눈을 퀵에게로 돌렸다.

"됐어요, 해리스. 고마워요." 퀵이 말했다.

"일주일 내내 못 뵈었습니다."

"아, 연차 휴가를 썼어요."

"좋은 데라도 다녀오셨습니까?"

"아뇨." 퀵은 잠시 당황한 얼굴이었다. "그냥 홈스테이했어요."

그는 내게로 관심을 돌렸다. "지난번과는 좀 다르군요." 그는 고개를 갸우뚱거렸다. "리드 씨께서 흑인을 들인 걸 아십니까?"

"됐어요, 해리스." 퀵이 단호한 목소리로 말했다. 그는 퀵을 못마땅한 눈초리로 보더니 트롤리를 밀고 나가면서 나를 노려보았다.

"해리스." 그가 나가고 나자 퀵은 그의 이름으로 설명이 충분하다는 듯 이렇게 말했다.

"파스샹달 전투*에서 팔을 잃었어요. 은퇴를 안 하고 버티고 있는데, 아무도 나가란 말을 못하고 있죠." 그 말로 분위기가 어색해졌다. 이윽고 퀵이 일어나더니 트롤리에서 접시를 하나 건넸다.

"괜찮으면 책상에 놓고 먹어요." 퀵은 접시를 들고 자기 자리로 돌아갔다. 등은 미끈했고, 블라우스 안으로 살짝 솟아오른 양 어깨뼈는 지느러미처럼 보였다. 퀵은 와인 마개를 딴 다음 두 잔을 따랐다.

"아주 좋은 와인이에요. 사람들 많이 모일 때 쓰는 것과는 다르죠." 와인 따르는 소리가 시원하고 탐스러웠다. 어쩐지 그녀가 대낮에 묘약을 따라주는 것 같아 죄를 짓는 것 같았다. "건배." 퀵은 잔을 들고 활기차게 말했다. "가자미가 입에 맞으면 좋겠군요."

나는 가자미를 먹어본 적이 없었지만 "네" 하고 대답했다.

"음, 여기서 일한다고 하니 부모님은 뭐라고 하시던가요?"

"부모님요?"

"자랑스러워하시던가요?"

나는 좁은 구두 속에서 발가락을 꼼지락거렸다. "아버지는 돌아가셨어요."

---

* 벨기에 파스샹달에서 있었던 전투로 제1차 세계대전 당시 1917년에 있었던 전투 중 가장 치열했던 전투로 손꼽힘.

"아……."

"어머니는 아직 포트오브스페인에 계세요. 저는 외동딸이고요. 아직 편지를 못 받으셨을 거예요."

"아, 어머니와 바스티엔 씨. 둘 다 힘들겠군요."

어머니가 생각났다. 한 번도 보지 못한 영국을 향한 어머니의 믿음과 영국 공군에 입대해 도이칠란트 상공에서 산화한 아버지도 생각났다. 내가 열다섯 살 때, 당시 우리나라 수상은 아이들의 미래가 교육에 달려 있다고 선언했다. 어머니는 내가 자신이나 아버지처럼 살지 않기를 바라는 간절한 마음으로 열심히 나를 교육시켰다. 하지만 그게 무슨 소용이랴. 독립한 뒤에 나라 안의 땅은 전부 외국 기업이 사들였고, 자기 나라의 이익을 위해 투자했다. 우리는 교육을 끝까지 받는들 달라지는 건 아무것도 없다는 걸 깨달았고, 결국 고향을 떠날 수밖에 없었다.

"어디 안 좋아요, 바스티엔 씨?" 퀵이 말했다.

"런던에는 신스라는 친구랑 같이 왔어요." 포트오브스페인도, 아버지의 이름이 적힌 사망자 명단도, 엄마가 아직도 자리를 잡아놓은 라페이루즈 공동묘지의 텅 빈 아버지의 무덤도, 슬픔에 겨운 어린 시절 나를 가르쳐준 수녀들도 오래 생각하고 싶지 않아 화제를 돌렸다. "신스는 약혼했어요. 곧 결혼할 예정이에요."

"아." 퀵은 나이프로 가자미 한 조각을 집어들었고 나는 쓸데없는 말을 너무 많이 한 것 같은 느낌이 들었다. "언제요?"

"이 주 후에요. 제가 신부 들러리를 설 거예요."

"그러면요?"

"네?"

"음, 그럼 혼자가 되겠네요. 친구는 남편과 살 테니."

퀵은 상대의 핵심을 찌르면서 자신의 이야기는 가능한 피해 갔다. 그녀는 스켈턴 미술관에 대해서는 아무 말도 해주지 않으면서 내 이야기에 집중하더니 곧 들키고 싶지 않은 두려움을 짚어냈다. 나는 신스가 우리의 작은 아파트를 곧 떠나게 된다는 사실을 줄곧 외면해왔다. 그것은 신스도 마찬가지였다. 신스가 새뮤얼과 함께 살기 위해 떠난다는 사실을 우리 둘 다 알고 있었다. 하지만 다른 사람과 같이 사는 것은 생각할 수 없어서 그런 말을 꺼내지는 않았다. 나는 틈나는 대로 새 직장을 자랑했고, 신스는 청첩장을 꺼내 놓고 짜증을 부리며 내게 샌드위치를 싸줬다. 스켈턴 미술관에서 받는 급료라면 신스가 쓰던 방까지 합쳐 나 혼자서도 집세를 낼 수 있다는 사실이 유일한 위안이었다.

"혼자 있는 게 좋아요." 나는 침을 꿀꺽 삼키며 말했다. "넉넉한 공간이 생기는 것도 좋고요."

퀵은 담배에 손을 뻗다가 마음을 바꾸었는지 도로 손을 집어넣었다. 혼자였다면 벌써 세 개비는 더 피웠을 것이다. 퀵은 금속 뚜껑을 열어 레몬 머랭을 꺼내면서 잠시 내 얼굴을 보았다.

"어서 먹어요, 바스티엔 씨. 이것 전부."

내가 머랭을 먹는 동안 퀵은 부스러기 하나 손대지 않았다. 이 모든 것에, 그러니까 흡연과 전화 주문, 무표정한 관찰에 익숙한 사람 같았다. 20대 시절, 런던 대공습* 와중에 고양이처럼 화려하게 런던을 주름잡던 그녀를 떠올려보았다. 당시 퀵의 모습을 낸시 미트포드**와 에벌린 워***의 소설 여기저기서 떼어다 짜 맞추면

• 제2차 세계대전 당시 1940년에서 1941년에 걸쳐 도이칠란트 공군이 런던에 가한 폭격.
•• 영국 귀족 출신의 소설가로 주로 영국과 프랑스의 상류층을 날카롭게 풍자함.
••• 냉소적 기지와 전통의 타파를 주장한 소설로 사회적 논쟁을 일으킴.

서 새로 발견한 작가 뮤리엘 스파크••••도 살짝 덧입혔다. 내가 그러한 상상에 사로잡힌 것은 영국 사립학교의 커리큘럼을 차용한 교육을 받아서였다. 덕분에 라틴어와 그리스어, 크리켓을 하는 소년들의 허영심도 적극적으로 받아들였고, 늘 독특하고 자신감 넘치는 사람들이 내 삶을 향상시켜주기를 바라왔다. 나는 그런 소설에나 나올 법한 사람들을 만날 자격이 있다고 생각했다. 퀵은 아무런 행동을 하지 않아도 되었다. 내가 새로운 삶에 덤벼들 준비가 되어 있었으니까. 과거에 굶주렸던 나는 현재의 판타지를 만들어냈다.

"지원서가 매우 흥미로웠어요. 글을 아주 잘 쓰더군요. 대학에서 굉장히 뛰어난 학생이었던 것 같던데……. 스스로 비서 일을 하기에 아까운 사람이라고 생각하겠죠."

두려움이 엄습했다. 이 말인즉슨 나를 내보낸다는, 내가 수습기간을 통과하지 못했다는 뜻인가?

"여기서 일하게 되어서 감사하고 있습니다. 일하기에 멋진 곳이에요."

이렇게 듣기 좋은 말을 하자 퀵은 얼굴을 찡그렸다. 나는 그녀가 원하는 것이 무엇인지 도무지 알 수 없어 빵을 하나 집어서 손바닥 위에 올려두었다. 크기나 무게가 조그만 주머니쥐만 한 빵을 쥐고 있으니 본능적으로 쓰다듬고 싶었다. 하지만 퀵의 눈길이 느껴져서 빵에 엄지를 대고 꾹 눌렀다.

"어떤 걸 즐겨 쓰나요?"

나는 사무실 타자기에 끼워놓은 종이를 떠올렸다.

"주로 시를 써요. 언젠가는 소설을 쓰고 싶지만, 좋은 이야기가

•••• 자유분방한 유머 속에 특유의 냉정함으로 인간군상을 통찰한 것으로 유명함.

떠오를 때까지 기다리고 있어요."

퀵은 미소를 지었다. "너무 오래 기다리지 마요." 퀵이 이렇게 말해주자 마음이 좀 놓였다. 보통 내가 글을 쓰고 싶다고 하면 사람들은 항상 자기 삶이 완벽한 소재가 될 거라고 말하곤 했다.

"진심이에요." 퀵이 덧붙여 말했다. "어정거리고 있으면 안 돼요. 언제, 무슨 일이 있을지 모르니까."

"그러겠습니다." 그렇게 말해줘서 고마웠다.

퀵은 의자에 등을 기댔다.

"바스티엔 씨를 보면 예전에 알던 사람이 생각나요."

"그래요?" 그 말이 몹시 기분 좋게 들렸다. 나는 그녀의 이야기를 기다렸는데 곧 표정이 어두워지더니 재떨이 옆에 놓아둔 담배를 비벼 껐다.

"런던은 어떤가요? 1962년에 왔죠? 여기에서 사는 건 좋아요?"

나는 온몸이 굳어버린 것 같았다. 퀵이 몸을 앞으로 숙였다.

"바스티엔 씨. 이건 시험이 아니에요. 진심으로 궁금해서 그래요. 무슨 말을 하든지, 아무에게도 알리지 않겠어요. 맹세해요."

"더러워요."

그 말을 누구에게도 소리 내어 말한 적이 없었다. 퀵의 기세에 눌린 탓일 수도 있고, 퀵의 솔직한 표정 탓일 수도 있고, 내가 글을 쓰겠다는 꿈을 비웃지 않은 탓일 수도 있다. 아니면 젊다는 자신감이나 짐꾼 해리스 때문이었을 수도 있다. 갑자기 입에서 봉인이 해제된 듯 튀어나왔다.

"트리니다드에서는 런던이 마법의 땅이라는 말을 들으면서 자랐거든요."

"나도 그랬어요."

"이곳 분이 아니신가요?"

퀵은 어깨를 으쓱였다. "여기서 하도 오래 지내서 다른 곳은 기억나지 않아요."

"런던이 질서와 풍요, 정직함과 푸른 초원으로 가득한 곳이라고 들 해요. 그런데 점점 거리가 좁아져요."

"거리가 좁아진다니, 무슨 말인가요?"

"음, 여왕께서 런던을 통치하시고 저희 섬도 통치하시니 런던도 저의 일부나 마찬가지거든요."

"아, 이제 알겠네요."

퀵이 정말로 이해한 것 같지 않아 부연 설명을 했다.

"이곳 사람들도 디킨스와 브론테, 셰익스피어를 읽으니까 알 거라고 생각해요. 하지만 셰익스피어의 희곡 세 편의 제목을 말할 수 있는 사람은 아직 못 만나봤어요. 학교에서 영국의 생활에 관한 영화를 보여줬는데 중산모를 쓴 남자들과 하얀 벽 앞을 지나가는 버스들이 나왔어요. 밖에서는 청개구리 우는 소리밖에 들리지 않았고요. 왜 우리에게 그런 걸 보여주었을까요?"

내 목소리가 높아지고 있었다.

"모두 다 명예로운……." 나는 말이 너무 많아진 것 같아서 입을 꾹 다물었다.

"이야기해봐요."

"런던은 번영과 환영을 의미할 줄 알았어요. 르네상스의 도시, 영광과 성공. 영국으로 떠나는 건 집을 나온 머리 좋은 흑인이 엘리자베스 여왕 옆에 살 수 있는, 약간 더 추운 거리로 옮겨오는 것 정도로 단순하게 생각했어요."

퀵은 미소를 지었다. "이 문제를 계속 생각하고 있었군요."

"가끔 다른 것은 아무것도 생각나지 않을 때도 있어요. 춥고, 축축하고, 집세는 비싸고, 없는 것은 많고. 하지만…… 살아보려고 노력하고 있어요."

더 말해서는 안 된다는 느낌이 들었다. 그렇게 많은 말을 한 것이 믿어지지 않았다. 빵이 부스러져 무릎에 떨어져 있었다. 반대로 쿽은 완전히 긴장이 풀린 얼굴이었다. 그녀는 눈을 반짝이며 의자에 기대앉아 있었다.

"오렐, 염려하지 마요. 잘 지낼 것 같으니까."

4

신스는 워즈워스 등기소의 진녹색 벽에 철제 의자가 놓인 관료
조직 건물 특유의 향과 싸구려 향수 냄새가 나는 작은 방에서 새뮤
얼과 결혼했다. 돌시스 구두점에서 같이 일하는 셜리와 헬렌도 화
려하게 차려입고 왔다. 새뮤얼이 다니는 버스 회사의 동료 패트릭
미나모어가 들러리를 섰고, 그는 말이 많은 배우 지망생 바버라를
데리고 왔다.

등기소 직원은 우리를 빤히 바라보았다. 남자들은 정장을 입었
고, 패트릭의 넥타이가 특히 요란했을 뿐이었다. 그 우중충한 방에
비하면 모두 깔끔하게 차려입고 있었다. 신스는 아름다웠다. 아니,
온몸에서 사랑의 기운을 발산하지 않아도 신스는 언제나 아름다웠
다. 하얀 미니드레스를 입고, 심플한 흰색 필박스해트*을 쓰고, 돌
시스 구두점 매니저 코니가 결혼선물로 준 하얀 구두를 신은 신스
는 눈부셨다. 신스는 도자기로 만든 파란 꽃목걸이를 목에 걸고,
귀에는 그녀를 위해 굴들이 특별 제작한 듯 완벽하고 동그란 진주

---

* 여성이 착용하는 챙 없이 작고 납작한 모자.

45

귀고리를 했다.

사진사 지망생인 패트릭은 우리 모두의 모습을 사진에 남기는 일을 맡았다. 아직도 그때 찍은 사진이 몇 장 남아 있다. 쌀알이 공중으로 날아 폭포처럼 떨어질 때, 샘과 신스가 등기소 계단에 서서 양손을 함께 올리고 있는 장면.

적어도 결혼에서만큼은 신스가 이겼다. 우리가 살길을 찾아가기란 쉽지 않았고, 신스는 그 무렵 큰 구두 회사를 소유해도 좋을 만큼 영업 실력이 좋았다. 트리니다드 출신의 여성이 1967년 클래펌 하이 스트리트에서 구두를 팔기란 쉬운 일이 아니었다. 차라리 트리니다드의 꽃에 대한 시를 써서 영국 영사에게 보내 상을 타는 편이 더 쉬웠을지도 모른다. 하지만 신스에겐 새뮤얼이 있었고, 그들은 서로 잘 어울렸다. 그는 진지하고 수줍음이 많았지만 신스는 재주가 많고 단호했다. 신스의 존재가 등기소에서 서명을 하던 그를 얼마나 환하게 밝혀주었는지!

우리는 택시를 나누어 타고 새뮤얼과 패트릭이 사는 아파트로 갔다. 택시 기사에게 우리 친구들이 방금 결혼했다고 말하자 기사들은 다같이 창문을 내리고 라디오 방송국에서 나오는 블루스를 맞추어 틀어주었다. 나는 그 소리가 너무 커서 소란죄로 잡혀갈까봐 무서웠다. 아파트로 돌아온 우리는 행복감에 들떠 샌드위치를 덮은 티 타월을 걷고, 병따개와 와인 오프너를 꺼내고, 레코드를 켜고, 신스가 럼으로 장식한 높다란 흰 케이크를 신랑과 함께 자르는 모습을 지켜보았다.

두어 시간 뒤에는 친구의 친구들이 찾아왔다. 긴 머리에 짧은 드레스를 입은 바버라를 비롯하여 단추를 푼 셔츠에 면도가 시급해 보이는 남자들 등 각양각색의 사람들이 몰려왔다. 나는 한동안 그

46

들을 바라보기만 했다. 그런 사람들은 나와 맞지 않고, 나도 그들에게 맞지 않다고 오랫동안 생각해왔다. 등에 땀이 흘러 축축해졌고, 천장은 한 시간 전보다 낮게 느껴졌다. 바버라가 부른 사람 중두 명이 테이블 위로 쓰러졌고, 태슬 장식이 달린 붉은 스탠드가바닥에 떨어졌다. 마리화나 냄새도 났다.

실내가 가득 차자 분위기는 고조되었고 신스는 듀보네* 세 잔과레모네이드를 잔뜩 마시고는 음악이 멈추자 이렇게 말했다. "내 친구 델리가 시인인데, 사랑에 관한 시를 썼어." 곧이어 환호가 터져나왔다. "지금 읽어줄 거야."

"신스, **싫어**. 이제 유부녀가 됐다고 나한테 이래라저래라 할 수는없어." 내가 낮게 말했다.

"왜 그래, 델리? 왜 그렇게 비밀이 많아?" 새뮤얼이 물었다.

"어서, 델리. 날 위해서." 신스는 이렇게 말하더니 핸드백에서 시를 꺼내 나를 궁지에 몰아넣었다. 연기가 자욱한 방 안에서 또 한차례, 좀 더 불안한 환호 소리가 들렸다. 일주일 전, 나는 선생님 책상에 머뭇머뭇 다가가는 여학생처럼 신스에게 그 시를 보여주었다. 신스는 말없이 그것을 읽더니 나를 꼭 끌어안고 **"세상에, 델리. 넌 정말 축복받았어"**라며 속삭였다.

"정말 좋은 시야, 델리." 신스는 시가 적힌 종이를 내 손에 쥐여주며 말했다. "자, 네 재능을 이 사람들에게 보여줘."

나는 시를 읽었다. 듀보네를 마셔서인지 어지러웠다. 딱 한 번고개를 들고 사람들 얼굴을 바라보았다. 그들은 내가 아니면 그 무엇을 위해서도 움직임을 멈추지 않는 작은 달덩이 같았다. 나는 암

---

* 와인 베이스의 식전주.

송할 수도 있었지만, 종이를 보며 사랑에 관한 나의 시를 읽었다. 내 말소리에 방 안이 조용해졌다. 그리고 내가 낭독을 마치자 방 안은 쥐 죽은 듯이 조용했다. 나는 신스가 입을 열기를 기다렸지만 신스는 아무 말도 하지 않았다.

시를 읽었을 때, 나는 사람들 속에서 그의 얼굴을 보지 못했다. 줄곧 내게 꽂힌 그의 시선을 알지 못했는데, 그는 훗날 내게서 눈을 뗄 수 없었다고 말해주었다. 사실 나는 그 안에서 아무것도 느끼지 못했다. 놀란 나의 목소리와 박수갈채를 받으며 스스로 싸구려가 된 것 같으면서도 왠지 뿌듯해지는 독특한 행복감 이외에는.

30분쯤 지난 뒤 그가 내게로 다가왔다. 작고 비좁은 주방에서 호일 접시를 깔끔하게 쌓아올려 독신남 새뮤얼과 패트릭이 만들어놓은 대혼란을 조금이나마 정돈하려던 중이었다.

"안녕하세요. 당신이 시인이죠? 난 로리 스콧이에요."

그 순간 가장 먼저 든 생각은 손에 달걀 샌드위치 조각이 묻어 있는지 확인해야 한다는 것이었다.

"시인은 아니에요. 시를 쓰는 것뿐이죠." 나는 손을 내려다보며 말했다.

"그게 다른가요?"

"다른 것 같아요."

그는 조리대에 몸을 기대고 긴 다리를 곧게 뻗고 서서 탐정처럼 팔짱을 꼈다. "정말 이름이 델리입니까?" 그가 말했다.

"오델이에요." 나는 주방세제와 수세미를 들고 있었던 것에 안도했다.

"오델."

그는 실내와 주방을 잇는 아치형 문 너머를 응시했다. 파티는 이미 방향을 잃었고, 담배꽁초와 병따개, 아무렇게나 내던진 머리핀과 구겨진 재킷이 바닥에 나뒹굴었다. 간간히 비명도 들렸다. 새뮤얼과 신스는 곧 클래펌에 있는 우리 아파트로 떠날 것이다. 그날 밤 아파트를 비워주기로 약속했다. 그러니 나는 그 구덩이 속에서 하룻밤을 지내야 했다. 게다가 내 앞에 서 있는 사람은 취했는지 멍하니 생각에 잠겨 있었고, 눈 밑으로 다크서클이 내려앉아 있었다.

"신혼부부와는 어떻게 아세요?" 내가 물었다.

"몰라요. 바버라가 파티가 있다고 해서 왔어요. 결혼 파티인 줄은 몰랐고요. 결례라는 생각이 들지만…… 아시잖아요."

나는 몰라서 아무 말도 하지 않았다.

"당신은요?" 그가 물었다.

"신스와 학교 동창이에요. 같은 아파트에 살아요. 아, 이젠 아니지만."

"오래됐군요, 그럼?"

"오래됐죠."

"시가 정말 좋았어요."

"감사합니다."

"결혼하면 어떨지 상상도 안 돼요."

"별로 다를 것 같지 않아요." 나는 노란색 고무장갑을 끼며 대답했다.

"정말 그렇게 생각해요? 그래서 결혼에 관한 시가 아니라 사랑에 관한 시를 쓴 건가요?" 그가 나를 보며 물었다.

싱크대에 비누 거품이 산더미처럼 부풀어오른 것은 내가 수돗물을 잠그지 않은 탓이었다. 그는 진심으로 내 시에 관심이 있는 것 같았다. 기분이 좋았다.

"네. 신스한테 말하지 마세요."

그가 웃었고, 나는 그 웃음소리가 좋았다.

"우리 어머니는 결혼은 하면 할수록 더 나아진다고 말씀하셨죠. 이미 두 번째 결혼이셨는데 말이죠."

"세상에." 내가 웃으며 말했다. 지나치게 가식적인 말투였을지도 모르겠다. 그 시절에 '이혼'이라고 하면 '난봉'의 의미가 들어 있었으니까.

"이 주 전에 돌아가셨어요."

나는 수세미를 든 채로 손을 멈추고 방금 제대로 들었나 싶어 그를 바라보았다.

"양아버지는 저더러 집에서 나가라고 하더군요." 로리는 바닥을 내려다보며 계속 말했다. "내가 당신한테 숨는 거라고. 그런데 내가 결혼 파티에 오게 될 줄이야."

세련된 가죽 재킷을 걸치고 있던 그가 말없이 씩 웃고는 팔짱을 꼈다. 처음으로 영국에서 모르는 사람과 사적인 대화를 나누는 순간이었다. 내가 조언을 해줄 수 있는 것도 아니었고, 그가 내 조언을 바라는 것도 아니었다. 딱히 울 것 같지도 않았다. 가죽 재킷이 더워 보였지만, 벗을 생각은 없는 모양이었다. 어쩌면 거기까지 생각이 미치지 못했을지도 모른다. 만약 그랬다면 애석했을 것이다.

"전 어머니를 오 년째 뵙지 못했어요." 내가 케이크가 묻은 접시를 뜨거운 물에 넣으며 말했다.

"설마 돌아가신 건 아니겠죠."

"네, 돌아가시진 않았어요."

"난 어머니가 돌아가신 게 실감 나지 않아요. 집에 가면 어머니가 계실 거라고…… 하지만 그곳엔 망할 게리만 있을 뿐이죠."

"게리가 양아버지인가요?"

그의 얼굴이 어두워졌다. "네, 미안해요. 어머니는 자신의 모든 걸 그 사람에게 남겼어요."

나는 로리의 나이를 가늠해보았다. 서른 살 쯤 되었을 것 같았지만, 이렇게 쉽게 자신의 이야기를 하는 걸 보면 더 젊은 것 같았다.

"힘들겠네요. 왜 그러셨죠?"

"이야기가 길어요. 실은 어머니가 제게 남긴 것도 하나 있어요. 게리는 그걸 늘 싫어했는데…… 그것만 봐도 얼마나 멍청한 사람인지 알 수 있죠."

"받은 게 있다니, 다행이네요. 그게 뭔데요?"

로리는 다시 한숨을 쉬더니 팔짱을 풀었다.

"그림이에요. 그래 봐야 어머니 기억만 날 뿐이죠."

그는 울적한 미소를 지었다. 순간 한쪽으로 입이 비뚤어졌다.

"사랑은 맹목이고, 사랑은 구속자예요Love is blind, Love is a bind. 나도 시인이 될 수 있겠죠." 그러고는 냉장고 쪽으로 고갯짓을 했다. "우유 있어요?"

"있을 거예요. 저, 제 생각에는 어머니를 잊어버리기보다는 기억하는 편이 좋을 것 같아요. 전 아버지가 돌아가셨어요. 아버지의 유품은 아무것도 없고요. 제 이름뿐이죠."

로리는 냉장고에 손을 댄 채 움직임을 멈췄다. "아, 미안해요. 저 때문에……."

"괜찮아요. 네, 정말이에요." 나는 어쩐지 부끄러워져서 그가 우유를 가지고 나가줬으면 했다. 평소의 나라면 부모님 이야기를 하지 않았을 테지만, 지금은 꼭 마저 해야 할 것 같았다.

"전쟁 때 돌아가셨어요. 격추되어서."

로리는 몹시 흥미롭다는 얼굴이었다. "제 아버지도 마찬가지예요. 하지만 전투기는 아니에요." 그는 말을 멈췄다. 다음 말을 하기 주저하는 눈치였다. 이윽고 그가 덧붙였다. "난 아버지를 본 적이 없어요."

우리 상황이 일치하는 것이 내가 일부러 이야기를 짜맞춘 것처럼 느껴져 어색했다. 그래서 "전 두 살 때였어요." 하고 급히 덧붙였다.

"전 아버지가 기억나지 않아요. 아버지 이름은 '오델Odell'이었고, 'e'가 없었대요. 아버지가 돌아가시자마자 어머니는 제 이름을 바꿔버렸고요."

"네? 그전에는 이름이 뭐였는데요?"

"저도 몰라요."

나는 이전의 내 이름을 모른다는 게 이상하고 우스꽝스러웠다. 그날 밤 마리화나 연기가 자욱했던 탓인지도 모른다. 하지만 적어도 그 순간에는 그랬다. 그래서 그와 마주 보고 웃기 시작했다. 한 1분쯤 웃어댔더니 옆구리가 결릴 지경이었다. 한 어머니는 딸의 이름을 멋대로 바꾸었고, 한 어머니는 갑자기 돌아가셨다. 그리고 그들의 자식은 영국 박물관 옆 아파트 부엌에서 노란색 고무장갑을 끼고 가죽 재킷을 입은 채 웃고 있었다!

로리는 우유병을 빙빙 돌리면서 나를 똑바로 보았다. 나는 정신을 번쩍 차리고 저런 식으로 병을 돌리다가 우유가 쏟아지면 어쩌나 걱정스런 눈빛으로 그를 보았다.

"있잖아요, 델리." 그가 말했다.

"오델요."

"나갈래요?"

"어디서요?"

"당연히 여기서죠, 이 정신없는 아가씨야."

"정신없는 사람이 대체 누군데요?"

"지금이라면 소호에 갈 수 있어요. 플라밍고에 넣어줄 친구가 있
거든요. 하지만 그 고무장갑은 벗어야 해요. 그런 류의 클럽이 아
니니까."

그 시점에서는 로리가 어떤 사람인지 알 수 없었다. 어머니의 죽
음을 슬퍼하는 것 같았지만, 그 슬픔을 완전히 실감하는 것 같지는
않았다. 어쩌면 헤어날 수 없는 충격에 빠진 걸지도 모른다. 하긴
보름밖에 안 되었으니까. 그는 누군가에게 화가 나 있었고, 정신적
으로 많이 혼란스러워 보였다. 또 자신만만한 동시에 자신을 회피
하기도 했다. 로리에 대해서 알 수 있는 것은 이 정도였다. 그는 언
변이 좋았고, 양아버지의 집과 두 번 결혼을 하고 돌아가신 어머니
에게 진절머리 난다는 투로 말했다. 나는 그런 그의 태도가 진심인
지 아닌지 알 수 없었다.

"지금은 좀 피곤한 데다, 지금 파티에서 나갈 수도 없어요."

나는 싱크대의 마개를 뽑았다. 물이 요란한 소리를 내며 빠지는
동안 그의 어머니가 어떻게 돌아가셨는지 궁금해졌다.

"플라밍고라니까요, 오델."

생전 처음 들어보는 곳이었지만, 그렇다고 말할 생각은 없었다.

"신스를 두고 갈 순 없어요."

그는 한쪽 눈썹을 치켜떴다.

"신스는 오늘 밤 당신이 필요할 것 같진 않은데요."

로리의 말에 나는 얼굴을 붉히며 하수구로 사라지는 거품을 빤

53

히 들여다보았다.

"있잖아요, 밖에 차가 있어요. 그 그림을 친구 아파트에 내려놓고 춤추러 가는 게 어때요. 꼭 플라밍고가 아니라도 괜찮아요. 아, 춤추는 거 좋아해요?"

"지금 그 그림을 갖고 있어요?" 내가 물었다.

"아, 당신은 나이트클럽보다 예술을 더 좋아하는군요!" 그가 머리를 넘기면서 대답했다.

"양쪽 다 아니에요. 물론 지금은 미술관에서 일하지만요." 이렇게 덧붙였다. 나는 내심 그가 놀라기를 바랐다. 내가 카펫 위에서 뒹굴기보다 설거지나 하려는 순진한 여자가 아니라는 걸 보여주고 싶었다.

"그 그림 보고 싶어요? 내 차 트렁크에 있는데." 로리가 눈을 반짝이며 말했다.

로리는 그 부엌에서 내게 손을 대려고 하지 않았다. 아니, 손 근처에도 다가오지 않았다. 이제 와 생각해보면 그가 신사적으로 군 것에 대한 안도감과 만에 하나 그럴지도 모른다는 욕망, 그 두 가지 때문에 그림을 보겠다고 한 것 같다. 나는 싱크대에 접시들을 내팽개쳐둔 채 그를 따라갔다.

그는 자신이 모리스 사의 차를 탄다는 사실에 내가 놀라기를 바란 것 같았다. 하지만 트렁크에 실려 있는 그림을 본 내게 그런 것은 아무런 의미도 없었다. 큰 그림도 아니었고, 액자도 없었다. 그림의 이미지는 매우 단순했지만 쉽게 해독할 수 있는 건 아니었다.

그림 한쪽에는 어떤 여자아이가 목이 잘린 여자아이의 머리를 손에 들고 있었다. 다른 한쪽에는 사자가 사냥을 하러 튀어나오기 전의 기세로 웅크리고 있었다. 우화 같은 느낌이었다. 그림의 하단 배경에는 주황색 가로등 불빛에 약간 왜곡되기는 했지만 르네상스 궁정 초상화에나 등장할 법한 노랑, 초록의 들판과 하얀 성이 뭉그러진 천 조각처럼 그려져 있었다. 그에 비해 하늘은 더 어둡고 덜 장식적이었다. 시커먼 남색 하늘이 악몽 같았다. 그림 속의 여자아이들과 사자는 어떠한 역경에 직면해 있는데, 그림에서 주는 메시지와 전체적인 색이 대조적이었다. 아름다운 색채 너머에는 섬세함이 있었고, 그런 미묘한 요소가 너무나 매혹적이었다.

"어떻게 생각해요?" 로리가 물었다. 부엌 전등 불빛에서 벗어나니 그의 얼굴이 좀 더 부드럽게 보였다.

"저요? 전 그저 타이피스트일 뿐인 걸요."

"아, 그러지 말고요. 난 당신의 시를 들었다고요. 이 그림을 보고 시를 지어봐요."

"전 그런 식으로 하는 게 아니라……." 그렇게 말하려다가 그가 놀리고 있다는 사실을 깨닫고는 그림으로 눈을 돌렸다.

"굉장히 독특한 것 같아요. 색감도 그렇고 주제도요. 언제 그린 건가요? 제가 보기에는 지난주일 수도 있고, 지난 세기일 수도 있을 것 같아요."

"그보다 더 오래된 것일 수도 있죠."

나는 배경의 구석 들판과 인물들을 다시 봤다.

"그런 것 같진 않아요. 여자아이의 드레스와 카디건이 요즘 거예요."

"이건 금박일까요?" 로리는 허리를 숙이더니 사자의 갈기를 가리켰다. 흔들리는 털에서 빛이 나는 것 같았다. 그의 머리가 내 머리에 아주 가까워졌고, 그의 살갗 냄새와 애프터셰이브 향이 나 순간 소름이 돋았다.

"오델?" 그가 말했다.

"이건 보통 그림이 아니에요." 나는 서둘러 대답했다. 그러고는 그림의 가치를 안다는 듯이 몸을 일으켜 세웠다.

"스콧 씨, 이걸 어떻게 할 생각이죠?"

그는 나를 보며 웃었다. 주황색 불빛이 그의 얼굴을 비췄고 유령 같은 그림자를 드리웠다.

"스콧 씨라고 불리니 기분 좋은데요."

"그렇다면 로리라고 부르죠."

그가 다시 웃었다. 나도 웃음이 나올 것 같았다.

"아마추어가 그린 것 같지는 않아요. 어머니께서 그림에 대해 무어라 언급하신 게 있었나요?"

"아니요. 단지 내가 알고 있는 건 어머니가 어딜 가나 이 그림을 가지고 다니셨다는 것뿐이에요. 사람들에게 공개되는 걸 싫어하셔서 집에서도 항상 침실에 두셨고요."

나는 그림 오른쪽 아래에 있는 이니셜을 가리켰다.

"'I. R.'이 누구죠?"

"그건 내 분야가 아닌데." 그가 어깨를 으쓱였다.

나는 그의 분야가 무엇인지, 그것을 알려줄 것인지, 왜 알고 싶은 건지, 왜 이렇게 둘만의 시간이 어색한 것인지 궁금했다. 그러면서 혹시라도 그가 내 생각을 알아챌까 봐 다시 그림 속의 여자아이를 향해 고개를 숙였다. 여자아이는 하늘색 드레스에 짙은색 모직 카디건을 입고 있었는데 실의 짜임까지 묘사되었다. 여자아이가 들고 있는 머리는 검은색 머리카락을 길게 땋았는데, 그것이 팔 바깥으로 구불구불 빠져나와 붉은 황토색 바닥을 향하고 있었다. 이상한 점은 그 여자아이에게 몸이 없었지만, 죽은 것 같지 않다는 것이었다. 그 여자아이는 나를 그림 속으로 끌어들이면서 눈빛으로는 주의하라고 경고하는 듯했다. 두 여자아이 모두 밝은 얼굴로 환영하지는 않았다. 둘 다 사자의 존재를 모르는 것 같았다. 사자는 사냥을 하려는 것일 수도, 그렇지 않은 것일 수도 있었다.

로리, 파티, 시, 듀보네, 신스의 결혼, 그림.

"가봐야 되겠어요." 나는 그림을 그의 손으로 밀면서 말했다. 갑자기 혼자이고 싶어졌다.

로리는 내게서 그림을 받아 트렁크에 넣었다. 그는 머리를 한쪽을 기울인 채 나를 내려다보았다.

"괜찮아요? 다시 바래다줄까요?"

"아니, 아뇨. 괜찮아요. 만나서 반가웠어요. 행운을 빌어요." 돌아서서 아파트 입구로 들어가려는데 그가 불렀다.

"이봐요, 오델." 돌아보니 그는 가죽 재킷 주머니에 양손을 꽂고 다시 어깨를 구부리고 있었다. "오늘 밤 읊은 당신의 시, 정말 좋은 시였어요."

"그렇게 말하는 데는 생각보다 오래 걸리는 법이죠, 스콧 씨."

내 대답에 그는 웃었고, 나도 그제야 제대로 된 미소를 지었다. 그리고 가로등 불빛에서 벗어난 것에 마음이 놓였다.

5

어릴 때 어머니와 나는 일요일이면 늘 신스의 가족과 함께 점심을 먹곤 했다. 오후 4시, 조리대에 커다란 냄비를 얹어놓고 모두가 드나들며 원하는 대로 떠다 먹었다. 그리고 식사가 끝나는 7시 30분쯤에는 라디오 앞에 의자를 끌어다 놓고 BBC의 〈캐리비언 보이스〉를 들었다. 작가가 되려는 꿈을 가진 사람에게 의미가 있는 유일한 방송이었다.

한편 이 방송은 이상한 구석이 있었다. 바베이도스, 트리니다드, 자메이카, 그레나다, 안티구아 같은 영국령 카리브해 국가 출신의 시인들은 런던의 알드위치에 있는 부시 하우스•에 이야기를 보내야만 대서양 건너편 자기 집에서 라디오 방송을 들을 수 있었다. 나는 내 주위에 이야기를 보낼 만한 시설이 없다고 생각했다. 아주 어린 시절부터 작가가 되려면, 내가 쓴 글이 모국인 영국의 승인을 받아야 방송될 수 있는 거라고 내 멋대로 결론을 내렸다.

작품의 대부분은 남자가 쓴 것이지만 유나 마슨, 글레이디스 린

• 한때 전세계 방송 송신을 담당했던 BBC의 부처가 있었던 건물.

도, 컨스턴스 홀러의 목소리로 읽어주는 그 이야기들을 나는 황홀한 마음으로 들었다. 신스는 "언젠가 네 글도 읽어줄 거야, 델리"라고 말했다. 그렇게 말하는 신스의 환한 얼굴과 갈래머리를 볼 때마다 나는 늘 그 말이 사실이 될 거란 예감이 들었다. 일곱 살 때, 내게 계속 글을 쓰라고 말해준 사람은 신스뿐이었다. 안타깝게도 〈캐리비언 보이스〉는 1960년에 폐지되었다. 그리고 2년 후, 나는 내가 쓴 이야기들로 무엇을 해야 할지 모른 채 영국으로 왔다. 구두점 일이 바쁠 때도 나는 글 쓰는 걸 멈추지 않았다. 신스도 내 방에 쌓여가는 공책 더미를 보며 나의 꿈을 응원했다.

신스와 새뮤얼은 퀸즈 파크에 있는 아파트를 빌렸고, 신스는 런던 북부에 있는 지점으로 자리를 옮겼다. 그때만 해도 나는 외로움이 뭔지 잘 알지 못했다. 내게는 책이 있었고, 신스가 항상 곁에 있었다. 그러나 신스가 떠나고 나자 그 작은 아파트에서 내가 하는 생각이 엄청나게 크게 울렸다. 그곳에는 내 이야기를 듣고 공감하거나 질책해줄 사람이 없었다. 나를 회유하고 지지해줄 사람도, 팔을 뻗어 안아줄 사람도 사라졌다. 신스의 부재가 서서히 물리적으로 다가왔다. 나를 어루만져줄 사람이 없다면, 내 몸도 사라지는 것일까? 물론 그런 것은 아니지만, 나는 내 몸이 사라지는 것 같았다. 나는 얼마간 얼이 나간 채 이 방 저 방을 떠다녔다. 신스가 문에 열쇠를 넣고 돌리는 소리와 프라이팬을 지글거리던 소리가 그리웠다. 욕실에는 칫솔이 한 개뿐이었고, 신스가 흥얼거리던 노랫소리 대신 침묵을 감당할 준비가 전혀 안 되었다.

날마다 좋아하는 사람, 기분을 좋아지게 하는 사람을 볼 때면 별로 노력하지 않아도 자신이 제일 나은 사람이라 여기게 된다. 그런데 이제는 스스로 별로 재미있지도 않고, 그렇게 똑똑하지도 않은 사람이라고 단정하게 됐다. 신스 외에는 누구도 내 시를 듣고 싶어 하지 않았고, 신스처럼 내 고향에 관심이 있거나 그곳을 이해하는 사람도 없었다. 신스가 없이는 오델이 되는 법을 알 수 없었다. 나는 신스에게 셀 수 없이 많은 것을 받아왔는데도 날 두고 사라진 신스가 미워질 뿐이었다.

신스도 나도 바쁜 일상에 치여 보름에 한 번, 스켈턴에서 코너를 돌면 나오는 크레이븐 스트리트의 라이언스에서 만났다. 먼저 만나자고 제안하는 건 늘 신스였다. 하지만 나는 그런 신스에게 고마운 마음마저 들지 않았다.

웨이트리스가 우리 잔을 급하게 카운터에 갖다놓아서 차가 컵받침에 흘러넘쳤고, 내가 주문한 빵은 꾹 눌려 있었다. 웨이트리스는 접시를 달라는 말을 무시했고, 돈을 건네니 거스름돈을 카운터위에 올려놓고는 내 얼굴도 보지 않은 채 쭉 밀었다. 나는 신스를 바라보았고, 신스는 익숙하다는 듯한 표정을 지었다. 우리는 카운터에서 최대한 먼 자리의 빈 테이블을 찾았다.

"일은 어때? 아직도 그 마저리 퀵을 따라다녀?"

"그 사람이 내 상사잖아, 신시아."

"그렇지."

퀵이 지난 몇 주 동안 내게 준 인상이 얼마나 빤한 것인지 나는 알지 못했다. 패밀라를 통해 퀵에 대해 좀 더 알아보려고 했지만, 패밀라는 퀵이 켄트가 고향이라고 말한 적이 있다는 것만 이야기해주었다. 그녀가 소녀 때부터 50대 여인이 될 때까지 무엇을 했는지는 모호했다. 어쩌면 퀵은 켄트의 상류사회에서 판사의 아내나 혹은 그런 부류의 사람으로 살 운명이었지만, 전쟁이 끝나고 런던의 폐허에서 다른 삶을 찾아나선 건지도 모른다. 물론 그녀의 이름은《데브렛츠》*에 나오지 않았다. 그녀는 내가 처음 생각했던 것처럼 스켈턴 가의 후손도 아니었다. 다만 흠잡을 데 없는 의상에서 권력이 느껴졌고, 다른 누구도 아닌 자기 자신에게만 관심을 뒀다. 주름 하나 없이 완벽하게 다린 블라우스와 깔끔한 바지는 다른 무엇보다 그녀 자신을 대변했다. 퀵의 의상은 실크로 지은 갑옷과도 같았다.

퀵이 독신이며 윔블던 공원 바로 옆에 산다는 것은 이미 알고 있었다. 그녀는 줄담배를 피우고, 수십 년 동안 위에서 떨어지는 물을 온몸으로 받아온 바위처럼 관장인 리드 씨와 가까워 보였다. 패밀라는 퀵이 리드 씨만큼이나 오래 일했으며, 20년 전인 1947년에 리드 씨가 스켈턴 미술관의 관장이 되었다고 했다. 퀵이 어떻게 리드 씨를 만났는지, 어떻게 이 일을 하게 되었는지는 미스터리였다. 그러나 그녀가 지금의 자리에 오르기까지 어떤 전쟁을 치렀는지, 전쟁에 앞서 로마사를 읽었는지 궁금했다.

"그런 사람은 처음 봐. 바로 직전까지만 해도 햇살처럼 다정하다가도 순식간에 돼지 솔빗처럼 까칠해져. 옆에 있기만 해도 따가울 정도야."

신스가 한숨을 내쉬었다. "우린 아파트에 G플랜**을 샀어."

"G, 뭐라고?"

"오, 델리. 새뮤얼이 정말 열심히 일하잖아. 그래서 퇴근하면 발을 올려놓을 수 있는 G플랜 소파를 사자고 했어."

"흐음, 네 발은 어때?"

---

* 전통있는 영국의 에티켓 가이드로, 귀족 작위를 가진 모든 가문의 일원과 이름을 정리한 책을 출간한 바 있음.
** 영국의 가구 회사.

신스는 미지근해진 차를 스푼으로 저으며 한숨을 내쉬었다.

"아, 그나저나 오늘은 네게 할 얘기가 있어. 우리 동네 새 집배원이 편지를 뒤섞어 배달해서 옆집 사람이 그걸 가지고 찾아왔어." 신스는 목청을 가다듬더니 런던 사람들 억양을 흉내냈다. "**오, 세상에. 당신 우편물일 거예요. 까만 우표가 붙어 있거든요.**' 이거 봐, 라고스에서 온 편지야, 델리. 내 이름도 안 적혀 있는 데다가 아는 나이지리아 사람도 없다고. 그런데 '까만 우표'라니."

신스의 웃음소리가 잦아들었다. 우리는 상처를 달래려고 평소이런 농담을 주고받았지만, 오늘은 웨이트리스 때문에 둘 다 그럴 기력을 잃었다.

"결혼식 때 만났던 그 남자 얘기 좀 해봐." 신스가 음흉한 표정을 지으며 말했다.

"무슨 남자?"

신스가 어이없다는 표정을 지었다.

"로리 스콧 말이야. 마르고 잘생긴 그 백인 남자. 내가 그때 그렇게 취하진 않았거든. 둘이 부엌에 있는 거 봤어. 패트릭이 그러는데, 바버라 친구래."

"아, 그 사람. 정말 얼간이 같더라."

"**흐음, 그래? 그거 참 이상하네.**"

신스는 눈을 반짝였고, 나는 속마음이 신스에게 들킨 것을 알았다. "왜?"

"패트릭이 새뮤얼에게 그 사람이 너에 대해 묻고 다닌다고 했대." 나는 조개보다 더 입을 꼭 다물었고, 신스는 씩 웃었다. "글은 써?"

"떠나고 나니까 궁금해?"

"난 널 **떠난 게** 아니야. 지하철 노선도 반대편에 사는 것뿐이지."

"아주 평온한 나날을 보내고 있으니 걱정 마. 글도 쓰고 있고."

나는 이렇게 대답했지만, 거짓말이었다. 그때 나는 좋은 작가가 될 수 있다는 생각이 우습다고 여겼고, 글쓰기에서 손을 뗀 지 오래였다.

"쓰고 있다니 다행이다." 신스가 단호하게 말했다. "있잖아, ICA[•] 에서 시 낭송의 밤을 한대. 새뮤얼의 친구가 낭송을 한다는데, 너에 비하면 **정말** 얼간이야. 그 사람 시를 들으면 잠이 오거든……."

"착각하지 마! 나는 모임에서 시 같은 건 안 읽어, 신스." 나는 콧잔등을 찡그리며 말했다. 그러자 신스는 한숨을 쉬었다.

"알아. 다만 난 네가 나왔으면 좋겠다는 거지, 델리. 너도 네 시가 좋다는 걸 알지만 **아무것도** 안 하잖아."

"흥, 뭐야, 걱정할 남편이 없는 나는 아무 데서나 **시**를 읽어도 된다는 거야? 나도 바빠. 일도 해야 하고. 너도 그만 G플랜으로 돌아가는 게 어때?"

"델리! 왜 이렇게 짜증을 내? 난 그냥 널 도와주려는 건데……."

신스는 심란한 얼굴을 하며 말했다. 나는 차를 마저 마시고 나서 신스를 바라봤다. "짜증 안 내. 난 괜찮아. 그러니까 이래라저래라 하지 마."

신스는 그 뒤로 입을 다물었다. 그때 그 자리에서 사과했어야 했는데 그러지 않았다. 신스는 얼마 안 있어 울먹이는 얼굴로 떠났고, 나는 신스의 발목을 잡으러 튀어나온 바다 괴물이 된 기분이었다.

• Institute of Contemporary Arts, 1947년에 설립된 런던의 문화전시공간.

우리는 다음 주에도, 그다음 주에도 만나지 않았다. 신스는 전화도 하지 않았다. 나도 마찬가지였다. 나는 너무 부끄러웠고, 스스로 바보가 된 것 같았다. 그날 밤, 신스는 새뮤얼에게 **'정말 얼간이 같은 기집애'**라고 나를 욕했을지도 모른다. 신스에게 연락이 끊기자 나도 수화기를 들기가 점점 더 어려워졌다.

그날 내가 신스에게 정말 하고 싶었던 말은 함께 살던 시절이 그립다는 것뿐이었다. 사람들은 나더러 언어에 능한 사람이라고들 했지만 막상 나는 늘 그 모양이었다.

6

로리 스콧은 8월 15일 아침 7시에 나를 찾아왔다. 그날은 오전
에 접수대 근무를 서야 해서 일찌감치 출근길에 나섰다. 상점은 아
직 문을 열지 않았고, 채링크로스에는 지나다니는 버스도 많지 않
았다. 나는 쇼핑몰 쪽으로 걷고 있었는데, 평소 사람들로 붐비던
길은 한산했고 초록빛을 띠었다. 일주일째 비가 왔고, 새벽에 내린
비로 인도의 돌이 흠뻑 젖어 있었다. 나무들이 바닷속 해조류처럼
바람에 흔들렸다.

이보다 더 심한 비도 겪어보았다. 나는 패밀라에게 주려고 산
〈익스프레스〉가 젖지 않도록 가방에 넣었다. 들이치는 비에 개의
치 않고 서둘러 칼턴 가든을 가로질러 스켈턴 스퀘어로 걸어갔다.
길 한가운데에 멍하니 서 있는 비둘기가 더럽힌 외투를 입고 죽은
지 오래된 정치가의 동상을 지났다. 전에는 그가 누군지 알아보려
고 했다. 하지만 런던에서 5년을 살고 나니 빅토리아 시대 사람들
에 대한 흥미가 싹 사라졌다. 그 동상의 영원같은 눈빛을 보고 있
으면 더 지치는 것 같았다.

이윽고 스켈턴 미술관 건물 앞에 도착했다. 미술관 건물 현관 앞

에는 약간 낡은 가죽 재킷을 입은, 키가 크고 늘씬한 청년이 서 있었다. 얼굴이 작았고, 머리카락은 아주 짙은 갈색이었다. 누군지 올려다 보기도 전에 그 사람이란 걸 알아챘다. 목이 답답해지고, 속이 메스껍고, 가슴이 쿵쾅거렸다. 계단을 올라가 가방에서 열쇠를 꺼냈다. 그날 로리는 안경을 쓰고 있었는데, 렌즈가 침침한 불빛에 반짝였다. 그는 정육점에서 고기를 싸는 데 쓸 법한 갈색 종이로 둘둘 만 꾸러미를 옆구리에 끼고 있었다.

그가 나를 보고 씩 웃었다. "안녕하세요."

로리가 웃는 것을 보고 나는 어떤 치유자가 내 가슴에 손을 얹어 준 것 같은 기분이 들었다. 오금이 저렸고, 웃음이 나올 것처럼 턱이 간지러워서 침을 삼킬 수도 없었다. 나는 그를 끌어안으며 이렇게 말하고 싶었다.

'당신이군요, 당신이 왔어요!'

하지만 내 입에서 나온 말은 달랐다.

"안녕하세요. 무슨 일로 오셨죠?"

그의 미소가 얼어붙었다.

"기억 안 나요? 결혼식 때 만났잖아요. 바버라 친구들과 함께 갔는데……. 당신은 시를 읽어줬고, 나와 춤추러 가지 않았죠."

"아, 그랬죠. 안녕하셨어요?" 나는 인상을 찡그렸다.

"안녕하셨냐고요? 여긴 왜 왔냐고 물을 생각은 없나요?"

"지금은 오전 일곱 시예요. 성함이……?"

"스콧이에요." 그의 얼굴에서 기쁨이 사라졌다. "로리 스콧."

나는 그를 지나쳐 열쇠 구멍에 열쇠를 꽂았다.

왜 그랬던 걸까?

이런 날이 오면 어떻게 할까, 온갖 상상을 했으면서 막상 눈앞에

닥치자 나는 전처럼 무뚝뚝하게 굴었다. 무심하게 현관문을 열고 미술관 안으로 들어갔고, 그가 내 뒤를 따라 들어왔다.

"여긴 누굴 만나러 오셨죠?" 내가 물었다.

그는 나를 빤히 바라보았다. "오델, 난 이놈의 도시에 있는 미술관과 박물관을 죄다 뒤졌어요. 당신을 찾으려고!"

"절 **찾으려고요?**"

"그래요."

"오 주나 걸렸다고요? 패트릭 미나모어에게 물어봤으면 됐을 걸."

그가 웃었다. "그렇다면 세고 있었군." 나는 얼굴을 붉히며 시선을 돌려 우편물을 훑어보았다. 그는 종이 꾸러미를 들어올리며 말했다. "사자 소녀들을 가져왔어요."

나는 수상쩍은 기색을 감출 수 없었다. "그게 누구죠?"

그가 씩 웃었다. "어머니 그림요. 당신의 조언을 듣기로 했어요. 이 그림을 봐줄 사람이 있을까요?"

"그래요."

"당신이 가르쳐준 그 이니셜 'I. R.'을 찾아봤는데, 유명한 화가 중에 그런 이름은 없었어요. 그러니 가치가 없는 그림일 수도 있어요."

"팔 생각인가요?" 나는 여전히 머릿속이 어지럽고, 심장이 두근거렸다. 그 상태로 접수대 반대편으로 돌아가면서 물었다. 그때까지 나는 그렇게 직접적으로 남자를 대한 적이 없었다.

"어쩌면요. 한번 알아보고."

"어머니가 가장 아끼던 거라면서요?"

"어머니가 가장 아낀 건 나예요." 그는 우울한 미소를 지으며 꾸러미를 카운터에 올려놓았다. "농담이에요. 팔고 싶지 않지만, 값이 되면 새 출발을 할 수도 있을 테니까. 망할 게리가 언제 날 쫓아낼지 모르거든요."

"일은 안 하세요?"

"**일**요?"

"직장이 없어요?"

"예전에는 있었어요."

"아주 먼 옛날?"

그가 뚱한 표정을 지었다. "못마땅한 모양이군요."

사실 나는 일하지 않는 사람들에 대한 **반감이 없다.** 신스는 물론 이거니와 런던에 와서 알게 된 돌시스 구두점의 사람들, 새뮤얼, 패트릭, 패밀라 등 모두 일을 했다. 다들 이곳에 일을 하러 왔기 때문이다. 내 고향에서는 자신의 일을 하는 것이 오랜 세월 들판에서 농사짓는 일에서 벗어나는 유일한 길이었다. 그러니 평생 받아온 가르침에서 벗어나기란 쉽지 않은 일이다. 특히 태어나기도 전부터 내려온 가르침이라면 더욱 그렇다.

로리는 갈색 포장지를 보았다. "얘기가 길어요." 그는 내가 못마땅해하는 것을 알아차리고 이렇게 말했다. "대학을 중퇴했어요. 그게 몇 년 전이에요. 어머니가…… 아, 아니에요. 하지만 새로운 걸 시작하고 싶어요."

"그렇군요."

그는 겸연쩍은 듯 손을 재킷 주머니에 찔러 넣었다. "봐요, 오델. 나는…… 게으름뱅이는 아니에요. 뭔가를 하고 싶어요. 그걸 알아줬으면 좋겠어요. 나는……."

"차 한 잔 마실래요?" 내가 물었다.

그는 말을 하다가 도중에 멈췄다. "차요? 네, 좋아요. 그렇다고 해도 정말 이른 시각이네요." 그가 웃었다.

"내가 나타날 때까지 거기 서 있을 생각이었어요?"

"네."

"미쳤어."

"누가요?" 그의 말에 우리는 마주 보며 웃었다. 나는 그의 창백한 얼굴을 빤히 바라보았다. "직장이 없어도 당신 어머니는 당신이 완벽하다고 생각하실 거예요."

"왜죠?" 그가 물었다.

나는 한숨을 쉬었다. 그걸 설명하기에는 너무 이른 시각이었다.

우리는 접수대에 앉아서 한 시간쯤 함께 시간을 보냈다. 나는 현관문을 잠가놓고 우편물을 정리하고 나서 차와 커피를 우렸다. 패밀라와 나는 차와 커피가 떨어지지 않도록 하루 종일 채워놓았다. 로리는 뜨거운 음료를 처음 보는 사람처럼 차를 받고 진심으로 기뻐했다.

그는 어머니 장례식에 대해서 이야기했다. "끔찍했어요. 게리가 죽어가는 장미에 대한 시를 읊었죠."

나는 웃음을 감추려고 손으로 입을 가렸다.

"아뇨, 웃어야죠. 어머니도 웃었을 거예요. 어머니는 그 시를 싫어했을 거예요. 장미도 싫어하는걸요. 게다가 게리가 시를 읊는 목소리도 싫어요. 최악의 목소리예요. 엉덩이에 플런저•를 끼운 것 같은 소리를 낸다고요. 게다가 신부님은 노망이 났어요. 장례식에

• 변기 배관 청소 도구.

참석한 사람은 고작 다섯 명뿐이고, 난 어머니가 그런 일을 겪어야 하는 게 정말 싫었어요."

"유감이에요."

그는 한숨을 쉬면서 다리를 쭉 뻗었다. "오렐, 당신 잘못은 아니죠. 어쨌든 장례식은 끝이 났어요. 편히 잠드소서, 등등." 그가 그 기억을 지우려는 듯 얼굴을 문지르고 나서 물었다. "당신은 어때요? 친구 없이 어떻게 지내고 있어요?"

나는 그가 기억해준 것에 감동을 받았다. "괜찮아요. 집이 좀 조용해졌죠."

"조용한 걸 좋아할 줄 알았는데."

"그걸 어떻게 알아요?"

"플라밍고에 가고 싶지 않다고 했잖아요."

"그런 거랑은 차원이 다른 조용함이에요."

그리고 우리도 조용해졌다. 나는 접수대 뒤에 서 있었고, 그는 맞은편에 앉아 있었다. 우리 사이에는 갈색 종이 꾸러미가 놓여 있었다. 기분 좋은 고요함이 공간을 따뜻하게 채웠다, 나는 그 순간의 평화로움을 방해하고 싶지 않았다. 그가 그곳에 앉아 있는 것이 좋았다. 그는 곧 처음 만났을 때와 같은 눈빛으로 날 바라보았다.

내 눈에 그는 여전히 아름다워 보였다. 나는 패밀라에게 줄 〈익스프레스〉를 꺼내놓고 공연히 책상을 정리하면서 내심 패밀라가 늦게 오기를 바랐다. 고향에서는 어머니가 '시간낭비'라고 한 일을 두어 번 한 적이 있다. 으슥한 곳에서 남자와 손을 잡는다거나, 강의가 끝나고 함께 핫도그를 먹는다거나, 프린시스 빌딩의 콘서트에서 어색하게 키스를 한다거나, 밤늦은 시각 피치 워크에서 반딧불이의 푸르스름한 빛을 본다거나……. 하지만 끝까지 가본 적은 단 한 번도 없었다.

나는 남자들의 관심을 피해왔다. 구애과정이 괴로웠기 때문이다. '자유연애'는 포트오브스페인의 여학생들과 무관한 일이었다. 우리는 어리석은 행동의 구덩이에 빠진 타락한 여자는 구원받을 수 없다는, 빅토리아 시대에나 통용될 법한 가톨릭 교육을 받아왔다. 뿐만 아니라 육체를 주고받기에 우리가 너무 **우월하다는** 가르침을 받았다.

나에게 섹스는 오만한 두려움이었다. 학창시절에 리스트라 윌슨이나 도미니크 멘데스가 자기보다 나이 많은 남자친구를 사귀었으며, 그들에게는 말 못할 비밀이 있다는 것과 그들이 그것을 굉장히 즐겼다는 것이 늘 혼란스러웠다. 난 그 애들이 남자친구를 어떻게 만나는지 늘 궁금했다. 물론 공공연하게 교칙을 어기고, 침실 창문으로 몰래 나가 프레더릭 스트리트와 머린 스퀘어의 나이트클럽에 가는 건 전교생이 알고 있었다. 다만 내 기억에 리스트라와 도미니크는 태어날 때부터 대담한 여인이었다. 여성스럽고 강한 인어들이 뭍으로 올라와 우리와 함께 사는 것 같았다. 우리같이 소심한 애들이 책으로 도망친 건 어쩌면 당연했다. 그리고 섹스는 우리 손이 닿지 않는 것이라 여기며 애써 무시했다.

스켈턴 미술관 현관문은 아직 잠겨 있다. 나는 그 순간을 끝내고 싶지 않았다. 뒤쪽 방의 주전자가 찻물을 끓이느라 쉭쉭거렸다. 그는 다리를 뻗었다 접었다 하면서 무슨 영화를 봤는지, 그걸 왜 못 봤는지, 블루스를 좋아하는지, 포크를 좋아하는지, 여기서 얼마나 일했는지, 클래펌에서 사는 게 좋은지 물었다. 로리와 대화하면 자신이 무척 중요한 사람인 양 느끼게 된다.

"극장 갈래요? 〈007 두번 산다〉나 〈더 조커〉 보러 가요."

"〈더 조커〉요? 당신한테 어울리겠네요."

"올리버 리드가 나와요. 아주 훌륭하죠. 하지만 당신한테 범죄영화는 너무 가볍지 않나요?"

"가볍다니, 왜요?"

"당신은 똑똑하니까. 내가 멍청한 남자들이 왕관 다이아몬드나 훔치러 뛰어다니는 걸 보러 가자고 하면 모욕으로 받아들일 거잖아요."

나는 로리도 내심 긴장하고 있다는 사실을 알고 기분이 좋아져서 웃었다. 그리고 그가 두려움 없이 그 이야기를 내게 해준 것에 감동받았다.

"아니면 프랑스 영화 볼래요? 사람들이 방에서 방으로 드나들고, 서로 바라보기만 하는 거요."

"같이 가요. 제임스 본드 보러."

"좋아요. 훌륭해요. 훌륭해! 실은 〈골드핑거〉를 좋아했거든요. 그 중산모!" 나는 다시 웃었고, 로리는 접수대에 다가오더니 허리를 숙여 내 손을 잡았다. 나는 몸이 얼어붙어 움직일 수가 없었다.

"오델. 난…… 아니, 당신은……."

"네?"

"당신은 정말……." 그는 계속 내 손을 잡고 있었다. 그 순간, 내 평생 처음으로 남자의 손을 놓고 싶지 않았다.

밖에서 비가 내리기 시작했다. 나는 쏟아진 빗물이 회색 인도로 흘러가는 소리를 들으며 고개를 돌렸다. 그가 허리를 숙이더니 내 뺨에 입을 맞췄다. 내가 다시 몸을 돌리자 그가 키스했다. 좋았다. 우리는 스켈턴 미술관 접수대에서 몇 분이나 키스하며 서 있었다.

"이러다 해고당하겠어요." 내가 몸을 떼어내며 말했다.

"그럴 순 없죠."

그는 바보처럼 싱글거리며 자기 자리로 돌아갔다. 비가 억수같이 쏟아졌지만 어디까지나 영국의 비일 뿐, 트리니다드의 비와는 달랐다. 고향에서는 하늘에서 폭포가 쏟아지듯 몇 주씩 열대성 호우가 쏟아졌고, 푸르른 숲은 거의 검정색이 되었다. 네온사인의 전기가 나가고, 산비탈이 뒤집혀 흙탕물이 되고, 생강꽃은 피로 물들인 듯 붉어졌다. 그리고 사람들은 빛나는 아스팔트 위를 다녀도 안전해질 때까지 차양 아래 서서 기다리거나 집 안에 머물렀다. 나는 귀가가 늦어질 때마다 "비 때문에"라고 말했고, 그때마다 모두가 이해해주었다.

"왜요? 왜 웃고 있어요?" 로리가 말했다.

"아무것도 아니에요. 아무것도."

문을 두드리는 소리가 들렸다. 퀵이 커다란 검은색 우산을 쓰고 유리창 안을 들여다보았다.

"어머!" 내가 외쳤다. "일찍 오셨네."

나는 얼른 현관으로 달려가 문을 열어주었다. 퀵은 우리가 키스하는 걸 못 본 것 같았다. 나는 가슴을 쓸어내렸다. 곧 퀵이 안으로 들어왔다. 얼굴이 더 여윈 것 같았다. 그녀는 코트를 벗더니 우산을 접으면서 "8월이란" 하고 작게 중얼거렸다.

퀵은 고개를 들어 로리를 보았다.

"누구세요?" 고양이처럼 경계하는 표정이었다.

"이 사람은 스콧 씨예요." 나는 퀵의 무뚝뚝한 태도에 놀라서 얼른 말했다. "그림에 대해 의논하고 싶다고 오셨어요. 스콧 씨, 이분은 퀵 씨예요."

"스콧 씨?" 퀵이 되풀이해 말했다. 그녀는 그에게서 눈을 떼지 못했다.

"안녕하세요." 로리가 자리에서 벌떡 일어서며 말했다. "보물을 받은 건지, 쓰레기를 받은 건지 궁금해서요." 그는 손을 내밀었고, 퀵은 거대한 자석을 거부하듯 손을 맞잡았다. 나는 퀵이 몸을 움츠리는 것을 보았지만, 로리는 아무것도 알아차리지 못했다.

"스콧 씨를 위해 전자이기를 바라겠어요." 퀵이 살짝 웃었다.

"저도요."

"그림을 봐도 될까요?"

로리는 접수대로 가 그림을 싼 종이를 벗기기 시작했다. 퀵은 문 앞에 선 채 우산 끝을 꼭 쥐고 있었다. 퀵은 계속 로리를 쳐다보았다. 비에 코트가 흠뻑 젖었지만 벗지 않았다. 로리는 그림을 들어 몸에 붙이고서 나와 퀵에게 보여주었다.

"여기 있습니다."

퀵은 금색 사자와 소녀들, 그들 뒤로 펼쳐진 배경에 4, 5초 동안 시선을 고정한 채 서 있었다. 우산이 그녀의 손에서 미끄러져 바닥에 떨어졌다.

"퀵! 괜찮으세요?"

그녀는 나를 보더니 갑자기 몸을 홱 돌려 현관문으로 뛰쳐나갔다.

"그렇게 나쁜 그림은 아닌데……." 로리는 그림을 내려다보면서 말했다.

퀵은 고개를 숙인 채 비를 맞으며 광장을 가로질러 빠르게 걸었다. 내가 코트에 손을 뻗으려는데, 리드 씨가 물이 뚝뚝 떨어지는 중절모를 벗으며 미술관으로 들어왔다.

"바스턴 씨 맞죠?" 그가 나를 내려다보았다.

"바스티엔입니다."

"어디에 가려는 거죠?"

"퀵 씨에게요. 우산을 놓고 가셔서……."

"곧 회의가 있는데……."

그는 몸을 돌리더니 쭈그리고 앉아 무릎에 올려둔 그림을 갈색 종이에 둘둘 싸는 로리를 보았다.

"스콧 씨가 그림을 가져오셨어요." 내가 말했다.

"그렇군요. 아침 8시 15분인데, 정신이 없군요. 러지 씨는 어디 있죠?"

"오늘은 제가 아침 당번입니다, 리드 씨. 스콧 씨는 저 그림을 누군가 봐줬으면 해서 오셨습니다. 어머니께서 제일 아끼시던 그림이라고……."

나는 서둘러 퀵을 따라가 그녀가 무사한지 확인하고 싶어 말끝을 흐렸다.

리드 씨는 마치 온 세상의 짐을 자신의 어깨에 올려둔 듯 느릿느릿하게 비에 젖은 코트를 벗었다. 그는 큰 키에 어깨가 넓었고 언제나처럼 고급 슈트를 입었다. 흰 머리의 리드 씨에게서 나는 애프터셰이브 향이 공간을 가득 채웠다.

"예약은 했소?" 그가 조그만 파란 눈에 짜증을 담아 로리에게 물었다.

"아뇨."

"여긴 아무 때나 찾아와서 문의하는 곳이 아니오. 이런 식으로 운영하는 곳이 아니란 말이오."

로리는 긴장하며 그림을 종이로 덮었다. "압니다."

"음, 모르시는 것 같은데. 바스티엔 씨에게 다음 주쯤으로 예약하시오. 오늘은 시간이 없소." 그는 퀵이 달려 나간 문을 되돌아보왔다. "마저리는 왜 저렇게 뛰쳐나간 거지?" 리드 씨가 퀵을 염려하는 것을 본 것은 처음이었다.

리드 씨가 돌아보았을 때, 로리가 자리에서 일어나면서 그림을 덮고 있던 종이 절반이 바닥에 떨어졌다. 리드 씨는 금색 사자를 보고는 걸음을 멈췄다.

"이 그림 당신 거요?" 그가 로리에게 물었다.

"네."

로리는 눈을 내리깔고 종이를 그러모으면서 조심스레 말했다.

"정확하게는 어머니의 유품입니다. 지금은 제 것이고요."

리드 씨가 그림 쪽으로 다가왔지만 로리는 손을 내밀면서 뒤로 물러났다.

"잠시만요. 시간이 없다고 하셨잖아요. 다음 주라고. 그리고 그때쯤이면……." 로리가 덧붙였다. "다른 곳에 가져갔죠."

"아!" 리드 씨가 두 손을 올리면서 말했다. "좀 더 자세히 보고 싶은 것뿐이오. 부탁하겠소." 리드 씨가 몹시 곤란한 표정으로 덧붙였다.

"왜죠? 방금 전에는 상관없다고 하셨으면서."

리드 씨가 입가를 씰룩거리면서 웃었다.

"보시오. 내 태도에 기분이 상했다면 사과하겠소. 실은 에드나 아주머니가 남긴 유품이라든가, 브릭 레인에서 3파운드에 산 걸 들고 오는 사람이 너무 많아서 질릴 지경이라오. 하지만 당신이 들고 있는 작품은 매우 흥미롭소. 내게 보여준다면 이유를 말해줄 수도 있소."

로리는 잠시 망설이다가 그림을 접수대 위에 다시 올려놓았다. 그리고 나머지 포장지를 벗겼다. 리드 씨는 접수대로 다가가 그림을 살펴보더니 손가락으로 더듬었다. 그러고는 두 번째 소녀의 머리와 길게 땋은 머리, 사자의 순종적인 시선을 내려다보았다. "세상에." 그가 숨을 내쉬었다. "모친께서 이걸 어디서 구하셨소?"

"모르겠어요."

"여쭤볼 수 있소?"

로리는 나를 흘낏 보고 나서 대답했다. "돌아가셨어요."

"아." 리드 씨가 머뭇거렸다. "그럼, 어디서 구하셨는지 짚이는 데라도?"

"어머니는 대부분 중고품 상점이나 벼룩시장에서 물건을 사셨고, 가끔 경매를 통해 그림을 사셨는데 이건 제가 어릴 때부터 쭉 있었어요. 어느 집으로 이사를 가든 늘 어머니 방에 걸려 있었습니다."

"마지막으로 걸려 있었던 곳이 어딘지 아시오?"

"서리에 있는 어머니 집요."

"이 그림에 대해서 이야기하신 적이 없소?"

"그럴 이유가 있나요?"

리드 씨는 부드럽게 그림을 들어 뒷면을 보았다. "액자는 없고 고리뿐이군." 그는 혼잣말처럼 중얼거렸다. "음……." 이윽고 그가 로리에게 말했다.

"늘 걸어두셨다면 특별한 의미가 있었을 거요."

"그냥 예뻐서 사신 것 같아요."

"나라면 예쁘다는 표현은 안 쓰겠소."

"그렇다면 무슨 표현을 쓰시겠어요?"

리드 씨는 로리의 말투에는 신경 쓰지 않았다.

"첫 인상은 '용감하다'는 거요. 그리고 그림을 전시하거나, 시장에 내놓으려면 출처가 있어야 하는 거요, 스콧 씨. 그래서 그림을 가져온 거라고 생각하지만……."

"그럴 만한 가치가 있나요?"

잠시 침묵이 흘렀다. 리드 씨는 그림에 시선을 둔 채 깊은 숨을 내쉬었다.

"스콧 씨, 내 사무실로 가서 그림을 좀 더 자세히 봐도 되겠소?"

"좋아요."

"바스티엔 씨, 커피를 부탁하오."

리드 씨는 그림을 들고 로리에게 따라오라는 손짓을 했다. 나는 그들이 나선형 계단을 올라가는 것을 보았다. 흥분해서 눈을 동그랗게 뜬 로리가 나를 돌아보더니 엄지를 치켜들었다.

밖에서 비가 억수같이 퍼붓고 있었다. 나는 퀵을 찾아 광장 안을 둘러보았지만, 이미 사라지고 없었다. 나는 퀵의 우산을 창처럼 쥐고 광장 왼쪽을 달려 피카딜리로 접어들었고, 그녀를 만날 수 있기를 무작정 바랐다. 무의식적으로 오른쪽으로 돌아 지하철역으로 향하는데 한 블록 앞에 퀵이 있었다. 빵빵 경적을 울리는 자동차와 끼익 소리를 내면서 급정거를 하는 자동차 사이로 에로스 상이 흐릿하게 보였다.

"퀵! 우산요!" 내가 외쳤다.

사람들이 쳐다보았지만 나는 상관하지 않았다. 퀵이 빠른 걸음으로 걷고 있었고, 나는 더 빨리 달려 그녀의 팔을 잡으려고 했다. 그녀는 번개 같은 속도로 내게서 벗어나더니 휙 고개를 돌렸다. 그녀의 시선은 북적이는 도로와 높고 시커먼 건물들, 색색의 광고판, 물웅덩이를 열심히 피하는 사람들보다 훨씬 먼 어딘가에 꽂혀 있었다. 퀵이 나를 알아보고 안도감을 느끼는 것 같았다. 퀵은 비에 흠뻑 젖어 있었다. 얼굴을 적신 것이 빗물인지 눈물인지 알 수 없었다.

"두고 온 게 있어요. 집에 두고 온 게…… 돌아가서 가져와야 해요." 퀵이 말했다.

"자요, 우산요. 택시를 불러드릴게요."

퀵은 우산과 나를 번갈아 보았다. "이미 다 **젖었잖아요**, 오렐. 대체 왜 달려나온 거예요?"

"왜냐면…… 왜냐면 정신없이 뛰쳐나가셨으니까요. 이것 좀 보세요."

나는 그녀의 젖은 소매에 손을 얹었다. 그녀가 잠시 내 손을 내려다보았다. 나는 퀵의 팔이 너무나 야위어 깜짝 놀랐다.

"자요." 퀵은 내 손에서 우산을 빼더니 우리의 머리 위로 펼쳤다. 우리는 검은 우산 밑에서 서로를 바라봤고, 얇은 막 위로 빗물이 두두두두, 하고 떨어졌다. 주변 사람들은 비를 피하려 이리저리 달려갔다. 퀵의 곱슬머리가 얼굴에 딱 들러붙었다. 화장도 다 지워져 맨얼굴이 드러났다. 이상하게도 화장기 없는 얼굴이 더욱 가면 같았다. 퀵은 뭔가 말하고 싶은게 있었지만 이내 입을 꾹 다무는 듯했다.

"세상에." 그녀는 잠시 눈을 감으면서 중얼거렸다. "정말 끔찍한 장마야."

"택시를 부를까요?"

"지하철 탈 거예요. 담배 없죠?"

"네." 나는 당황하며 대답했다. 퀵은 내가 담배를 피우지 않는다는 것을 이미 알고 있었다.

"그 남자…… 어떻게 스켈턴 미술관에 온 건가요? 아는 사람이에요? 아는 모양이던데…….."

나는 고개를 숙였다. 커다란 물웅덩이가 우리의 발 주변에도 생겼다. 분명 리드 씨가 커피를 내오라고 지시했는데. 나는 속으로 얼마나 더 시간을 지체하면 해고당할지 생각해보았다.

"전에 한 번 만난 사람이에요. 신스의 결혼식에서. 그런데 오늘 다시 절 찾아왔어요."

"**찾아왔다고요?** 그거 굉장히 끈덕진 행동인데, 성가시게 구는 건 아니죠?"

"아니에요, 괜찮아요." 나는 변명투로 말했다. 이상하게 행동한 건 자신이면서 왜 로리의 행동을 지적하는 걸까?

"좋아요." 퀵은 조금 진정하는 것 같았다. "오델, 난 이만 가야겠어요. 그리고 그 그림으로 당신을 성가시게 하지 말라고 해요."

"리드 씨께서 이미 그림을 보셨어요."

"네?"

"퀵이 나가고 리드 씨가 곧 들어오셨어요. 두 분이 일찍 회의하신다고. 리드 씨가 그 그림을 보시더니 사무실로 가져가셨어요."

퀵은 내 어깨 너머로 스켈턴 미술관을 바라보았다.

"리드 씨가 뭐라고 하던가요?"

"좀…… 흥분하신 것 같았어요."

퀵은 눈을 내리깔고 표정을 감췄다. 그 순간 그녀가 많이 늙어 보였다. 그녀는 내 손을 꼭 잡았다.

"고마워요, 오델. 우산을 가져다줘서. 당신은 훌륭해요, 정말로. 하지만 우산은 가져가요. 나는 지하철로 갈 테니까. 어서 사무실로 돌아가요."

"퀵, 잠깐……."

퀵은 우산을 내게 쥐여주고 역 계단으로 내려갔다. 미처 내가 이름을 다시 부르기도 전에 퀵은 사라져버렸다.

1936년 1월

I

　어머니는 의식이 없었다. 어머니는 고개를 옆으로 돌리고 인위적 만든 머리의 컬이 베개에 눌렸으며 맨다리에 난 상처에 칼라민*을 바른 채였다. 입안에서 지난밤 마신 시큼한 냄새가 풍겼다. 침대 옆 테이블에는 꽁초가 가득한 재떨이와 탐정소설 한 더미, 오래된 〈보그〉가 놓여 있었다. 먼지가 앉은 마룻바닥에는 허물을 벗어놓은 듯한 스타킹과 제멋대로 벗어 던진 블라우스와 옷가지가 여기저기 흩어져 있었다. 립스틱은 용기 속에서 녹아버린 지 오래였다. 방 한구석에는 도마뱀 한 마리가 눈에 들어간 티끌처럼 타일 위를 뛰어 다녔다.

　올리브는 슬레이드 미술학교에서 온 편지를 들고 문 앞에 서 있었다. 편지가 온 지 2주밖에 안 되었지만, 얼마나 여러 번 되접어봤던지 접은 곳이 너덜너덜했다. 올리브는 어머니 침대 끝에 앉아 그것을 다시 읽었다. 내용은 이미 다 외웠지만.

---

* 산화아연과 삼산화이철을 혼합하여 만드는 엷은 분홍색 분말로 스킨과 로션이나 연고 따위에 씀.

귀하를 내년 9월 14일부터 시작하는 슬레이드 미술학교의 순수미술 과정에 초대할 수 있게 되어 기쁩니다……
교수들은 귀하의 풍부한 상상력과 기발함에…… 큰 감명을 받았고…… 우리의 엄격하지만 진보적인 전통에 따라…… 2주 내에 답신을 기다리겠습니다. 상황이 바뀌면 알려주십시오.

소리 내어 읽는다면 어머니가 들을지도 모른다. 그러면 모든 게 끝이다. 올리브는 약속대로 떠나야 할 것이다. 어쩌면 이런 충격은 수면제 기운이 남아 있을 때 가장 받아들이기 쉽지 않을까? 런던에서 이 편지를 받았을 때, 올리브는 높은 데 올라가서 자신이 해낸 일을 소리치고 싶었다. 올리브의 부모는 아무것도 몰랐다. 딸이 미술학교에 지원한 것은커녕 그림을 그리는지도 몰랐다. 하지만 그런 데에는 올리브의 성격도 한몫했다. 올리브는 비밀을 간직하는 게 편했고, 창조는 거기서부터 시작되었다. 올리브는 그 패턴을 깨는 것이 두려워 에스파냐 남부에 있는 이 마을까지 오게 되었다.
어머니가 자고 있는 모습을 보면서 올리브는 학교 미술시간에 그린 어머니의 초상화를 아버지에게 보여준 일이 떠올랐다.
"오, 올리브." 기대감에 가슴이 두근거리는 올리브에게 아버지는 이렇게 말했다. "엄마에게 선물로 드리럼."
아버지가 그 그림에 대해 한 말은 그것이 전부였다.
'엄마에게 선물로 드리럼.'
아버지는 물론 여자들도 붓을 들고 그림 그릴 줄 알지만 사실상 좋은 **예술가는** 되지 못한다고 입버릇처럼 말했다. 올리브는 그 차이가 무엇인지 알 수 없었다. 어린 시절, 아버지가 운영하는 갤러리 구석에서 놀던 시절부터 아버지가 남녀 고객과 그 문제를 이야기하는 것을 듣곤 했다. 그러면 여자들도 종종 그에게 동의하면서 여자 화가 대신 남자 화가에게 투자하는 쪽을 택하곤 했다. 화가는 당연히 남자여야 한다. 이것은 너무나 완고한 고정관념인 나머지 올리브 자신조차 그렇게 믿곤 했다. 그러나 19살 소녀 올리브는 그 이면에 있었다. 그녀는 끈기 있고 용기 있는, 아마추어 정신의 마스코트였다. 하지만 이제 파리에서도 암리타 셰르질●과 메레 오펜하임●●, 가브리엘레 뮌터●●● 등의 여성들이 활동하고 있다. 올리브는 그들의 작품을 직접 보기도 했다. **그들** 또한 예술가가 아닌가? 평범한 화가와 예술가의 차이란 다른 사람이 나를 믿어주는지의 여부일까? 아니면 그들이 내 작품에 두 배의 돈을 쓴다는 뜻일까?

올리브는 자신이 왜 슬레이드 미술학교에 지원했는지, 어째서 포트폴리오를 만들고, 벨리니의 배경 인물에 대한 논문을 썼는지 부모에게 설명할 수가 없었다. 미술계에서 여성으로 산다는 게 어떤 건지, 그 결점을 모두 알면서도 올리브는 결국 그 일을 해버렸다. 이해할 수 없었다. 어디서 그런 충동이 나왔는지.

그러나 독립을 코앞에 두고도 올리브는 여전히 어머니 침대 발치에 앉아 있었다.

올리브는 다시 어머니를 돌아보고 파스텔을 가져올까 생각해보았다. 예전에 어머니는 올리브에게 모피옷이나 진주목걸이를 걸어주고, 코넛에 데려가 에클레어를 사주었다. 빈 음악협회에 데려가 유명 바이올리니스트의 음악을 듣거나 시인의 낭송을 듣기도

●   헝가리 태생 인도의 화가로 인도 예술의 개척자로 불림.
●● 도이칠란트 태생의 스위스 화가이자 조각가. 남성이 주도하는 미술계를 조롱하는 작품으로 유명함.
●●● 도이칠란트 표현주의 화가이자 '청기사파'의 창립 멤버.

했다. 그들은 어머니의 절친한 친구들이었고, 올리브는 '세라 슐로스'라는 이름의 어머니를 사랑한 사람들이었다는 걸 자라면서 차츰 깨달았다. 그러나 요즘은 어머니가 무슨 말을 하는지 무슨 일을 하는지 아무도 알지 못했다. 그녀는 의사의 진찰을 거부했다. 약도 소용없었다. 올리브는 자신이 어머니가 남긴 폐기물에 불과하다는 느낌이 들었다. 그래서 어머니가 결코 용서하지 못할 방식으로 몰래 그림을 그리곤 했다.

열려 있던 긴 창문으로 불어온 바람에 커튼이 춤을 췄다. 새벽바람이 아라수엘로 너머 산지로부터 강렬한 구름을 솟아올렸고, 잿빛 하늘은 금빛과 핑크빛으로 물들었다. 올리브는 여전히 편지를 쥔 채 발코니로 살금살금 다가가 멀리 거친 산지까지 이어지는 빈 들판을 바라보았다. 드문드문 관목과 데이지가 피었고, 빈 멜론 밭에는 솔개가 날고 메뚜기들이 뛰어다녔다. 들판에는 소들이 쟁기를 끌며 땅을 갈아 씨 뿌릴 준비를 했다.

아무것도 모르는 토끼들이 과수원을 뛰어다니고 멀리 언덕에서는 염소들이 목에 단 방울을 땡그랑거리고 있었다. 의식적인 연주가 아닌데도 그 소리를 듣는 것만으로 마음이 진정되었다. 사냥꾼의 총소리가 울리자 새들이 안달루시아의 아침 하늘을 배경으로 마구 날아올랐다. 어머니는 꿈쩍도 하지 않았지만, 숨는 데 도가 튼 토끼들은 후다닥 흩어져 빈 땅만 남았다. 올리브가 창문을 닫자 커튼도 잠잠해졌다. 어머니는 어쩌면 오랫동안 찾아온 평온을 여기서 구할지도 모른다. 하지만 댕댕거리는 수도원의 종소리 아래에는 황야가 있고, 산에는 늑대가 살고 있을지도 모른다. 적막이 찾아올 때마다 헛간에서 키우는 개가 쓸데없이 짖어대는 통에 적막이 오래가지는 않았다. 올리브는 낯선 환경에 적응하는데 시간이 걸렸지만, 마을의 풍경과 집이 가진 고유의 힘을 느꼈다. 올리브는 그림을 그릴 요량으로 과수원 끝에 있는 창고에서 오래된 나무판을 밀수품마냥 다락에 가져다놓았다.

아버지가 커다란 발로 침대 밑의 〈보그〉를 밀어내며 방 안으로 들어왔다. 올리브는 편지를 파자마 주머니에 쑤셔넣고 돌아서서 아버지를 마주했다.

"얼마나 했지?" 아버지가 자고 있는 어머니를 가리키며 물었다.

"모르겠어요. 하지만 평소보다는 많은 것 같아요."

"샤이스*." 아버지는 스트레스를 받거나 흥에 겨울 때마다 도이칠란트어로 욕을 했다. 그는 어머니 앞에 서서 얼굴에 붙은 머리카락을 세심하게 떼어주었다. 이는 예전에나 했던 행동이었다. 올리브는 갑자기 속이 메스꺼웠다.

"담배 가져오셨어요?" 올리브가 물었다.

"응?"

"담배요."

아버지는 어젯밤 말라가에서 담배를 가져와야 한다면서 어느 화가의 작업실에 다녀오겠다고 말했다. 그리고 피카소의 작품을 또 찾을 수 있기를 바란다고 말하고는 웃어 보였다. 벼락이 같은 자리에 두 번 떨어지기도 한다는 듯이. 아버지는 늘 이렇게 슬그머니 빠져나갔다. 쉽게 지루해하면서도 다시 나타날 때는 자기 말을 들어줄 사람을 찾았다. 우리는 여기 온 지 이틀밖에 안 되었는데, 아버지는 벌써 떠날 생각을 하고 있었다.

• Scheiße, '젠장'이라는 뜻의 도이칠란트어.

"아, 그래. 차에 있겠다."

방을 나가기 전, 아버지는 애정을 담아 그릇에 물을 따라 어머니의 침대 옆 손이 닿지 않을 만한 곳에 올려두었다.

아래층의 덧창은 아직 반쯤 닫혀 있었고 최소한으로 갖춰진 가구는 어둠에 가려져 있었다. 오래된 시가 연기와 좀약의 냄새가 났다. 이 핀카•에는 사람이 오래 살지 않았던 모양이다. 카타콤••처럼 지은 그 건물에는 방이 어디에 숨어 있는지 알 수 없었고, 긴 복도에는 식민지시대의 방식으로 비치한 검은 하드우드 캐비닛이 놓여 있었다. 모든 것이 1890년대 그대로였다. 그들은 거실극•••이 끝나고 버려진 소품 속에 들어온 시대착오적 인물이 된 것 같았다.

공기 속의 옅은 습기도 이미 증발하고 없었다. 올리브는 덧창을 활짝 열었다. 햇살이 방을 환하게 해주었지만 온기는 전혀 느껴지지 않았다. 창밖으로 내다보이는 광경은 높다란 쇠 울타리로 둘러친 비탈진 땅이었다. 그곳은 마을의 도로 초입으로 연결되었다. 말라빠진 덤불과 빈 화단, 열매 없는 오렌지 나무 세 그루.

아버지는 이곳으로 오면서 물을 구하기 쉽고, 땅이 비옥하여 여름이 되면 올리브와 벚꽃, **야항화** 꽃밭, 자카란다 꽃나무가 무성하게 자랄 거라고 했다. 또 시원한 분수대를 바라보며 여가와 행복을 누릴 거라고도 말했다.

• 에스파냐 혹은 중남미의 대농장 저택을 일컫는 말.
•• 초기 기독교 시대의 비밀 지하 묘지.
••• 영국 빅토리아 시대에 가정의 응접실 혹은 거실을 재현하여 무대에서 상연한 연극.

그러나 올리브는 겨울 파자마에 양말을 신고, 두꺼운 스웨터를 입고 있다. 방금 비라도 내린 것처럼 돌바닥이 차가웠다. '**말해버려.**' 올리브는 속으로 생각했다. 또 '**가야 할 곳이 생겨서 간다고 말해.**' 그러면서도 생각처럼 행동도 쉽다면 얼마나 좋을까 싶었다. 어떻게 하는 것이 최선인지 알 수 있다면 좋을 텐데……

식품창고에서 커피콩 한 통과 오래되었지만 여전히 작동되는 그라인더를 찾았다. 아침으로 먹을 것은 그것뿐이었다. 올리브와 아버지는 집 뒤쪽 베란다에서 커피를 끓여 마시기로 했다. 아버지는 전화기가 있는 방으로 갔다. 그는 지역에서 전기가 연결되는 유일한 곳이라는 이유로 이 핀카를 골랐지만 그럼에도 전화의 존재는 놀라웠다. 아버지는 무척 기뻐했다.

아버지는 도이칠란트어로 빈에 사는 친구에게 뭐라고 중얼거렸다. 아버지는 수화기 너머 친구에게 악착스럽게 설득하는 듯했지만, 올리브가 듣기에는 목소리가 너무 작았다. 런던에 있었을 때, 아버지의 고향 빈에서 싸움이 시도 때도 없이 일어나고, 기도 모임에 나온 사람들을 납치하는 일이 빈번하다는 소식을 들었다. 그런 소식을 들으면 아버지는 침울한 표정으로 아무 말 없이 생각에 잠기곤 했다. 커피콩을 갈면서 올리브는 빈에서 보낸 어린 시절을 떠올렸다. 오래된 것과 새 것, 유태인과 기독교인, 교육받은 이들과 호기심 많은 이들, 마음과 심장, 아버지가 세상이 안전하지 않다고 말했을 때. 당시 올리브는 그 말을 제대로 이해할 수 없었다. 그들의 세상 속에서 폭력은 너무나 멀게 느껴졌다.

아버지는 통화를 마쳤고, 누군가 내다버린 베란다의 낡은 녹색 소파에 앉아서 올리브를 기다리고 있었다. 아버지는 코트 위에 어머니가 짠 긴 목도리를 두르고 편지를 읽으면서 인상을 찌푸렸다.

아버지는 어디로 가든 자신의 우편물이 먼저 도착하여 아버지를 기다리게 하는 재주가 있었다.

올리브는 습기와 벌레 때문에 의자가 약해지지는 않았을까 주저하면서 버려진 흔들의자에 앉았다. 아버지는 담배에 불을 붙였고, 베란다 바닥에 은제 재떨이를 내려놓았다. 아버지가 담뱃잎을 빨자 담뱃불이 만족스럽게 타는 소리가 들렸다.

"여기 얼마나 있을 것 같아요?" 올리브는 아무렇지도 않은 듯 애쓰며 말했다.

아버지가 편지에서 고개를 들었다. 이곳에는 바람이 불지 않아서 담배 끝에서 가느다란 연기가 직선으로 솟아올랐다. 떨지 않은 담배 끝으로 재가 길어지면서 처지더니 아래로 떨어졌다.

"벌써 떠나고 싶은 건 아니겠지." 아버지는 짙은 눈썹을 추켜세웠다. "혹시……." 그러고는 일부러 영국식 단어를 써서 말했다.

"**그리운 사람**이 있니? 런던에 두고 온 사람이라도 있어?"

올리브는 1월의 헐벗은 과수원을 힘없이 바라보며, 사우스 켄싱턴의 흰 건물에 살면서 외교부 비서로 일하는 조프리 같은 사람이 있었으면 했다. 하지만 아무도 없었다. 누굴 사귄 적은 한 번도 없었다. 올리브는 눈을 감고 무광택의 커프스단추가 거의 반짝거리기까지 하는 모습을 상상했다.

"아뇨. 그냥…… 이곳은 허허벌판이니까요."

아버지는 편지를 내려놓더니 올리브를 바라보았다. "올리브, 내겐 달리 방법이 없었다. 너를 혼자 두고 올 순 없었어. 네 엄마가……."

"전 혼자 지낼 수 있었어요. 친구랑 지낸다든가."

"친구가 없다면서."

"실은…… 하고 싶은 일이 있어요."

"뭔데?"

올리브는 파자마 주머니를 만지작거렸다.

"아무것도 아니에요. 중요한 건 아니에요."

"어쨌든 런던을 좋아하지 않았잖니."

올리브는 대답하지 않았다. 과수원 안, 집 주변을 둘러싼 풀밭 너머 분수대 앞에 서서 기다리는 두 사람이 보였기 때문이다. 남자와 여자였다. 여자는 가죽 가방을 메고 있었고, 벌써 이 과수원과 하나가 된 것 같았다. 토마토가 남긴 것이라고는 갈라진 땅에 꽂힌 지팡이뿐이고, 그 옛날에는 잘 자랐을 가지와 양상추가 말라 있는 이곳에 잘 어울리는 여자였다. 여자는 분수대에 서 있는 근육질의 사티로스*를 바라보고 있었다. 함께 온 남자는 양손을 주머니에 꽂고 어깨를 구부정히 하고는 턱을 빼고 있었다.

올리브는 눈을 감고 옅은 석탄불 냄새와 세이지, 이곳의 텅 빈 황량한 느낌을 들이쉬었다. 그러자 저 분수의 물을 흐르게 할 방법이 있는지 궁금해졌다.

두 사람이 집으로 다가오기 시작했다. 야생염소처럼 확고한 걸음걸이는 토끼굴과 작은 돌멩이를 피하면서 반드시 이곳으로 들어오겠다는 뜻을 밝히는 듯했다. 그 자신감에 올리브는 흠칫했다. 올리브와 아버지는 고사리를 밟아 똑똑 부러지는 소리를 내며 그들이 다가오는 것을 보았다.

여자는 올리브의 생각보다 어렸다. 눈은 짙은 색이었고, 가방은

* 그리스 신화에 등장하는 숲의 정령으로 반인반수의 모습을 하고 있음.

불룩했다. 흥미로웠다. 그녀는 코가 낮고 입이 작았으며 피부색은 갈색이었다. 무늬 없는 검정색 긴소매 드레스를 입었는데, 손목에 소매 단추가 달려 있었다. 검은 머리카락을 길게 하나로 땋았는데, 그녀가 아버지를 보려고 고개를 돌리자 머리카락이 아침 햇살을 받아 붉게 빛났다.

남자는 검은색 머리카락에 나이는 여자보다 많아 보였다. 20대 중반쯤 되었을까? 올리브는 그에게서 눈을 뗄 수가 없었다. 그의 얼굴은 토스카나 지역의 귀족 같았고, 몸은 유연하고 날렵한 권투 선수 같았다. 잘 다린 파란 바지에 전날 올리브가 들판에서 본 사람들처럼 단추를 푼 셔츠를 입고 있었는데, 그들의 셔츠가 누더기였다면 그의 셔츠는 새 것이라는 차이가 있었다. 섬세한 얼굴에 입매는 날렵했고, 눈동자는 짙은 갈색이었다. 그의 눈이 올리브의 몸에 작은 전류를 흘려 보내는 것 같았다.

두 사람은 사귀는 사이일까? 아니면 부부일까?

올리브가 두 사람을 빤히 바라보았다. 실례인 줄 알면서도 도저히 시선을 돌릴 수가 없었다.

"빵을 가져왔어요." 남자는 외국 억양의 영어로 말했고, 여자가 가방을 뒤지더니 빵 한 덩어리를 높이 들었다. 아버지는 반가움에 손뼉을 쳤다.

"잘됐군! 마침 배가 고팠거든. 여기로 올려주시오."

두 사람은 베란다로 다가왔다. 올리브의 키는 여자와 비슷했지만 자신이 두 사람보다 훨씬 더 크게 느껴져 마음이 불편했다. 큰 머리에 지나칠 정도로 긴 팔다리는 흐느적거리는 것 같았다.

나는 대체 왜 어린아이처럼 아직도 파자마를 입고 있는 걸까?

여자는 자기 가슴에 손을 얹으며 "메 야모 테레사 로블레스•"라고 말했다.

"메 야모 이삭 로블레스." 이어 남자가 말했다.

올리브는 두 사람이 부부라고 결론을 내렸다. 그렇지 않고서야 이렇게 이른 아침부터 함께 있을 이유가 없었다. "메 야모 올리브 슐로스." 그러자 두 사람은 웃었고, 올리브는 화가 치밀었다. 에스파냐에서 '올리브'라는 이름이 우스울지 모르지만, '앤초비'나 '애프리콧'이라고 부르는 것과는 전혀 달랐다. 올리브는 항상 이름 때문에 놀림을 받았다. 어릴 때는 뽀빠이의 여자친구 이름이라서, 10대에 접어들면서는 칵테일에 얹는 장식이라서였다. 그리고 이제는 에스파냐 나무에 열리는 과일이라서 웃음거리가 되었지만 실제로 그녀가 이름으로 상처받은 건 이번이 처음이었다.

"해럴드 슐로스요."

아버지는 두 사람과 악수를 했고, 테레사는 빵을 건넸다. 아버지는 빵을 보고 환한 표정을 지으며 그것이 금괴라도 되는 양 받아들었다. 테레사를 동방박사라고 생각하는 것 같았다.

"나는 이 애 아버지요." 아버지가 그렇게 말했고, 올리브는 불필요한 말이라고 생각했다. 테레사는 무릎을 꿇더니 마법사처럼 가방에서 로즈마리로 덮인 향이 강한 양젖 치즈, 소금에 절인 소시지, 작은 모과 세 개, 커다란 레몬 몇 알을 무심하게 꺼내놓았다. 테레사가 울퉁불퉁한 나무 위에 과일을 올려놓자 그것은 마치 행성처럼 반짝였고, 테레사는 그것들이 만드는 태양계의 중심이 된 것 같았다.

• Me llamo Teresa Robles, '저는 테레사 로블레즈라고 합니다'라는 뜻의 에스파냐어.

"나 없이 피크닉해요?"

어머니가 실크 잠옷 위에 아버지 재킷을 걸치고 두꺼운 양말을 신은 채 몸을 떨면서 부엌문으로 나왔다. 푹 자지 못하고, 밤새 파리에서 사온 샴페인을 마셔서 부스스한데도 어머니는 영화배우처럼 빛났다.

올리브는 익숙한 반응을 보았다. 테레사는 어머니의 눈부신 금발과 어딜 가든 따라다니는 화려한 외모에 놀라 눈을 깜빡였다. 이삭은 무릎을 꿇더니 자기 가방에 손을 넣었다. 그 안에 살아 있는 뭔가가 있는 모양이었다. 가방이 저절로 움직이기 시작했다.

"어머나!" 올리브가 외쳤다.

"겁쟁이처럼 굴긴." 어머니가 혀를 차며 말했다.

올리브와 눈이 마주친 테레사가 웃었다. 올리브는 사람들 앞에서 창피를 당한 것이 분했다. 이삭이 가방에서 살아 있는 닭을 한 마리 꺼내자 푸드득거리며 빠진 닭 털이 바닥에 흩어졌다. 닭발은 우스꽝스럽게 그의 손아귀에서 빠져나와 덜렁거렸다. 닭의 파충류 같은 눈이 요리조리 돌아갔다. 두려움에 떨던 녀석이 발톱을 꼭 그러쥐었다. 곧이어 이삭이 닭을 바닥에 내려놓았다. 닭은 여주인의 가방을 보며 한 번 꾸르륵거렸다. 이삭은 천천히 오른손으로 닭의 뒤통수를 쓰다듬으며 조용히 달래주는가 싶더니 이내 손에 힘을 주었다. 그리고 단호하게 손을 비틀어 닭 모가지를 부러뜨렸다.

닭은 속을 채운 양말처럼 이삭의 손바닥에 툭 쓰러졌다. 그가 닭을 베란다에 눕힐 때, 올리브는 자신이 죽어가는 닭의 눈동자를 내려다보는 것을 이삭이 보게끔 몸을 움직였다.

"오늘 먹을 거." 테레사가 올리브에게 말했다. 올리브는 그 말이 제안인지 명령인지 알 수 없었다.

"이렇게 가까운 데서 저런 걸 보긴 처음이네." 어머니가 말했다. 어머니는 두 사람들에게 환한 미소를 지어주었다. "나는 세라 슐로스예요. 그런데 두 사람은 누구죠?"

"망할 닭이지." 올리브는 잘라 말했고, 이삭 로블레스가 다시 웃자 심장이 죄어들었다.

II

테레사는 베란다에 내놓은 것을 도로 주워 들면서 사람들이 집 안으로 들어가는 것을 보았다. 테레사는 이렇게 오고 싶지 않았다. 너무나 궁상맞게 보였을 테니까.

"**아내와 딸을 데리고 온 부자가 또 있어.**" 그러고는 이삭이 이렇게 덧붙였다. "**차랑 차에 실은 짐이 대단했어. 지붕에 전축을 묶어놨더라니까.**"

"그게 누군데?"

테레사가 오빠 이삭에게 물었지만, 이삭은 아무 대답도 하지 않았다. 사실 마을의 누구도 그들을 알지 못했다. 분명한 것은 일주일 전 공작부인의 옛 핀카에 들어와서 살 사람이 마침내 생겼다는 것뿐이었다.

부유한 외국인들이 재산과 도시 생활에 불만을 품고 에스파냐 남부 시골로 찾아오는 것이 드문 일은 아니었다. 테레사는 이전에도 그런 집에서 두 번이나 일했다. 그들은 파리나 툴루즈, 마드리드나 바르셀로나를 거쳐 물감과 소설, 그리고 소설을 쓸 타자기, 이니셜이 새겨진 짐 가방을 들고 내려왔다. 이따금 그 짐을 짊어진 동네 노새가 등짐이 익숙하지 않은 탓에 중심을 잃어 길에 떨어뜨리기도 했다. 그들은 자유분방한 갑부이거나 갑부들의 자유분방한 2세들이었다. 대부분 텍사스나 베를린, 런던 출신이었고, 거의 쓰지 않은 수채화 물감처럼 에스파냐 땅에 스며들고 싶어 이곳을 찾아오지만 얼마간 살다가 이내 떠나갔다.

테레사는 올리브가 들어가지 않은 것을 곁눈질로 보았다. 그녀가 신은 모직 양말의 발가락 부분을 짠 솜씨가 엉성했다. 테레사는 안타까웠다. 이 사람들은 더 나은 옷을 입어야 했다. 그런데 올리브가 다가오더니 무릎을 꿇고는 "도와줄게요"라고 더듬더듬 에스파냐어로 말했다. 놀라웠다. 소녀의 손톱 밑에 초록색 물감이 초승달 모양으로 끼어 있었다. 짧은 머리카락이 제멋대로 자라 넓은 버섯처럼 머리 위를 덮고 있었다. 머리를 다듬으면 훨씬 나을 텐데. 올리브가 미소를 짓자 테레사는 세라의 특징이 딸의 얼굴에서 반복되는 것이 놀라웠다. 하지만 반복하면 박자가 살짝 어긋나 불협화음을 이뤘다.

"아직 파자마를 입고 있어요." 올리브가 이렇게 말하자 테레사는 뭐라고 대답해야 할지 알 수 없었다. 그건 보면 아는 것 아닌가? 테레사는 닭을 들어 가방에 넣었다.

"아름다운 곳이에요." 올리브는 레몬을 하나 집어들며 말했다. "여행 안내서를 보면 북아메리카가 여기서 멀지 않다고 해요. '**가톨릭 왕들은 이 땅을 무어족 칼리프에게서 빼앗았다. 여름에는 무섭게 뜨겁고, 겨울에는 살갗이 벗겨지도록 추우며 연중 밤하늘이 거대하다**'라고 암기했죠."

올리브는 불안해 보였다. 테레사는 세라가 겁쟁이라고 할 때 올리브의 표정을 보았다. 반박할 말이 있지만 머릿속에 말을 가둔 것 같은 표정이었다. 올리브의 몸짓과 손짓에서는 다급함이 엿보였다. 테레사 눈에 올리브는 우리에 갇힌 야생동물 같았다. 누군가 우리로 다가올 때마다 어쩔 줄 몰라하는 야생동물.

"저어." 올리브가 다시 에스파냐어로 말했다. "결혼한 지는 얼마나 됐어요?"

테레사는 올리브를 빤히 바라보았다. "결혼?"

올리브가 이맛살을 찡그렸다. "카사도스Casados, 그거 맞죠? 아닌가?"

테레사는 웃으며 "이삭은 제 오빠예요" 하고 영어로 말했다. 올리브는 스웨터에서 빠져나온 털실을 뽑으며 얼굴을 붉혔다.

"아…… 난 또…….."

"아니에요. 우린, 우린 엄마가 달라요."

"아." 올리브는 조금 용기를 내어 말했다. "영어를 잘하시네요."

테레사는 올리브의 손에서 레몬을 받았고, 올리브는 그것을 주운 기억이 없는 사람마냥 놀란 표정으로 바라보았다.

"에스퀴나스에 있는 미국인 부인 댁에서 일했어요."

테레사는 도이칠란트인 가족 집에서도 일했고, 그들이 베를린으로 돌아가기 두 달 전에 기초 도이칠란트어를 가르쳐줬다는 이야기는 하지 않았다. 테레사는 그동안 자신이 가진 패를 한꺼번에 내보이지 않는 것이 현명하다는 것을 배웠다.

"이름이 '바네티'였어요. 그분은 에스파냐어를 못했어요."

올리브는 이제야 알겠다는 표정이었다.

"그래서 오늘 여기 온 건가요? 우리 집에서 일하고 싶어서? 오빠는 무슨 일을 해요?"

테레사는 베란다로 가로질러 가더니 과수원의 앙상한 나무들을 내다보았다. "우리 아버지는 돈● 알폰소예요. 아버지는 이 땅과 집을 소유한 공작부인 밑에서 일해요."

"이 집이 정말 공작부인 거예요?"

"네. 아주 오래된 가문이에요."

"이곳을 오랫동안 비운 모양이에요. 먼지가…… 아! 당신 잘못이라는 말은 아니……."

"부인은 여기 안 오세요. 바르셀로나와 파리, 뉴욕에 계시죠. 여기서는 할 일이 없거든요." 테레사가 말했다.

"그럴 리가요." 올리브가 대답했다.

"당신은 영국인인가요, 미국인인가요?" 테레사가 물었다.

"반은 영국인이에요. 아버지 고향이 빈이거든요. 국적은 영국이지만. 로스앤젤레스의 선셋 대로가 고향이라고 생각하는 어머니와 결혼하셨고, 지난 몇 년 동안은 런던에서 살았어요."

"선셋 대로요?"

"아니에요……. 그럼 당신은 아라수엘로가 고향이에요?"

"이곳에 오래 있을 건가요?" 테레사가 다시 물었다.

"아버지가 정하실 거예요."

"몇 살이에요?"

"열아홉이에요." 올리브가 대답하자 테레사는 어리둥절한 표정을 지었다. "당신이 뭘 궁금해하는지 알아요. 이야기가 좀 길어요. 무엇보다 어머니 건강이 안 좋으셔서."

"좋아 보이던데요."

"보이는 거랑 달라요."

● Don, 남자 이름 앞에 붙이는 에스파냐어 경칭.

올리브의 말투에 날이 서 있어서 테레사는 움찔했다. 테레사는 커다란 재킷을 입은 그 아름답고 연약한 여자에게 무슨 문제가 있는지 궁금했다.

"세뇨리타*, 여기서 일할 사람이 필요할 거예요. 여긴 런던이 아니에요. 요리는 해요?"

"아뇨."

"세탁은요?"

"아뇨."

"말은 탈 줄 알아요?"

"아뇨!"

"내가 도와줄게요."

"음, 몇 살이에요?"

"열여덟이에요."

테레사는 거짓말을 했다. 사실은 열여섯 살이었다. 테레사는 외국인들이 나이에 대한 낭만이 있어서 자식들을 오랫동안 아이 취급하는 경향이 있다는 것을 알게 되었다. 눈앞의 올리브 또한 분명 그럴 터였다. 테레사는 그런 사치를 누려본 적이 없었다. 그래서인지 가끔 자신이 바위처럼 오래 산 것 같은 기분이 들었다.

"오빠는……." 테레사는 이렇게 말을 꺼내다 말았다. 이삭에 대해서는 필요 이상으로 말하고 싶지 않았다. 대신 주머니에서 봉투 세 개를 꺼내 "토마테Tomate, 페레힐perejil, 체보야cebolla" 하고 에스파냐어로 말했다.

"토마토, 파슬리, 양파?" 올리브가 말했다.

---

* Señorita, '미혼 여성'을 높이 부르는 에스파냐어.

테레사는 고개를 끄덕였다. 씨앗을 선물로 줄 생각은 없었다. 테레사는 그것을 공작부인의 기름진 땅에 몰래 심어두었다가 나중에 수확할 생각으로 가져왔을 뿐이다. 그러나 자신도 모르게 "선물이에요" 하고 말해버렸다. 테레사는 16년 동안 남에게 선물을 준 적이 단 한 번도 없었다.

올리브는 컴컴한 집 안을 어깨 너머로 돌아보았다. 안에서 어머니의 웃음소리와 남자들의 낮은 목소리가 들려왔다. "우리 같이 심어요." 올리브가 말했다.

"지금?"

"지금."

올리브는 과수원 끝 창고에서 녹슨 쇠스랑 두 개를 찾아내서 하나를 테레사에게 줬다. 테레사는 올리브가 거침없이 단단한 흙을 파헤치고 잡초를 뽑는 것을 보고 깜짝 놀랐다. 그 일이 그렇게 기쁘기를 바라지 않았건만, 도무지 주체할 수 없었다. 올리브 같은 여자아이가 안에 있기보다 밖에서 하는 밭일을 자청하다니, 상상도 못한 일이었다.

테레사가 올리브에게 양말 위에 부츠를 신어야 한다고 하자 올리브는 놀란 표정으로 발을 내려다 보았다. "아, 상관없어." 그러고는 발가락을 꼼지락거렸다. "땅의 느낌이 좋아서."

테레사는 양말을 많이 가진 **부자들만** 그런 말을 할 거라고 생각했다. 농촌생활을 하러 왔던 바네티 씨도 바보처럼 그런 말을 한 적이 있었다. 하지만 올리브에게는 뭔가 다른 점이 있었다. 깊이 생각하지 않는 듯하면서도 확고한 생각과 진심으로 받아들이는 태도. 그렇기에 테레사는 올리브의 변덕을 이해했을 뿐 아니라 부츠를 신지 않겠다는 것이 반가웠다.

올리브는 소매를 걷어붙이고 밭 가장자리의 우물에서 커다란 물통 두 통에 물을 채웠다. 테레사는 올리브의 팔 근육과 힘, 그리고 오는 길에 물을 한 방울도 흘리지 않았다는 사실에 감탄했다. 그들은 물통을 들고 새로 일군 땅을 오가며 물을 뿌렸고, 테레사는 물방울이 떨어질 때 무지개가 생기는 것을 보았다. 딱딱한 흙이 발을 찔렀지만 올리브는 아무 불평도 하지 않았다.

III

해럴드는 테레사를 불러 1층을 청소하고 구석구석 늘어진 거미줄을 걷어내라고 했다. 테레사는 남자 셔츠를 찢어 만든 걸레를 식초와 레몬즙에 적셔 먼지 쌓인 창문을 문질러 닦았다. 밖에서는 로즈마리와 세이지를 석판 위에서 태웠다. 이삭은 식품창고 찬장에서 전기 히터 두 개를 찾아내 동쪽 방으로 가져갔고, 햇살이 방의 창문 위로 옮겨갈 때까지 하얀 벽을 데웠다. 땔감도 곧 장만하겠다고 약속했다.

테레사는 닭으로 슐로스 가족에게 점심을 차려주었고, 함께 먹자는 제안은 거절했다. 이삭은 슐로스 가족과 같이 먹었다. 닭고기가 오븐에서 나왔을 때, 올리브는 새로운 하인을 구했다고 생각했다.

하지만 이삭은? 이삭은 무슨 명목으로 곁에 두는 거지?

복도의 시계가 추를 네 번 흔들었다. 세라는 식탁에 앉아서 "세상에!" 하고 외쳤다. 세라의 기분은 전날보다 훨씬 나아져 흥분상태였다. 그렇다고 위험하지 않은 건 아니었다.

"하루가 어떻게 지나갔지? 너무 춥네. 에스파냐 남부는 더울 줄 알았는데."

세라는 실내용 크림색 긴팔 재킷과 빨간 모직 바지에 어울리는 빨간색 도트무늬 블라우스를 입고 있었다. 그녀가 칠한 발톱도 살짝 주의를 끌었다. 올리브는 테라코타 바닥에 놓인 열 개의 조그만 주홍색 네모를 보았다.

"더워질 거요." 해럴드가 말했다.

부엌에서 테레사는 싱크대에 담근 양철 접시를 쨍그랑거리고 있었다. 꼭 갑옷이 내는 소리 같았다.

"아, 그럼 수영복을 가져와야겠네. 런던에 가본 적 있나요, 로블레스 씨?" 세라는 작은 하얀 잔에 커피를 따르고 있는 이삭 쪽으로 몸을 돌리며 물었다. "담배 피워요? 아몬드 먹을래요?"

"피웁니다만, 괜찮습니다."

"이것 하나 피워봐요. 해럴드가 말라가에서 구한 거랍니다. 저이는 도이칠란트 담배만 피워서 이것밖에 없어요."

세라는 식탁 위의 상자를 만지작거리더니 담배를 한 대 꺼냈다. 손목에 차고 있던 굵은 팔찌가 서로 부딪쳤다. 이삭은 세라가 내민 담배를 받아 불을 붙였다.

"런던에는 못 가봤습니다." 이삭은 경외심을 느끼는 사람마냥 도시 이름을 천천히 발음했다. 장식체로 쓴 런던, 헨리 8세*와 런던탑, 미들템플 법학원. 올리브의 런던은 그렇지 않았다. 세인트 제임스를 통과해 더 몰을 따라 국립 초상화 미술관으로 혼자 걸어가서 홀바인의 작품을 보는 것을 가장 좋아했다. 그다음에는 크레이븐 스트리트의 라이언즈에서 1페니짜리 빵을 사먹거나, 임뱅크먼트 가든즈를 통과해 산책하는 것. 올리브가 그리워하는 것은 그런

* 영국 튜더 왕가 혈통으로 1509~1547년 재위 중에 종교개혁을 하여 영국 국교회를 수립함.

것이었다. 숨 막히는 칵테일 파티나 여자들의 붉게 달아오른 살갗, 나이든 남자들이 바른 애프터셰이브의 레몬향, 재미없는 옥스퍼드 남자들의 붉은 여드름 자국이 아니었다.

"런던은 괜찮은 곳 같아요." 올리브는 농담처럼 말해보려고 했다. "사람들이 끔찍하지만." 세라가 올리브를 한 번 바라보았다.

"바르셀로나에는 여러 번 가봤습니다. 마드리드에도." 이삭이 말했다.

올리브는 위층에 둔 짐 가방을 떠올렸다. 숱한 짐꾼들이 들어준 탓에 모서리의 목재 브래킷이 반들거렸다. 파리와 부에노스아이레스, 마르세유, 뉴욕의 인지가 붙어 있는 가방들이 슐로스 일가가 벗어놓은 허물처럼 여기저기 놓여 있었다. 올리브는 그중 어디도 잘 기억나지 않았고, 지난 19년이 90년처럼 느껴졌다.

"그러면 아라수엘로에서 쭉 살았소?" 해럴드가 물었다.

"네, 말라가에서 아이들을 가르칩니다."

"뭘 가르치나요?" 세라가 물었다.

"산 텔모 미술학교에서 석판화를 가르치고 있습니다." 이삭의 대답에 올리브는 접시를 뚫어져라 내려다봤다.

"해럴드는 미술품을 거래해요. 코코슈카, 키르히너, 클림트, 클레. 모두 해럴드 전문이죠. 성이 'K'로 시작하는 화가 작품만 판다니까요."

"코코슈카를 존경합니다." 이삭이 이렇게 말했고, 올리브는 해럴드가 이삭을 경계하는 것을 느꼈다.

"코코슈카 씨는 빈에서 올리브가 아기 때 쓰던 방에 파란 전나무를 그려줬죠. 그나저나 로블레스 씨, 영어가 훌륭하군요."

"감사합니다, 세뇨라*. 독학했습니다. 말라가에 아는 영국인이
있고, 주로 테레사와 연습합니다."

"그림도 그리시오? 아니면 판화만 하시오?" 해럴드가 묻는 말에
이삭이 망설였다. "그림도 조금 그립니다, 세뇨르**."

"작품을 좀 보여주시오."

평소 해럴드는 그림을 그린다는 사람들에게 알레르기 반응을 일
으켰다. 해럴드가 미술품 거래상이라는 말에 화가 지망생들이 판
단착오를 하기 때문이다. 그들은 해럴드가 자신들이 가질 자격이
있는 것을 쥐고 있다는 듯 공격적으로 나오기도 했고, 혹은 아무도
속이지 못하면서 겸손한 척하기도 했다. 그런 해럴드 슐로스가 먼
저 이삭에게 작품을 보여달라고 청한 것이다. 올리브는 해럴드가
관심 있는 신예들에게 어떻게 대하는지 잘 알고 있었다. 그는 조르
고, 달래고, 칭찬하고, 인자한 아버지인 척, 친구인 척하면서 그들
에게 다가간다. 무슨 짓을 해서라도 숨겨진 천재를 발굴하고, 그들
의 작품을 쟁취하는 걸 수도 없이 봐왔다. 그 모습을 보고 있노라
면 늘 속이 쓰렸다.

"제 그림은 선생님의 흥미를 끌지 못할 겁니다, 세뇨르." 이삭이
웃으며 말했다.

해럴드는 주전자를 들어 물을 한 잔 따랐다. "그건 내가 판단하
겠소."

이삭은 진지한 표정을 지었다. "시간이 되면 보여드리죠."

"시간?" 해럴드의 말에 올리브는 긴장되었다.

"산 텔모 미술학교에서 지내지 않을 때는 말라가의 노조에서 일

* Señora, 여성을 높이 부르는 에스파냐어 경칭.
** Señor, 남성을 높이 부르는 에스파냐어 경칭.

하면서 노동자들에게 글을 가르칩니다."

잠시 침묵이 흐른 뒤에 세라가 물었다. "당신 아버지도 당신이 빨갱이라는 걸 아시나요?"

이삭은 다시 미소를 지었다. "세뇨라, 전 스물여섯 살이고 제가 해야 할 일을 합니다. 노동자 파업을 지지하고, 광부들을 돕기 위해 아스투리아스에도 갔지만 빨갱이는 아닙니다."

"아까워라, 그랬으면 흥미로웠을 텐데."

올리브는 양손을 깔고 앉아 세라를 노려보았다. 세라는 자기 집안의 식료품 사업을 지탱해온 유순한 노동자들 덕분에 평생 어려움을 모르고 풍족하게 살았다. 그녀는 자신을 자유로운 영혼이라고 여겼지만, 그것은 모두 코벤트 가든에서 오렌지를 팔다가 기업가로서 상원의원이 된 증조부의 덕이었다. 그 덕분에 그들은 여행을 다니고, 런던 커즌 스트리트의 아파트와 서식스의 전원 별장, 오스트리아 링슈트라세 근처의 주택, 스키아파렐리●●●가 디자인한 드레스를 가질 수 있었다. 해럴드의 사업도 분명 잘되었지만, 그들 삶의 기반은 세라가 물려받은 유산이었다.

"당신이 지금 그 모습인 것은 당신이 절대 어울리려고 하지 않는 그 사람들 덕분이에요." 세라가 귀가하지 않아 경찰에 신고한 날 밤, 경찰이 돌아간 뒤에 해럴드는 세라에게 이렇게 고함쳤다. 그러자 파티장의 긴 의자에서 기절해 아침까지 일어날 수 없었던 세라는 그 역시 그렇게 말할 자격이 없다고 받아쳤다. 해럴드 역시 세라 친정에서 만든 '최상급 마멀레이드'의 직접적인 수혜자이므로 제대로 된 직장과 캠든의 싸구려 아파트를 구할 생각이 없으면

●●● 이탈리아 출신의 1920년에서 30년대 패션 트렌드를 이끈 세계적인 패션디자이너로 살바도르 달리, 장 콕토 등 예술가와의 초현실주의 패션디자인 작업을 한 것으로 유명함.

입 닥치라는 것이었다.

"아버지와 저는 의견이 맞지 않는 때가 많습니다." 이삭이 정중하게 대답했다. "아버지는 공작부인 밑에서 일하십니다. 이 땅은 전부 그분 것입니다. 공작부인은 여든다섯 살인데, 당장은 돌아가시지 않을 겁니다."

"나도 그럴 거예요." 세라가 그렇게 말하자 모두 웃었다.

"그 땅에서 일하는 사람들은…… 그걸 영어로 어떻게 말하죠? '티에넨 운 그란 암브레tienen un gran hambre…….'"

"매우 배가 고파요." 올리브가 말했다.

이삭이 놀란 얼굴로 올리브를 쳐다보았고, 올리브는 다시 한 번 온몸에 전류가 흐르는 느낌, 그의 시선이 주는 전율을 느꼈다.

"그렇습니다. 지금도 수천 명이, 이 땅에서."

"끔찍한 일이군요." 세라가 말했다.

올리브는 이삭이 자신을 더 바라봐주기를 바랐지만, 그는 몸을 숙여 세라에게 말했다. "공작부인의 수하들이 일자리를 줍니다. 그분 집안에 표를 주고 그분의 권력을 유지시켜준다면, 가난한 사람들은 아무것도 받지 못하면서 그 땅에서 일하게 해달라고 사정합니다. 일자리라고는 그것뿐이니까요. 하지만 공작부인은 그들의 부인이 죽거나 그들의 어머니가 편찮으신 걸 기억하지 않습니다. **그들이** 아파도요. 공작부인은 선거기간에만 얼굴을 내밀 뿐이죠."

테레사가 식당 문 앞에서 팔짱을 끼고 서 있었다. 부엌의 증기에 머리카락이 부스스해졌고, 앞치마에는 핏자국이 묻어 있었다. 이삭이 고개를 들어 테레사를 보더니 머뭇거리는 것 같았다. 올리브는 테레사가 아주 살짝 고개를 젓는 것을 보았다. 그러나 이삭은 동생을 무시하고 이야기를 계속했다.

"제 아버지는 공작부인의 땅에서 일할 사람들을 찾습니다. 하지만 젊은이들, 힘센 이들만 고르고 가족이 딸린 나이 든 사람은 고르지 않습니다. 그래서 더 많은 사람들이 기아에 시달리고 있습니다. 여기에는 노동에 대해 값을 매기는 규칙이 없고, 공작부인은 돈도 거의 주지 않습니다. 우리는 지난 선거에서 이 악습을 바꾸려고 했지만, 실패하고 말았습니다. 그리고 일꾼들이 수확한 것에서 얼마나 적게 받았는지, 집의 상태가 얼마나 나쁜지 불평하면 곧 공작부인과 그 하수인들 귀에 들어갑니다. 그러면 일자리를 잃게 됩니다."

"하지만 성당에서 도와줄 텐데." 해럴드가 말했다.

"비밀 하나 알려드릴까요? 우리 로렌소 신부님에게 에스퀴나스 마을에 연인이 있다고들 합니다."

"신부님은 꼭 그렇다니까." 세라가 웃었다.

이삭은 어깨를 으쓱였다. "로렌소 신부님은 성당과 연인의 집 사이 들판을 사유지로 만들고 싶어합니다. 그분이 다닐 때 아무도 보지 못하게요."

"우스갯소린가요?" 세라가 물었다.

"누가 알겠습니까, 세뇨라? 로렌소 신부님은 공작부인의 사촌입니다. 기도서보다 구역지도에 관심이 더 많은 분이죠." 이삭은 한숨을 쉬더니 재떨이에 담뱃재를 떨었다. "우리에겐 꿈이 있습니다. 땅, 교회, 군대, 교육, 노동. 모든 것을 바꾸는 것이지요. 하지만 우리는, 뭐라고 하죠? '코히도스Cogidos'를……."

"꼼짝 못하다." 올리브가 말했고, 이삭이 다시 쳐다보았다. 올리브는 얼굴을 붉혔다. "당신들은 꼼짝 못해요." 올리브는 그의 눈을 마주 볼 수 없어서 시선을 돌렸다.

"로블레스 씨는 **꼼짝 못하지** 않아. 영어도 잘하고, 마드리드에도 갔다잖니."

세라의 말에 이삭이 담배를 세게 빨았다. "행동만이 유일한 해답일지도 모릅니다, 세뇨라. 폭정을 끝내야 합니다."

"폭정요? 무슨 폭정?" 세라가 되물었다.

"이곳 사람 대부분은 양배추를 심으면서 평화롭게 살고 싶어 합니다. 하지만 아라수엘로 아이들은 밭에서 일하느라 학교에도 제대로 못 갑니다. 그들도 누가 양의 눈을 가리고 있는지 알아야 합니다."

"양털." 해럴드가 아주 작게 말했다. 그가 호주머니에 손을 넣어 라이터를 꺼낸 뒤 담배에 불을 붙이는 것을 모두가 바라보았다. "당신이 알려주려는 말은 **양털**이오." 빈 출신인 해럴드는 영어 발음이 정확하지 못했다.

"혁명을 계획하고 있나요, 로블레스 씨? 그렇다면 당신을 레닌이라고 불러야 되겠군요."

세라가 자못 진지하게 말했다. 그러자 이삭도 어쩔 수 없다는 듯 양손을 들어 보이고 웃으면서 다시 올리브를 보았다. 이번에는 그가 원해서 올리브를 본 것이었다. 그는 올리브가 여지껏 본 사람 중에서 가장 아름다운 남자였다. 올리브는 머리에 불이 붙은 느낌이 들었다.

"알게 될 겁니다. 지금은 이곳을 잘 모르고 계시지만, 곧 알게 될 겁니다."

"공산주의자요?" 해럴드가 물었다.

"아뇨, 전 공화조합당 당원입니다. 그리고 우리 지역의 가난은 눈에 보이는 것이지, 제가 상상하는 게 아닙니다. 좁은 흙집에서 열에서 열한 명의 아이들이 자고, 남자들은 밭에서 잡니다."

"이삭······." 테레사가 저지했지만, 이삭은 말을 이었다.

"가난한 사람들만이 아닙니다. 소농들은 이 땅에 살면서 주인을 위해 땅을 개간하지만, 농작물을 많이 생산하면 그만큼 지대를 비싸게 내야 합니다. 그래서 돈을 모을 수 없는 겁니다. 힘들게 고생해도 아무것도 얻지 못합니다."

"앞으로 '폭정'이라는 말을 할 때는 주의해야 할 거요, 로블레스 씨. 혁명을 계속 주장한다면, 당신을 지지할 수단이 있는 사람들이 파시스트 군대로 달아나버릴 거요."

이삭은 눈을 내리깔았다. "하지만 우리를 지지할 수단이 있는 사람들은 절대 우릴 지지하지 않을 겁니다. 전 모두가 행복할 방법이 있다고 믿습니다."

"강압적인 부의 재분배라······." 해럴드의 표정이 어두워졌다.

"네. 그러면 될 겁니다. 인민은······."

"한 나라의 균형감각을 무너뜨리는 데에 **'강압적'**이라는 말보다 더한 것은 없소, 로블레스 씨. 보시오." 해럴드가 환하게 웃으며 식탁을 둘러봤다. "우리가 당신 동생의 점심을 막고 있잖소."

테레사는 오빠를 빤히 바라보았다. 올리브는 이곳으로 오는 길에 들판에서 일하던 사람들이 자신이 타고 있는 차를 환상의 나라에서 온 탈것마냥 구경했던 것이 떠올랐다. 올리브는 "로블레스 씨 말이 맞아요. 저도 봤어요" 하고 말했다.

"오, 너까지 이러기냐, 올리브. 그놈의 학비를 그렇게 댔는데."

올리브는 이삭을 보았고, 이삭은 미소를 지었다.

그날 밤, 이틀 뒤에 땔감을 가져오겠다는 약속을 하고 떠나는 이삭과 테레사를 배웅하고 나서 올리브는 다락방으로 올라가 문을 잠갔다. 남매는 자신들이 꼭 해야 할 말과 땅에 심을 씨앗을 가지고 찾아왔고, 올리브는 그런 사람들을 처음 보았다. 그렇다면 올리브와 그녀의 부모가 그들을 들여보내준 걸까? 아니면 비교적 방어벽이 약한 올리브 가족에게 그들이 쳐들어온 걸까?

메이페어나 빈에서는 아무도 그러지 않았다. 그곳 사람들은 죽은 닭이 아니라 명함을 내밀었다. 가난한 사람들에게 분노가 아니라 연민을 느꼈다. 뿐만 아니라 자기 땅을 스스로 갈지 않았다.

올리브는 이삭이 자신을 바라보는 눈길에 피가 뜨거워지고 머리가 울렸다. 그 감정이 사그라들기 전에 이젤을 잡아 세 개의 다리를 벌리고 단단히 고정시켰다. 헛간에서 가져온 나무판을 찾아 이젤에 올려두었다. 달빛이 들어오도록 창문을 열고, 기름 등불을 켜고, 침대 옆의 전등도 켰다. 그러고는 마치 제단 앞의 순례자처럼 여행 가방 앞에 무릎을 꿇고 옷 아래 감춰둔 물감을 찾아냈다. 물감을 꺼내면서 올리브는 그제야 심장이 제자리를 찾아가는 것 같았다. 이곳으로 오는 동안 터진 튜브는 하나도 없었다. 파우더도 무사했으며 파스텔도 부러지지 않았다. 그것들은 늘 올리브에게 충실했다. 모든 것이 제자리를 벗어날 때에도.

전구의 빛을 쫓아 나방이 날아들었지만 올리브는 개의치 않았다. 참으로 오랜만에 올리브는 마음에서 우러나는 그림을 그릴 수 있었다. 오래된 나무판에는 그녀가 보고 느끼고 생각한 것이 고스란히 드러났다. 과수원 아래서 본 풍경을 과장된 색채로 표현하고, 대농장의 저택을 창문마다 붉은 칠이 벗겨진 모습 그대로 멀찍이 배치했다. 땅에는 충실하게 흙을 나타냈으며 하늘은 거대하고 광활하게 천사의 색 같은 은회색을 칠했다. 집의 비율은 그림에서 더 작아 보였고, 전경의 나무에는 현실에서 볼 수 없는 과실들이 주렁주렁 열렸다.

구상화라고 부를 수는 있겠지만, 그렇다고 현실적인 그림은 아니었다. 그것은 올리브가 이전에 단 한 번도 시도해보지 않았던 새로운 형태의 초현실이었다. 황토색과 메뚜기의 연두색, 붉은 이랑과 머스터드 갈색 등 들판을 땅의 색으로 칠했음에도 그 장면이 이 세상의 그 어느 곳이라고 정의할 수는 없었다. 하늘은 약속이었다. 밭은 곡물과 사과, 올리브와 오렌지로 지은 풍요의 뿔이었다. 과수원은 너무나 무성해 정글이라고 불러도 될 정도였고, 빈 분수대는 살아 있는 샘으로 바뀌어 사티로스의 통에서 물이 콸콸 쏟아졌다. 핀카에 있는 해롤드의 수많은 대저택은 사람들을 환영하는 궁전이 되었고, 커다란 창문이 울창한 올리브를 향해 열려 있었다. 붓놀림은 허술했고, 기술적인 정확도보다는 색채를 우선시했다.

올리브는 새벽 4시가 돼서야 그림 옆에서 잠들었다. 이튿날 창문 너머 지평선에서 해가 솟아날 때, 올리브는 그림 앞에 서 있었다. 자신이 이런 작품을 그려낼 줄은 상상도 못했다. 올리브는 자신이 이렇게 많은 움직임과 과감한 색감, 풍부한 표현을 지닌 그림을 그렸다는 사실에 적잖은 충격을 받았다. 그것도 남들이 지상의 낙원이라 부르는 이곳, 부모에게 끌려온 이 외로운 에스파냐 남부에서! 참으로 아이러니한 일이었다.

올리브는 뻣뻣한 몸을 이끌고 미술학교에서 온 편지를 감춰둔 여행 가방으로 다가갔다. 편지를 꺼내 읽고 예쁘게 접은 다음, 입을 맞추었다. 그리고 가방 맨 아래에 깊숙이 묻어놓았다.

IV

"작년에……." 이삭이 더듬더듬 영어로 이야기를 꺼냈다. "바르셀로나에서 제가 타려던 기차를 기다리는 사람을 만났어요. 기자였어요. 우리는 이야기를 나눴어요. 그 사람이 말했어요. '그것이 오고 있습니다. 전에도 일어난 일이고, 다시 일어날 겁니다'라고."

"전에 무슨 일이 있었는데요?" 올리브가 물었다. 올리브는 과수원에서 이삭이 도끼로 쪼개는 장작을 모으고 있었다. 이삭은 집 쪽을 잠시 돌아보고 어머니의 방 레이스 커튼 뒤에서 움직이는 그림자를 보았다. 어머니가 뭘 하든, 지금은 올리브가 그와 함께 보내는 시간이었다. 어머니는 늘 사람들의 관심을 원했고, 관심을 받아내는 솜씨 또한 좋았다. 하지만 올리브는 이렇게 남몰래 이삭과 보내는 시간이 훨씬 좋았다.

이삭의 셔츠가 올라갈 때마다 올리브는 곁눈질로 짙은 갈색 피부의 배와 털을 보았다. 그가 쪼갠 장작을 건넬 때는 마치 부케를 받는 것처럼 기분이 좋았다. 지난 10년 동안 소설을 엄청나게 읽어치운 덕에 올리브는 매력적인 남자들이 치명적이라는 것을 잘 알고 있었다. 수 세기에 걸쳐 내려온 소설 속에서 여주인공은 욕을 먹거나, 사라지거나, 조각상처럼 침묵한 채 숭배받았다. 대부분 남자 작가들이 쓴 이 소설들은 '여성이여, 남성을 경계하고 순결을 소중히 여기라'라는 부제가 붙은 것만 같았다. 올리브는 이 모든 이야기를 잘 알고 있었고, 신경 쓰지 않았다. 관심을 갖지도 않았다.

이삭은 테레사처럼 규칙적으로 찾아오지 않았다. 말라가의 일 때문이기도 했고, 찾아온들 딱히 할 일이 없었다. 하지만 그날, 두 사람이 쌓은 땔감이 근방에서 가장 높이 올라간 것을 보고 올리브는 너무나 기뻤다. 그가 이 나라 상황에 대해 더 이야기하고 싶다면, 올리브는 기꺼이 들어줄 용의가 있었다.

이삭은 어머니의 포마드를 빌려 매끄럽게 정리해 올린 올리브의 새 헤어스타일을 알아보지 못했다. 올리브는 불안한 정세의 나라에 사는 의식 있는 청년이라면 이런 세세한 부분까지 알아보지 못할 거라고 생각했다. 대신 그와 함께하는 시간을 최대한 활용하기 위해 정치적 소양을 키우는 것이 좋겠다고 판단했다.

"무슨 일이 있었느냐고요? 성당 묘지를 열어 수녀들의 시신을 꺼냈죠. 이런 집은 약탈하고."

두 사람이 돌아서서 핀카를 바라보자 커튼 뒤의 그림자가 재빨리 사라졌다.

"사제관에서 사제 한 사람을 끌어내 나무 위에 매달아놨는데, 이튿날 아침에 보니 입에 불알을 물고 있었대요."

"이삭!" 올리브가 움츠렸다.

불알이라는 단어에 몸을 떨다니, 올리브는 자신이 유치하다고 느꼈다.

"신문에서 과장되게 보도한 거예요. 하지만 왜 그런 약탈이 일어났는지는 파헤치지 않았어요. 그래서 그 기자는……."

"네?"

"그는 내게 북극곰 이야기를 꺼냈어요."

"북극곰요?"

"네. 어느 공작을 자기 집에서 인터뷰했다더군요."

이삭이 올리브의 손에 장작을 올려놓으며 말했다. 올리브는 그의 손끝이 붉게 물든 것을 보았다. 올리브도 그를 만난 뒤로 하루도 쉬지 않고 그림을 그렸다. 작은 캔버스에 그리고, 공책에도 스케치를 빼곡하게 채웠다. 올리브는 자신의 내면과 연결된 기분이었지만, 정확히 그것이 무엇인지 확신할 수 없었다. 단지 이 길고 긴 영감이 끝날까 두려우면서도 이삭이 곁에 있는 한 창작을 계속할 수 있을 것 같다는 느낌이 들었다.

올리브는 자신이 진정한 자아와 대면을 피하고 이곳으로 도피해 있다는 것을 알고 있었다. 하지만 지금 이 순간이 인생의 그 어느 때보다도 행복했다. 구태여 아버지에게 미술학교에 대해 털어놓을 필요도 없었다.

"그는 공작이 응접실에 북극곰을 갖고 있다고도 했어요. 로 아비아 카사도?●"

"사냥해서 잡았군요."

"네, 총으로요."

올리브는 손가락을 구부리면서 손톱에 묻은 물감을 이삭이 물어보면 **"아, 나도 그림을 좀 그려요. 볼래요?"** 라고 말할 수 있기를 바랐다. 또 이삭이 자신의 그림을 보고 **"이건 특별해요. 당신은 정말 특별해요. 왜 내가 알아보지 못했지?"** 라고 말해주기를 기대했다. 그러고

● Lo había cazado?, 에스파냐어로 '사냥을 한 적이 있나요?'라는 뜻.

나서 두 사람은 키스할 것이다. 그가 양손으로 그녀의 얼굴을 감싸고, 허리를 숙여 그의 입술을 그녀의 입술에 포개며 설레는 첫키스를 성공시킨다. 그 느낌이 너무 좋아 놀라면서.

올리브는 그가 자신을 알아주기를 필사적으로 원했다.

그러나 이삭은 올리브의 손가락을 보지 않았다. 올리브는 찌는 듯한 에스파냐의 더위에 지친 북극곰이 야만적인 본성을 드러내는 것을 상상했다. 순간 올리브는 집 한가운데에 냉기가 흐르는 것처럼 등골이 서늘해졌다.

"그 신부님 이야기는 왜 했어요?" 올리브가 자신의 존재감을 나타내려는 듯이 말했다. "나를 겁주려고 했나요?"

"아뇨, 여기서 무슨 일이 벌어지는지 알려주고 싶었어요. 나중에 고향으로 돌아가면 다른 사람들에게도 전해달라고."

"난 고향으로 돌아가지 않아요, 이삭."

올리브는 자신의 대답을 이삭이 반겨주리라 기대했지만 그의 얼굴에는 아무런 변화도 없었다.

"이삭, 나는 우리 부모님과 달라요." 올리브가 덧붙여 말했다.

"무슨 말이에요?"

"부모님은 두려워하는 게 많지만, 나는 그렇지 않아요."

올리브는 이삭이 **그들을** 어떻게 생각하든지 자신이 부모와 정반대라는 것을 전달하고 싶었다. 올리브는 자신의 부모처럼 모든 사물을 흑백으로 나누지 않았다. 그들과 사고방식이 전혀 달랐다. 그리고 이삭이 그것을 알아주기를 간절히 바랐다.

"저 산속에 집시들이 사는 곳이 있어요." 이삭은 올리브의 말을 듣지 못한 것처럼 말했다. "그들이 아이 하나를 잃었어요. 실은 잃어버린 게 아니라……." 그는 자신의 말을 수정했다. "잃은 게 아니

117

에요. 아이는 남자들에게 맞았어요. 겨우 열두 살이었는데…… 맞아 죽었어요."

"세상에."

이삭은 도끼를 내려놓더니 과수원 끝의 비탈로 걸어갔다. "벤 아키ven aquí." 그가 말했다. 이리 와요. 두 사람은 눈앞에 펼쳐진 땅을 살펴보았다. 저 멀리 하늘에서 독수리 두 마리가 먹잇감을 찾아 맴돌고 있었다. 하늘은 높고 넓었으며 그 너머의 산은 단단했다. 이곳에서 가능한 폭력은 자연의 폭력뿐인 것 같았다.

"괜찮아질 거예요." 올리브가 작게 속삭였다. 그러면서 그의 손을 잡고 그 자리에 영영 서 있는 것을 상상했다.

그의 얼굴은 단호했다. "인민의 피 속에 이 단단한 흙이 있어요. 그래서 지주들은 두려워하죠." 그가 잠시 말을 멈췄다. "동생이 걱정돼요."

예상치 못한 이삭의 말에 올리브는 깜짝 놀랐다.

"테레사요? 테레사는 무사할 거예요."

처음 집에 찾아온 이후로 테레사는 이틀에 한 번꼴로 청소와 요리를 하러 왔고, 지금은 날마다 찾아왔다. 여전히 집 안 곳곳이 어둑어둑하고 부재의 흔적이 남아 있었지만, 테레사가 조용하고 세심하게 집 안 곳곳을 손질한 덕에 제법 집다운 집이 되었다. 테레사는 말없이 이 방 저 방을 다니며 자기가 할 일을 했고, 해럴드가 고개를 끄덕이며 건네는 봉투를 매주 받아갔다.

"테레사는 아직 결혼을 안 했어요. 물론 돈도 없지요. 그 누구하고도 조건이 맞지 않아요."

"무슨 말이에요?"

"그 애는 집시의 딸이고……."

"**집시요?** 낭만적이네요."

그는 눈썹을 추켜세웠다. "그리고 사회주의자의 동생이죠. 어느 쪽이 그 애한테 더 나쁜지 모르겠어요."

"왜요?"

"경찰, 시장, 카시케스* 그리고 아버지. 그들은 나를 좋아하지 않아요. 나는 싸우고 있어요. 그런데 그 애는 너무……."

"이삭, 염려 마요." 올리브가 성숙한 목소리를 내려고 노력하며 말했다. "우리가 돌봐줄게요."

"떠날 때까지 말이죠." 이삭이 웃었다.

"**말했잖아요.** 나는 절대 안 떠날 거예요."

"이런 곳에서 어떤 삶을 원해요, 세뇨리타?"

"나, 나도 모르겠어요. 하지만 여기서 살고 싶어요."

이삭은 뭐라고 말하려는 것처럼 보였고, 올리브는 그가 그 말을 들어 기쁘다고 말하기를 간절히 바랐다. 하지만 낙엽 밟는 소리가 우리를 방해했고, 곧 가방을 메고 생기 없는 표정을 한 테레사가 비탈 밑에서 나타났다. "라 세뇨라 테 네세시타la señora te necesita." 테레사가 이삭에게 말했다.

"왜? 우리 엄마가 왜 이삭을 불러?" 올리브가 물었다.

테레사와 이삭은 한동안 서로 바라보았다. 결국 이삭이 항복했다는 듯 말없이 비탈을 내려가며 한숨을 쉬었다.

이삭이 나무 사이를 걸어가는 동안 테레사는 올리브와 자신이 사냥꾼이고, 노리던 먹잇감을 보내주고 지켜보고 있는 거라 상상

• 에스파냐 지방 정치가들.

했다. 시원한 곳에서 나란히 서 있는 편이 더 좋아 놓아주기로 한 거라고. 그들이 원하는 것은 사냥의 스릴이 아니다. 공동의 표적을 나누는 데서 오는 동질감일 뿐이다.

이삭은 테레사가 필요하면 할머니도 팔아치울 아이라고 즐겨말 하곤 했다. 그들에게 팔아버릴 할머니가 있다는 뜻은 아니었다. 다만 테레사가 자신의 의지로 주위에 있는 사람들에게 얼음처럼 무관심해질 때가 있다고 말했다. 물론 주위 사람들도 테레사에게 도움의 손길을 내밀거나 도와준 적이 없었다. 되레 테레사는 신경 쓸 가치도 없는 존재임을 노골적으로 내비쳤다. 테레사는 올리브와 함께 쇠스랑으로 만든 이랑을 보았다. 씨앗은 아직 흙에 깊이 묻혀 있었고, 몇 달 동안은 초록 싹이 보이지 않을 터였다. 테레사는 올리브에게 그 씨앗을 건넨 것이 다행이라고 생각했다. 올리브를 보면 행복을 느낄 수 있었던 시절이 떠올랐기 때문이다.

"베란다에서 담배 한 대 피우자. 아버지 담배를 세 개비 훔쳐왔어."

올리브만 담배를 피웠다. 위층에서 문을 쾅 닫는 소리가 들렸다. "앉아." 올리브가 테레사에게 말했지만, 해럴드의 차가 비탈 끝 녹슨 대문을 지나간 뒤에야 테레사는 그 말에 따랐다. "아빠가 또 나가시네." 올리브가 말했다.

"당신의 어머니가 우릴 볼까요? 저는 이제 일해야 해요."

"하루 종일 일할 필요는 없어, 테레사. 오 분쯤 쉰다고 널 해고하지 않아. 게다가……." 올리브가 담배에 불을 붙이고 서툴게 빨았다. "엄마는 네 오빠랑 이야기하고 있잖아."

테레사는 세라의 방에 있는 빈 약병을 보았다. 작은 갈색병에 해독할 수 없는 단어들이 길게 적혀 있었다. 세라가 베개에 얼굴을 파묻고 흐느끼는 것을 들은 적이 있었고, 허벅지에 난, 십자 모양 의 은빛 하얀 흉터도 보았다. 훔쳐온 담배를 보고, 테레사는 지난 번에 이 문제를 물어보았을 때보다 올리브의 마음이 좀 더 편해졌 다고 판단했다. 그래서 다시 물었다. "어머니가 많이 편찮으세요?"

"조울증이야." 올리브는 흔들의자에 등을 기대며 파란 연기를 후 불었다.

"조울증?"

"무도회장에서는 웃고, 침실에서는 울고. 머리가 아파." 올리브 는 관자놀이를 톡톡 두드리더니 "그리고 여기랑" 하고 심장을 만 졌다. "심해지기도 하고, 나아지기도 해. 더 심해질 때도 있고."

"힘든 일이네요." 테레사는 올리브의 솔직함에 놀라서 말했다.

올리브는 테레사를 바라보았다. "진심이야, 아니면 그냥 하는 말 이야?"

"아뇨, 세뇨리타. 진심이에요." 테레사는 진심이었다. 하지만 테 레사가 바라는 것은 올리브가 모든 것을 자신에게 털어놓는 것, 그 리고 그렇게 만들기 위해 자신이 어떤 일을 해야 했는지 말해주 는 것이었다. 올리브는 과수원을 내다보았다. 테레사 눈에는 올리 브가 세라처럼 옷을 차려입지 않은 편이 더 편해 보였다. 독특하고 사내 같은 옷차림이 올리브에게 어울렸다. 태생적으로 뻗친 머리 도 잘 어울리는 것 같았다. 아라수엘로에서 지내는 것이 올리브에 게 자신감을 주는 듯했다.

"힘든 일이지. 아빠는 그걸 엄마의 '먹구름'이라고 부르지만, 그 건 엄마가 우리를 여기저기 끌고다니는 걸 좋게 말하는 것뿐이야. 의사는 엄마 마음이 벌집처럼 켜켜이 쌓이고, 부서지고, 다시 짓고 한대. 있잖아, 엄마는 자기 고통을 색으로 봐. 강청색. 누런 멍. 풍진의 빨강." 올리브가 우울하게 웃었고, 테레사는 그 말을 이해해 보려고 했다. "외가 쪽에서 내려온 병이야. 증조할머니는 자살하셨고, 이모는……. 아무도 이야기하지 않지만, 정신병원에 갇혀 있어. 그리고 조니라는 사촌이 있는데 기숙학교가 싫어서 우즈강에 빠져 죽으려고 했대. 정말 괴로운 일인데 나는 너무 이기적이야. 다음은 내 차례일까 봐 걱정이 되거든."

테레사는 올리브가 아버지의 담배를 다시 깊이 빨기 전에 내쉬는 한숨 소리를 들었다. "가끔은 내 속에서도 그런 게 느껴져. 엄마에게 그 병을 물려받기가 얼마나 쉬운지." 올리브가 테레사에게 말했다. "너도 그런 병에 걸릴 수 있을 것 같아, 테레사?"

주근깨 가득한 콧잔등, 짙은 갈색 눈, 입을 살짝 벌린 올리브의 얼굴에 염려가 스쳤다. "올리브는 미칠 것 같지 않아요." 테레사가 정색하며 대답했다. 그러자 올리브가 웃으며 테레사의 어깨를 툭 쳤고, 그 행동은 테레사에게 꽤나 갑작스럽고 충격적이었다.

"음, 그럼 그렇겠지. 네가 안 미친다고 하면 그럴 거야. 엄마만 그렇겠지." 올리브는 잠시 말을 멈췄다. "네가 보기에 우리 엄마가 아름다운 거 같아?"

"네."

"그래? 내 눈에는 섹스광 같아." 올리브는 웃었지만, 웃음소리는 금세 잦아들었다. 그 표현에는 어렴풋이 의학적인 느낌이 있어서 올리브가 원하는 만큼 우습게 들리지 않았기 때문이다. 둘은 잠시 멀리서 맴을 도는 솔개들을 보며 말없이 앉아 있었다. 테레사는 시간이 멈추어 이 광경이, 이 낯설고 은밀한 평화가 영영 이어지기를 바랐다. 이런 친구가 있다면 온 세상을 갖는 것이나 다름없을 것 같았다.

"나는 지금쯤 약혼했어야 해." 올리브가 말했다.

"남자가 있어요?"

"아, 아니. 그냥…… 런던에서 알던 여자들은…… **친구**라고 할 수 없는 그 애들 모두 '임자'가 있었거든. 나는 그 애들의 약혼반지를 볼 때마다 슬펐어. 전부 이름을 바꾸려고 안달인 거잖아. **너무 획일적이야.** 서로 똑같아지는 게 그렇게 좋을까?"

올리브는 혼잣말을 하는 것 같았고, 테레사는 오랫동안 갇혀 있었던 것처럼 쏟아지는 올리브의 영어 단어들을 막을 수가 없었다.

"게다가 그 약혼자들!" 올리브가 세게 코웃음을 치며 말했다. "너무나 피상적인 사람들이야. 테레사, '피상적'이라는 말 알아?"

"아뇨."

"'겉모습'이라는 뜻이야. 필립, 어니스트, 데이빗. 이름은 다양하지만 그저 턱이 없는 남자 얼굴이 둥둥 떠다닐 뿐이지. 내가 결혼을 안 한다고 하니까, 그 애들 중 하나가 이렇게 말했어. '넌 **모를 거야**, 올리브. 넌 파리에서 살았잖아. 나는 포츠머스까지도 가보지 못했어.' 그렇게 멍청할 수 있다니! 유부녀가 되는 것이 여행과 같다고 생각한 거야!"

"그렇지 않나요?"

올리브는 테레사를 바라보았다. "음, 파리에도 불쌍한 아내들은 많아. 부모님 친구들 중에도 있어. 그중 한 명이 내 엄마고."

"네?"

"결혼은 생존 게임이야." 올리브의 말을 어디선가 들어본 것 같기도 했다.

"부모님은 어떻게 만나셨어요?"

"파리의 파티에서. 엄마는 열일곱 살이었대. '영국의 쐐기풀•'이었다고 엄마가 직접 말했어. 아빠는 스물두 살이었고. 다들 엄마가 빈의 유태인과 약혼한 게 좀 놀라웠대. 외갓집에서 아빠를 받아들이는 데 시간이 좀 걸렸지만, 그다음에는 사랑해주셨대."

테레사는 올리브가 듣기 쉽게 줄여 말하는 것이라고 생각하면서 고개를 끄덕였다. 해럴드는 쉽게 사랑하기 힘든 사람이었다. 그를 보면 테레사는 나무와 석회로 만들어진 핀카의 벽 속에 사는 딱정벌레가 떠올랐다. 그는 단단한 날개를 반짝이게 유지했고, 그의 뿔은 부드러운 천으로 닦아야 했으며, 몸도 윤을 내고 제때 먹이를 주어야 물지 않았다.

"아빠는 전쟁 중에 억류당했어. 석방된 뒤에는 영국 정부에서 일했고. 하지만 그때 일은 절대 말 안 해서. 아빠는 엄마의 삶과 전혀 다른 모든 것을 대변하는 것 같아. 엄마는 너무 쉽게 지루해하고 소란을 일으키는 걸 좋아해. 식료품 기업의 상속녀, 코카인 중독 신여성, 훈족 남편에 대한 반항. 모두 너무나 요란하지." 올리브는 이렇게 덧붙였다. 테레사는 그 형용사를 이해하지는 못했지만, 거기서 느껴지는 질투심을 알아차릴 수 있었다.

"놀라워." 올리브가 계속해서 말했다. "엄마 마음속은 산산조각이 난 찻주전자 같으면서 어떻게 다른 사람들 앞에서는 온전한 척할 수 있는지. 가끔은 우리가 안정된 삶을 살 수도 있었을까 싶어. 아빠는 날마다 중산모를 쓰고 외교부로 출근했다가 세인트 제임스의 사교모임에 가고, 엄마는 집에서 자수를 하는 평범한 삶 말이야. 난 불가능할 것 같은데, 너도 그렇게 생각하지 않아?"

• 갈퀴 모양의 거친 잎 모양으로 인해 짜증나게 하는 사람을 이르기도 함.

테레사는 이렇게 애처로운 표정을 그대로 드러낸 올리브에게 뭐라고 말해야 할지 알 수 없었다. 슐로스 가족은 함께 보내는 시간이 부족하여 옛날 이야기만 나오면 말수가 줄었다. 그리고 그 순간 집이 무대이고, 테레사가 유일한 관객이라는 듯 의상을 입고 연기했다. 테레사는 그들이 옷을 벗고 무대 가장자리의 기억이 바뀌는 구석으로 들어가면 무슨 일이 일어날지 너무나 궁금했다. 그런데 올리브가 그 커튼을 살짝 들어서 그 너머의 형태와 무늬를 보여주었다. 테레사는 자신이 실언을 하여 커튼이 다시 내려지고 두 사람이 서로 배려하는 마법 같은 순간이 사라져버릴까 봐 두려웠다.

"넌 결혼할 거 같아?" 테레사가 말이 없자 올리브가 물었다.

"아뇨." 테레사는 이렇게 말하고는 그게 현실이라고 생각했다.

"나는 결혼한다면 사랑을 위해서 할 거야. 엄마처럼 부모를 괴롭히려고 하는 게 아니라. 이삭은 결혼할 거 같아?"

"모르겠어요."

올리브는 씩 웃었다. "이삭이 결혼하면 너는 집에 혼자 남겠지. 그럼 나랑 내 남편이랑 같이 살자. 난 네가 외롭게 지내는 게 싫어."

"남편요?"

"그 사람 이름을…… 보리스라고 하자. 보리스, 내 사랑." 올리브는 웃으면서 발을 굴렀다. "오, 보리스." 양팔을 하늘을 향해 벌리고 외쳤다. "내게 와요, 나를 가져요!" 올리브는 숨을 몰아쉬고 테레사를 바라보면서 웃었다. "이런 기분이 얼마 만인지 모르겠어."

"어떤 기분인데요?" 테레사가 말했다.

"행복한 기분."

테레사는 두툼한 스웨터에 오래된 갈색 신발을 신고, 자신이 외롭지 않기를 바라며, 보리스라는 상상 속의 연인이 있고, 에스파냐

끄트머리에 와서 행복을 찾았다는 소녀를 찬찬히 보았다. 그러고 나서 올리브의 손톱 밑에 말라붙은 피를 발견했다. 테레사는 올리브가 도끼를 든 오빠와 함께 있었던 것을 떠올리고는 당혹감을 느꼈다. 테레사가 올리브의 손을 덥석 잡았다.

"왜 그래?" 올리브는 깜짝 놀라 의자 흔들기를 멈췄다.

"손가락요."

올리브는 테레사의 작은 손에 잡힌 붉은색의 손톱을 내려다 봤다. "괜찮아."

"피잖아요. 오빠가……."

"오빠가 뭐? 피 아냐, 테레사." 올리브는 망설였다. "물감이야."

"아파요?"

"아니, **물감이라니까.** 제대로 씻지 않아서 그래."

"무슨 말인지 모르겠어요."

올리브는 잠시 생각에 잠겼다. "테레사, 내가 무슨 말을 하든 비밀을 지킨다고 약속할 수 있어?"

그것은 보장할 수 없는 위험한 질문이었고, 테레사는 그런 것에 동의할 수도 없었지만 "물론이죠" 하고 말했다.

올리브는 새끼손가락을 들어올렸다. "손가락 걸어. 맹세하지?"

테레사는 올리브와 새끼손가락을 걸었고, 올리브의 강렬한 시선을 느꼈다. "로 후로lo juro." 테레사가 속삭였다. "맹세해요."

올리브는 손을 들어 테레사의 심장 위에 성호를 그었고, 테레사는 주문에 걸린 듯 자기 손을 들어 올리브의 심장에 같은 손짓을 했다. 올리브의 열기가 모직 스웨터 밖으로 번져 나왔다.

"좋아." 올리브가 자리에서 일어나면서 테레사도 일으켜 세웠다. 집 안에서 세라의 웃음소리가 들려왔다. "자, 날 따라와."

V

동쪽 응접실에 세라와 함께 앉아 있던 이삭의 시선이 천장으로 향했다. 바로 머리 위의 방이 그곳. 11년 전, 그가 동정을 잃은 곳이다. 그의 아버지가 공작부인의 영지 관리인을 맡은 지 얼마 안 되었을 때였고, 이곳에는 아무도 살지 않았다. 이삭은 아버지 사무실에서 열쇠를 훔쳐 친구 두어 명과 이곳으로 숨어 들어왔다. 자정 무렵에는 마을의 젊은이들이 더 모여들었고, 그는 아버지의 템프라니요*를 혼자 다 마시고 평생 처음으로 취했다.

아침에 그는 여자와 함께 덮개를 씌운 침대에 쓰러져 있다가 깼다. '라에티티아'라는 이름의 여자는 그의 옆에서 곤히 자고 있었다. 그녀가 눈을 뜨자 누가 먼저랄 것도 없이 키스하기 시작했고, 처음 겪는 숙취로 멍한 상태에서 라에티티아와 섹스를 했다. 이삭이 기억하기로 라에티티아는 스물일곱 살이었고, 그는 열다섯 살이었다. 섹스를 하는 도중에 꽃병 하나가 아래층으로 떨어져 박살이 났다. 얼마 안 있어 손에 꽃병 조각을 들고 올라온 아버지가 라

---

* 와인에 쓰이는 포도 품종 중 하나로, 주로 에스파냐 리오하 지역에서 재배함.

에티티아를 쫓아내고 아들을 때렸다. 이삭이 아버지에게 맞은 건 섹스를 해서가 아니라 꽃병을 깨트렸기 때문이었다. **"네놈이 호모인 줄 알았는데."** 그의 아버지가 말했다. **"다행이군."**

이삭은 라에티티아가 지금, 어디 있는지 궁금했다. 그녀도 지금 레모네이드를 따르고 있는 세라와 비슷한 나이, 서른여덟 살이 되었을 것이다. 그는 창밖으로 마을 길을 향해 나 있는 비탈을 내려다보았다. 그는 아라수엘로의 균형을 유지시킬 수 없었다. 그대로 있었던 적이 없었지만, 늘 같아 보였다. 그곳은 배타적이다가 환대하기를 반복하는 자아를 반영했다. 그는 늘 그곳을 떠나고 싶었는데 이유를 정확히 말할 수는 없었다. 아라수엘로는 그의 일부였다. 마드리드는 달, 빌바오는 우주, 파리는 성경에나 나오는 상상 속의 공간이었지만, 아라수엘로는 다른 어떤 곳과도 다르게 사람을 장악할 수 있었다.

"로블레스 씨?" 세라 슐로스가 그에게 이야기하고 있었고, 그는 미소를 지었다. 그는 동생과 올리브가 삐걱거리는 계단으로 2층에 올라온 뒤, 다시 다락으로 올라가는 소리를 들었다. 세라가 그들의 소리를 들었는지 모르지만, 아무 말도 하지 않았다. 그녀는 항상 담배를 피웠고, 또 담배를 피우고 있었다. 그리고 녹색 소파에 다리를 올리고 앉았다. "그럼, 좋은 아이디어라고 생각해요?" 그녀가 말했다.

음, 그런가? 그는 뭔가 잘못된 것이 있다고, 아니라고 대답해야 할 것 같았다. 하지만 그녀의 의견에 반대할 수도 없었다. "정말 바쁘겠어요." 그가 입을 다물고 있자 세라가 말했다. "하지만 난 지난 몇 년 동안 한 점도 못 가졌으니, 남편을 크게 놀래킬 일이 될 거예요."

"부군께서 놀라는 걸 즐깁니까, 세뇨라?"

"음, 그이는 늘 나를 놀라게 하죠."

이삭은 그녀의 제안에 대해서 생각해보았다. 그 자신이 좋은 화가라는 사실은 알고 있었다. 언젠가 위대한 화가가 될지도 모른다. 그와 테레사가 알폰소의 사생아로 그림자 속에서 자라는 동안, 알폰소는 이삭이 커서 이 모든 좌익 예술가 사상을 버릴 거라는 생각으로 종종 돈을 던져주었다. 하지만 아들이 노조지도자들이나 무정부주의자들, 이혼한 여자들과 '어울린다'는 소식을 듣고는 아들에게 크게 실망했다. 이삭은 산 텔모 미술학교에서 하는 일을 그만둘 생각이 없었고, 알폰소는 돈줄을 끊어버렸다. 그는 그 사실을 테레사에게 알리지 않았다.

그는 학교에서 매우 적은 월급을 받았다. 정부 지원금 삭감으로 교직원에게 줄 월급이 대폭 줄었기 때문이다. 앞으로 몇 달 안에 이삭은 몹시 가난해질 것이다. 하지만 그 자신이 이 근방에서 가장 비열한 위선자라고 판단한 아버지와 한편이 될 수는 없었다.

"나는 아주 후한 사람이에요. 원하는 건 뭐든 말해봐요."

세라가 자신을 얼마나 쉽게 봤는지 생각하면 화가 치밀었지만, 한편으로 세라 슐로스 같은 얼굴을 그린다면 얼마나 즐거울지 생각했다. "감사합니다, 세뇨라. 그렇게 하죠. 하지만 선물로 드리겠습니다."

세라는 그가 동의할 줄 알고 있었다는 듯이 눈을 감고 기뻐했다. 이삭은 그런 모습을 보는 것이 싫었지만, 그녀의 자신감이 존경스러웠다. 그는 그녀에게 아름다움에 대한 확신을 주고 싶지 않았다. 그녀는 자신이 아름답다는 것을 확실히 알고 있었으니까.

세라가 미소를 지었다. "아, 그럼 안 되죠. 이건 거래여야 해요.

내가 몇 번이나 앉아 있어야 할까요?"

"여섯 번에서 여덟 번 정도면 됩니다, 세뇨라."

"여기서 할까요, 당신 집에서 할까요?"

"부인이 편한 대로 하면 됩니다."

세라는 쟁반 위로 몸을 숙여 레모네이드 잔을 들어서 그에게 건넸다. "동생이 만든 거예요. 다른 데서 먹어본 레모네이드보다 훨씬 더 맛있어요. 비밀이 뭘까요?"

"동생의 비밀은 비밀로 지켜주십시오, 세뇨라."

세라는 미소를 지었다. "분별 있군요. 언제나 그래야 한다고 생각해요. 그러면 모두가 더 행복할 거예요. 내가 갈게요. 그이가 자주 드나드는 만큼 의심하지 못하도록."

"부군 생신이 언제입니까?"

"그이 생일요?"

"생일 선물이 아니었나요?"

"아, 아니에요. 이건 그냥 깜짝 선물이에요." 세라가 잔을 들었다. "건배. 내 그림을 위하여."

자기 방 앞에서 올리브는 오래된 손잡이에 올린 손을 멈추고 테레사를 마주 보았다. "잊지 마. 비밀은 꼭 지켜야 해!"

테레사는 고개를 끄덕였다. 아래층에서 오빠와 세라가 이야기하는 소리가 들렸다. 올리브는 손잡이를 밀고 방 안으로 들어갔다.

그들이 들어선 곳은 짙은 금빛의 아트리움이었다. 집 길이의 절반쯤 되어 보이는 넓은 공간에 오래되어 끝이 부서진 대들보가 드러나 있었다. 올리브 뒤에 벌꿀색 햇살 사이로 먼지가 떠오르는 것을 보고, 테레사는 눈을 깜빡이며 빛에 적응하려고 했다. 이삭은 이 집에서 미친 듯이 뛰어다닌 적이 있었지만 그때 테레사는 너무 어렸고, 이런 방이 있는지도 몰랐다.

테레사는 문가에 서서 올리브가 감추어둔 것이 무엇인지 둘러보았다. 동물 냄새도 나지 않았고, 우는 소리도 들리지 않았다. 여행 가방과 흐트러진 침대, 의자에 걸쳐둔 옷가지, 높이 쌓여 있는 책뿐이었다. 그것은 테레사가 오랫동안 꿈꾸던 방이었다.

"문 닫아, 멍청아."

"멍청이?"

올리브는 웃었다. "진심으로 한 말은 아니야. 그냥…… 밖에서 들을까 봐."

테레사는 불안했다. 올리브는 천방지축으로 양말만 신고 온 집안을 돌아다니는 아이였다. 그런데 지금, 맞은편 창가에 선 올리브는 너무나 달라 보였다. 그녀는 햇살을 향해 걸어가 등을 곧게 펴고 우아하게 창틀에 손을 얹고는 자신감에 찬 얼굴로 테레사가 알 수 없는 생각에 잠겨 있었다.

"테레사, 문 닫고 이리로 와. 보여줄 게 있어."

테레사가 시키는 대로 하는 동안 올리브는 침대 옆에 무릎을 꿇더니 크고 납작한 나무판을 꺼냈다. 그것을 들어 올려 돌려보이자, 테레사는 숨이 턱 막혔다. "마드레 미아!•" 테레사는 이렇게 말하고 웃었다.

"왜 웃어?"

"직접 그렸어요?"

올리브는 머뭇거렸다. "내가 그렸어. 제목은 〈과수원〉이야. 어떻

• Madre mía, 에스파냐어로 '엄마야!'라는 뜻의 감탄사.

게 생각해?"

그림은 테레사가 그때까지 본 것 중에서 가장 특별한 것이었다. 이삭의 몇몇 그림도 상당히 우수했지만, **이것은** 마치…… 살아 숨 쉬는 사람처럼 테레사 앞에 버티고 서 있었다. 그것은 '생각할 것'이 아니라 '느낄 것'이었다. 그 그림의 힘이 테레사를 압도했다.

테레사는 그림을 샅샅이 훑어보았다. 온몸이 푹 젖어드는 것 같았다. 누가 이런 그림을 그렸단 말인가? 파자마를 입은 열아홉 살짜리가? 그 누가 이런 색채를 알고, 그 누가 방금 도착한 땅을 보고 이보다 더 좋은, 더 높은, 그 방에 쏟아져 들어오는 햇살보다 더 밝은 것으로 바꾸어놓을 수 있단 말인가? 테레사가 보기에도 핀카와 저 과수원을 도발하는 색채와 춤추는 형태로 재구성한 것이 분명했지만, 본질적인 무언가가 바뀌어 있었다.

이삭은 이따금 유명한 화가를 보통의 다른 화가보다 특별한 존재로 만들어주는 요소에 대해 이야기했다. 그는 **참신함이 차이를 만든다**고 말했다. 그것이 그들의 그림이 다른 화가들의 작품과 다른 점이라면서 **'훌륭한 제도사는 될 수 있지만, 세상을 다르게 보지 않는다면, 그건 아무 의미도 없어'**라고 말했다. 테레사는 온몸을 스치는 고통의 파도를 느꼈다. 이것은 단순한 참신함이 아니었다. 말로 표현할 수 없는, 그녀로서는 이해할 수 없는 미묘한 힘이었다. 테레사는 신의 존재를 믿지 않았지만, 이 소녀가 축복받은 존재임은 알수 있었다.

"마음에 안 드는구나." 올리브가 입을 꼭 다물며 말했다. "과일나무를 좀 더 잘 그렸어야 했어. 그리고 그 안에 사람이 있어야……."

"좋아요." 테레사가 말했다. 그들은 그 앞에서 말없이 서 있었다.

"이, 이런 일을 하나요, 세뇨리타?"

올리브는 그 질문을 생각해보더니 그림을 연인 다루듯이 섬세하게 들어 침대에 올려놓았다. "실은 미술학교에 합격했어. 내 그림을 보냈더니 뽑아줬어."

테레사의 눈이 더욱 커졌다. "그런데 여기 왔어요?"

"응, 여기 왔어."

"이렇게 **엄청난 재능이 있는데도요.**"

"그건 모르겠어."

"돈이 있으면 이 그림을 사겠어요."

"그럴래?"

"우리 집 벽에 이 그림을 걸어놓으면 자랑스러울 거예요. 그 학교에 왜 안 갔어요?"

올리브는 시선을 돌렸다. "모르겠어. 하지만 이상해. 에스파냐로 출발하기 직전에 구입한 이 초록색 그러니까 메뚜기 연두색과 진홍색, 나이트인디고라는 유화물감, 자두색과 은회색은 전에는 안 쓰던 색이야. 그런데 그냥 그 물감을 들고 계산대에 올려놨어. 마치 여기서만 이 물감이 제 색을 발휘하고 나를 도와줄 거라고 **알았던** 것처럼. 그 색이 내 두려움과 꿈을 구현해줄 거라고."

테레사는 혼란을 감추지 못했다. "테레사, 설명하기가 쉽지 않아. 부모님과 런던의 여자들……. 그런데 여기서 뭔가 맞아들어갔어. 이 그림이 내 마음속에 도사리고 있다가 지금에야 나온 것 같아. 뭔가를 **하면서** 이렇게 연결된 느낌을 받은 건 처음이었어."

"알겠어요."

"하지만 다 그리고 나니…… 내 밖으로 나오고 나니 물감이 저절로 한 게 아닌가 싶어. 내가 한 일은 아무것도 아닌 것처럼."

"아뇨, 아뇨. 올리브가 한 거예요. **내가 물감을 건드리면 아무것**도 안 나올 거예요. 하지만 올리브가 만지니 다른 거죠."

올리브가 미소를 지었다. "그렇게 좋은 말을 해줘서 고마워."

"그림이 더 있나요?"

"여긴 없지만, 이건 있어." 올리브는 가방으로 가더니 커다란 스케치북을 꺼내 테레사에게 건넸다.

테레사는 그것을 펼쳐 작은 손과 발, 눈, 병, 고양이, 나무, 꽃의 스케치를 보았다. 현실적인 그림체의 그림들은 방금 보여준 그림과는 전혀 달랐다. 다음 페이지에 있는 세라의 초상화에는 '**어머니, 런던**' 이라고 적혀 있었고, 세라와 해럴드가 같이 있는 장면 하나와 첫날 테레사가 가져온 레몬을 파스텔로 스케치한 정물화가 있었다.

테레사는 그 레몬을 가리켰다. "내가 레몬이 어디 있는지 물었잖아요. 모른다더니."

올리브가 얼굴을 붉혔다. "미안."

"훔친 거예요?"

"그렇게 말하고 싶다면."

"이게 왜 비밀이에요?"

"**비밀**은 아니야. 그냥…… 아무한테도 말하고 싶지 않아. 너 빼고."

테레사는 얼굴이 빨개졌고, 스케치북을 내려다보며 표정을 감췄다. 스케치가 마치 종이에서 튀어나올 것 같았다. 테레사는 종이를 계속 넘기다가 오빠의 모습 두 장에서 멈췄다. 〈장작을 패는 이삭〉과 〈커피 잔을 든 이삭〉이었다.

테레사는 통증이 솟는 것을 느꼈고, 올리브는 스케치북을 빼앗았다. "그냥 스케치야." 아래층에서 세라의 웃음소리가 작은 종소리처럼 울렸다.

"이 그림으로 뭘 할 거예요?" 테레사가 물었다.

"참 실용적이기도 하지. 모든 것에 다 목적이 있는 건 아니야."

테레사는 얼굴을 붉혔다. 자신의 생각이 바로 그랬기 때문이다. 마치 갈비를 먹으려고 사냥하는 재칼처럼 실용적으로. 하지만 테레사는 올리브의 말투에서 변명투를 감지했다. 이상한 일이었다. 자신이 올리브 재주의 절반만 갖고 있었어도 지금쯤 아라수엘라를 떠나 바르셀로나에 가 있을 텐데. "그림을 영영 침대 밑에 넣어두고 아무도 못 보게 할 건가요?" 테레사가 말했다.

"당연히 아니지."

"그럼 왜 지금 보여주지 않죠? 벽에 걸어놓을 수도 있잖아요."

올리브는 뻣뻣한 몸놀림으로 〈과수원〉 옆에 앉았다. 오래된 매트리스가 밑으로 꺼졌고, 문득 그 침대가 참 낡아 보였다. 올리브는 훨씬 더 나은 것을 구할 수 있는데 그런 식의 생활을 견디고 있으니 어리석어 보였다. 그녀라면 말라가의 카예 라리오스에 가서 새 침대를 살 수도 있었다. 테레사는 그곳에 올리브를 데려가 완벽한 매트리스를 찾을 때까지 하나하나 누워볼 수도 있었다. 하지만 테레사는 아무 말 없이 앉아서 오빠를 그린 솜씨 좋은 연필선을 머릿속에 떠올려보았다.

"벽에 걸고 싶지 않아." 올리브가 말했다.

테레사는 인상을 썼다. 김빠진 저항 같았다. 테레사는 허리에 손을 얹고 침대 가장자리로 다가왔다. "말라가에서 이 그림을 팔 수 있어요, 세뇨리타. 돈을 벌 수 있다니까요."

올리브는 고개를 들었다. "돈? 돈은 이미 충분한걸."

테레사는 얼굴을 붉혔다. "떠날 수도 있어요."

"하지만 여기가 좋아."

"파리. 런던. 뉴욕……."

"테레사. 난 사람들에게 알리고 싶지 않아. 알겠어?"

"내 그림이라면, 난 온 세상에 보여줄 거예요."

올리브는 그림을 쳐다보았다. "세상에 보여준다고 치자. 세상이 그림을 좋아하지 않을 수도 있어. 그걸 생각해봐. 몇 시간이고, 며칠이고, 몇 달이고, 심지어 몇 년이고……."

"하지만 **내가** 원하니까, 그건 중요하지 않을 거예요."

"그러면 애초에 왜 세상 사람들을 기쁘게 해주려는 거야? 그리고 장담하는데, 네가 그렇게 한다면, 너도 마음에 들지 않을 거야."

"그럼 왜 그리는 거예요?"

올리브는 일어나 담배에 불을 붙이고는 창밖을 내다보았다. "글쎄, **모르겠어.** 그냥 그리는 거지." 올리브는 테레사를 보았다. "그래, 모호하다는 거 알아. 그저…… 내 마음속에는 완벽한 성채 같은 곳이 있는 것 같아. 그리고 캔버스와 스케치북에 그림을 그릴 때마다 그것에 조금 더 다가가는 듯하고. 내가 누군지를 좀 더 잘 받아들여줄 곳. **다른 모습**도 인정해줄 곳. 그러면 나는 날아갈 거야."

올리브는 이마를 문지르고 돌아와서 침대에 누웠다. "우리는 왜 그렇게 시간에, 일 분, 일 분에 얽매여 있을까? 우리는 왜 손에 닿을 수 없는 삶을 살지 못하는 걸까?"

올리브는 목이 메었고, 테레사는 손을 뻗어 올리브의 팔을 잡았다. "미안해, 테레사. 내가 미쳤나 봐. 하지만 늘 누군가에게 보여주고 싶었어. 네가 마음에 든다고 해서 기뻐."

"메 아 엔칸타도me ha encantado. 정말 좋아요."

"자." 올리브가 다시 벌떡 일어나더니 손에 담배를 쥔 채 매트리스에서 뛰어내렸다. "이거 가져. 네가 좋아할지 모르겠지만." 올리브는 가방에서 르네상스 화가들에 대한 책 한 권과 오래된 〈보그〉를 집어서 건넸다. "엄마 거지만, 신경 쓰시지 않을 거야."

테레사는 르네상스 책에 실린 화려한 옷을 입고 삶은 달걀처럼 피부가 팽팽하며 눈이 튀어나오고, 섬세한 반지를 낀 촌과 어깨에 비단을 걸친 남녀들을 보았다. 이상하리만큼 길게 늘인 성녀 마리아와, 수태고지의 노란빛에 쩔린 마리아의 모습. 신화 속의 괴물이 나오는 악몽 같은 장면들. 다리가 다섯 달린 남자들과 석류로 변한 여자들. 테레사는 화가의 이름을 소리 없이 읽었다. **벨리니, 보스, 크라나흐**. 그것을 배우고, 이해했다. 그것이 테레사에게는 무기처럼 휘두를 수 있는 또 다른 언어였다.

〈보그〉는 정말 오래된 것이었지만 테레사는 상관없었다. 자기 것이었으니까. 아직 1년밖에 지나지 않은 책이라서 다행이었다. 세라는 잡지를 침실 바닥에 던지기 전에도 거의 보지 않았다. 그 색채가 내는 유혹적인 소리를 여주인이 알아차리지 못하는 것에 테레사는 깜짝 놀랐다. 하지만 올리브가 곤란해지는 것은 원하지 않았다.

"어머니께서 정말 상관 안 하실까요?" 테레사가 말했다.

"없어진 것도 모르실 거야. 이삭이 아직 여기 있는 것 같아." 올리브는 이렇게 말하고 스케치북과 〈과수원〉을 침대 밑에 밀어 넣었다. "가서 엄마가 무슨 이야기를 했는지 알아보자."

테레사는 올리브 입에서 이삭 이야기가 나오자 가슴이 답답해졌다. 그리고 책을 덮은 뒤 올리브를 따라 나갔다.

이삭은 두 번째 레모네이드 잔을 들어 세라의 잔에 살짝 부딪쳤다. 그는 고양이처럼 아양을 떨고, 가끔은 어지럽게 구는 여자들에게 익숙했다. 그건 마치 광대놀음 같았다. 이삭이 그런 행동을 조장한 적은 없다. 하지만 그가 자신의 의사를 분명하게 밝히면 그들의 행동이 더 대담해지고 분명해질 뿐이다. 그는 여자들이 그에게서 무엇을 원하는지 너무 쉽게 가정하지 않는 것이 좋다고 배웠다. 그것은 겉으로 보는 것과 전혀 다를 수도 있었다.

이삭은 올리브가 물에 빠진 소녀처럼 그에게 손을 내밀며 자기 생각보다 훨씬 더 분명하게 행동하는 것이 그녀의 어머니와 얼마나 다른지 생각했다. 올리브는 슐로스 부인과는 달리 이삭의 흥미를 끌었다. 세라는 곧바로 상대를 황홀하게 했지만, 올리브의 그 어색한 태도는 어딘가 유연하고 흥미로운 면이 있었다. 올리브는 슐로스 부부 결혼생활의 생존자였다. 그는 올리브가 부모와 무기한 함께 산다면 그녀가 안 좋은 영향을 받게 될지 궁금했다.

이삭은 올리브가 다가오는 발소리를 들었다. 이윽고 문 앞에 나타난 올리브가 어려운 덧셈 문제를 풀듯이 그와 어머니 사이를 번갈아 보았다. 테레사는 올리브 뒤에서 그 장면을 바라보았다. 이삭은 테레사의 얼굴에 떠오른 기묘한 승리감을 보고 긴장했다.

"올리브, 그거 아니?"

"제가 뭘 알아야 하나요?"

"로블레스 씨가 내 그림을 그려주기로 했단다."

"네?"

"네 아빠에게 줄 깜짝 선물이야." 세라가 말했다. "로블레스 씨에게 의뢰했단다."

"하지만 아빠는 놀라는 걸 싫어하시잖아요."

"음, 나도 마찬가지란다, 올리브. 하지만 네 아빠가 좋든, 싫든 그림을 갖게 되잖니."

올리브는 앞으로 나와서 소파 옆에 아무렇게나 놓인 좀먹은 안락의자에 앉았다. "그림을 그릴 시간이 있나요, 로블레스 씨? 그렇게 일을 많이 하시는데?"

"영광일 겁니다." 이삭이 말했다. 올리브는 이삭이 그들의 편리를 위해 장작을 가득 쌓은 벽난로 쪽을 보았다. 테레사는 문 쪽에 가만히 서 있었다. 그녀는 이삭을 살짝 비웃었고, 이삭은 그런 동생에게 짜증이 났다. 테레사는 그동안 이삭이 얼마나 여러 차례 자신을 보호해주었는지 모르고 있었다.

"그림에는 내가 들어가야 해요." 올리브가 잘라 말했다.

"올리브." 세라가 잠시 입을 다물고 있더니 바지 주름을 바로 잡으며 말했다. "이건 내 선물이란다."

"아빠는 그림에 우리 둘 다 있는 걸 좋아하실 거예요. 몇 년 전에도 그렇게 그렸잖아요. 이번에도 그렇게 해요."

"그랬나?"

"잊어버리셨군요. 맞아요, 그랬어요. 로블레스 씨, 그러면 좋을 것 같지 않나요?"

이삭은 여자들이 가하는 압박에 어깨가 무거워졌다. "두 분이 결정하세요. 두 분의 아버지이고 부군이니."

세라는 실밥을 뜯었다. "로블레스 씨, 딸과 함께 앉으면, 우리가 꼭 같이 있을 때 그려야 하나요?"

"반드시 그런 건 아닙니다, 세뇨라."

"음, 그럼." 세라는 한숨을 쉬었다. "우리끼리 이 문제를 결정해야 되겠구나. 그렇지, 올리브?"

올리브는 세라 쪽으로 턱을 치켜들었다. "네, 엄마. 그래야죠."

VI

올리브와 세라는 세 번에 걸쳐 모델이 되기로 했다. 작업은 이삭이 말라가에서 일하지 않는 날로 정했고, 테레사가 그들의 비밀을 지켜주는 일을 맡았다. "해럴드에겐 우리가 에스퀴나스의 시장에 갔다고 하렴. 아니면 병원에 갔다든가. 핑계를 지어낼 수 있겠지, 테레사. 넌 똑똑하니까." 세라가 이렇게 일러두었다.

두 번째 모였을 때, 이삭이 올리브와 세라를 오두막 부엌의 흐릿한 빛 속에서 그리는 동안 올리브는 뭔가 잘못되었다는 것을 알아차렸다. 속이 살짝 비치는 연보라색 블라우스와 갈색 실크 스커트를 입은 세라는 등을 자꾸만 젖혔고, 한쪽 팔을 의자 뒤로 넘겼다. 화가를 위해 가장 멋진 모습을 보여주려는 것이었겠지만, 올리브는 이삭이 얼마나 절망적인 표정을 짓고 있는지 알아차렸다.

얼마 전에 이삭이 속한 당이 전국 선거에서 승리했다. 그것은 전보로도 왔고, 아버지가 말라가에서 가져온 신문 1면에도 났다. 좌익 연맹이 집권했으니 그 역시 승리감을 느꼈을 것이다. 올리브는 이삭이 크게 기뻐하고 있을 거라고 생각했다.

"무슨 일 있어요?" 세라가 잠시 자리를 비웠을 때 올리브가 물었다.

그는 그림에서 눈을 떼고 놀란 표정을 지었다. "한 소년이 죽었어요. 내가 잘 아는 아이였어요."

"죽었다고요?"

"어젯밤에요. 아드리안이라는 이 지역 청년인데, 무정부주의 당원이었어요. 말라가의 공장에서 일했죠. 처음에는 당나귀와 자전거에 붉은 리본을 묶는 일을 했어요. 떠벌리기 좋아하는 아이였고, 외동아들이었어요. 그 애가 공장 사장의 재산 기록을 태웠는데, 어떤 놈들이 그를 총으로 쏴서 트럭 뒤에 묶어놓았어요."

"오, 이삭. 끔찍하네요."

"치정살인이라고 하지만, 말도 안 되는 소리예요. 아드리안은 연애할 새도 없었어요."

"체포한 사람이 있어요?"

이삭의 표정이 어두워졌다. "목격자가 없어요. 그 애가 자기 몸을 트럭에 묶었대요. 얼마나 트럭으로 끌고 다녔는지 발이 남아 있지 않았어요."

"세상에, 누가 그런 짓을 해요?"

"누구나 할 수 있죠. 아무도 하지 않을 수도 있고. 경찰은 공산당 무리가 그 애를 부잣집 아이로 착각한 거라고 하더군요. 집시를 탓하는 사람들도 있고. 부정부주의자, 공산당, 팔랑헤당*, 사회주의자. 소수독재정치 지지자, 집시, 또 누가 있을까요? 설마 그 애 아버지가 한 짓일까요?" 이삭이 뱉어내듯 말했다.

올리브는 그를 위로하고 싶었지만, 엄마가 곧 돌아올 참이었다.

* 에스파냐의 파시스트당.

올리브는 침착하게 행동하려고 애썼다. 올리브는 이런 일은 한 번 뿐이라고, 끔찍하지만 아주 드문 일이라고 생각했다. 그 아이는 그저 너무 일찍 죽은 불행한 아이일 뿐 어떤 상징도 아니었다. 하지만 올리브는 이삭이 한 말을 기억했다. 북극곰, 나무에 매달린 신부, 사람들의 핏줄에 흐르는 땅. 올리브는 다락방에 있는 형형색색으로 묘사한 〈과수원〉을 떠올렸다. 그리고 자신의 무지와 외국인이라는 명목으로 현실에 무관심했던 것이 부끄러웠다.

다음 날 저녁, 테레사가 오두막 식탁에 앉아 있는데 이삭이 스튜를 끓이려고 잡은 토끼의 가죽을 벗겼다. 테레사는 올리브가 준 〈보그〉를 값진 책의 초판을 다루듯이 조심스레 어루만지고 있었다. 표지의 여자는 살짝 뒤를 바라보고 있었다. 그녀는 금발에 긴 크림색 망토를 두르고 있었으며, 흑백의 줄무늬 비치 슈즈가 살짝 보였다. 그녀는 오픈카에 기대어 선 채 눈 위에 손그늘을 드리워 내리쬐는 햇볕을 가리고 위의 어딘가를 응시했다. 하늘은 짙은 청색이었다. 그 사진 아래 깔끔하고 매력적인 글씨체로 **'휴가—여행—리조트 패션'**이라고 쓰여 있었다.

"아무 말이 없네. 내가 어떻게 할까 봐 걱정하는 거야?" 테레사가 아무 말도 하지 않자 그가 말했다. "세상에, 테레사. 네가 나를 걱정해줘야지."

"침착하게 행동해, 오빠. 오빠가 무슨 일을 해도 아드리안은 돌아오지 않아. 공작부인 벌집에서 꿀을 훔치는 거랑 위험한 일을 하는 거는 달……."

"너도 마찬가지야." 이삭은 칼로 테레사의 잡지를 가리켰다. "너도 조심해."

"하지만 나는 위험하지 않아."

"확실해? 지난번을 기억해, 테레사. 다시는 보석금을 내주지 않을 거야."

"아무것도 훔치지 않았어. 이건 올리브가 준 거야."

테레사는 바네티 씨 집에서 일할 때를 기억했다. 외롭고, 힘들고, 단조로운 일상에 지쳐 있었다. 그 여자는 가진 물건이 너무 많아서 물건이 없어져도 쉽게 알아차리지 못했다. 너무나 유혹적이고, 너무나 쉬운 일이었다. 처음에는 반지나 은제 성냥갑 같이 작은 것들로 시작했는데, 빈 향수병에 손을 댔고 급기야 에메랄드 목걸이를 슬쩍했다. 테레사는 자신이 시중을 드는 부자 외국인들이 늘 모르고 넘어가는 이런 물건이 칙칙한 삶에 대한 공정한 대가라고 생각했다. 테레사는 그 장신구를 깡통에 넣어 우물 옆에 묻었고, 이따금 그곳을 찾아갔지만 몸에 걸친 적은 없었다. 햇빛에 에메랄드를 들어서 녹색빛이 발하는 것을 보았을 뿐이다. 테레사는 그것이 너무 좋아서 아무런 죄책감도 느끼지 않았다.

그녀의 도벽을 문제삼아 해고한 것은 도이칠란트에서 온 가족이었다. 이삭은 그들을 찾아가 자신의 여동생에게 정신질환이 있다고 해명했다. 거짓말이었지만, 여주인이 테레사를 경찰에 신고하는 것보다 나았다. 이삭은 그들에게 모든 것을 되돌려주었지만 테레사는 바네티 씨 집에서 훔친 상자와 정원에 묻어둔 에메랄드 목걸이에 대해서는 함구했다. 그것은 테레사의 작은 비밀 도피처였다.

"테레샤." 이삭이 좀 더 부드럽게 불렀고, 테레사는 토끼 내장을 손질하기 위해 안으로 들어갔다. "올리브는 네 친구가 될 수 없어.

알고 있지?"

"그런 건 오빠나 기억해둬."

"내가 말라가에 있을 때, 네가 외로운 거 알아. 하지만 올리브는 부모를 따라 돌아다니는 부잣집 딸일 뿐이야. 곧 떠날 거야. 네가……."

"난 외롭지 않아. 그리고 아이도 아니야. 그렇게 부모처럼 굴 거 없어. 올리브의 친구가 되고 싶지도 않아."

"좋아." 이삭이 토끼 다리를 자르기 시작했다. "와서 이것 좀 도와줘." 테레사는 식탁에서 일어나 이삭 옆에 섰다. "네가 나한테 이래라저래라 하는 건 아니지, 테레사." 이삭이 말했다.

"노력해볼게."

그는 웃었고, 테레사도 웃었다. "내가 늘 널 돌봐주지 않았니?" 이삭이 물었다.

"맞아. 하지만 그럴 필요는 없었어."

해럴드는 아내와 딸이 집을 비우는 것을 알아차리지 못했다. 그는 말라가의 상인에게서 산 모로코제 태피스트리*를 배경으로 낡은 가죽 덮개를 팔꿈치로 누르며 서재 가운데 책상에 앉아 있었다. 그의 주변에서 청소를 하거나 옆에 포도주를 갖다놓는 테레사에게 눈길도 주지 않았다. 정신이 다른 데 팔려 있는 것 같았다. 그는 나무판자에 목숨을 걸고 매달리는 침몰한 배의 선장 같았다.

* 여러 가지 색실로 그림을 짜넣은 직물.

모녀가 마지막으로 초상화 모델이 되던 날, 테레사가 핀카에서 스튜를 끓이고 있는데 전화벨이 울렸다. 테레사는 기다렸지만 해럴드는 받지 않았다. "세뇨르?" 테레사가 불러보았다. 계속해서 울리는 전화벨 이외에는 아무 소리도 들리지 않았다. 테레사는 살그머니 복도를 걸어 서재문에 귀를 대고 인기척을 확인한 뒤 안으로 들어갔다. 수화기를 귀에 대는 순간, 테레사는 자신이 실수를 저질렀음을 깨달았다.

"해럴드, 비스트 두 에스?•"

여자 목소리였다. 테레사는 숨을 크게 들이쉬고 여자가 전화를 끊을 때까지 아무 말도 하지 않았다. 해럴드는 코트를 입고, 사냥총을 들고서 문 앞에 서 있었다.

"무슨 짓이냐? 테레사, 대체 무슨 짓이야?"

테레사는 멍하니 수화기를 들여다보며 이곳에서 일자리를 구한 것을 후회했다. 슐로스 일가 사람들의 삶 구석구석을 돌아다니는 것만으로는 충분하지 않았다. 그녀는 그들의 마음에 난 상처와 뾰루지와 뜨겁고 붉은 심장에 더 가까이 다가가고 싶었다. 하지만 이제는 타인의 비밀을 아는 것이 얼마나 위험한지 기억해냈다.

테레사가 수화기를 내려놓자 해럴드가 다가왔다. 해럴드는 그녀의 손 위에 손을 얹었고, 테레사는 그의 손이 따뜻한 것에 놀랐다. "테레사." 그는 미소를 지으며, 손에 최소한의 압박을 가하면서 말했다. "대체 누구한테 전화를 하고 싶었지?"

테레사는 당혹스러운 얼굴로 그를 보다가 그 말의 의미를 깨닫고는 곧 겸손한 표정을 지어 보였다. 귀에는 그 여자의 선망 어린

• Harold, bist du es? '해럴드, 당신인가요?'라는 뜻의 도이칠란트어.

목소리, 해럴드가 받은 것이 아님을 깨달았을 때 당황한 숨소리가 맴돌았지만.

"죄송합니다, 세뇨르. 마드리드의 고모와 전화하고 싶었어요."

그들은 서로를 응시했고, 해럴드는 손을 놓았다. 그는 책상을 돌아가 의자에 앉아서 탄피함을 열었다. "미리 말하지 그랬니, 테레사."

"죄송합니다, 세뇨르. 다시는 그러지 않을게요."

"좋아. 그만 됐다. 가보렴."

테레사가 문을 나서려는데 그가 다시 말했다. "집사람은 어디 있지?" 테레사는 돌아서서 그를 바라보기가 두려워졌다.

"시장에 가셨습니다, 세뇨르."

"저녁 여섯 시에?" 해럴드는 라이플총을 잠그더니 의자를 뒤로 밀었다.

"네. 하지만 장을 보시고 성당에 가신다고 하셨어요."

"성당?"

"네. 라 이글레시아 데 산타 루피나la iglesia de Santa Rufina에요."

그는 웃었다. "아직 슐로스 부인을 잘 모르는구나. 부인이 이렇게 밖에 나다니면 내게 바로 알려야 한다. 주시해야 해."

"주시요?"

"잘 지켜보라고. 부인이 돌아올 때까지 여기서 기다리렴. 그리고 돌아오면 나는 말라가에 일이 있다고 전해줘. 그러면 알 테니까."

"네, 세뇨르."

"올리브도 함께 갔나, 성당에?"

"네."

"둘이 함께 시간을 보낸다니 기쁘군." 그는 책상 위에 라이플총을 내려놓았다. "테레사, 네 의견이 필요하다."

"네, 세뇨르?"

"우리가 파티를 열면 마을 사람들이 좋아하겠니?"

그 말에 테레사는 마을 사람들이 평생 본 적 없는 화려한 파티의 중심에 있는 자신을 상상했다. 해럴드와 세라 부부는 자신들이 지닌 권력으로 휘황찬란한 총천연색의 화려한 파티를 준비할 거고, 파티가 끝나고 나면 마을 사람들이 테레사를 무시하지 못할 터다. 집시라고 비웃거나 사생아라고 부르지도 않을 것이다.

"멋질 것 같습니다, 세뇨르." 테레사가 말했다.

테레사는 부엌으로 돌아가 스튜를 확인했다. 해럴드가 침실에서 오가더니 벽장 앞에서 서너 가지 옷을 입어보느라 걸음을 멈추는 소리가 들려왔다. 그는 파란 셔츠에 아름다운 밀색 정장을 입고 나타났다. 검은 머리카락과 대조를 이루며 굉장히 세련되어 보였다.

그가 자동차에 시동 거는 소리가 들렸다. 그가 사라지고 나자 테레사는 '해럴드, 비스트 두 에스?'라고 들려온 말 때문에 다시 마음이 무거워졌다. 그것은 그가 테레사에게 지켜달라고 한 비밀이었다. 그는 검은 가죽 의자와 어두운 구석에 향수 냄새를 남기고 떠나갔다. 강렬한 잔향이었다.

테레사가 집에 돌아오니 이삭이 침실에서 그림 도구를 정리하고 있었다. 부엌에는 시트로 덮은 그림이 놓여 있었다. 그는 그림이 완성되기 전까지 아무에게도 보여주지 않았다. 세라는 떠났지만 올리브는 지친 얼굴로 식탁 옆에 남아 있었다. 테레사는 곁눈질을 하면서 올리브의 손이 계속 움직이고 있는 것을 보았다. 테레사는 어린아이처럼 꼼지락거리는 올리브와 다락방의 당당하고 자신감 넘치던 화가를 일치시킬 수가 없었다. 그녀는 올리브가 새로운 그림을 그렸는지, 자신에게 또 보여줄지 궁금했다.

"아버지께서 찾으셨어요. 어머니와 산타 루피나에 갔다고 말씀드렸어요."

"그게 어디야?"

"마을 광장에 있어요."

"엄마는 모르는데." 올리브가 일어났다. "엄마가 아빠랑 이야기하기 전에 알려야 해."

"아버지는 외출하셨어요." 테레사가 말했다.

그 순간 올리브의 표정이 우울해졌다. "그러시겠지." 그리고 다시 앉았다.

"그림 모델이 되는 거 재미있었어요?" 테레사가 물었다.

"물론 엄마는 좋아하시지. 나는 좋은 모델이 못 되는 것 같아."

"아버지께서 그림을 보시면 좋아하실 거예요."

"그럴지도 모르지, 그림이 좋으면. 그런데 이삭이 보여주지를 않아."

"아버지께서 파티를 여실 거라고 하셨어요."

올리브는 신음 소리를 냈다. "정말 그러셨어?"

"파티가 싫으세요, 세뇨리타?"

"우리 부모님 파티에 와본 적 없지? 차라리 성당에 가는 편이 나을 거야."

올리브는 짜증이 나 있었고 테레사는 그림을 그리는 동안 올리브와 세라, 두 사람의 분위기가 얼마나 안 좋았는지 궁금해졌다.

그리고 올리브는 결론을 내렸다. 세라는 남의 시선을 받기 위해 태어난 사람이지만 올리브는 관찰자에 가깝다고.

테레사는 조리대로 가서 칼로 양파를 다지기 시작했다. "성녀 루피나 이야기를 아시나요?" 테레사는 올리브가 우울한 생각을 잊도록 질문을 던졌다.

올리브는 이삭이 방으로 들어간 복도 쪽을 보았다. "아니."

"두 자매 이야기예요. 그들은 기독교인이었죠. 그들은 세비야에…… 그러니까 라 에포카 로마나la época romana?"

"로마 시대에." 올리브가 말했다.

"네, 그들은 냄비와 그릇을 만들었어요. 로마인들이 파티에 쓸 냄비를 만들라고 했어요. 이교도의 파티였죠. 하지만 자매는 이렇게 말했어요. **'싫어요. 우리의 냄비는 우리 것이에요.'** 그리고 그들은 베누스 여신*의 가면을 부쉈어요."

"저런."

"그들은 붙잡혔어요. 사람들이 언니 후스타를 우물에 빠뜨렸어요. 그리고 루피나를…… 사자와 싸우게 했어요."

테레사는 가만히 자신의 이야기를 듣고 있는 올리브의 모습이 만족스러웠다. 두 사람의 그림자가 벽에 검은 무용수들처럼 드리웠고, 양파는 팬에서 물기를 내고 있었다.

"커다란 사자요." 테레사가 이야기를 이어갔다. "배고픈 사자요. 엔 엘 안피테아트로** 모두가 구경하고 있었어요. 하지만 사자는 싸우지 않았어요. 앉아서 움직이지 않았어요. 루피나를 건드리지도 않았어요."

- 로마 신화에 등장하는 사랑과 미의 여신. 그리스 신화에서 아프로디테에 해당함.
- •• en el anfiteatro, 에스파냐어로 '원형경기장'에서라는 뜻.

"그래서 어떻게 됐어?" 올리브가 조그맣게 물었다.

"사람들이 루피나의 머리를 잘랐어요."

"너무해."

"그리고 그 머리를 우물에 있던 후스타에게 던졌어요."

올리브가 몸을 부르르 떨었다. "끔찍해."

테레사는 어깨를 으쓱였다. "나는 그 사자가 좋아요." 테레사의 눈이 문 앞에 서 있는 이삭과 마주쳤다. "평화의 가치를 아니까요. 자기 자리도 지키고."

"뼈만 앙상한 여자아이는 먹고 싶지 않았나 보지." 이삭이 말했다. 올리브가 그를 쳐다보았다. 그는 팔짱을 끼고서 테레사를 노려보았다. "또 이야기를 하는 거냐, 테레사?"

"테레사는 이야기를 잘해요. 동생이 사자와 싸우는데, 어두운 우물 속에서 기다린다고 상상해봐요. 몸은 사라져버리고 남아 있는 동생의 머리를 들고 있다고 상상해보라고요. 후스타는 어떻게 되었어?"

"충격으로 죽었어요."

"나라도 그랬겠다."

"그건 모르죠, 세뇨리타. 당신은 후스타보다 강할지도 몰라요." 이삭이 말했다.

"아, 아뇨. 나라면 분명 기절했을 거예요." 올리브는 생각에 잠긴 표정을 지었다. "있잖아요, 그 성당에 가봐야겠어요."

"세뇨리타?"

"왜 안 되죠? 그러면 적어도 우리가 한 거짓말 중 하나는 사실이라고 말할 수 있게 되잖아요."

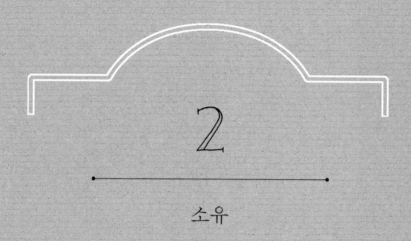

2

소유

1967년 8월

7

로리와 나는 첫 데이트로 영화관에 갔다. 결국 우리는 〈007 두 번 산다〉를 봤다. 맨살과 사디즘이 너무 많이 나와서 그걸 보러 가자고 한 것이 부끄러웠다. 로맨스는 없고, 신기한 기계장치와 유인원에게서 빌려온 것 같은 숀 코너리*의 가슴팍뿐이었다. 돌이켜보면 나는 숀 코너리보다 캐서린 드뇌브**가 더 좋았다. 하지만 로리와 나란히 앉아 그에게 나는 좋은 향기와 그의 몸이 뿜어내는 온기, 나를 선택한 그 사람을 느끼는 것이 그저 행복했다.

그 뒤로 우리는 2주간 거의 매일 만났다. 달콤한 질병에 걸린 것 같았다. 우리는 월러스 미술관과 내셔널 갤러리에 가서 'I. R.'이라는 이니셜이 적힌 그림을 찾아보았다. 극장에도 갔고, 사뮈엘 베케트의 〈연극〉도 봤다. 그런 것을 본 건 그때가 처음이자 마지막이었다. 나는 지금도 그때의 티켓을 가지고 있다. 막이 오르고 세 명의 배우가 한 남자와 두 여자가 되어 그 남자의 부인과 정부를 각

* 스코트랜드 출신 배우로 영화 '007 시리즈'에 제임스 본드 역으로 7번 출연함. 잘생긴 외모와 뻐딱한 분위기로 전세계적인 인기를 얻음.
** 프랑스의 배우이자 가수로 1975년 자크 드미 감독의 〈셰르부르의 우산〉에 출연하여 일약 세계적인 스타로 떠오름.

각 연기했다. 거대한 유해 항아리에서 목만 내민 채 앞뒤가 안 맞는 이야기를 하다가 서로의 존재를 모르는 상태로 사연을 들려주기 시작할 때의 즐거운 충격을 지금도 기억한다.

우리는 올 나이터스니 플라밍고니 하는 소호의 레스토랑과 바에도 갔고, 우리가 춤을 꽤 잘 춘다는 것도 알게 되었다. 물론 커다란 음악 소리 때문에 소리를 질러서 대화해야 하고, 밤 11시가 지나면 연기가 자욱해지는 건 마음에 들지 않았다. 하지만 우리는 그곳에서 말끔하게 빗어 넘긴 머리에 번쩍이는 금반지를 낀 악랄한 느낌의 갱들과 그들의 여자들을 보았고, 스카*를 비롯하여 칼립소**, 재즈, 블루스 등의 음악을 라이브로 들었다. 모두 굉장했다.

우리 사이에 어떠한 합의가 이루어진 건 아니었지만, 점차 처음이라 겪는 낯선 느낌이 사라졌다. 서로를 제대로 알지 못하면서도 누가 무엇을 제안하든 무엇을 원하든 간에 진심을 나누었다. 나는 어릴 때 마음의 상처를 받거나 버림받은 기억이 없어서 그를 전적으로 이해할 수는 없었다. 다만 모든 것을 공유하고, 혼란스러울 때는 지금 눈앞의 그를 있는 그대로 받아들이며 서로에게 의지했다. 그는 외로웠고, 나는 길을 잃었다. 아니, 그 반대였던가? 그렇다고 같이 잔 것은 아니었다. 거기까지는 가지 않았다. 나름대로 선을 지키며 순수한 관계를 이어나갔다.

비가 추적추적 내리던 날 피커딜리 서커스에서 헤어진 뒤로 나는 퀵을 거의 보지 못했다. 패밀라와 나, 그리고 평소 지하의 저장고에서 꿈쩍도 안 하는 학자 두어 명만 날마다 꼬박꼬박 출근하는 것 같았다. 퀵은 허용치 이상으로 결근하는 것 같았고, 출근한 날

• 1950년대 후반 자메이카에서 발생한 장르로 리듬 앤드 블루스와 재즈가 결합된 음악.
•• 서인도 제도의 트리니다드섬에서 시작한 4분의 2 박자로 된 경쾌한 민속 음악.

도 두 시간 정도만 있다가 돌아갈 때가 많았다. 우리는 저민 스트리트에 면해 있는 갤러리가 아니라 건물의 연구동 소속이어서 늘 조용했다. 퀵의 관심이 그리웠다.

퀵이 없는 동안 패밀라는 접수대를 비워놓고 정원에서 같이 샌드위치를 먹자고 했다. 나는 그녀의 제안에 선뜻 응하지 못했다. 6년 전 뮤리엘 스파크가 발표한 단편과 라디오극 모음집을 마저 읽고 싶었고, 이따금 패밀라가 말하는 '당신 같은 사람들'이라는 말도 더는 듣고 싶지 않았다. 그리고 무엇보다 누군가는 접수대를 지키고 있어야 한다고 생각했다. 하지만 신스와 만나는 횟수가 줄어들고, 퀵마저 없으니 여자 친구가 그리워졌다.

패밀라는 점심을 먹으면서 트리니다드의 삶이 어떤지 물었다. 그녀의 질문을 듣고 있노라면 그녀가 학창시절에(혹은 그 이후에도) 대영제국의 식민지들에 얼마나 무관심했는지 알 수 있었다. 물론 패밀라가 진심으로 궁금해서 묻는 것도 있었다. 트리니다드의 날씨나 습기, 더위가 책과 옷가지에 어떤 영향을 주는지, 어떤 음악을 들었는지, 어떤 사람들과 사귀었는지. 패밀라의 질문을 듣고 있으면 내가 얼마나 멀리 와 있는지 실감났다. 그와 동시에 신스와 함께한 긴 여행이 떠올랐고, 우리의 어리석은 대립이 생각나 울음이 터질 것 같았다. 나는 눈물을 보이기 싫어 패밀라의 어린 시절을 물어보았다. 패밀라는 재봉사였던 어머니와 아버지가 스미스필드에서 고기를 운반했을 때의 이야기를 들려주었다. 패밀라는 다섯 명의 동생과 언니가 하나 있었는데, 언니는 패밀라가 여덟 살 때 죽었다고 했다.

"물어볼 게 있어요, 오델. 연애해요?" 패밀라가 웃으며 물었다. "요즘 몇 주 동안 넋이 좀 빠져 있는데……"

나는 잠시 머뭇거렸다. 솔직히 로리에 대해서, 사랑에 대해서 이야기하고 싶었다. 사랑을 하면 어떤 기분이 드는지, 내가 진짜 사랑에 빠진 것인지. 하지만 나는 "아뇨, 남자는 없어요"라고 대답했다. 그러자 패밀라가 눈을 가늘게 뜨며 말했다.

"좋아요. 오뎉, 비밀을 지켜준다고 약속해요. 나는 빌리라는 남자친구가 있어요. '올 나이터스'에서 일해요. 거기에 가본 적은 없겠죠?"

"왜요?" 내가 물었다.

"당신은 클럽에서 춤이나 추면서 청춘을 낭비할 사람이 아니니까."

패밀라가 웃으며 말했다. 패밀라가 진심으로 나를 치켜세워준다는 것을 깨닫고는 덩달아 웃었다. 그녀는 처음으로 나를 세련되고 품위있는 사람으로 대해주었다. 하지만 나는 패밀라가 말한 그 클럽에서 로리와 등에 땀을 흘리며 춤추는 모습이 떠올랐다. 그곳의 나와 지금의 나는 다른 사람 같았다.

패밀라는 빌리를 메달처럼 과시했지만, 내가 거기서 본 남자들을 떠올려봤을 때 빌리는 금메달보다 동메달쯤 될 듯싶었다. 그날 이후 접수대에서 샌드위치를 함께 먹는 점심시간이 계속되었고, 나는 스파크의 단편집을 다 읽지 못했다. 가끔은 빌리에 대해 말하는 패밀라가 안 됐다는 생각이 들었고, 내가 그녀와 함께하는 점심시간을 즐기고 있다는 것을 깨달았다. 패밀라는 때때로 "빌리는 꿈이 크거든요"라고 말했다. 정확히 무슨 꿈인지 말해준 적은 없었다. 다만 그 꿈에 패밀라는 들어가지 않을 것 같았다.

리드 씨가 로리에게 전화하더니 마드리드의 프라도 미술관에서

158

'엄청난 행운'이 있었다면서 로리에게 가능한 한 속히 와달라고 했다. 스켈턴 미술관에 오기로 한 날 아침, 로리는 광장 가운데 벤치에 앉아서 나를 기다리고 있었다.

"안녕." 내가 그의 옆에 앉으면서 말했다. "사자 소녀들 그림 소식에 들떴어요?"

그는 미소를 지었다. "조금요." 그가 내게 키스하려고 다가오는데, 지나가던 남자가 혀를 찼다. 정확하지는 않지만 **역겹다**라고 말한 것 같았다. 우리는 그를 무시했다. 나는 하고 싶은 말이 많았지만, 아무 말도 하지 않을 생각이었다. 단, 로리가 목소리를 높일지 말지 궁금해졌다.

"가요." 내가 말했다. 자신에게 그런 말을 하는 사람이 있으리라 생각을 못 한 건지, 신경 쓸 가치가 없다고 생각한 건지 알 수 없었다. 아니면 로리가 그 말을 못 들은 건지도 모른다.

"대장님과의 약속시간에 늦겠어요. 그래도 당신이 먼저 가요. 나는 나중에 들어갈게요."

"왜요?"

"패밀라에게 우리가 사귀는 걸 알리고 싶지 않아요."

"내가 창피해요?" 그가 묻기에 내가 웃으면서 대답했다. "그럴리가요. 그냥…… 패밀라가 당신에 대해 알게 되면 끝도 없이 수다를 떨까 봐 그래요."

패밀라를 잘 속인 뒤 내 자리에 앉았지만 위층 리드 씨 방에서 무슨 일이 일어나는지에는 신경이 쓰였다. 나도 로리의 그림이 몹시 궁금했다. 리드 씨는 내게 한마디도 해주지 않을 것이다. 퀵은 그날 외근이었고, 로리도 자세히 전해줄 것 같지 않았다.

예전에 어머니가 문 뒤에서 남의 말을 엿들으면 혼쭐이 나는 법이라고 늘 말했는데도 궁금해서 참을 수가 없었다. 참다못한 나는 뒤쪽 계단을 통해 위층으로 올라가 조금 망설이다가 리드 씨 방 열쇠 구멍에 눈을 갖다댔다. 심장이 세게 고동쳤고, 안에 있는 사람 둘 중 하나가 돌아서서 내가 내는 소리를 들을까 봐 두려웠다. 로리의 그림은 책상 옆·이젤에 세워져 있었다. 주홍, 연보라, 군청, 테라코타, 검푸른 초록 등 선명한 색채로 가득 찬 완벽한 직사각형 그림이 걸려 있었다. 그리고 너무나 놀랍게도 리드 씨의 푹신한 가죽 안락의자에 퀵이 앉아 있었다. 스켈턴 미술관은 미술관이 되기 전에 평범한 가정집이었는데, 지금도 목조 대부분은 그때 쓰던 그대로였다. 그래서인지 의자에 앉아 있는 퀵이 조지 왕조• 시대에 작은 애완견과 놀면서 손님에게 무슨 와인 크림 디저트를 접대할까 궁리하는 귀부인처럼 보였다.

여기서 뭘 하는 걸까?

퀵은 팔짱을 끼고 빈 벽난로를 응시하고 있었는데, 폭발을 기다리는 사람마냥 불안한 표정이었다. 그녀가 핸드백에 손을 넣더니 담배를 꺼내 불을 붙였다.

"이삭 로블레스요." 리드 씨가 책상 위 파일에서 사진을 한 장 꺼내며 말했다. "들어본 적 있소?"

"아뇨." 로리가 말했다.

"마드리드의 프라도 미술관에서 이걸 보내줬소. 1935년 혹은

• 1714년에서 1901년까지 영국을 지배하던 왕조로 '하노버 왕조'라고도 함.

1936년 경, 말라가에서 찍은 것 같다고 했소. 옆의 여자가 누군지는 모르겠지만 아마도 그림의 모델일 거요. 1930년대 초 마드리드에서 찍힌 그의 모습과도 일치하오. 그가 막 유명해지기 시작할 즈음 이 사진을 찍었소. 가장 흥미로운 점은 이삭 로블레스의 이젤에 걸린 작업 중인 그림과 이 그림이 **똑같아** 보인다는 거고."

잠시 침묵이 흘렀다. 로리는 내게 등을 돌리고 있어서 표정을 볼 수 없었지만, 깜짝 놀란 사람처럼 꼼짝도 하지 않았다.

"네?" 로리가 조용히 말했다. "그게 가능한가요?"

리드 씨가 미소 지었다. "반가워할 줄 알았소. 그는 사진을 보고 사자를 그리기 시작했거든. 상당히 상징적이지 않소?"

로리는 리드 씨가 내민 손에서 사진을 받았다. 어깨를 구부리고 고개를 숙인 채 집중하는 모습이었다. 퀵이 그를 바라보며 담배를 깊이 빨았다.

"프라도에서는 이 사진을 어떻게 구했나요?" 로리가 물었다.

"확실히는 모른다고 했소. 1930년대 기록이라 불완전하거든. 전쟁이 발발했을 때 이삭 로블레스가 누군가에게 맡겨놓은 것일 수도 있소. 맡아놓은 사람이 사진을 어째야 할지 몰라서 프라도에 주었을 수도 있고. 이삭 로블레스는 당국에서 별로 좋아하지 않는 인물이고, 그의 작품도 그들의 취향에 안 맞았지. 불온분자가 친구나 지인이란 증거를 갖고 있다가 잡히고 싶지 않았을지도."

"'**불온분자**'요?"

"우리가 알아본 바에 의하면, 로블레스는 상당히 좌파 성향의 인사였소. 정치적 선동을 했을지도 모른다는 뜻이오. 그러니 프라도 미술관에서도 이 사진을 받아서 파일에 넣어두었겠지. 로블레스는 살아서 미로나 피카소만큼 활발하게 활동하지 못했소. 요절한 탓에 그의 작품 수가 적다는 설도 있고, 스스로 작품을 없애버렸다는 설도 있지만 어쨌든 그가 완성한 작품은 최고요. 그러니 화가는 더 특별해지고, 작품은 귀해지지. 자, 요점으로 들어갑시다. 이 그림을 우리 세계에서는 '슬리퍼'라고 부른다오."

"슬리퍼요?"

"그렇소. 오랫동안 아무도 모르게 우리를 기다리고 있는 작품을 가리키는 말인데, 이 작품은 1936년부터 기다려온 것 같소." 리드 씨가 말을 이었다. "액자가 없는 것이 아쉽소. 액자의 품질로 알 수 있는 것도 많은데……. 하긴 이삭 로블레스가 에스파냐 남부로 돌아가서 작업하고 있었다면, 액자를 구하기 어려웠을 것이오. 어쨌든 이 작품이 이삭 로블레스의 진품이라면 전쟁 직전에 그린 게 분명하오. 색채와 초현실적인 서사에 있는 이 장난기를 보시오. 굉장히 드문 작품이오. 당시에 그를 왜 그렇게 높이 평가했는지 알겠소."

"그 사람은 어떻게 됐나요?" 로리가 물었다.

"스콧 씨, 몇 가지 가설을 들 수 있소. 하나는 프랑코 부대가 남쪽에서 북상하는 동안 그가 북쪽으로 가서 다른 공화주의자들과 합류했다는 것이오. 무덤을 찾지 못했지만, 그 시절에는 드문 일도 아니었지. 그는 에스파냐 남부 안달루시아 출신으로 말라가에서는 별로 성공하지 못한 화가였소. 그리고 마드리드와 바르셀로나에도 갔었지. 아, 그곳에 그의 판화 두어 점이 남아 있소."

"그렇군요."

"하지만 이 사진을 찍었을 때, 로블레스는 전쟁에 대해 걱정하지 않았을 거요. 그의 작업이 순탄하게 진행 중이었으니까. 고향으로 돌아간 뒤에 이상주의적인 구상 미학을 버렸고, 상당히 다른 방식으로 그리기 시작한 것 같소. 에스파냐가 분열되기 몇 달 전에 그는 정말이지, 큰 동요를 일으킨 작품을 그렸소. 〈밀밭의 여인들〉이라는 작품인데, 그 제목을 들어본 적 있소?"

"아뇨."

리드 씨는 문 쪽을 보았고, 나는 그가 열쇠 구멍을 본 줄 알고 몸이 얼어붙었다.

"유명한 건 아니지만, 특별한 그림이죠." 퀵이 말했고, 리드 씨가 퀵을 바라보았다. 심장이 차츰 제자리를 되찾아갔다.

"왜 특별한가요?" 로리가 물었다.

"내가 조사를 좀 해봤소." 퀵이 더 말하기 전에 리드 씨가 말했다. "이 사진을 찍었던 무렵, 로블레스가 파리에서 〈밀밭의 여인들〉을 판 것을 알아냈소. 해럴드 슐로스라는 남자가 팔았지."

"그렇군요." 로리의 말투에서 불편함이 전해졌다. 그건 열쇠 구멍을 통해서도 충분히 느낄 수 있었다.

"그 작품은 한동안 뉴욕에 있었고, 지금은 베니스의 페기 구겐하임* 자택에 걸려 있소. 참고로 나는 〈밀밭의 여인들〉을 직접 본 적이 있소. 그 작품도 당신이 갖고 온 작품과 유사한 면이 있소. 실물로 보면 굉장하지." 그는 로리의 그림 가장자리에 손을 얹었다. "작품 활동을 계속했다면, 천재가 되었을 거라는 생각이 들기도 했소."

"왜요?"

"그건 설명하기가 좀 어려운데, 대부분의 화가는 하나가 있으면 하나가 없소. 비전이 있으면 기교가 수준 이하이거나, 작품 수는

* 1920년대에서 40년대에 활동한 미국 태생의 전설적인 콜렉터로 뛰어난 안목과 재력을 바탕하여 미국에 유럽의 모더니즘을 전파함. 또한 미술의 중심 무대를 유럽에서 미국으로 옮김.

엄청나지만 어떤 이유에서든 작품의 질이 낮다거나. 이런 친구들은 구성 훈련을 제대로 받지 못해서 작품 수준을 최대로 끌어올리지 못하지. 아니면 기교는 훌륭하게 배웠지만 상상력이 빈약해 세상을 새롭게 그리지 못하거나. 이렇게 모든 것을 가진 사람을 찾기란 상당히 어렵소. 피카소가 그랬지. 그의 초기 작품을 보시오. 그리고 당신이 가져온 그림은 〈밀밭의 여인들〉보다 한 단계 높은 기교를 보여주는 것 같소. 어떤 이들은 그의 몇 안 되는 작품이 정치적이라고 평하고, 어떤 이들은 도피주의의 역작이라고도 하오. 이것이 바로 그의 작품이 가진 힘이오. 수많은 평론가들이 그림을 해석하지만, 늘 새로운 반응을 자아내지. 로블레스는 사라지지 않았소. 새로운 것들이 보이고, 보는 사람이 지루해지지 않으니까. 더욱이 기본적인 미적 수준에서도 단순히 예쁘장한 것이 아니라 보는 사람의 눈을 황홀하게 하고 있소."

"하지만 이것이 로블레스 작품이라는 건 증명할 수 없잖아요." 퀵이 말했다.

그러자 리드 씨가 퀵을 노려보았다. "지금 당장은 그렇소, 마저리. 하지만 방법이 있소. 그는 다른 그림도 그렸소. 그것들을 추적해서 이것과 나란히 비교하면 될 거요. 모친께서 최근 돌아가셨다고 들었소만, 스콧 씨?"

"그렇습니다."

"혹시 영수증을 보관하셨는지?"

"영수증요?"

"그렇소, 물건을 사고 받는 것 말이오. 가령 그림이라든가."

"영수증을 보관하시는 분은 아니셨습니다, 리드 씨."

"아쉽군." 리드 씨는 잠시 생각에 잠긴 얼굴로 그림을 보았다.

"구매에 관한 어떤 정보라도 있다면 큰 도움이 될 텐데. 증빙자료에 대해 물어본 것은 이 그림을 팔고 싶은 경우나 우리가 전시할……."

"전시요?" 퀵이 물었다.

"그렇소. 그래서 물어보는 거요. 자칫 법적으로 문제가 될 수도 있으니 말이오, 스콧 씨."

"그게 무슨 말이죠?" 로리가 당황스러움이 역력한 목소리로 물어보자 퀵이 담배를 눌러 껐다.

"그 문제는 지금 거론할 필요가 없을 것 같아요, 리드 씨. 사실 그건 스켈턴 미술관의 방식이 아니죠. 그림 한 점을 위한 전시라니……."

"1930년대 유럽에서 가치 있는 미술작품에 어떤 일이 있었는지 알고 있을지도 모르겠소, 스콧 씨." 리드 씨가 퀵의 말을 가로챘다. "많은 그림이 사라졌소. 나치가 미술관 벽에서 떼어가고, 개인주택에서 걷어가고……."

"이 그림은 훔친 게 아닙니다." 로리가 말했다.

"확실한 모양이군요."

"그렇습니다. 어머니는 물건을 훔칠 사람이 아니었습니다."

"그러셨다는 말을 하려는 게 아니오. 하지만 도난당한 물품을 사셨을 수는 있소. 로블레스는 에스파냐 사람이었고, 우리가 아는 한 에스파냐에서만 활동했소. 하지만 그의 그림은 파리에서 팔렸지. 혹시 모친께서 에스파냐와 어떤 관련이 있으셨소?"

"그건 잘 모르겠습니다."

"흠, 한 가지 가설은 이렇소. 당시에 미술작품은 유럽에서 상당히 자유롭게 유통되었소. 해럴드 슐로스는 20세기 초 현대미술을 전문으로 취급하던 빈 출신의 유명한 미술품 거래상이었소. 그가 〈밀밭의 여인들〉을 팔았다면, 이삭 로블레스의 작품을 더 팔았을 수도 있소. 해럴드 슐로스는 파리에 갤러리를 갖고 있었으니 이 그림도 거기에 있었을 수 있소."

"이 그림이 에스파냐에서 파리로 간 건가요?"

"그럴 수도 있소. 그 무렵 이삭 로블레스는 말라가에 돌아갔으니, 슐로스가 거기로 찾아갔을지도 모르고. 미술품 거래상들은 재능 있는 화가를 만나러 어디든 찾아갈 테니."

"모두 짐작에 불과해요, 스콧 씨." 쿽이 중얼거렸다. "한 가지 방법일 뿐⋯⋯."

"파리의 갤러리 주인 중에는 유태인이 많았소." 리드 씨가 이야기를 이어갔다. "해럴드 슐로스의 내력에 대해 아는 바는 없지만 곧 알아내야 할 거요. 하지만 나치는 파리를 일 년 동안 점령했던 1942년에 갤러리 여러 곳을 폐쇄하고 주인들을 억류시킨 뒤에, 음⋯⋯ 수용소로 보냈소. 그래서 되찾지 못한 그림이 많소. 감추어 놓았다가 아주 이상한 곳에서 발견된 그림도 많고. 가령 중고품 상점이나 슈트 케이스, 오래된 기차 터널, 벼룩시장 같은 데서."

침묵이 흘렀다. 문 밖에 있던 나는 숨을 제대로 쉬지 못했다.

"세상에⋯⋯." 로리가 말했다.

"종전 후 나치는 그림을 다 태워버렸다고 주장했소. 물론 헛소리지. 훔쳐간 그림이 많아서 그걸 다 폐기할 수도 없었을 거요. 그리고 그들도 자신이 무슨 짓을 하는지 알고 있었소. 그들은 도이칠란트 제국의 새로운 미학에 맞지 않는다고 주장하면서 그것이 가치 있는 작품인 것을 알고 있었거든."

"해럴드 슐로스는 어떻게 되었을까요?" 로리가 물었다.

리드 씨가 짜증나는 표정을 지으며 대답했다. "아까도 말했지만 그건 조사해볼 거요."

"이 그림은 훔친 게 아니에요." 로리가 다시 말했다.

"확실히 밝힐 방법은 없소. 적어도 지금으로선 그렇소. 20세기 초반의 미술시장은 엉망진창이었고, 우리는 아직도 조각을 맞추고 있소. 미술은 항상 즐거움 이외의 목적에 이용되었소. 그것이 정치적인 것이든, 빵을 구하는 것이든."

"좋습니다." 로리가 머리를 손으로 쓸어넘겼다.

"구겐하임 재단의 대표와 논의 중이오. 그 사람이 이삭 로블레스에 대해 알고 있는 것이 있다면 큰 도움을 줄 거요. 그렇게 되면 여기 이 그림에 대해 좀 더 밝혀낼 수 있을 거요."

로리는 천천히 숨을 내쉬고는 "'감사합니다'라고 해야겠죠"라고 말했다. 그가 다시 그림을 가져가려고 이젤에 다가가자 리드 씨가 팔을 뻗어 제지했다.

"스콧 씨, 모든 점을 고려할 때 그림이 여기에 있는 게 더 안전하지 않겠소? 우린 야간경비도 서고 경보 시스템도 있소. 하지만 서리에선……."

"서리가 세계 범죄의 수도라도 되나요?"

퀵이 끼어들었다. "모친의 장례를…… 신문에 부고로 냈나요?"

"네."

그 말을 듣고 나는 놀랐다. 어떤 사람이기에 신문에 부고를 낸단 말인가?

"그런 것이 도둑을 불러들이는 거요. 신문에 부고를 내는 사람들은 보통 슬쩍할 가치가 있는 물건을 갖고 있으니까."

리드 씨가 **'슬쩍'**이라는 단어를 쓴 것이 흥미로웠다. 그것은 패밀라나 쓸 법한 단어였다.

"터무니없는 소리로 들린다는 건 알지만, 그렇다 하더라도 말이오. 우리가 그림을 지키게 해주시오. 그게 더 안전할 거요."

리드 씨는 말솜씨가 좋았다. 정중하게 압박을 가하고, 권위 있게 회유했다.

"좋아요, 조금만 더 이곳에 두죠."

"고맙소, 진심으로. 소식이 들어오면 바로 연락하겠소. 굉장히 흥분되는 작업이 되고 있소, 스콧 씨. 조사기지로 스켈턴 미술관을 선택해준 것에 감사할 따름……."

"이 사진, 가지고 있어도 됩니까?" 로리가 너덜너덜한 사진을 들며 물었다.

리드 씨가 어리둥절한 표정을 지었다. "가지고 있겠다니?"

"다시 만날 때까지요. 좀 더 자세히 보려고요."

"마저리가 러지나 바스티엔 씨에게 복사를 부탁할 거요."

나는 내 이름이 나오는 것을 듣고 리드 씨가 나를 발견한 게 아닌가 싶었지만, 도저히 자리에서 물러날 수가 없었다.

"이 사진은 분명 원본이오, 스콧 씨. 그래서 드릴 수가 없소. 마저리, 괜찮소?"

퀵이 깜짝 놀랐다. "네?"

"스콧 씨에게 이 사진 사본을 만들어주라고 말했소."

퀵은 정신을 차리고 로리에게 사진을 받았다. 퀵은 그것을 보지도 않고 손끝으로 집었다. 나는 뒤로 물러나 가능한 빨리 복도를 통해 퇴장했다. 하지만 생각만큼 빠르지 않았던 모양이다.

"오델?"

퀵의 목소리는 낮고 조용했다. 나는 걸음을 멈추고 돌아서서 퀵이 리드 씨 방을 나와 문을 닫은 것을 보고 안도했다.

"이리 와요."

나는 얼굴을 붉히며 퀵에게 다가갔다.

"듣고 있었군요." 퀵이 말했다. 그녀의 눈에 살짝 흥미롭다는 기색이 떠올랐다. 나는 거짓말을 해도 소용없다고 판단했다. 하기야 텅 빈 복도를 살금살금 걸어가다가 걸렸으니까.

"죄송해요. 하지만……."

"열쇠 구멍으로 엿보는 건 하면 안 되는 일일 텐데."

"압니다."

퀵은 손에 든 사진을 내려다보고는 곧 표정이 굳어졌다.

"어때요? 재능이 있어 보이나요?" 퀵이 말했다.

"네. 저 안에 있는 그림이 이삭 로블레스의 진품이라고 생각하세요?"

퀵이 내 손에 사진을 쥐여주었다. "리드 씨가 그렇다면 그렇겠죠. 그가 아니까. 이 사진에 나오는 그림과도 일치하는 것 같아요. 오델은 어떻게 생각해요?"

"전 전문가가 아닌걸요."

"전문가 따위는 필요 없어요, 오델. 당신 마음에 드는지 궁금할 뿐이지. 이건 시험이 아니에요." 퀵은 탈진한 얼굴이었다. 손도 살짝 떨렸다.

"보고 있으면 불안해져요."

"나도 그래요." 퀵이 벽에 몸을 기대며 말했다.

"하지만 굉장히 아름다워요."

"주제가 내밀하죠."

"무슨 말씀이세요?"

"그림에 우리가 알 수 없는 의미가 숨겨져 있는 것 같아요. 파악할 수는 없지만…… 의미는 거기에 있죠."

나는 사진을 자세히 들여다보았다. 접히고, 구부러졌다. 왼쪽 아래 구석에는 액체 자국도 있었다. 흑백사진이었는데 사진이 전쟁통을 지난 듯했다. 하지만 이미지는 뚜렷했다. 한 남자와 한 여자가 커다란 캔버스 앞에 서 있었다. 작업실 같은 곳이었다. 이삭 로블레스라는 남자는 재킷을 벗은 채 소매를 걷고 입에 담배를 물고 있었다. 그는 웃지 않았고, 사진사를 똑바로 바라보고 있었다. 머리숱이 많고 살짝 곱슬머리였으며 짙은 눈썹과 날렵한 얼굴, 보기 좋게 솟은 광대뼈와 탄탄한 몸매를 지니고 있었다. 이렇게 세월이 지난 뒤에 보아도 그의 눈은 매력적이고 시선은 단호했다. 그는 여러 물감을 짜놓은 커다란 팔레트를 들고, 몸은 완전히 카메라 쪽을 바라보고 있었다. 반항적인 모습이었다.

오른쪽의 여자는 행복해 보였다. 그녀는 솔직한 얼굴을 하고 있었다. 10대 정도로 보였는데, 옛날 사진 속의 소녀들은 일찌감치 여인처럼 보이곤 했다. 그녀는 웃고 있었다. 눈가에 주름이 잔뜩 잡혀 눈은 거의 보이지 않았다. 자의식을 벗어던지고 웃는 모습이 꽤 아름다웠다. 머리 모양은 1930년대 유행하던 식으로 절반을 곱슬곱슬하게 말았는데 따로 손질하지 않았는지 덥수룩했다. 그녀는 한쪽 손으로 그림을 가리키고, 다른 쪽 손에는 붓을 쥐고 있었다.

"여자는 누구죠?" 내가 물었다.

퀵은 눈을 감았다. "그의 뮤즈이겠죠. 아니면 모델이거나."

"이 사람은 이탈리아의 폴 뉴먼* 같아요." 내 말에 퀵이 웃었다.

---

* 미국의 영화배우. 대표작으로 〈내일을 향해 쏴라〉, 〈스팅〉, 〈판결〉 등이 있음. 내면의 고독을 표현하는 연기로 인정받으며 1985년 아카데미 남우주연상을 수상함.

그 사진은 내 마음속의 무엇인가를 건드렸다. 너무 강렬한 데다 사연이 많아 보였다. 나는 사진을 뒤집어보았고, 시간의 흔적 가운데, 왼쪽 아래 손으로 적어둔 글씨를 보고 말았다. 'O'와 'I'……

"이거 보셨어요, 퀵? 'O'와 'I'가 누구죠? 'I'는 이삭의 'I'일까요?"

하지만 퀵은 추측할 기분이 들지 않는 모양이었다.

"거기 서서 그러고 있지 마요, 바스티엔 씨." 그러고는 퀵이 단호하게 말했다. "시간이 없어요. 가서 그 사진을 복사해주겠어요? 어서."

8

사흘 뒤, 퀵이 나를 집으로 초대했다. 지나가는 말로 내 생일이 얼마 남지 않았다고 했더니 책상 위에 토요일에 점심식사를 하러 오라는 작은 카드가 놓여 있었다. 전율이 느껴졌다. 고용주와 직원이 이런 식으로 어울리는 것은 평범한 일이 아니었다. 나는 호기심 때문에라도 사양할 수 없었다. 그리고 퀵의 집에 간다고 아무에게도 말하지 않았다.

인도에 닿는 구두가 또각거렸다. 나는 다가올 모험에 대한 기대감으로 가슴이 두근거렸다. 여름의 막바지였다. 런던은 자동차 매연과 길거리의 담배꽁초, 하늘의 새털구름으로 이루어져 있었다. 그 무렵 나는 불규칙하게 배치되고, 여기저기 흠집이 난 런던 주택에 살 수 있는 자격을 다 갖췄다. 우편번호, 벽돌, 장미덤불, 신발 닦이의 유무와 현관 계단의 높낮이가 의미하는 바를 읽을 수 있게되었다. 거기에 살면서 질서정연하게 배치된 도로와 엉망진창인 도로, 하수구 근처에서 돌아다니는 개, 누더기를 입은 아이들, 깔끔하게 손질한 울타리, 흔들리는 망사 커튼의 차이를 알아차리지 못하는 사람은 없었다. 런던에서 사는 방식은 여러 가지였지만 자신의 삶을 바꿀 방법은 드물었다.

전쟁의 폭격이 너무나 많은 거리에 이상한 문양을 남겨놓았고, 퀵의 집 앞으로 난 긴 도로 역시 익숙한 잡종이었다. 웅장한 빅토리아 시대의 건물과 에드워즈 시대의 테라스로 시작해 느닷없이 1950년대에 세운 흰색 발코니와 콘크리트 벽이 나타났다. 누군가 공터에 심어놓은 담쟁이덩굴은 1층 창가에 닿지도 못했다. 그 길을 더 가보니 윔블던 커먼 가장자리에 있는 퀵의 집이 나왔다.

조지 왕조 시대에 지어진 하늘색의 야트막한 별장이었다. 조금만 눈을 감고 있으면 모슬린 드레스에 보닛을 쓴 여자가 안으로 들어가는 모습이 보일 것 같았다. **이런 집이 있는데 왜 일을 할까?** 나는 의아했다. 신스가 이 집을 보면 좋아할 것 같았지만 그럴 일은 없을 거란 생각이 들었다. 나는 집 앞에 서서 심호흡을 하고, 푸른 녹이 슨 오래된 구리 손잡이를 두드린 다음 기다렸다. 대답이 없었다. 주위에는 인동덩굴이 문 가장자리에 잔뜩 자라고 있었다. 안에서 클래식 음악이 들려왔다. 피아노 연주는 단조로웠다가 스탠자* 처럼 점점 복잡해졌다.

등이 따가운 것이 누군가 나를 노려보고 있는 것인지, 그저 터무니없는 기우인지 궁금했다. 이곳은 백인의 거리이고, 그때까지 나는 백인이 사는 집에 가본 적이 없었다. 로리의 집도 마찬가지였다. 얼마 안 있어 빗장이 열리고 문이 밀려나더니 퀵이 나타났다. 짧은 은발, 햇볕에 수축된 촉촉한 동공. 그녀는 스켈턴 미술관에서 보다 더 작아 보였다.

"왔군요." 그녀가 말했다. 나는 퀵의 제안을 거절할 생각이 전혀

---

* 4행 이상의 각운이 있는 시구.

없었다. 집 안으로 들어가니 피아노 연주가 훨씬 더 요란하게 들렸고, 우리의 파드되*에 극적인 전주곡처럼 울려 퍼졌다.

쿽은 내게 들어오라고 손짓했다. 안이 깊은 집이었다. 긴 복도에서 정원이 살짝 내다보였는데 가벼운 바람에 나뭇잎이 움직였다. 고양이 한 마리의 실루엣이 화병처럼 보였다.

"정원으로 갈까요?" 쿽이 물었지만 그건 질문이 아니었다. 이미 그쪽으로 걸어가고 있었으니까. 쿽은 자기 발을 믿지 못하는 사람마냥 조심스럽게 걷고 있었다. 나는 문이 열려 있는 왼쪽 응접실로 눈을 돌렸다. 응접실의 윤이 나는 마룻바닥과 널찍한 러그, 화분, 피아노를 보았다. 응접실이든, 복도든 하얀 벽에는 그림 한 점 없었다.

묵직한 빅토리아 시대 타일도 없었고, 벽지도 처마 돌림띠도, 중견재도 없었다. 책장이 있는 것 빼고는 영국적인 구석이 일체 없는 집이었다. 나는 무슨 책이 꽂혀 있는지 살펴보고 싶었다. 오른쪽으로는 계단이 나 있었다. 그 계단을 올라가면 무엇이 나올지 영영 알 수 없을 것 같았다. 복도를 지나가는데 왼쪽에 또 하나의 방문이 열려 있었다. 그 안에는 책상과 축음기가 놓여 있고, 거기서 흘러나오는 클래식 음악이 점점 잦아들고 있었다. 축음기를 갖고 있다니, 참 구식이라고 생각했다.

부엌과 정원으로 열린 문에 다다랐을 때, 쿽이 걸음을 멈췄다. 고양이는 덤불 속으로 들어가더니 자리를 잡고 앉아 나뭇잎 사이로 노란 눈을 뜨고서 나를 바라보았다.

"점심이에요." 쿽이 말했다. 식탁 위에 커다란 쟁반이 놓여 있었

---

* 발레에서 두 사람이 추는 춤.

174

다. 쟁반 위 바구니 안에 빵과 노란 치즈, 닭다리 요리, 돼지고기 파이와 구슬처럼 물방울을 흘리는 단단한 빨간 토마토가 놓여 있었다. 모두 맛있어 보였다. 나는 그렇게 말했다.

"아주 간단하게 차렸어요." 퀵의 말에 내가 쟁반을 들고 정원으로 가겠다고 하자 퀵은 "안 될 말씀!" 하며 나를 밀어냈다. "하지만 저건 좀 들어주면 좋겠군요." 퀵이 커다란 도자기 주전자와 잔 두 개를 가리켰고, 나는 그녀의 뻣뻣한 걸음을 따라 그것을 들고 나갔다.

"더 센 걸로 마실래요?" 퀵이 물었다. 이번에는 질문이었고, 나는 거절했다.

정원은 크지 않았지만 나무와 덤불, 분홍색 접시꽃과 인동, 거기 찾아온 꿀벌들과 제대로 돌보지 않아 제멋대로 자란 잡초로 가득했다. 멀리서 교회 종이 엄숙하게 열두 번 울리며 시간을 알리다가 이내 조용해졌다.

바람이 불자 정원이 움직였다. 퀵은 쟁반을 석재 식탁 위에다 놓았다. 길에서 차 한 대가 부르릉거렸다. "의자를 당겨 앉아요." 퀵은 이렇게 말하며 일광욕 의자 세 개 중 하나를 가리켰다. 그 중 두 개는 너무 오래되어 축 처져 있었다. 낡은 것이 분명했다. 나는 퀵의 권유를 따랐다. 퀵은 오래된 의자 하나에 조심스럽게 앉더니 다리를 풀밭 위로 하나씩 뻗었다. 벨벳 슬리퍼를 벗은 퀵은 볕에 갈색으로 그을린 맨발을 드러냈다. 퀵의 발가락을 보고 있자니 뾰족한 구두에 필박스해트, 무늬 없는 초록색 드레스의 내가 너무 차려 입은 것 같았다. 퀵은 곧 선글라스를 썼고, 나는 그녀의 표정을 읽을 수 없게 되었다.

"그런 날이 있어요. 영원히 계속되면 좋겠다는 생각이 드는 날."

퀵은 주전자 무게에 조금 힘들어하면서 물을 한 잔씩 따랐다. 그리고 꿀꺽꿀꺽 물을 마시더니 입술을 닦았다.

"들어요." 퀵이 말했다. 퀵은 사무실에서보다 훨씬 더 여유로워보였다. 리드 씨의 사무실에서 보여주었던 멍한 표정, 나와 패밀라에게 가끔 보여주던 수줍음까지 사라지고 없었다. 나는 돼지고기 파이를 4분의 1 덜어 빵과 함께 먹었다. 잘 만든 파이였다. 파이의 껍질은 입에서 녹았고, 젤리는 적당히 식었다. 돼지고기의 맛도 좋았다.

"일이 많진 않나요?"

"아, 아뇨. 충분히 처리할 수 있어요."

"다행이네."

"결혼한 친구는 어때요?"

나는 퀵에게 마음을 읽는 능력이 있나 싶었다.

"잘 지내고 있어요. 지금은 남편과 함께 퀸즈 파크로 이사갔어요."

"외롭지 않아요?"

"네."

"글은 쓰고요?"

"조금요."

"내가 읽어봐도 될까요?"

"읽어요?"

"음, 사람들에게 읽히려고 쓰는 거 아닌가요?" 퀵이 재미있다는 표정을 지었다.

"전⋯⋯."

"내게 보여주면 영광이겠어요."

"잘 쓰지 못했어요."

그러자 퀵은 못마땅한 표정을 지었다. "당신이 잘 썼다고 생각하는 게 중요한가요?"

"물론이에요."

"왜죠?"

"음…… 왜냐면…… 왜냐면 글을 더 잘 쓰려면 비판적으로 봐야 하니까요."

"그거야 당연하죠. 하지만 글쓰기란 오델에게 숨쉬기처럼 자연스러운 거 아니에요?"

"어떻게 보면 그래요. 하지만 글을 쓸 때는 노력을 들여야 해요." 이렇게 말하는 동안 목소리가 높아졌다. "모든 작가가 다 그래요."

"하지만 펜을 들면 두서없이 그냥 쓰게 되죠."

"그런 것 같아요."

"그럼 숨 쉬는 게 자랑스러운가요? 숨 쉬는 능력을 **숭배해요?**"

"그건 저 자신이에요. 그러니까 그게 좋지 않으면 저도 좋지 않은 거죠."

"한 인간으로서 말이죠?" 퀴이 나를 노려보았다.

"네."

"오, 아니에요. 오델, 이 문제에 대해서 윤리적으로 접근하지 마요. 당신이 쓰는 문장이 훌륭하다고 머리에 금빛 후광이 비치는 건 아니에요. 누군가가 읽어주지 않으면, 당신은 그 안으로 들어갈 수가 없어요. 그건 당신과 별개예요. 당신의 능력에 발목 잡히지 마요. 당신의 능력을 앨버트로스처럼 목에 걸고 다니지 마요.*" 퀴이 또 담배에 불을 붙였다.

"어떤 것이 '좋다'고 간주되면 그것이 사람들의 발목을 잡아서

• 영국 시인 콜리지의 〈늙은 뱃사공의 노래〉 주인공이 죄의 상징으로 앨버트로스를 목에 걸고 다닌 것을 가리킴.

결국에는 창조자를 파멸시키는 경우가 많아요. 나도 여러 번 봤어요. 그러니 당신이 계속 글을 쓰려면 스스로 '좋다'고 생각하는지 아닌지는 완전히 무관한 문제가 되어야 해요. 물론 내가 좋다고 생각하느냐, 않느냐 또한 아무런 관련이 없어야 하고요. 그렇지 않나요? 내가 보기에 당신은 걱정이 너무 많은 것 같아요."

나는 입을 다물고 있었다. 총에 맞은 기분이었다.

"작품을 발표하고 싶어요, 오델?" 퀵은 마치 기차 시간표를 확인하듯 말했다. 나는 구두코를 가만히 내려다보면서 발끝에 힘을 주어 풀밭을 짓이겼다.

"네."

놀랍게도 나의 솔직한 대답은 잠시 편안한 침묵을 불러왔다. 작품을 세상에 발표하는 것이야말로 내가 진정으로 원하는 것이었다. 사실 그건 내가 유일하게 가져본 목표이기도 했다.

"언젠가는 결혼도 하고 싶고요? 아이도 갖고?"

갑작스러운 방향 전환에 당황스러웠지만, 나는 이미 그녀의 이리저리 튀는 생각에 익숙했다. 퀵과 함께 있으면, 그녀가 하는 말 속에 그녀만이 들을 수 있는 전혀 다른 대화가 진행되고 있는 느낌마저 들었다.

내가 누군가의 아내가 된다니, 그건 좀 어색했다. 또 어머니가 된다는 것은 완전히 낯선 생각이었다. 그렇다고 해도 생각이란 신축성이 있는 만큼 나는 로리를 떠올렸고, 성급하지만 우리의 장래를 생각해보았다.

"어쩌면요." 내가 대답했다.

"문제는 아이들이 자란다는 거예요. 오델에게는 그게 다행일지도 모르죠. 아이들은 알아서 자기들끼리 돌보고, 오델은 글을 쓰면 되니까."

"둘 다 하면 안 되나요?"

"글쎄요. 나는 해본 적이 없으니까."

나는 우리 뒤에 서 있는 집을 생각해보았다. 퀵에게 가족이나 아이의 흔적은 찾아볼 수 없었다. 퀵의 어린 시절을 상상해보려고 했지만 그럴 수 없었다. 너무나 세련되고 낯선 사람이라 아이처럼 미성숙한 존재였을 리가 없다고 생각했다.

퀵은 재떨이에 담배를 놓고 선글라스를 고쳐썼다. 그리고 토마토에 포크를 찔렀다. 어찌나 능숙하게 찔렀는지 토마토 씨 하나 빠져나가지 않았다. 퀵이 토마토를 입에 넣고 삼킨 다음 다시 말을 이었다.

"스콧 씨가 스켈턴에 그림을 가져온 건 오델 때문이죠. 그렇죠?"

나는 가슴이 두근거렸다. "저…… 네? 전…….'

"염려 말아요, 오델. 오델이 잘못한 건 없으니까."

"그는…… 저 때문이 아니라…… 스켈턴 미술관의 명성 때문에…… 그…….'

"오델." 퀵이 단호하게 말했다. "두 사람이 접수대에서 키스하는 걸 봤어요."

"죄송합니다. 그러지 말았어야…… 전…….'

"오, 그건 걱정하지 마요. 행복한가요?"

"네."

"하지만 그 사람을 조심해요."

나는 놀라서 등을 기대고 앉아 물었다. "혹시…… 그 사람을 아세요?"

퀵이 담배에 또 불을 붙였다. 라이터를 어찌나 꽉 쥐었던지 손가

179

락 관절이 하얗게 보였다. 곧 입에서 푸르스름한 연기를 내뿜으며
퀵이 말했다.

"아뇨, 몰라요. 다만 당신을 염려하는 것뿐이죠. 그게 내 일이니
까. 난 당신을 채용했고, 당신의 능력을 인정해요. 당신이 잘 지내
기를 바라고요. 하지만 남자들은 항상…… 음…… 아무튼 원하지
않는 일은 하지 마요."

퀵이 훈계하는 것 같았다. 그녀의 단호한 행동에 아름다웠던 정
원의 분위기가 얼어붙었다. 벌들까지 조용해진 것 같았다. 그리고
퀵은 자신을 나약하게 만들지 않는 사람임을 깨달았다. 사실 그녀
는 그런 운명을 피하기 위해서라면 무슨 짓이라도 할 사람이었다.

"그럴게요. 하지만 그 사람은 그런 사람이 아니에요."

퀵이 한숨을 내쉬었다. 나는 뼈가 납덩이가 된 것 같았다. 내가
간신히 먹은 포크 파이 4분의 1 조각과 빵에 대해 감사 인사를 하
고, 시원하고 삭막한 복도를 걸어 나가 다시 내 삶과 로리와 신스
와 미래로 나아간 뒤 다시는 퀵과 사적인 이야기를 하지 않을 수도
있었다. 그랬더라면 더 쉬웠을지도 모른다.

"그 사람이 그림에 대해서 무슨 이야기를 하던가요?"

"이삭 로블레스의 작품이라면 좋겠다는 말뿐이었어요."

"이삭 로블레스라는 이름을 이전에 들어본 적 없다고 했죠?"

"네."

"스콧 씨는 왜 사진의 복사본을 가져갔을까요?" 퀵은 생각에 잠
긴 표정이었다.

"모르겠어요." 나는 짜증을 감추려고 최대한 노력하며 말했다.
"더 자세히 보려고 그런 것 같아요. 퍼즐을 맞춰보려고."

"오델, 리드 씨가 그 그림을 화제작으로 만들고 싶어하는 건 알

아요? 스켈턴 미술관뿐 아니라 리드 씨 자신을 위해서 말이에요. 전시회를 열 수도 있다고 했어요. 그게 스콧 씨가 원하는 건가요?"

"그가 뭘 원하는지는 모르겠어요. 하지만 전시회를 연다면 좋은 일이겠죠."

"에드먼드 리드 같은 사람들은 서커스 마스터예요. 무에서 명성을 만들어내죠. 잘 포장해서 경이감을 불러일으키고 소유물의 가치를 상승시키죠. 그러니까 내 말은 오델, 스콧 씨에게 지금 **보고 있는 것이** 무엇인지 상기시켜주도록 해요. 리드 씨가 그에게서 그림을 **빼앗지 못하게**."

"하지만 스켈턴 미술관에서 그림을 안전하게 보관해야 한다는 리드 씨의 의견에 동의하시는 줄 알았는데요."

"스콧 씨가 결정을 내릴 때까지만 그렇죠." 퀵은 담배를 길게 한 모금 빨더니 접시꽃을 응시했다.

"내가 스콧 씨라면 그림을 가져갔을 거예요. 자신만 볼 수 있도록 말이죠. 모친이 그렇게 하셨으니 그도 그래야죠."

"하지만 중요한 그림이라면 그걸 팔아서 돈을 쓸 수도 있잖아요. 그의 상황이 많이 안 좋거든요."

"그럼 정말 팔기를 원하는 거군요, 돈 때문에." 퀵이 나를 바라보았다.

"그 사람 금전상황은 저도 잘 몰라요. 하지만 그림이 도움이 될 수는 있어요. 전시를 열어서 오랫동안 잃었던 그림을 찾았다고 하면, 그림의 인기가 올라가겠죠. 그럼 로리를 도울 수 있어요. 전시 조직에 도움을 줄 수도 있고. 똑똑한 사람이에요. 열의도 있고. 사람들은 로리를 좋아해요."

"당신은 그의 엄마가 아니에요."

"퀵도 제 엄마가 아니죠."

미처 참을 새도 없이 말이 튀어나와버렸다. 퀵은 얼굴을 찡그렸고, 나는 겁에 질렸다.

"죄송해요. 정말 죄송해요……."

"아뇨, 그 말이 맞아요. 맞는 말이에요. 오델, 당신은 내가 간섭한다고 생각하는군요."

"그런 게 아니라…… 전 그 사람을 돕고 싶을 뿐이에요."

"스콧 씨는 꼼짝할 수 없는 게 아니에요. 여러 가지를 할 수 있죠. 그의 존재가 그 그림에 달려 있는 게 아니에요. 그림을 집으로 가져가서 그대로 즐겨야 해요. 아주 **훌륭한** 그림이에요. 무엇보다 사적인 공간에서 보게끔 그린 거니까."

"하지만 많은 사람이 볼 수 있으면 더 좋지 않을까요? 그것이 스켈턴 미술관이 존재하는 이유, 아닌가요? 공유해야 한다는 거요."

"그렇죠. 하지만 리드 씨가 말했듯이 그 그림은 비밀이 많아요. 천천히 접근해야 해요. 그런 그림은 **우연히** 얻어지는 게 아니에요, 오델. 누구나 감추고 싶은 게 있죠. 스콧 씨가 안 한 말을 들어야 해요."

"로리는 정직한 사람이에요. 다시 내 목소리가 높아졌다.

"물론이죠." 퀵의 말에도 감정이 실려 있었다. "물론 그렇죠. 하지만 정직한 사람에게도 감출 것이 있죠. 그리고 만약 감출 것이 있으면 스켈턴 미술관이 아주 어리석어 보일 수도 있어요."

퀵은 의자에서 일어나 천천히 집 쪽으로 걸어갔다. 나는 어안이 벙벙해 제대로 생각할 수가 없었다.

이게 무슨 의미일까?

벌들이 다시 윙윙거리며 꽃들 사이를 날아다녔다. 하늘에는 구름 한 점 없었다. 갑자기 모든 것이 살아서 움직이는 것 같았고, 초록색 잎이 살짝 금빛으로 변하면서 햇살이 일으키는 물결에 환상적인 문양을 만들었다.

나는 잠시 이성을 잃고, 퀵이 권총을 가져와서 내게 겨누고 할 수 없는 대답을 요구하는 상상을 했다. 우리의 짧은 점심 중에 뭔가가 갑자기 바뀌었다. 나뭇잎 사이를 비추는 빛과 같이, 내가 포착할 수 없는 에너지가 바뀌어버린 것이다. 하지만 다시 돌아온 퀵의 손에는 아름다운 가죽공책이 쥐여 있었다.

"선물로 샀어요." 퀵이 그걸 내밀면서 말했다.

지금 그 장면을 생각해보니 웃음이 나올 것 같다. 그렇다, 그건 총이 아니었다. 하지만 퀵은 그것이 내게 무기로 작용한다는 걸 잘 알았다.

"제 선물요?" 내가 물었다.

"그동안 일을 잘해줘서 고맙다는 뜻으로……. 아주 작은 선물이에요. 당신을 발견해서 정말 기뻐요, 오델. 아니, 당신이 우릴 찾은 거죠. 생일 축하해요."

나는 그 공책을 받았다. 광택없는 초록색으로 마감된, 두툼한 수제 송아지 가죽공책이었다. 종이는 크림색이었다. 내가 울워스 잡화점에서 사는 싸구려 공책에 비하면 스트라디바리우스*급 공책이었다.

"감사합니다. 정말 친절하시네요."

울타리 너머 어딘가에서 잔디 깎는 기계가 윙윙거리며 돌아갔고, 아이가 떠드는 소리가 들려왔다.

"음, 다들 그렇게 말하지 않나요? 영감이 언제 찾아올지는 아무도 모른다고."

퀵이 평온하게 말했다.

---

* 18세기 이탈리아의 바이올린 마스터 안토니오 스트라디바리와 그 일가가 만든 바이올린으로, 보존 상태가 좋은 것은 수십 억 원이 넘는 고가에 거래되기도 함.

9

일요일에 퀵에게 받은 새 공책을 들고, 침대에 앉아 정원에서 들은 이야기를 생각해보았다. 예술가들이 대부분 그렇듯이 내가 쓰는 모든 것은 나의 정체성과 연결되어 있었다. 나는 내 작품이 어떻게 받아들여질지를 고민했다. 사람들 앞에 내놓는 작품과 자신의 사적인 가치를 분리시킬 수 있다는 퀵의 생각은 상당히 획기적이었다. 그것이 가능한지, 바람직한 일인지는 알 수 없었다. 무엇보다 작품의 질에 영향을 주지 않을까 싶었다.

실제로 나는 반대 방향으로 너무 멀리 가고 있었고, 이제는 변해야 했다. 펜을 든 이후 타인의 즐거움이 곧 내가 주목받고 성공하는 방식이 되었다. 나의 사적인 면이 공적인 인정을 받으면서 근본적인 무언가가 상실되었다. 글쓰기는 나의 모든 정체성과 행복을 결정하는 축이 되어버렸고, 타인의 시선을 의식하는 외부지향적인 행위가 되었다. 나는 사람들을 즐겁게 만들어줄 것을 요구받았고, 점점 글쓰기에 대한 흥미를 잃어갔다.

신스의 결혼시는 내가 글을 얼마나 의무적으로 쓰고 있는지를 보여준 완벽한 사례였다. 나는 너무나 오랫동안 남의 인정을 받기 위한 글을 썼다. 스스로 글을 쓰고 싶은 충동이 어디서 기원하는지조차 잊고 있었다. 성공과 실패의 기준 밖에 존재하는 고요하고 순수한 창작의 동기를 잃어버렸다. 그러다 보니 '잘해야 한다'는 부담감이 내가 쓸 수 있다는 믿음마저 마비시켰다.

퀵에게 내 글을 출판하고 싶다고 인정한 것은 쉽게 한 말이 아니었다. 글에 대한 나의 진심을 전달한 셈이었다. 그리고 퀵은 내게 이렇게 말했다.

'음, 당신이 특별하지 않을 수도 있고, 특별할 수도 있지만, 그건 사실 아무런 의미도 없어요. 당신이 쓸 수 있다는 사실에 아무런 영향도 주지 않아요. 그러니 걱정은 그만하고 일단 써요.'

퀵은 타인의 인정이 나의 목표가 되어서는 안 된다고 말해주었다. 나 혼자서는 결코 벗어날 수 없었던 틀에서 나를 풀어준 것이다. 퀵은 나를 믿었다. 내게 솔직하게 쓰라고 격려했고, 그것은 그렇게 어렵지 않았다.

나는 공책의 초록 가죽표지를 쓰다듬으며 어린 시절 글을 쓰기 시작했던 때를 기억했다. 내가 글을 쓰기 시작한 건 현실과 다른 가능성을 상상하는 게 좋았기 때문이다. 그것뿐이었다.

그날, 나는 아주 오랜만에 펜을 들고 글을 쓰기 시작했다.

실제로 내 생일이었던 월요일, 근무시간이 끝나고 퀵의 책상 위에 단편 하나를 묶어서 올려놓았다. 별로 낙관적이지는 않았다. 1등만 하던 학생의 기대치란 쉽게 사라지지 않는 법이다. 퀵의 사무실에 살그머니 들어가면서 두려움을 느끼지 않은 것은 아니었다. 원고 맨 위에 쪽지도 남기지 않았다. 누가 쓴 것인지 알 테니까.

대학에서와 마찬가지로, 그때 역시 누군가의 인정을 받기 위해 이야기를 전달하고 있다는 것은 잘 알고 있었다. 나는 너무나 오랫동안 독자를 위해 글을 쓰는 행위에 젖어 있었다. 하지만 이번에는 모든 것을 독자의 반응에 걸지 않을 생각이었다. 퀵의 마음에 들지 않는다면, 그것도 좋은 일일지도 모른다. 내가 어쩔 수 있는 일이 아니었다.

퇴근하려는데 패밀라가 나를 붙잡았다.

"이제 더 못 숨겨요." 패밀라가 따지듯이 말했다.

"네?"

"큐피드가 뺨에다 뽀뽀라도 한 것 같은 얼굴로 돌아다니고 있잖아요. 이 봉투에 우표를 붙이는 것도 잊어버렸고. 당신답지 않아요."

나는 얼굴을 찡그렸다. 패밀라는 내 생각보다 관찰력이 좋았다.

"무슨 말인지 모르겠네요."

"오델, 계속 물어볼 거예요. 경찰처럼 심문할 거라고요. 그 남자 맞죠? 그가 나타난 뒤에 오 분도 안 돼서 오델이 들어왔어요."

나는 잠시 이 상황에서 벗어날 방법을 가늠해보았다. 패밀라에게 사실대로 말하지 않고, 끊임없이 가설을 꾸며내볼까? 하지만 패밀라의 성격으로 봐서 그 가설은 더욱더 터무니없어질 뿐더러 황당하기만 할 것이다. 아니면 솔직하게 말해버릴까?

"글쎄요." 내가 말했다.

"로리 스콧, 그렇죠? 상류층 인사, 아니에요?"

"이름은 어떻게 알았어요?"

패밀라는 만족스러운 표정을 지었다.

"여기 다 적혀 있잖아요. 예약기록에. 오델이 직접 쓴 거, 여기에

하트라도 그려줄까요?"

"그만둬요."

"퀵이 알아요?"

"알아요."

"어떻게요?"

"우리가 접수대에서 키스하는 걸 봤어요."

"우와!"

패밀라는 웃음을 터뜨렸고 나도 미소를 참지 못했다. 짜릿한 순간이었다.

"세상에! 오델, 당신이 그런 짓을 할 줄이야. 퀵은 당신을 좋아하는군요. 대부분의 여자라면 해고당했을 텐데."

"패밀라, 그만둬요."

"아아, 오델. 그 남자를 좋아하죠."

"바보 같은 소리 마요."

"좋아요, 좋아."

패밀라가 양손을 들어올렸고, 반지를 낀 손가락들이 햇빛에 반짝였다.

"나도 처음 빌리를 만났을 땐 그랬어요." 패밀라가 말했다. 나는 로리와 빌리가 세상에서 가장 대척점에 있는 남자라고 말하고 싶었지만, 그냥 넘어갔다. "숨을 쉴 수가 없잖아요."

"숨은 아주 잘 쉬고 있어요."

패밀라가 웃었다. "잘난 체하는 아가씨, 솔직히 말해봐요. 혹시 아프리카 어느 왕국의 여왕 아니에요?"

"나는 트리니다드에서 왔어요."

"속바지는 잘 입고 있어요? 아니면?"

"패밀라!"

"이봐요, 아직 안 했어요?" 패밀라가 아주 작은 목소리로 속삭였다.

"남의 일에 신경 끄세요."

패밀라가 씩 웃었다. "그럼 아직이네. 잘해봐요, 오델. 얼마나 좋은지 모를 거예요." 패밀라는 접수대 아래 손을 넣더니 갈색 종이 봉투를 내 앞에 올려놓았다.

"생일 축하해요." 패밀라는 얄궂은 눈빛으로 활짝 웃었다. 나는 수상쩍은 표정으로 봉투를 보았다.

"뭐예요?"

"직접 봐요, 바스티엔 씨."

종이 끝을 들어올렸다. 안에는 두 줄의 알약이 들어 있었다.

"이거 혹시……."

"맞아요, 남는 게 있어서. 필요할 줄 알았어요." 패밀라는 내 표정을 보더니 자신감이 흔들리는 것 같았다. "꼭 받을 필요는……."

"아뇨, 고마워요. 받을게요."

패밀라가 씩 웃었다. 사람들이 우정을 보여주기 위해 고르는 선물이 다 다르다는 점이 재미있었다. 퀵은 공책이었고, 패밀라는 피임약이었다. 나는 몇 주 동안 패밀라에게 거짓말을 꾸며댔고, 그것은 여러모로 나에 대해 그 정도만 알면 된다는 뜻이었다. 패밀라의 선물은 그녀가 육체적 쾌락을 대하는 실용적인 태도를 보여주었다. 당시에 미혼 여성이 피임약을 구하기는 쉽지 않았다. 어떤 의사도 처방해주지 않았으니까.

"이걸 어떻게 구했어요?"

"램프를 문질렀죠." 패밀라가 눈을 찡긋했다.

"알려줘요, 어떻게 구했어요?"

"브룩 자문 센터*에서요." 패밀라가 털어놓았다. "금싸라기 같은 곳이죠."

나는 그것을 핸드백에 집어넣었다. "고마워요, **러지**." 나는 이렇게 말하고 패밀라가 외설스러운 농담으로 그 순간을 망치기 전에 얼른 계단을 내려갔다. 그녀는 내게 자유 한쪽을 선물한 신세계 여성이었다. 나는 좀 더 제대로 고맙다는 인사를 했어야 했다.

내 생일에 로리는 나를 서리에 있는 자신의 집으로 데려갔다. 게리가 집을 비우니 꼭 보여주고 싶다고 했다. 나는 영국에서 6년이나 사는 동안 트리니다드 사람들이 말하던 전원 속의 낙원 같은 곳은 한 번도 가보지 못했다. 울타리와 노란 이끼가 덮인 석조 십자가 장식, 열매가 잔뜩 달린 가을의 나무들, 층계참에 달걀을 진열해놓고 파는 마을 가게들이 영국에 즐비할 거라고 예상했다. 그런 면에서 로리의 집은 내가 상상했던 것과 크게 다르지 않았다. 그리고 고향 사람들이 말한 건 영국의 시골에 관한 것뿐이었다는 것도 알게 되었다.

로리는 발독스 리지에 있는 빅토리아 시대의 붉은 벽돌집에 살았다. 그는 그곳을 어린아이처럼 '빨간 집'이라고 불렀다. 집 앞에는 사과 과수원이 있었고, 창문은 페인트칠이 벗겨지고 있었다. 매혹적인 곳이었지만 집 안은 밖과 달리 상당히 을씨년스러웠다. 나는 내심 로리의 집 벽에는 우아하게 낡은, 풍성한 가운드레스가 걸려 있고, 담배 냄새가 배어 있는 식탁 의자라든가 초콜릿 상자 그

* 1964년에 레이든 부룩이 만 스물다섯 살 미만의 젊은이들에게 피임을 도와주기 위해 설립한 단체.

림들, 낡은 피크닉 러그에서 개털 냄새가 풍기기를 기대했다. 그러나 어머니가 돌아가신 지 얼마 안 된 것치고는 집 안에 여성의 손길이 전혀 보이지 않았다. 생전에 검소하게 살았거나, 망할 게리가 죽은 아내의 흔적을 싹 치워버린 모양이었다.

로리가 차를 끓이는 동안 나는 부엌에 앉아서 눈을 감았다.

'그를 조심해요. 그런 그림이 우연히 생기는 건 아니에요, 오델.'

번뜩 퀵의 말이 떠올라 나는 속으로 발끈하며 그 말을 밀어냈다. 퀵은 이 순간을 망치고 싶었던 걸까?

"여기 있어요." 로리가 이가 빠진 파란 잔을 내밀었다. "밖이 아직 따뜻하고 좋아요. 정원에 앉을까요?"

나는 잔을 양손으로 쥐고 그를 따라 카펫이 깔리지 않은 복도를 걸어갔다.

뒷마당은 '비밀의 정원'과 비슷한 곳이었다. 덤불이 무성하게 자라 있었고, 비틀어진 자두나무와 깨진 화분, 야생 팬지를 볼 수 있었다. 긴 잔디밭을 끝에는 온실이 있었는데, 말라붙은 진흙과 빗자국이 창문에 가득해서 안을 들여다볼 수는 없었다.

여길 누가 보살폈을까? 어쩌면 먼 옛날에는 로리가 잡초를 뽑았을지도 모른다.

"여기서 얼마나 살았어요?" 내가 물었다.

"가끔 떠나긴 했지만 평생 살았어요. 런던에도 아파트가 있었지만, 어머니는 도시를 싫어하셔서……. 여길 더 좋아하셨죠."

"왜 그러셨는지 알겠어요. 아름다워요."

"좋을 때가 있었죠." 로리는 한숨을 쉬었다.

우리는 잠시 말없이 앉아서 해 질 녘 검은새의 소리를 들었다.

"리드 씨가 다음에 뭘 찾아낼지 기대돼요?" 내가 물었다.

"도둑맞은 거면 어쩌죠?" 그가 과수원을 내다보며 말했다.

"당신 잘못이 아니잖아요. 어머니 잘못도 아니고요."

"음…… 그래요. 그럴 거예요. 하지만 아주 비싼 거라고 상상해 봐요. 게리가 어떤 표정을 지을지……. 어머니가 내게 물려주신 게 그거 하나인데. 거 참, 그게 폭탄일 줄이야."

"그걸 판다면 어머니가 남겨주신 건 아무것도 남지 않잖아요."

그가 눈을 반짝이며 나를 바라보았다. "마음 약해지지 마요. 어머니는 내가 아는 사람 중에서 가장 건조한 사람이었어요. 감상적인 구석이라고는 없는 분이셨죠."

"아들에게 그림 하나만 남기겠다는 유언장을 쓰신 것만으로도 상당히 감상적인 것 같은데요."

"우리 어머니를 몰라서 그래요. 그건 장전된 총이나 마찬가지예요."

"무슨 말이에요?"

로리는 우리 앞에 펼쳐진 자연을 보면서 차를 마셨다.

"어머니는 항상 문제를 일으켰어요. 살아계셨다면, 당신을 아주 좋아하셨을 거예요."

"왜요? 난 문제를 일으키지 않는데……."

"그리고 어머니는 아주 성가신 존재가 될 수도 있었어요."

"이봐요."

로리는 셰퍼드 파이•를 만들었다고 했다. 나는 그가 요리를 할 줄 안다는 게 놀라웠다. 로리가 언제 요리를 배웠는지 궁금했다.

• 양고기에 그래비 소스를 섞고 매시드 포테이토를 위에 얹은 영국식 미트 파이.

아마도 오랫동안 혼자서 자기 자신을 챙기며 산 것이 아닌가 싶었다. 내가 생일의 주인공이니 그가 식탁을 차리겠다고 했다. 그가 오븐을 데우고 포크를 찾는 사이 위층에 가볼 수 있었다.

널찍한 뒤쪽 방들 중 한 곳에 들어가니 진한 위스키색의 저녁 햇살이 창문으로 비스듬히 들어왔고, 먼지가 날렸다. 바닥에는 러그나 카펫이 깔리지 않았다. 벽에도 그림 한 점 걸리지 않았고, 침대 프레임과 옷장뿐이었다. 옷장 문을 열어보니 철사 옷걸이뿐 아무 것도 없었다. 가장자리에는 뒤집은 파란 병들이 여기저기 놓여 있었다. 시간이 흘러 빛이 바랜 서류 더미와 상자가 온 사방에 쌓여 있었다.

이 집에 있는 로리 어머니를 떠올려보았다. 어떻게 생겼는지, 게리와 결혼생활은 어땠는지, 전쟁으로 남편을 잃은 뒤 어떻게 살았는지……. 그 어디에도 로리 어머니의 사진은 없었지만, 공기 속에 아주 옅은 향수 냄새가 났다. 세련되고 나무 냄새가 나는 유혹적인 향이었다. 나는 금속제 침대 프레임 가장자리에 살짝 앉아 이 공간을 삶과 새로운 기회와 희망, 실패로 채울 또 다른 가족을 생각해 보았다. 그러다 문득 신스가 내게 다시는 말을 걸지 않으면 어쩌나 불안해졌다. 나는 '전화해야 해.'라고 생각하면서 '너무 오래됐어. 편지라도 쓸까?' 하고 우물쭈물했다.

나는 침대에서 일어나 창가로 가서 그 특별한 햇살 아래 펼쳐진 서리의 산들을 바라보았다. 오래된 서류 더미에 팔꿈치를 올리려는데 로리에 대한 퀵의 경고가 다시 떠올랐다.

왜 그렇게 신경질적으로 말했을까?

퀵이 신경 쓸 일은 아니었는데, 아무래도 그 말이 머릿속에서 지워지지 않았다.

나는 멍하니 창가에 놓인 서류 더미를 훑어보았다. 대부분 영수증이었다. 1958년 정육점에서 받은 것, 길포드 쇼핑센터 주차권, 전기세, 1949년 볼독 리지 캐롤 콘서트 서비스 영수증 등.

로리는 분명 어머니가 영수증을 모으는 사람이 아니라고 했다.

캐롤 서비스 영수증 바로 밑에 1955년 영국의 젊은 화가 전시회 팸플릿이 있었다. 그것은 코크 스트리트의 런던 갤러리에서 열렸고, 거기 간 사람이 누군지는 모르지만 연필로 화가와 작품 이름에 밑줄을 그어놓았다. 그리고 밑줄 아래에 '**표시 없음**'이라고 적어놓았다.

무슨 표시가 없다는 말이지?

종이에 연필심을 꾹꾹 눌러쓴 데서 글씨를 쓴 사람이 느낀 불만이 분명하게 드러났다.

나는 팸플릿을 반으로 접어 주머니에 넣고 아래층으로 내려가면서 창가 위에 서류가 그렇게 많으니 아무도 모를 거라고 생각했다.

로리는 촛불을 켜서 살인무기 같은 느낌을 주는 구불구불한 촛대에 세워놓았다. 해는 이미 저물었다. 우리는 부엌에 마주 앉아서 그가 만든 셰퍼드 파이를 먹고, 이웃 과수원에서 만든 사과주를 마셨다.

"생일 축하해요, 오델." 그가 이렇게 말하며 잔을 들었다.

"고마워요. 세상 사람들을 피해 여기 숨어 있는 것 기분이에요."

"멋진데요."

"게리는 여기 안 사는 게 분명해요. 위층이 좀 엉망이에요."

"게리보다 어머니가 그런 편이셨어요. 게리는 이 집을 팔 모양이에요."

"두 분이 결혼하신 지 얼마나 됐어요?"

로리가 술잔에 사과주를 더 부었다.

"어디 보자. 내가 열네 살이었으니까······ 십육 년이나 됐군요."

"어머니는 어떻게 돌아가셨어요?"

로리가 신경을 곤두세우는 것이 눈에 보였다. 그가 감춘 표정에서 자신을 보호하려는 방어적인 태도가 엿보였다. 나는 별생각 없이 질문한 것을 후회했다. 잠시 뒤에 그가 사과주가 든 병을 내려놓았다.

"설명하기가 어려워요."

"꼭 말할 필요는 없어요. 물어본 게 잘못이죠. 미안해요." 나도 퀵처럼 간섭하고 있었다.

"어머니는 자살하셨어요." 로리의 대답에 우리 사이의 공기가 변했다. 부엌 분위기가 되직한 수프처럼 무거워졌다. 로리를 보면서 유령이 어떻게 숨통을 죄는지 알게 되었다.

"미안해요. 정말 미안해요······."

"괜찮아요, 정말이에요. 괜찮아요. 결국에는 이야기했을 거예요. 사과하지 마요. 속상해할 것 없어요. 솔직히 그렇게 놀라운 일도 아니었어요."

나는 침묵을 채울 이야깃거리를 필사적으로 찾았지만, 그 사실을 인정하자 그에게서 막힌 것이 뚫린 것 같았다.

"우린 도우려고 했어요. 늘 노력했죠. 그런데 이제는 망할 게리 얼굴도 못 보겠어요. 우리는 서로 '네가 좀 더 잘했으면 어땠을까?' 하고 원망하고 있으니까요. 하지만 게리 잘못이 아니에요. 그저 서로 가책을 떠넘기는 것뿐이지."

"상상도 못하겠어요."

"음, 나도 마찬가지에요. 어머니 아들인데도……."

그는 나직한 목소리로 침착하게 말했다. 나는 일어나서 그를 안아주고 싶었다. 하지만 그렇게 무거운 분위기에서 한 발도 움직일 수가 없었다. 또 그가 안아주기를 바라는지도 알 수 없었다. 갑자기 신스의 결혼식 날 부엌이 떠올랐다. 나는 로리가 지난 2주간의 경험에서 비틀거리고 있었을 것에 대해서, 그리고 나에 대해서, 그가 내 시를 좋게 봐주었을 때 내 어머니를 조롱하며 무례하게 굴었던 것에 대해서 생각했다.

"어쨌든 그건 그거고. 어머니는 늘 기운 넘쳤고, 여러 가지 일을 했고, 인생을 즐겼어요. 어머니를 생각하면 당신이 떠올라요. 그리고 어머니 그림도."

"네."

"그럼." 로리는 숨을 크게 내쉬었다. "그 얘기만 했군요. 세상에, 내 이야기 중에서 그게 최악이에요. 이제 당신 이야기를 해봐요."

"난 아무것도 없어요."

"누구나 한 가지씩은 있어요, 델리."

나는 가만히 있었다. 그는 의자에 등을 기대고 등 뒤의 서랍장을 더듬거렸다.

"아하. 게리는 늘 몇 가지를 두고 가죠." 그는 가느다란 시가 상자를 꺼냈다. "같이 할래요?"

우리는 뒷방으로 갔고, 로리는 프랑스식으로 만든 여닫이 창문을 열었다. 밤이 되었지만 젖은 풀과 나무 냄새가 향기로웠고, 박쥐들이 정원에 드나들고 있었다.

"이곳은 낙원 같아요."

로리가 피우는 시가의 숨 막히는 냄새까지 즐기면서 말했다. 나는 소파에 앉아서 창틀에 기대고 있는 그를 보았다.

"그건 잘 모르겠군요." 로리가 대답했다. "하지만 한 가지는 분명해요. 도로 소리가 들리지 않는다는 것! 어릴 적에 제일 좋아한 책이 《피터팬》이었는데, 난 이 정원을 네버랜드라고 생각했어요."

"그럼 게리가 후크 선장이었어요?"

"아, 아뇨. 그건 게리 전이었어요. 어머니와 나만 살던 시절이었죠."

"나도 어머니랑 단둘이 살았어요."

"아버지는 전쟁에서 어떻게 되셨어요?" 이번에는 그가 내게 물었다.

로리가 어머니의 자살 이야기를 해주었으니 나도 그 이야기를 해야 할 것 같았지만, 정말이지 내키지 않았다.

"음…… 아버지는 1941년에 영국으로 갈 돈을 구하려고 자전거와 트럼펫을 파셨어요. 그리고 공군에 자원해서 신체검사를 통과하고, 십이 주 기본훈련을 받으셨어요. 아버지는 영국 공군에서 전투기 사수가 되셨어요. 그리고 삼 년 뒤에 어머니는 포트오브스페인의 사망자 명단에서 아버지 이름을 발견했고요."

그는 다가오더니 내 어깨에 손을 얹었다. 따뜻했고, 나는 거기 집중했다.

"미안해요, 오델."

"아버지가 기억나지는 않지만, 아버지가 없다는 게 어떤 건지 알아요. 엄마가 많이 힘들어하셨어요. 위로 고마워요."

그가 내 옆에 앉으며 물었다. "전쟁 때, 섬에서 사는 건 어땠어요?"

"히틀러가 이기면 어떻게 될지, 사람들은 두려워했어요. 트리니다드에는 굉장히 큰 정유소가 있었는데 유보트•가 우리 해안선 쪽에 정박한 영국 배에 어뢰 공격을 하고 있었어요."

"그건 몰랐어요."

"우리는 히틀러가 원하는 걸 알고 있었어요. 지배민족••을 위한 계획요. 우리는 늘 싸우고 싶어했어요. 아버지도 예외는 아니셨죠." 나는 사과주를 한 모금 마셨다. "처음에는 식민지가 돕는 걸 영국이 반가워하지 않았지만, 상황이 나빠지니 도움을 원했어요."

"다시 고향으로 돌아갈 건가요?"

나는 망설였다. 내가 만난 영국인들은 내 몸 하나에 복잡한 트리니다드를 모두 갖고 있으리라는 기대를 지니고, 그곳에 대해 꼬치꼬치 물어보았다. 그중 누구도 거기 가보지 못했으므로 그들에게 나는 최근까지 영국령이었던 열대의 섬나라의 현실을 보여주는 신기한 표본이었다. 패밀라처럼 대부분 영국인들의 관심은 악의적이지 않았다. 물론 그렇지 않을 때도 있었지만. 그들의 질문은 늘 내가 **다르다고** 느끼게 했다. 나 역시 영연방제국의 아이로 영국의 방식을 완벽하게 이해하도록 배우며 자랐는데 말이다.

로리를 알고 지내는 동안, 그는 내게 트리니다드에 대해서 한 번도 묻지 않았다. 그가 예의를 지키는 것인지, 정말로 관심이 없는 것인지 알 수 없었다. 하지만 어느 쪽이든 그가 우리의 인생 경험만을 두고 차이를 강조하지 않는 것이 반가웠다. 나는 라틴어를 배웠고, 디킨스의 소설을 읽었지만 피부색이 옅은 여자아이들이 남

• 제1·2차 세계대전 때 사용된 도이칠란트의 대형 잠수함.
•• 나치가 게르만족과 북유럽 아리아인의 우월성을 선전하며 그 민족을 일컬었던 말.

자아이들의 관심을 더 많이 받는 것을 보며 자랐다. 남자아이들조차 왜 그런지 알지 못했지만 말이다. 우리의 '차이' 대부분은 영국인의 흰 피부 때문에 생겨났다. 하지만 템스강가에서 트리니다드 생활이 지니는 복잡함은 하나의 특질, '검은색'으로 요약되었다.

계몽된 이들을 포함한 모든 영국 남자들은 우리가 자신들보다 아프리카 수단 사람들에 더 가깝다고 믿었다. 하지만 내가 사하라 사막이나 낙타, 베두인족*에 대해서 뭘 안단 말인가? 나는 어린 시절 내내 마거릿 공주가 세상에서 가장 아름답고 화려하며 이상적인 존재라고 믿었다. 그런데 로리와 함께 있으면 '007 시리즈' 영화나 이상한 상사, 그림, 망할 게리, 죽은 부모에 대해서 이야기했다. 그런 것이 우리를 한 쌍으로 묶어주었고, 그 덕분에 나는 5년째 가보지도 못한 섬나라의 대표 노릇을 하지 않아도 되었다. 나는 트리니다드에 대해 묻지 않는 로리와 함께할 때에야 비로소 나 자신으로 돌아간 것 같았다.

"오델?"

"런던 이야기를 할게요." 내가 말했다.

"좋아요."

"여기 처음 왔을 때, 너무 추워서 사람이 산다는 걸 믿을 수가 없었어요." 그러자 로리가 웃었다. "정말이에요, 로리. 북극에 온 것 같았어요. 신스와 나는 1월에 왔거든요."

"하필이면!"

"그러니까요. 어렸을 때, 학교에서 계절에 관한 연극을 했는데 나는 내내 가을 역할을 맡았어요. 겨울은 고사하고, 가을이 뭔지도

---

* 아라비아 반도 내륙부를 중심으로 시리아, 북아프리카 등지의 사막에 사는 유목민.

몰랐는데 말이에요."

나는 잠시 작은 밀짚모자를 쓰고, 영국식 점퍼스커트를 입고, 엄마에게 '적갈색 나뭇잎'을 옷에 붙여야 한다고 말했던 어린 시절을 떠올렸다. 그리고 풀잎 끝에 붙은 서리가 어떻게 생겼는지, 마로니에 열매가 무엇이며, 숨을 들이마시면 폐에 얼음이 서걱거리는 느낌이 나는 런던의 11월 공기를 모르는 엄마는 습기 가득한 카리브해에서 가을 의상을 만들었다. 그 추억에 마음이 따뜻해졌다. 그리고 로리에게 말해도 된다고, 안전하다고 자신하며 이야기를 이어갔다.

"기억나요. 런던에 처음 왔을 때, 돌시스 구두점에서 어떤 남자가 '영어를 아주 잘하시네요'라고 하더군요. 참 나! 그래서 내가 이렇게 대답했어요. '서인도에서는 영어를 사용합니다, 손님.'"

"그랬더니 그가 뭐래요?" 로리가 웃으면서 물었다. 나는 그 남자가 내게 한 말을 로리는 평생 들어본 적 없을 거라는 사실을 깨달았다.

"나더러 모자라다고 했어요. 하마터면 일자리를 잃을 뻔했죠. 신스가 노발대발했어요. 그치만 사실인 걸요. 나는 엘리자베스 여왕과 그분의 키 큰 그리스인 남편이 차를 마시며, 여왕이 좋아하는 귀여운 강아지들을 쓰다듬는 모습에 익숙해요. 너무나 익숙해요. 그리고 '당신 영어는 내 영어만큼 훌륭하지 못해요'라고 말하지 못한 게 두고두고 후회돼요. '당신 영어에는 길이와 폭과 고기와 연기가 없어요. 크리올어와 콩고어, 에스파냐어, 힌두어, 프랑스어, 이보족의 말, 영어, 보즈푸리어, 요루바어, 만딩고어를 다 갖고 있는 나한테 덤벼봐요.'"

로리는 다시 소리 내어 웃었다. "아, 그 사람이 그때 지은 표정이라니……." 나는 사과주 잔을 비우면서 말했다. "앵글색슨의……."

"앵글 뭐요?"

"이 층 집 같은 거죠. 창밖의 꽃과 나무, 나무의 껍질과 구름 모양을 다 안다고 생각하는 바람에 아무도 창밖 풍경을 알지 못하는. 하지만 우리는 그들의 방언도 받아들여서……."

"오델. 나는 앞으로 평생 당신과 함께하고 싶어요."

"네?"

"당신에게 이런 빛이 있는데, 그게 밝혀지면 당신도 자신이 어떤 존재일지 모를 거라고 생각해요."

"무슨 빛요? 내 이야기는……."

"사랑해요, 오델." 그의 얼굴에 희망이 떠올랐다. "당신은 내게 영감을 줘요."

우리는 아무 말없이 앉아 있었다. 나는 뭐라고 말해야 할지 몰라서 "만나는 여자마다 그렇게 말하죠" 하고 말해버렸다.

"네?"

"진심이 아니잖아요."

그가 나를 빤히 바라보았다. "진심이에요. 내가 시간을 착각하고 있는 것 같아요. 당신을 전부터 알았던 것처럼. 우리가 유모차를 타고 서로 스쳐 지나갔던 것처럼. 당신을 다시 만나려고 여태까지 기다려온 것처럼. 사랑해요."

나는 뭐라고 대답해야 할지 몰라 아무 말도 하지 않았다. 그는 카펫만 내려다 보고 있었다. 지금까지 그 누구도 내게 사랑을 고백한 적이 없었다.

그는 어째서 우리의 저녁을 사랑과 **유모차** 이야기를 꺼내 망친 걸까?

나는 적잖이 당황스러웠다. '그를 조심해요.' 퀵의 경고가 다시 떠올랐고, 나는 속으로 그녀를 욕했다.

어째서 조심해야 하는 거지? 왜 로리의 고백이 견딜 수가 없는 거지?

나는 소파에서 일어나 창가로 걸어갔다. "내가 돌아가길 원하나 봐요."

그는 꼼짝하지 않고 앉아서 믿을 수 없다는 표정으로 나를 보았다. "방금 그렇게 말했는데, 왜 당신이 가길 원하겠어요?"

"몰라요! 난…… 봐요, 난……."

"괜찮아요." 로리가 말했다. "미안해요. 내가 괜한 말을……."

"아뇨……. 그건…… 난…… 그런데 당신이……."

"내가 한 말을 잊어버려요. 부탁이에요, 잊어버려요. 원한다면 집에 데려다줄게요."

로리는 말없이 나를 차에 태우고 텅 빈 A3 도로를 달렸다. 나는 너무나 비참한 기분이 들어 핸드백을 꼭 끌어안고 방에서 가지고 나온 팸플릿과 패밀라가 몇 시간 전에 준 피임약을 손가락으로 거머쥐었다.

이런 건 두렵다고, 이유를 물을 수 없었다고, 로리에게 설명할 수 있을까? 우리는 이제 막 시작했고, 그는 나를 잘 알지도 못하는데……. 나는 그가 나를 높은 연단에 올려놓고 거기에 버려둔 것 같았다. 물론 이 경험이 우리 두 사람에게는 트라우마로 남겠지만, 그때는 혼자인 편이 훨씬 더 쉬웠다.

나는 단 한 번 그를 보았다. 자동차가 가로등 아래를 움직이면서 그의 옆모습이 주황색 불빛에 보였다 사라지곤 했다. 그는 앞만 바라보았고, 턱은 굳어 있었다. 우리 둘 중 누가 더 굴욕감을 느꼈는지 알 수 없었다.

내 아파트에 도착하자 그가 차를 세웠다. "서리에 선물을 두고왔어요." 그가 시동을 끄지 않은 채 말했다.

"아…… 난……."

"어쨌든 지금은 가봐야겠어요."

나는 차에서 내렸고, 그는 다시 차를 돌렸다. 그의 자동차 소리가 머릿속에서 소리 없는 비명으로 바뀔 때까지 나는 길에 서 있었다.

새벽 3시가 지나도록 침대맡의 스탠드를 켜놓은 채 깨어 있었다. 가슴이 미어지고, 속이 메슥거리고, 머리가 지끈거렸다. 로리가 나를 사랑한다니, 쉽게 믿을 수 없었다. 그가 나를 외부인으로 느끼게 한 적은 없었지만, 신스의 결혼식에 함께 나타났던 여자들과 다른 생김새 때문에 나를 좋아하는 것뿐이라는 두려움을 떨칠 수가 없었다.

로리는 서둘러 사랑 고백을 했지만, 정말로 내가 누구인지 **아는** 걸까?

사람이 새로운 사람을 만나 느끼는 설레임, 나를 소중히 여겨주고 나 역시 상대를 소중히 대하면서 주고받는 감정이 어색했다. 만남을 거듭하면서 수줍어하던 남녀가 조금씩 가까워지고, 상대에 대한 자신감을 찾아가는 것이 불안했다. 나는 사람들 속에서 연인을 찾고, 눈을 마주치고, 여기보다 더 진실한 곳이 없다는 감정을 느끼지 못했다. 그러한 감정의 소용돌이는 지금 내가 처한 상황이나 천성에 어울리지 않았다. 나는 이곳에서 철저하게 이방인으로 살아가고 있다. 오랫동안 겪어온 경험에 비춰볼 때 그렇게 정의할 수 있었다.

내가 지금 그를 사랑하는지도 알 수 없었고, 아무것도 모르는 그를 사랑하는 게 두려웠다.

'그를 조심해요. 그런 그림이 우연히 생기는 건 아니에요, 오델.'

나는 퀵의 목소리를 차단하려고 무던히 애를 썼다. 그리고 그렇게 자신만만하게 사랑을 고백한 그의 마음을 받아들이지 못한 것이 퀵 때문인지 궁금했다. 나는 몸을 숙여 불을 끄고 어둠 속에서 잠을 청해보았다. 그렇게 누워 있으니, 어느 두려움이 나의 두려움인지 알 수 없었다. 퀵이 자신의 두려움을 내 머릿속에 밀어넣었으므로.

1936년 2월

VII

올리브가 완성한 그림이 벽에 세워져 있다. 올리브는 그 그림을
⟨과수원⟩보다 더 자랑스러워 했고, 자신이 그 반짝이는 성채를 향
해 조금씩 다가가고 있는 걸 느꼈다. 초현실적인 구성에 다채로운
색채로 그려져 언뜻 일관성 없어 보이는 새 작품은 딥틱*이었다.
성녀 후스타가 붙잡히기 전과 후를 한 쪽씩 그렸는데, 짙은 청색의
하늘과 빛나는 들판이 배경으로 펼쳐졌다. 올리브는 그 그림을 ⟨우
물 속의 산 후스타⟩라고 부르기로 했다.

왼쪽 패널이 푸르게 빛났다. 전체적으로 유화물감을 썼지만, 군
데군데 금박을 씌워 그림을 기울이면 빛이 반사됐다. 올리브는 금
박이 연금술사의 꿈이며 햇살을 담은 재료라고 늘 생각했다. 그것
은 여왕의 색, 현자와 한여름 아른거리는 땅의 색이었고, 어릴 적
아버지가 빈 미술사 박물관에 데려갔을 때마다 항상 만지고 싶었
던 러시아 정교회의 성상을 떠올리게 했다.

비옥한 왼쪽 땅 한가운데 알곡처럼 머리칼이 금빛인 한 여인이

---

* 나무나 상아로 만들어진 판.두개가 마치 책과 같은 형태로 접히도록 고안된 패널화. 주로 종교적
목적으로 그려짐.

서 있었다. 그녀는 사슴과 토끼가 그려진 무거운 그릇을 들고 있었고, 그 가운데에는 베누스의 얼굴이 있었다. 여인과 베누스의 얼굴은 모두 당당하게 감상자를 마주 보고 있었다.

오른쪽 패널에는 농작물이 시들어 죽어가고 있었다. 그 여인이 다시 등장했지만, 이번에는 그 농작물 위에 떠 있는 원 안에 쪼그리고 있었다. 이 원은 내부에서 본 관점으로 채워져 있어서 깊이가 있는 것처럼 보였고, 그 여인은 우물 바닥에 누워 있는 것 같았다. 그녀의 머리카락은 짧게 잘려 있었고, 주위의 그릇은 산산조각 나 있었다. 그 모습이 누구도 다시 맞출 수 없는 퍼즐 조각처럼 보였다. 우물 주위에는 실제 크기의 사슴과 토끼들이 마치 깨진 그릇에서 풀려난 듯 우물 속을 들여다보았고, 베누스는 이미 사라지고 없었다.

조용히 다락방 문을 두드리는 소리가 들렸다.

"누구세요?" 그 사람일지도 모른다는 기대감에 올리브는 목소리가 제대로 나오지 않았다.

"테레사예요."

"아."

"파티가 몇 시간 안 남았어요, 세뇨리타. 들어가도 되나요?"

"응." 올리브는 벌떡 일어나 그림을 침대 밑에 감췄다.

얼마 전부터 테레사는 올리브가 방 정리하는 것을 돕기 시작했다. 무언의 합의사항이었다. 올리브가 시킨 건 아니었지만, 테레사의 관심을 느끼고, 다음 날 작업을 위해 가지런히 정리되어 있는 붓들을 보면 기분이 좋았다. 옷가지도 항상 깔끔하게 개켜서 의자 위에 놓여 있거나 장롱에 걸어뒀고, 미완성한 캔버스는 벽 쪽으로 향하도록 돌려놓았다. 올리브는 자기 전에 그렇게 해두는 것을 좋아했다. 아침이 되면 캔버스를 돌려 평온하게 작업을 재개할 수 있었다.

테레사가 가방을 메고 문 앞에 서 있었다. "도울 일이 있을까요?"

올리브가 침대에 누워서 말했다. "그레타 가르보*처럼 보이고 싶어." 올리브는 온몸을 나른하게 쭉 펴고 머리카락을 손으로 빗어넘기면서 말했다. "테레사, 머리 손질 잘해?"

두 사람은 테레사가 빈 방에서 찾다가 벽에 걸어둔 타원형 거울 앞에 의자를 놓았다. 거울 가장자리는 흐릿했지만, 가운데는 잘 보였다. 그들은 그레타 가르보의 모습을 재현하기 위해 세라가 갖고 있는 〈보그〉에 실린 일러스트를 참고했다. 바깥이 어두워지자 테레사는 방에 촛불을 여러 개 세워두었다.

"머리카락이 너무 굵어서 핑거 웨이브**는 한 번도 해본 적이 없어. 하지만 이런 컬은 만들 수 있겠지."

그들은 5분쯤 편안한 침묵 속에 있었고, 올리브는 테레사가 머리를 만지자 마음이 진정되어 좋았다. 반복적이고 부드러운 손놀림에 졸음이 왔다.

"선거에는 좋은 소식이라고 생각하지만, 이삭이 알던 불쌍한 아이가 자꾸 생각나." 한참 만에 올리브가 말했다. 테레사는 눈을 내

---

* 스웨덴 출신으로 무성영화시대에 높은 인기를 모았던 할리우드 배우. 대표작으로 〈마타하리〉, 〈안나 크리스티〉 등이 있음.
** 기름을 바른 머리카락을 손가락으로 눌러서 만드는 곱슬머리.

리깐 채 올리브의 목덜미 쪽 머리를 만지고 있었다.

"하루는 왼쪽, 다음 날은 오른쪽. 정부에서는 제가 침대 정리를 하는 것보다 자주 거리 이름을 바꾸고 있어요. 난 그 차이를 도무지 모르겠어요, 세뇨리타."

"음, 네 오빠처럼 진심으로 염려하는 사람이 있어서 다행이야."

테레사는 말이 없었다.

"아버지를 좋아해, 테레사?" 올리브가 물었다. 테레사는 올리브 뒤에서 인상을 찌푸렸다.

"그 이야기는 좋아하지 않아요."

올리브가 눈을 떴다. "무슨 이야기?"

테레사는 올리브의 머리카락을 한 줌 쥐어 손가락으로 돌돌 만 뒤 세라의 방에서 가져온 핀으로 단단히 고정시켰다.

"아버지가 어떤 남자의 그걸 잘라서 문에 못으로 박았다고 했어요."

올리브는 머리를 획 돌렸고, 말아놓은 머리카락이 풀어지면서 핀이 바닥에 흩어졌다. "뭐? **문에?**"

"아버지의 적이었어요."

두 사람은 서로 마주 보다가 웃음을 터뜨렸다. 다가올 밤에 들떴으며 폭력은 과거의 일이라고 믿었다. 또 둘 중 누구도 '**그걸**' 갖고 있지 않았고, 이곳 다락방이라면 안전하다고 믿었다.

"테레사, 역겨워! 왜 그런 일을 하셨대?"

"그냥 소문이에요." 테레사는 핀을 주우며 말했다.

"하지만 바지를 벗어서 그걸 증명할 사람은 없잖아."

"그래도 돈 알폰소는 부인하지도 않았어요."

"세상에, 테레사. 나도 내 아버지와 갈등이 있다고 생각하지만."

"무슨 갈등요?" 테레사가 고개를 들어 묻기에 올리브가 한숨을 내쉬었다.

"아, 별거 아니야. 그저 내가 안 보이는 것 같아서……. 그뿐이야. 아버지는 나를 진지하게 봐주지 않아. 어떻게 하면 아버지가 나를 진지하게 봐주실지 모르겠어. 아버지가 생각하는 거라고는 사업 아니면 엄마가 약을 드셨는가 하는 것뿐이야. 엄마도 나를 이해할 여유가 없고. 내가 아이를 낳는다면 절대 엄마처럼 하지 않을 거야. 난 부모님에게서 벗어나고 싶어. 마음만 먹으면 벗어날 수 있을 것 같은데……."

"미술학교에 갔다면, 자유로웠을 거예요."

"그건 모르지. 그래도 여기서 계속 그림을 그리다보면 더 자유로워질 것 같아." 올리브는 진지한 표정을 지었다. "다른 것도 배우고 있지만."

"그게 뭔데요?"

"작품을 정말로 완성하고 싶으면 내가 믿는 것보다 더 간절히 바라야 한다는 거. 그것과 싸워야 해. 나 자신과 싸우는 건 결코 쉬운 일이 아니야."

테레사는 올리브가 영원히 누리고 싶을 만큼 올리브 머리에 정성을 들이면서 미소를 지었다. 올리브는 자기 방에서 머리를 빗어주고, 이야기를 들어주고, 말도 안 되는 소리를 하고, 부모가 쓸모없다고 이야기할 수 있는 친구를 가져본 적이 없었다. 아직 다 살아보지 않았지만 올리브의 미래는 너무나 완벽했다.

"나는 항상 파티 **직전**이 제일 좋더라. 아무것도 잘못되지 않았으니까." 테레사는 올리브의 머리에서 손을 뗐다.

"왜 멈추는 거야?" 테레사가 가방 쪽으로 걸어가는 것을 보고 올리브가 물었다.

테레사는 티슈로 포장한 작은 꾸러미를 꺼내 불안한 표정으로 그것을 내밀었다.

"선물이에요."

올리브가 그것을 받았다. "**나한테?** 세상에. 지금 열어봐도 돼?"

테레사는 고개를 끄덕였고, 올리브는 티슈를 통해 보이는 초록 빛을 보고 깜짝 놀랐다. 그것은 마치 돌로 만든 뱀처럼 에메랄드가 박힌, 전에 본 적 없는 아름답고 강렬한 목걸이였다.

"어머나! 어디서 이런 걸 구했어?"

"엄마 거예요. 이제 올리브가 가져요."

올리브는 목걸이를 쥔 채 의자에 굳어 있었다. 평생 그런 선물은 처음이었다. 이것은 아마 테레사가 어머니에게 물려받은 전부일 것이다. 이걸 받는 건 이기적인 행동이 될 것이다.

"아니, 그럴 순 없……."

"선물로 드리는 거예요."

"테레사, 이건 너무……."

결국 결정을 해준 것은 테레사였다. 테레사는 올리브의 손에서 목걸이를 받아 목에 걸어주고 쇠술쇠를 고정시켰다.

"선물이라니까요. 친구에게 주는 선물."

올리브는 거울을 보았다. 에메랄드는 하얀 피부 위에서 초록 나뭇잎처럼 보였고, 가슴골 쪽으로 가면서 더 커졌다. 브라질에서 온 보석은 바다처럼 푸르렀고, 아버지가 에스파냐 남부에서 보게 될 거라고 한 숲처럼 푸른빛을 지녔다. 그것은 보석이 아니라 빛나는 촛불 속에서 그녀를 향해 윙크하는 눈이었다. 에메랄드는 자신의 모습을 보는 소녀들을 지켜보았다.

VIII

　　저녁때가 되자 해럴드는 파티에 필요한 물품을 가지고 말라가에서 돌아왔다. 그는 시가를 문 채로 집 안을 돌아다니며 축음기 레코드를 더 가져오라고 외쳤다. 이삭은 마을 사람들에게 빌린 의자와 식탁을 옮기는 일을 도왔다.

　　"올리브, 그림이 완성됐어요."

　　"아!"

　　"기쁘지 않아요? 모델 서는 걸 좋아하지 않았던 것 같은데."

　　올리브는 뭐라고 해야 할지 알 수 없었다. 이삭이 그림을 완성했다면 그를 만날 기회가 줄어든다는 뜻이었다.

　　자줏빛 긴 가운드레스를 입은 세라가 나타났다. 런던에서 파티를 하면 그녀는 종종 동화 속의 주인공처럼 인어공주나 백설공주로 치장했다. 한번은 라푼젤로 분했는데, 그해 그녀가 쓴 가발에 불이 붙어 사람들이 샴페인으로 불을 끄기도 했다. 하지만 오늘밤은 스키아파렐리의 드레스를 입었다. 등에 두 여인의 얼굴 문양을 스팽글로 꾸몄고, 그들의 붉은 입술이 해럴드가 말라가에서 가져와 테레사가 켜놓은 수백 개의 촛불에 빛나고 있었다. 그 드레스는

211

올리브가 가장 좋아하는 옷 중 하나였다. 올리브는 야누스 같은 드레스 자수에 늘 매혹되었다.

세라의 눈길이 올리브의 목에 걸린 에메랄드에 닿았다.

"그건 누가 줬니?" 해럴드가 뵈브 클리코 샴페인을 따는데 세라가 물었다.

올리브는 자신의 전 생애를 통틀어 만들어진 그 모든 트라우마에 유리잔 부딪치는 소리가 존재했음을 깨달았다. 또 엄마가 새로운 머리 모양을 알아보지 못한 것에도 짜증이 났다. 올리브는 턱을 치켜들고 녹색 보석을 쓰다듬으며 대답했다.

"이삭요."

무모한 밤이었다. 8시 무렵 손님들이 핀카로 속속 도착했고, 올리브와 그녀의 부모는 문 앞에 서서 그들을 맞이했다. 맨 처음 도착한 사람은 여객선의 칵테일 파티에 온 사람마냥 비싸 보이는 크림색 정장에 커다란 스카프를 두르고 왔다. 그는 커다란 검은 콧수염 끝에 기름을 발랐다. 그 뒤로 젊은 두 사람이 깔끔한 정장을 입고 따라왔다. 올리브는 그들이 누구인지 궁금했다.

그의 아들일까? 아무래도 경호원 같은데.

그 남자가 손을 내밀었다. "세뇨르 슐로스. 돈 알폰소 로블레스 에르난데스입니다. 공작부인의 일로 다른 곳에 가 있느라 이제야 찾아뵙습니다."

"돈 알폰소." 해럴드도 손을 내밀면서 말했다. "이제야 뵙는군요."

그는 영어를 잘했다. 올리브는 알폰소의 얼굴에서 이삭과 닮은 구석을 알아보았다. 하지만 그에게는 아들에게 없는 연극적인 부분이 있었다. 요란하긴 하지만 알폰소의 작은 눈에는 지적인 면이 있었고, 이해타산적인 구석과 블랙 유머 또한 깃들어 있었다. 올리브는 그에 대해서 테레사가 해준 이야기를 떠올리며 불안함을 억누르려 애썼다.

"그레고리오, 세뇨라 슐로스께 우리가 가져온 걸 드려라." 청년 하나가 앞으로 나왔다. "아몬드 케이크와 괜찮은 와인 한 병을 준비했습니다." 알폰소의 말에 세라가 선물을 받아들었다.

"감사합니다."

"누추합니다만, 계실 만합니까?"

"아주 잘 지냅니다."

알폰소는 해럴드 쪽의 어두운 복도를 보았다.

"저런, 새끼고양이가 고양이가 되었군."

알폰소가 이렇게 말하면서 한쪽 뒤꿈치를 다른 쪽 뒤꿈치에 딱 붙이면서 군대 흉내를 냈다. 그의 부츠 굽이 부딪치면서 모조가죽이 찌익 소리를 냈고 그 순간 올리브는 소름이 끼쳤다. 올리브가 돌아보니 구석에서 테레사가 인상을 쓰고 있었다.

"내가 아직도 그렇게 무섭냐, 테레사?" 알폰소가 에스파냐어로 말했다. "이유를 모르겠구나. 네 손톱이 아주 날카롭다던데." 그러자 청년들이 웃었다. "쟤가 말썽은 안 부립니까?"

해럴드는 테레사를 쳐다보았고, 테레사는 검은 눈을 동그랗게 뜨고 해럴드를 보았다. "전혀요." 해럴드가 말했다.

"음, 말썽을 부리면 제게 알려주십시오." 알폰소는 하나같이 작은 촛불이 깜빡이고 있는 핀카의 창문들을 둘러보았다. "세뇨르 슐로스, 이 댁에 전기가 들어오는 것으로 아는데요? 우리가 산 채로 타 죽는 일은 없었으면 합니다."

"분위기를 좀 살려보려고 합니다, 돈 알폰소. 들어오시죠."

"그레고리오와 호르헤를 데려왔습니다. 그들이 함께해도 되겠지요?"

"그럼요. 모두 환영합니다."

세 사람이 올리브와 세라를 지나쳤고, 호르헤의 시선이 세라에게 좀 오래 머물렀다.

"여기에 네 오빠도 와 있니?" 호르헤가 테레사에게 물었다.

"그럴걸. 하지만 너한테는 안 알려줄 거야." 테레사가 대답했다.

총 예순일곱 명의 아라수엘로 사람들이 파티에 왔다. 런던과 빈에서 온 이 가족의 존재가 마을 사람들에게는 카니발처럼 들뜬 기분을 불어넣었다. 금기가 깨진 것처럼 모든 것이 허용되는 분위기였고, 그 흥겨움이 모두를 에워쌌다. 돈 알폰소는 방 한구석에 있었다. 서너 명이 그에게 다가가긴 했지만, 대체로 그는 혼자 있었다.

손님들은 해럴드가 만든 방명록에 이름을 적었다. 몇몇은 댄스 라이트와 재즈, 방마다 협죽도* 향기가 가득한 이 범세계적인 행사에 참여한 것이 기쁜 나머지 열심히 서명을 남겼다. 그들은 잘살라거나, 신의 축복을 빈다는 등의 덕담도 짧게 적었다. 다른 이들은 이 외국인이 들이민 책에 자신의 이름이 적히는 것이 염려된다는 표정으로 조심스럽게 적었다. 마치 정치적으로 논란이 될 만한 행동인 것처럼 보였다. 올리브는 이 사람들 중에 말라가 출신의 처참하게 살해당한 아드리안과 이 나라의 장래에 대한 이삭의 걱정을 공감하는 사람이 있을지 생각해보았다. 그러고는 테레사와 이삭

• 극동지역에서 볼 수 있는 상록수로 흰색이나 분홍색 꽃이 핀다.

바로 밑에 자신의 이름을 적었다.

샴페인을 세 잔이나 마신 올리브는 그 아이의 유령이 이곳을 돌아다니고 있는 것을 감지했다. 올리브는 의자에 앉아 피투성이가 된 아드리안이 손님들 사이를 힘겹게 지나다니는 것을 지켜보았다. 그들이 술을 마시고, 춤을 추고, 소리를 지르고, 손뼉을 치는 것은 그 아이를 망자의 땅으로 돌려보내고 이 집을 산 자의 것으로 되찾으려는 결의에서 비롯한 것이라고 혼자 상상했다.

한 여인이 긴 갈색 새틴 드레스를 입고 있었다. 촛불에 구리 커프스단추가 반짝였고, 달빛에 빛나는 크리스털 잔이 분위기를 고조시켰다. 테레사는 음료나 고기, 치즈와 케이크가 놓인 쟁반을 들고 여기저기 돌아다니며 아버지를 피해 다녔다. 실내에는 사람들의 목소리가 가득했고, 구석에 놓인 축음기에서 음악이 흘러나왔다. 그리고 자주색 롱 드레스를 입고 사람들 사이를 사뿐사뿐 다니는 세라가 보였다. 세라는 이삭의 팔에 손을 얹고, 그를 웃게 했다. 사람들은 등대 불빛을 볼 때처럼 세라를 향해 고개를 돌렸다.

올리브는 이삭이 어디로 가든지 지켜보았고, 그에게 끌리는 마음이 위로는 머리 위의 대들보에서 아래로는 잔에 가득한 샴페인에까지 울려 퍼지는 것이 느껴졌다. 곱슬머리가 흘러내리기 시작하자 올리브는 머리가 다 풀어진 채 돌아다니는 게 아닌가 싶어 연신 머리를 쓸어넘겼다. 이삭은 그 지역의 의사와 이야기를 나누었고, 의사가 하는 말에 진지한 표정을 지었다. 그 역시 아버지에게 아무 말도 하지 않았다. 그는 몸에 딱 붙도록 재단된 완벽한 남색 바지와 짙은색 린넨 재킷, 파란 셔츠를 입고 있었다. 올리브는 옷 아래 피부는 어떤 색일지 상상해보았다. 그리고 목에 걸린 에메랄드를 쓰다듬으며 네 잔째 샴페인을 마셨다. 이제 한평생 올리브가 보여준 서툰 아이의 모습은 사라질 것이다. 한 잔만 더 마시면 그 아이는 씻겨나갈 것이다.

손님 둘이 기타를 가져왔고, 그들 손끝에서 한 음, 한 음 자신만만한 이중주가 흘러나왔다. 그 소리에 사람들이 크게 환호했다. 누군가 축음기에서 바늘을 들어 올리다가 레코드를 긁었다. 한순간 걱정스러운 침묵이 이어졌지만 한껏 취한 해럴드가 신이 나서 소리를 질렀다.

"연주하시오! 키에로 오이르 엘 두엔데¡Quiero oír el duende! 마법 같은 음악을 듣고 싶소!"

이 말에 사람들이 하나가 되었고 파티 분위기는 고조되었다. 기타를 가져온 부자는 **대중적인 샹송**과 플라멩코 곡을 연주했고, 사람들이 큰 원을 그리며 그들을 에워쌌다. 그러자 60대로 보이는 여인이 앞으로 나와 노래를 불렀고, 곧이어 고통과 자유에 관한 곡이 흘러나왔다. 그녀는 거기 모인 사람들을 완전히 사로잡았다. 그녀는 빠르게 박자에 맞추어 손뼉을 치며 노래를 불렀고, 사람들은 발을 구르고 감탄하면서 "바모스!●"라고 외쳤다. 올리브는 그 모습에 그날 밤 두 번째로 소름이 끼쳤다.

그레고리오는 여자아이 둘을 데리고 방 안을 돌았고, 아이들은 기타와 노랫소리가 열기를 더하자 신이 나서 소리를 질렀다. 그녀의 음성은 고대의 소리가 되살아난 것처럼 들렸다. 올리브는 다섯 잔째 샴페인을 들이켰고, 거칠고 구슬픈 그녀의 노래가 깊어지는 밤에 완벽히 녹아들었다. 등불 속에서 나방들이 깜빡이며 죽어갔다. 이렇게 낯선 사람들이 모인 방에서 올리브는 그 어느 때보다도

● ¡Vamos!, '갑시다!'라는 뜻의 에스파냐어.

고향에 온 것 같은 기분이 들었다. 그날 올리브가 마신 샴페인은 술이 아니라 일종의 영혼이었다. 그녀의 가슴속에 불을 붙이는 액체 같았다.

"푸에고스 아르티피시알레스fuegos artificiales!"

아버지가 불꽃놀이를 할 시간이라고 외쳤다. 올리브는 그가 서툰 발음으로 외치는 걸 보고 나서 이삭이 어디 있는지 살폈고, 그가 문을 열고 슬쩍 빠져나가는 것을 보았다. 사람들은 건물 뒤쪽, 베란다로 자리를 옮겨 과수원 위에서 폭죽이 터지는 것을 구경했다. 올리브는 복도에 밀려드는 사람들을 보고 놀라 걸음을 멈췄다. 그리고 그가 반대 방향으로 복도를 가로질러 현관으로 나가는 것을 보았다. 올리브는 어리둥절했다. 그는 어째서 세상의 중심에서 달아나고 있을까?

올리브는 비틀거리는 걸음으로 그를 뒤따라 저택의 불빛이 미치지 않는 2월 밤의 칠흑같은 어둠 속으로 나섰다. 하늘에는 별들이 가득했다. 달이 높이 떠 있었는데, 아무래도 그가 보이지 않았다. 올리브의 피가 빠르게 식었지만 녹슨 대문을 통과해 마을로 향하는 흙길을 계속 걸었다. 돌부리에 발이 걸려 비틀거리고, 힐을 신고 나온 자신의 어리석음을 저주하면서.

손 하나가 올리브의 입을 막고 팔 하나가 목을 감싸더니 길가로 끌고 갔다. 올리브는 몸을 비틀고 버둥거렸다. 누군지 몰라도 손힘이 굉장했다. 올리브는 양손으로 그 손을 밑으로 잡아당겼다. 입을 벌려 손가락을 깨물었지만, 그래도 숨을 쉴 수는 없었다.

"미에르다!●" 그 사람이 외쳤다. 올리브는 가까스로 풀려났다.

"이삭?"

올리브는 숨을 몰아쉬며, 믿을 수 없다는 표정으로 서 있었다.

"세뇨리타, 누가 뒤를 밟는 줄 알았잖아요."

"음, 맞아요. **내가** 밟았죠. 세상에!"

"다쳤어요?"

"괜찮아요. 당신은요?"

"부탁이에요. 당신 아버지께······."

올리브는 목을 문질렀다. "내가 무슨 말을 하겠어요? 사람들한 테 덤벼드는 게 버릇인가요?"

"파티로 돌아가요, 부탁이에요." 올리브는 그가 당황한 것을 알 수 있었다.

"어디로 가는 거예요?"

"아무 데도 안 가요."

"거짓말."

"**돌아가요.** 당신에게 위험해요."

"무섭지 않아요, 이삭. 돕고 싶어요. 어디로 가면 돼요?"

올리브는 어둠 속에서 그의 표정을 알아볼 수 없었지만, 그가 망 설이는 것이 느껴지자 심장이 점점 더 세게 뛰기 시작했다.

"성당요." 그의 말에 올리브가 웃으며 대꾸했다.

"왜요, 고해성사라도 하려고요?"

"비슷해요." 올리브는 손을 뻗어 어둠 속에서 그의 손을 찾았다.

"앞장서요."

● mierda, '젠장'이라는 뜻의 에스파냐어.

그러고 나서 올리브가 침대에 누워 무슨 일을 했는지 되짚어보았을 때는 모든 게 술에 취한 탓이라고 생각했다. 이삭이 올리브를 그리고 있었을 때, 올리브는 도무지 견딜 수가 없었다. 스스로 만족스러운 모델이라고 느껴지지 않았고, 어머니와는 상대가 되지 않았다. 하지만 여기서 올리브와 이삭은 보는 사람과 보이는 대상이 아닌, 대등한 관계였다. 어둠 속에서 올리브는 진정한 자아를 찾을 수 있었다. 남자의 손을 잡고, 그를 재촉해 오솔길을 걸어갈 수 있는 사람.

"춤겠어요." 이삭이 말했다. 올리브는 그도 상당히 취한 것을 알 수 있었다. 그가 재킷을 벗어 올리브의 어깨에 걸쳐주자 올리브의 살갗은 노래했고, 그의 배려와 염려에 온몸으로 쾌감을 느꼈다.

10분 뒤 그들은 아라수엘로 중앙 광장에 있는 산타 루피나 성당에 도착했다. 그곳은 평소와 달리 텅 비어 있었다. 마을 사람들 대부분은 음악과 선물이 뒤섞인 산기슭으로 가서 술에 취했다. 올리브와 이삭은 돌아서서 하늘에서 터지는 폭죽을 구경했다.

빨강, 초록, 주황. 거대한 해삼과 무너지는 산 모양.

이삭은 성당 문을 밀어 열고 안으로 들어갔고, 올리브도 그 뒤를 따랐다. 오래된 향 냄새에 숨이 막히자 올리브는 두려워졌다. 달빛이 창문을 통해 들어와 매끈매끈한 신도석과 벽에 서 있는 성인들을 비추었다. 이삭의 손이 올리브의 손에서 빠져나갔다. 그리고 그가 신도석 쪽으로 걸어가는 발소리가 들렸다.

"이삭……."

그녀가 서 있는 신도석 너머로 총성이 울렸다. 한 차례, 또 한 차례. 올리브는 겁에 질려 소리도 지르지 못했다. 성당 벽 너머에서 불꽃놀이가 계속되었다. 올리브는 그 자리에서 몸을 움츠렸는데 이삭이 옆으로 와서 올리브 팔을 잡았다.

"어서! 가야 해요."

그는 올리브의 손을 잡았고, 둘은 내달렸다.

"무슨 짓을 한 거예요? 신부님이에요? 이삭, 대체 무슨 짓을 한 거예요?" 올리브가 작은 목소리로 물었다.

이삭은 아무 말도 하지 않았고, 두 사람은 핀카까지 계속 달렸다. 올리브는 구두를 벗어던지고 맨발로 달리다가 돌부리에 걸려 발이 찢어졌다. 대문 앞에서 그들은 걸음을 멈추고 숨을 몰아쉬었다. 폭죽은 여전히 화려하게 하늘을 수놓았고, 대문 밖으로 화약 냄새가 진동했다.

올리브는 대문에 몸을 기댄 다음 주저앉았다.

"내가 살인자와 공범이 된 건가요?" 올리브가 속삭였다. "세상에, 농담 아니에요."

이삭이 올리브의 얼굴에 손을 얹었다. "아드리안을 위해서예요."

"무슨 말이에요?"

이삭은 올리브의 질문에 답하는 대신 얼굴을 감싸쥐고 키스했다. 이삭의 손이 올리브의 머리카락을 쓰다듬고, 목덜미를 따라 가슴으로 내려갔다. 그리고는 그녀의 체온에 따뜻해진 에메랄드 아래에 입을 맞추었다. 올리브는 자신이 자랑스러웠다. 마침내 이삭에게 자신을 증명해낸 것이다.

이삭이 보석을 쓰다듬었다. "이거 어디서 났어요?"

"친구가 줬어요."

이번에는 그가 더 묻지 못하게 올리브가 먼저 키스했다. 올리브는 자신의 몸이 이런 것을 느낄 수 있다는 것과 자신이 이렇게 대범하게 행동할 수 있다는 걸 이전에는 미처 알지 못했다.

이삭도 올리브에게 응답하듯이 그녀의 키스를 받아들였다. 올리브는 입술을 벌리고 손으로 그의 머리를 쓰다듬으며 녹슨 철망에 등을 기댔다. 그들은 몸을 바싹 끌어안은 채 서로의 입술을 탐닉했다. 그사이 핀카에서 여인이 부르는 구슬픈 노래가 다시 들려왔고, 그들을 지켜보는 한 사람의 실루엣이 문 사이로 비쳤다.

IX

올리브는 일어나 앉으려고 했지만 머리가 벼락 맞은 듯 쪼개지기 일보직전이었다. 입안에는 모래알이 가득한 것 같았고, 목은 뻐근했다. 흐트러진 침대 시트 속에서 속이 뒤집히고, 담배 때문에 머리가 지끈거렸다. 침대에 누워 있던 올리브는 황급히 손으로 몸을 더듬어보았다. 아무것도 입지 않았다.

세상에, 옷은 어디 있을까?

올리브가 왼쪽을 돌아보았다. 누군가 드레스를 깔끔히 개켜 의자 위에 올려놓았다. 피가 묻은 해진 스타킹과 여우털 숄도 걸려 있었다. 밤새 가죽을 벗겨 얼굴에 유리 눈알을 박고, 이빨을 붙인 사냥꾼의 전리품 같았다. 목을 만져보았다. 에메랄드 목걸이는 여전히 쇄골 위에 자리 잡은 뱀 마냥 그 자리에 있었다.

또다시 총성이 울렸다.

성당과 어둠, 폭죽, 녹슨 문. 꿈이었을까?

하룻밤 새에 너무나 많은 일이 벌어졌다. 멀리서 전화벨 울리는 소리가 들렸다.

밖에서 경찰이 기다리고 있으면 어떡하지? **이삭.** 키스. 어떻게 그런 키스 없이 평생을 견딜 수 있었을까? 난 어떻게 살아온 걸까?

어젯밤, 그는 올리브를 데리고 성당으로 가 권총을 쐈았고 어둠 속에서 올리브에게 키스했다. 올리브는 이삭에게 한 번만 더 키스를 받을 수 있다면 숨 쉬는 걸 포기할 수도 있을 것 같았다.

올리브는 자신이 좀 더 우월한 존재가 된 것 같았다. 자신 내부에 오랫동안 감춰져 있던 문이 열리고, 구불구불한 복도가 드러나자 그 속을 달리고 있는 것 같았다. 그를 만난 순간부터 그는 올리브 머릿속에서 사라지지 않았다. 올리브는 그로 인해 성장했고, 시야가 두 배는 넓어진 것 같았다. 난생 처음으로, 올리브는 자신이 중요한 존재로 태어난 것 같은 기분이 들었다. 이다음에 어떻게 될 것인지에 대한 불안은 그를 간절히 바라는 욕망과 이어져, 자신이 이삭의 여자가 된다고 한들 그 마음이 누그러질까 싶었다.

올리브는 침대 끝에서 시트 모양을 살피고 있는 테레사를 알아채지 못했다.

"목욕물 받았어요." 테레사가 올리브의 알몸을 보고 시선을 재빨리 피하면서 말했다.

"누구한테 온 전화야?"

"아무도 아니에요."

"아무도 아니라고? 대체 누구야, 테레?" 올리브는 테레사가 망설이는 것을 보았다.

"몰라요."

"경찰이 여기로 왔어?"

"아뇨, 세뇨리타."

"다시는 술 안 마실 거야."

"머리맡에 우유 있어요."

"못 마셔."

"옆에 양동이도 뒀어요."

올리브는 허리를 숙이고 양동이 속을 들여다보았다. 정원에서 퍼온 흙이 양동이 바닥에 흩어져 있었다. 올리브는 메스꺼움을 쫓아내고 싶은 나머지 그 속에다 토해버렸다. 눈알이 바위처럼 단단하게 느껴졌다.

"세뇨리타, 오늘 오빠가 그림을 보여준대요."

"응?" 올리브는 도로 침대에 쓰러지며 신음했다.

"테레사…… 오늘 무슨…… 소식이…… 있었어? 마을에서?"

"어젯밤에 누가 성당에 침입해서 성모상을 쐈대요."

"뭐?"

"로렌소 신부님이 노발대발했어요. 광장 한가운데에 데리고 나와서 고함을 질렀고요."

올리브는 머리를 재빨리 굴렸다.

"누굴 데리고 나왔는데?"

"라 비르겐.● 테레사는 에스파냐어로 다시 말했다. "아주 오래되고 아주 값비싼 상이에요. 세 번이나 총에 맞았대요. 사람들이 성모상을 모랄레스 의사에게 가져갔어요. 그분이 되살릴 수 있다고 믿는 건지." 테레사가 살짝 조롱 섞인 말투로 덧붙였다.

"그들이 뭐라고 묻는지 아세요, 세뇨리타? 마돈나의 가슴에 총알을 박아넣은 게 어떤 놈이냐고 해요."

● La virgen, 에스파냐어로 '성모님'이라는 뜻.

올리브는 아무 말도 하지 않고 눈을 감았다. "오늘 오빠는 당신보다 상태가 더 안 좋아요." 테레사가 말했다.

"음, 즐거운 파티였어."

"알아요. 청소만 네 시간째 하고 있어요. 자, 물이 식기 전에 어서 목욕해요." 테레사가 침대 옆에 서서 커다란 목욕 타월을 펼쳤다. 올리브는 순순히 따랐다. 테레사는 올리브의 몸을 타월로 감싼 다음 방에서 데리고 나갔다.

테레사가 가져온 씨앗은 잘 자라고 있었다. 지난 1월 테레사와 올리브가 씨앗을 심고 비료를 준 밭에서 작은 새싹이 돋아났다. 참나무와 밤나무는 더 짙은 초록으로 변했고, 햇살도 조금 더 따뜻해졌다. 꽃은 아직 피지 않았고 공기도 차가웠지만 테레사는 겨울이 떠나는 냄새를 맡을 수 있었고, 몸이 희망찬 계절에 맞추어 변하고 있다는 걸 알 수 있었다.

테레사는 동쪽 응접실의 낡은 녹색 소파에 앉아서 올리브가 목욕물 버리는 소리를 들었다. 그녀 또한 아드리안처럼 어린아이가 죽어야 하는 건 상상도 할 수 없는 일이라고 생각했다. 테레사는 슐로스 집안에서 열린 광란의 파티와 이삭의 분노, 부루퉁한 아버지, 총에 맞은 마돈나에 대해 생각했다. 모든 것이 불분명했다. 하지만 오늘 그림 발표는 무엇을 의미하는지 너무나 분명히 알 수 있었다. 테레사는 이삭에게 세라와 올리브를 그렸던 때가 그리운지 물어보았다. 이삭은 테레사의 물음을 무시하고 모랄레스 선생이 파티에 빌려주기로 한 식탁과 의자를 가지러 갔다.

오늘 아침, 테레사는 이삭의 방문을 살짝 열고 초상화를 어디에서 보여줄지 물었다.

"동쪽 응접실에 이젤을 준비해둘게." 테레사가 말했다.

이삭은 컴컴한 침실에서 얼굴에 덮고 있던 플란넬을 살짝 들고는 말했다.

"좋아, 끝나니까 홀가분해. 하지만 내가 가기 전까지는 그림을 보여주지 마."

테레사는 남은 샴페인을 밤새 베란다 밖에 내놓아 차게 식혔다. 창문을 모두 열고 담배 연기가 빠지지 않은 구석구석까지 신선한 공기가 들어오게 했다. 잘 지워지지 않은 셰리* 자국에 개미들이 몰려왔다. 테레사는 개미를 발로 밟으며 이젤을 중심으로 소파와 다른 의자를 반원형으로 배치한 뒤 작품에 흰 천을 덮어두었다. 그리고 샴페인을 금속제 쿨러에 넣어둔 채 부엌으로 갔다. 테레사는 오늘처럼 머리가 맑았던 적도, 목적의식이 분명한 적도 없었다. 너무 흥분한 나머지 속이 메스꺼울 지경이었다.

30분 뒤, 모두가 모였다. 해럴드는 가족 중 가장 먼저 숙취에서 회복했고, 깔끔한 정장 차림을 하고 있었다. 세라는 수척한 모습으로 샴페인 잔을 딸에게 전해주며 손을 떨었다. 샴페인을 본 딸은 얼굴이 파리해졌다. 이삭은 소파에 앉아 담배를 깊이 빨며 발을 까닥거렸다. 이제 곧 그가 빛나는 순간이 다가올 차례였다. 그것도 위대한 미술상 해럴드 슐로스 앞에서. 테레사는 올리브가 이삭과 눈이 마주치자 환하게 웃는 것을 보았다. 해럴드는 이게 다 무슨

---

* 에스파냐산 백 포도주.

일인지 싶어 어리둥절한 표정으로 아내를 보았다.

테레사는 오늘 아침에 해럴드가 전화를 받았는지 궁금했다. 테레사는 또다시 전화를 받지 않기로 스스로 맹세했다.

세라가 일어났다. "사랑하는 해럴드. **그렇게** 멋진 파티를 열어주다니, 우리 모두가 감사하고 있어요. 문명의 끝자락인 이곳에서도 당신은 솜씨를 잃지 않은 것 같군요."

모두가 웃었고 해럴드는 잔을 들었다. "알다시피 최근에 좀 다사다난했죠. 하지만 우리는 여기가 좋아요, 그렇죠? 덕분에 잘 지내고 있어요. 그래서 나는…… 아니, **우리는**…… 당신에게 감사의 뜻으로 작은 선물을 드리기로 했어요. 리브와 나예요, 여보." 세라는 그림에서 시트를 벗겼다.

"로블레스 씨가 우리를 그려줬어요. 당신에게 선물로."

테레사는 손에 든 샴페인을 마셨다. 입안으로 거품이 일고, 금속성의 액체가 피에 섞이는 순간 도저히 견딜 수 없는 두려움이 엄습해왔다. 이삭이 머리카락을 뒤로 빗어 넘겼다. 이윽고 시트가 바닥에 떨어지는 순간, 올리브는 의자 팔걸이를 꽉 움켜쥐었다. 동시에 모두가 작은 탄성을 질렀다.

올리브는 깊은 혼란에 빠졌다. 눈앞에 보이는 것을 이해할 수 없었다. 그림의 3분의 2는 남색이었고, 금빛의 밀이 반짝였다. 그림에는 여인 둘이 있었는데 하나는 빛나는 들판에서 그릇을 높이 들고 있었고, 다른 하나는 깨진 조각에 에워싸여 절망한 표정으로 웅크리고 있었다.

올리브의 〈우물 속의 산 후스타〉였다. 올리브는 이삭을 보았다. 이삭 역시 혼란스러운 얼굴로 그림을 응시했다.

이 그림이 왜 여기에 있을까? 어떻게 다락방에서 나온 것일까?

올리브는 테레사를 바라보았다. 테레사의 얼굴에 어두운 승리감이 떠올랐다.

박수 소리가 들렸다. 해럴드가 올리브의 그림을 보고 **손뼉을 쳤다.** "브라보, 이삭." 그가 말했다. "브라보, 대단하군!"

세라는 허리에 손을 짚고 인상을 썼다. "음, 이건…… 내 예상과는 좀 다르군요. 하지만 마음에 들어요. 누가 누구죠, 로블레스 씨? 해럴드, 마음에 들어요?"

"이런 작품은 정말 오랜만이오. 리브, 마치 유령이라도 본 표정이구나." 해럴드가 말했다. "로블레스 씨가 네게 예쁜 그림을 그려주지 않아서 속이 상한 건 아니겠지?"

올리브는 아무 말도 할 수가 없었다. 그저 아버지가 주위를 돌며 보고 있는 자신의 그림을 바라볼 뿐이었다.

"**경이로워.**" 아버지가 말했다. "로블레스, 자네에게 뭔가 있다는 걸 **알았네.** 석판화도 그렇고, 내 안목이 맞았지."

해럴드의 음성은 강렬하면서도 따뜻했다. 새 그림이 그에게 말을 걸 때마다 내는 목소리였다. 그것은 소리 없는 대화였다. 그림이 그를 흥분시키고, 그의 마음을 움직였다. 해럴드는 마치 아이가 설탕을 끓여 사탕을 만든 뒤, 맛을 보면서 사탕 가장자리부터 핥아먹는 것처럼 그림에 다가갔다.

올리브는 자신도 사탕처럼 닳다가 곧 사라질 것만 같았다.

"진짜로군. 오, 정말 **좋아.**" 올리브는 우물 바닥에서 해럴드가 감탄하는 목소리를 듣는 것 같았다. "저 그릇을 좀 봐. 그리고 사슴을. 오, 좋았어! 훌륭해."

이삭은 그림을 빤히 바라보았다. 그도 그림을 살펴보았다. 색채와 구성, 선이 그에게도 말을 거는 듯했다.

이삭이 화가 난 걸까?

올리브는 알 수 없었다. 올리브와 마찬가지로, 그도 아무 말도 하지 않았다. 올리브는 이삭의 그림이 어디 있는지, 이삭이 사실대로 말할 것인지 궁금했다. 올리브가 고개를 돌려보니 테레사가 이 상황을 빤히 바라보고 있었다. 테레사의 얼굴에 떠올랐던 승리감이 다급함으로 바뀌었다.

"로블레스 씨, 당신은 스타예요." 세라가 그의 팔을 잡으며 말했다. "**잘했어요.**"

테레사는 눈을 크게 뜨고 올리브에게 고갯짓을 했다. 그리고 그 순간, 올리브는 테레사가 하라는 말을 알 수 있었다.

'**제 그림이에요. 제가 그렸어요. 뭔가 착오가 있었어요.**'

하지만 테레사가 무엇을 바라는지 정확히 알 수 없었다. 올리브가 입을 벌리고 막 말을 하려는데, 아버지가 먼저 입을 열었다.

"이 그림을 파리로 가져가야겠소. 그곳 수집가들이 관심을 가질 만한 작품이오. 이삭, 자네를 위해 일하고 싶네. 더 나은 값을 쳐주지."

"**파리요?**" 올리브는 이렇게 말하고는 입을 다물었다.

"제목이 뭔가?" 해럴드가 물었다.

"무제입니다." 이삭이 말했다.

해럴드는 그림을 보았다. "리브와 세라에 대한 언급은 피하는 게 좋겠네. 팔 거니까. ⟨밀밭의 소녀들⟩이 어떤가?"

"해럴드, 이건 당신에게 주는 선물이에요. 그냥 팔아버릴 순 없어요." 세라가 말했다.

하지만 해럴드는 세라의 말을 듣지 않았다.

"〈밀밭의 여인들〉이 더 낫겠군."

"불쌍한 리브, 저렇게 웅크린 모습으로 그렸다니." 세라가 샴페인 잔을 비우고 한 잔 더 따르며 말했다. "로블레스 씨, 저건 너무 했어요."

이삭은 올리브와 테레사를 빤히 바라보았다. "네, 그렇네요." 그가 말했다.

그는 일어났다. 그 그림이 그에게서 거의 연금술적인 변화를 일으켰다. 연기가 금으로 바뀌듯이 그들 눈앞에서 새로운 이삭이 만들어졌다. 그는 진정한 화가였다. 그들 모두가 느끼기는 하지만 정확히 알 수 없는 무엇이 그에게 있었다.

"테레사."

이삭이 올리브를 불렀다. 올리브는 이삭이 평소답지 않게 떨리는 목소리로 영어를 더듬거리는 것을 알 수 있었다. "부엌에서 나좀 도와줘. 수프에 넣을 순무를 가져왔어."

X

"이게 대체 무슨 **빌어먹을** 짓이야?" 이삭이 동생을 부엌으로 밀어넣고 날갯죽지 뒤로 한 손을 쑤셔 넣으며 작은 목소리로 따졌다.

"아무 짓도 안 했어." 테레사도 작게 받아쳤다. "게다가 순무 이야기를 하다니 믿을 수가 없……."

"닥쳐, 뭐라도 지어내야 했다고." 그가 부엌문을 닫았다. "저거, 누구 그림이야?"

테레사가 턱을 치켜들었다. "올리브 그림이야. 올리브 거라고! 오빠보다 낫지."

"**올리브?**"

"올리브는 날마다 그림을 그려. 미술학교에 입학허가를 받았는데도 여기에 있는 거야. 오빠는 올리브 입에다 혀를 쑤셔 박으면서 그건 안 물어봤지."

이삭은 부엌 식탁에 털썩 주저앉고는 머리를 감싸쥐었다.

"아, 세상에. 올리브가 자기 그림을 저기에 놓은 거였어."

"아니, 올리브가 아니야. 내가 한 거야." 테레사가 얼굴을 붉혔다.

"**네가? 왜?**"

"오빠가 걔를 버릴 거잖아."

"아, 이런. 내가 키스했다고 이러는 거야?"

"오빠가 멋대로 굴지 않겠다고 약속했잖아. 오빠는 개한테 상처를 줄거야. 오빠가 여기 몰래 들어와서……."

"너는 닭이랑 받칠 것들을 가지고 과수원에 숨어들었잖아. 망할 인디언이 콜럼버스에게 한 것처럼……."

"나는 저 사람들을 매일 도와. 내가 없으면 꼼짝도 못해."

"그런 일은 누구나 할 수 있어, 테레사. 넌 하녀일 뿐이야."

"오빠는 말썽만 일으킬 뿐이고."

"세라 슐로스가 그림을 **그려달랬어.** 그래서 그렸지. 너도 알고 있지? 알폰소가 돈을 끊었어."

"뭐?"

"너도 들었잖아. '내 정치 성향'이 마음에 들지 않는다고. 그래서 세라 슐로스한테서 받는 돈으로 살 생각이었어. 이 일을 프로처럼 할 생각이었다고, 테레사……."

"그 말을 나한테 믿으라는 거야?"

"큰 파티나 좋아하는 부자 **외국인들** 말고도 중요한 문제가 있어……."

"그게 뭔데? 성당에 가서 권총을 쏘고, 올리브 옷이나 벗기는 거?"

"넌 첩자에 불과해. 말썽이나 부리고." 이삭이 낮고 사나운 목소리로 말하면서 일어났다. "네가 이 사람들을 찾아온 건 네 인생이 어떻게 될지 알고 있었기 때문이지, 테레. 너는 어릴 적부터 그랬어. 우리 아버지 같은 사람과 네 집시 어머니 밑에서 태어났으니까! 성녀인 척하지 마. 올리브의 목걸이가 어디서 났는지 내가 모를 거라는 착각도 하지 마. 난 네가 정원에 묻어놓은 상자에 대해

232

서도 다 알고 있어. 그런데 뭐라고? 이제 어떻게 하란 말이야?"

"오빠 그림이 아니라고 인정해." 테레사가 당황한 얼굴로 말했다. "올리브가 인정받게 하라고."

"아니, 안 돼!" 문 쪽에서 누군가 말했다. "그러지 않을 거야."

올리브는 부엌문을 조용히 열었다. 그녀는 문턱에서 남매의 대화를 듣고 있었다. 올리브의 표정은 읽기 어려웠다. 밝은 표정이었지만 분노와 슬픔, 흥분이 담겨 있었다. 이삭도 테레사도 잘 알 수 없었다. 그들은 올리브가 다시 말하기를 기다렸다. 이윽고 올리브가 안으로 들어오더니 부엌문을 닫았다.

"왜 그랬어?" 올리브가 테레사에게 물었다. 테레사의 눈에 눈물이 고였다.

"난……."

"나를 벌주려고 그랬겠지. 어젯밤에 대문에서 우리를 봤으니까." 이삭이 말했다. "이 장난은 테레사의 복수야."

"복수라니! 아니에요, 세뇨리타." 테레사가 애원했다. "당신 아버지가 당신이 그림을 얼마나 잘 그리는지 아셔야 해요……."

"그건 네가 참견할 일이 아니야." 올리브가 말했다. "테레사, 난 널 믿었어. 우리가 친구인 줄 알았는데……."

"날 믿어줘요."

"어떻게?"

"미안해요, 난……."

"이미 너무 늦었어." 올리브는 한숨을 쉬었다. "우리가 여기서 동네 아주머니들 모임을 하듯 모여 있으면 안 돼. 무슨 일인지 궁금해할 거야."

"내 그림이 아니라고 말하겠어요, 세뇨리타. 테레사가 부모님을 속이는 건 옳지 못해요. 그분들이 얼마나 잘해주셨는데. 마침 내 그림도 완성되었고요. 테레사가 오늘 아침에 가져왔어요." 이삭이 말했다.

올리브는 생각에 잠겼다. "이삭 그림은 어디 있어? 어서 가져와."

테레사는 창고로 내려갔다. 곧이어 타일 바닥에서 술통을 옮기는 소리가 들리더니, 테레사가 커다란 캔버스를 들고 나와 벽에 기대어 세우고는 천을 치웠다.

올리브는 말없이 그림을 바라보았다. 올리브와 엄마는 알아볼 수 있었지만 그들의 눈은 희미했고, 입술은 평범한 붉은색이었다. 그들의 머리 뒤에는 이상한 빛이 있었고, 그 너머는 평범한 초록색 배경이었다. 유머도, 영혼도, 힘도, 그 어떤 흥미로운 색이나 선의 사용도, 독창성도, 마법 같은 느낌도 없었다. 비밀도, 장난도, 이야기도 없었다. 못 봐줄 정도는 아니지만 그저 크리스마스카드에나 나올 법한 그림이었다.

올리브는 이삭을 보았다. 이삭은 팔짱을 끼고서 미간을 찌푸린 채 자신의 결과물에 집중하며 그림을 보고 있었다.

무슨 생각을 하는 걸까? 이 그림이 **훌륭하다고** 만족했을까? 이삭의 작품에 문제가 있는 것은 아니었다. 따지고 보면 모든 것이 지적인 도전이 될 필요는 없지 않은가? 보기 좋았다. 하지만 유치했다. 해럴드가 봤다면 십중팔구 싫어했을 것이다.

올리브는 그 순간 초상화를 그리기 위해 앉아 있는 것이 불편했지만, 내심 이삭이 정말 잘 그리기를 바랐던 것을 깨달았다. 그랬다면 이삭에게 아무 재능이 없는 것보다 기분이 나았을 것이다. 어쩌면 올리브는 생각보다 부모를 많이 닮았는지도 몰랐다. 재능 있는 사람을 우러러보는 것이 더 쉬웠고, 동정심은 곧 무관심으로 변했다. 올리브는 눈을 감고 이 그림이, 혹은 이삭의 재능 부족이 불러올 상심을 거부하고 있었다. 올리브가 다시 눈을 떴을 때, 이삭이 그녀를 보고 있었다. 올리브는 활짝 웃으며 말했다.

"이삭. 아버지가 한 말 들었죠? 아버지는 그 그림을 파리에 가져가고 싶어 해요. 팔고 싶어 하죠."

"있잖아요, 세뇨리타. 세상의 인정을 받는 건 상관없다고 했지만…… 방금 그 일을 봐요. 내가 그림을 내놓은 것이 기쁘지……."

올리브가 테레사의 말을 잘랐다. "나는 원하지 않았어."

"정말이에요?" 테레사는 못마땅한 표정을 지었다.

"테레사, 그만해." 이삭이 말했다.

"하지만…… 말씀드려야 해요, 지금." 테레사가 말했다.

"아버지는 이삭이 〈우물 속의 산 후스타〉를 그린 줄 아셔. 아니, 〈밀밭의 여인들〉을. 아버지는 이삭의 그림을 가지고 파리로 가실 거야. 내 그림이 아니라."

"올리브가 그린 거라고, 그 말만 하면 되잖아요."

"그게 같은 그림일까?" 올리브가 테레사에게 물었다.

"무슨 말인지 모르겠어요." 테레사는 이맛살을 찌푸렸다.

응접실에서 감탄하며 중얼거리는 해럴드의 목소리가 부엌문 뒤에서 들려왔다.

"내가 그렸다는 걸 아버지가 알았다면 저렇게 열성적으로 좋아하지 않았을 거야." 올리브가 말했다.

"아뇨, 그렇지 않아요." 이삭이 말했다.

"그걸 어떻게 알죠? 나는 아버지가 파리에 가길 원해요. 아버지가 그 그림을 가져가기를 원한다고요. 재미있을 거예요. 앞으로 어떻게 될지 보고 싶어요."

"이건 옳지 않아요." 테레사가 사정했다. "아버지에게 말하면, 놀랄 거예요. 그럼요. 다른 그림도 보시고……."

"아니!"

올리브는 손을 들어 말을 끊었지만, 테레사는 무시했다. "아버지를 제대로 모르는군요. 그분은……."

"아니, 나는 아버지를 잘 알아. 그만해." 올리브의 목소리는 단호했다. "그리고 엄마도. 두 분은 이삭의 그림이라고 생각하고 계셔. 그게 중요한 거야. 사람들이 믿는 것. 진실은 중요하지 않아. 사람들이 믿는 것이 진실인 거야. 이삭이 그 그림을 그릴 수도 있었어. 왜 못 그리겠어?"

"오빠는 절대 못 그려요." 테레사가 발을 동동 구르며 말했다.

"네 잘못이야. 그러니까 조용히 해." 올리브가 짜증나는 소리로 말했다.

"하지만 이런 일이……."

"이건 미친 짓이에요. 우나 로쿠라*, 내 그림이 여기 있는데."

"이삭, 장난을 좀 치는 거예요."

"이건 장난이 아니에요. 내 그림이 여기에 있는데……."

"부탁이에요, 이삭. 아버지가 〈밀밭의 여인들〉을 못 팔 수도 있어요. 그러면 결국 이 집에 남게 될 거예요. 이 일을 모두 잊어버릴 거라고요. 그러면 당신이 그린 그림을 줘요."

"하지만 당신 그림을 팔면 어쩌죠? 이삭 로블레스가 그리지 않은 이삭 로블레스 작품을 팔면 어떻게 되는 겁니까?"

"팔면…… 음, 나는 돈이 필요 없고, 당신은 돈이 필요하잖아요.

---

* una locura, '이건 미친 짓이야'라는 뜻.

당신과 당신 아버지의 이야기를 들었어요. 내 아버지가 그 그림을 팔면 당신이 원하는 대로 그 돈을 써요. 새 교과서도 사고, 학생들과 노동자들의 야외수업과 식비, 수업자료를 사요." 올리브가 잠시 말을 멈췄다. "**삶에서 원하는 게 뭐죠?**' 당신이 이렇게 물었죠? 음, 나는 쓸모 있는 사람이 되고 싶어요."

"미술은 쓸모가 없어요."

"나는 그렇게 생각하지 않아요. 미술은 변화를 일으킬 수 있어요. 당신의 대의에 도움이 될 수 있어요."

"나는 그럴 수 없어요."

"이삭, 저 방에 있는 그림을 가져요. 내게는 아무 의미도 없어요."

"그 말을 믿을 수 없어요, 올리브."

"내가 쓸모 있는 일을 하게 해줘요. 나를 필요로 하는 사람이 생기도록. 나는 평생 쓸모 있는 일을 해본 적이 없어요."

"하지만……."

"응접실의 저 그림이 내 그림이라고 인정하지 않을 거예요, 이삭. 적어도 아버지에겐 그럴 거예요. 지금 이 상황에서 중요한 사람은 아버지뿐이에요."

"하지만 **칭찬하셨잖아요**. 테레사 말이 맞아요. 나는 알 수 없……."

올리브가 창백한 얼굴로 일어섰다. "잘 들어요. 아버지가 이런 반응을 보이는 게 얼마나 드문 일인지 몰라요. 이 기회를 놓치지 마요. 저 그림을 이삭 로블레스의 작품으로 해요. 이 그림 한 점만."

이삭은 아무 말도 하지 않았다. 그는 비참한 표정을 지었고, 그 옆에서 테레사는 초조한 표정으로 카디건을 잡아뜯었다. "하지만 그건 오빠 그림이 아닌데." 테레사가 속삭였다.

"맞아, 내가 오빠에게 준다면." 올리브가 말했다.

"올리브는 보이지 않게 될 거예요. 자신을 내주면……."

"나는 나 자신을 주는 게 아니야. 오히려 그 반대지. 내가 생각하기에 나는 완벽해. 저 그림이 팔리면 내가 그린 그림이 파리에 전시되는 거야. 굳이 말하자면, 나는 이기적으로 굴고 있는 거야. 완벽하잖아. 자유롭게 창작하고, 성가신 일은 겪지 않아도 되니까."

이삭은 자기 그림과 부엌문을 번갈아 보았다. 문 밖, 복도를 지나면 〈밀밭의 여인들〉이 이젤 위에서 기다리고 있다. 해럴드의 감탄은 아직 끊기지 않았다. 테레사가 준비한 샴페인을 땄고, 세라는 웃고 있었다. 이삭의 눈이 두 가지 자아 속에서 갈등했다.

"이러지 마, 오빠." 테레사가 속삭였다. "세뇨리타, 가서 그 그림을 그렸다고 해요."

"이삭, 이건 특별한 일을 할 수 있는 기회일 수도 있어요."

이삭은 문을 열고 복도로 걸어갔다. 그가 사라지자 올리브가 눈을 반짝이며 테레사에게 말했다.

"이건 위층 침대 밑에 감춰놔. 부루퉁한 표정은 짓지 마. 다 잘될 거야." 올리브는 이삭이 그린 자기 얼굴을 보았다. "나를 이렇게 생각하는 걸까?"

"글쎄요, 그림일 뿐인 걸요."

"네가 진심으로 그렇게 생각하지 않는 걸 알아." 올리브가 미소 지으며 말했다.

그 미소가 테레사가 한 짓에 대한 용서의 표시라고 해도, 테레사의 기분은 나아지지 않았다. 테레사는 올리브가 이삭의 뒤를 따라 복도로 뛰어가는 것을 보았다. 응접실 문이 다시 열렸다. 부엌에 혼자 남은 테레사에게 웃음소리, 그리고 잔이 부딪치며 쨍그랑거리는 소리가 들려왔다.

XI

이삭은 멍한 상태로 집에 돌아왔다. 많이 지친 데다 숙취도 심했다. 해럴드는 어떤 여자와 통화를 했다. 그 여자는 관심을 보였고 그는 오전에 파리로 떠났다. 슐로스 가족은 이삭에게 축하만찬을 함께하자고 졸랐지만, 도저히 그럴 수가 없었다. 그는 인간 이하로 떨어진 듯한 느낌을 받았다. 작품이 팔리지 않기를, 부모에 대한 올리브의 복수심이 사춘기의 변덕으로 곧 망각되기를, 훗날 올리브가 그 일을 떠올리고 웃어넘기기를 바라는 마음마저 들었다. **사람들.** 올리브는 **사람들**을 돕고 싶다고 했다. 하지만 그녀가 돕고 싶은 것은 그녀 자신이었고, 이삭은 자신이 그녀가 그럴 수 있도록 한 것을 알 수 있었다.

그는 주머니를 뒤져 담배를 꺼내 불을 붙이고 깊이 숨을 들이쉰 뒤 한숨과 함께 연기를 내뿜었다.

이게 무슨 짓일까?

집으로 올라가는 길에 머리 위에서 솔개가 맴을 돌았다. 그는 문을 열고 파티와 핀카 대문에 기대서서 한 키스를 또다시 떠올렸다. 그 뒤로 반년은 지난 것 같았다. 성당에 따라오겠다는 올리브의 고

집은 그가 높이 평가하는 즉흥성과 반항심을 여실히 보여주었다. 그는 그 정신이 어디까지 갈 수 있는지 몰랐던 것뿐이다.

이삭은 애초에 그 핀카를 멀리해야 했다. 그림 의뢰를 거절하고, 테레사에게 다른 곳의 일거리를 찾아주고, 어둠 속에서 드레스를 입고 머리카락을 휘날리는 올리브를 막아서지 말았어야 했다. 자신이 직접 그림을 들고 응접실에 들어갔어야 했다. 그는 거짓을 원하지 않았다.

자갈을 밟는 소리에 그가 돌아섰다. 올리브가 그를 쫓아 언덕 위로 달려오고 있었다. 올리브는 걸음을 멈춰 숨을 골랐고, 이삭은 그녀를 경계했다.

"말하러 왔어요. 염려 말라고. 다 잘될 거예요, 약속해요. 아버지가 그림 판 돈은 이삭이 가져요. 그러면 돼요. 그걸로 끝이에요."

"이미 끝난걸."

"약속해요, 이삭. 그림 한 점만이에요."

"좋아요." 이삭이 돌아섰다.

"그럼 키스도 한 번뿐인가요?" 올리브가 물었다. 이삭이 다시 돌아섰고, 올리브는 그의 손이 닿지 않는 지점에서 걸음을 멈췄다. 그들은 서로를 살폈다.

이삭은 올리브의 말을 듣고 싶지 않았다. 자기 자신에게도 지쳤다. 그러나 그는 올리브의 허리를 잡아당긴 뒤 세게 입을 맞추었다. 그의 품에서 올리브는 살아났고, 입을 맞추며 반응하는 그녀의 몸에서 힘이 느껴졌다. 이삭은 억지로 몸을 떼어냈다.

"이걸 원했어요. 우리가 처음 만난 날부터."

"당신을 도무지 믿을 수가 없군요. 뭘 원했는데요?" 이삭은 차갑게 웃었다.

올리브가 물러섰다. "당신이 내게 이 기회를 줬어요, 이삭. 그런
데 이유를 알 수 없었어요. 그래서 생각했는데…… 음, 생각했는
데……."

"내가 이 기회를 준 게 아니에요, 당신이 가졌죠."

"우리 둘 다 이 상황이 어떤지 분명히 알 수 있어요." 올리브가
말했다.

"확실해요? 우리가 방금 한 짓은 아이들이나 할 짓이에요. 셋이
서 부엌에 모여 아이처럼 속닥거리고. 이건 연극이에요. 분장을 하
고 어른들에게 복수하는 거죠. 내 동생만 진실에 다가서려고 했지."

"그림 이야기가 아니에요, 이삭." 이삭은 아무 말도 하지 않았다.
올리브의 얼굴에 두려움이 스쳐지나갔다. "당신은 날 원하지 않는
군요."

이삭은 마음속에서 뭔가 무너지는 것을 느꼈다. 그는 집으로 향
했고, 올리브가 따라오는 소리를 들었다.

"난…… 그게 당신이길 원해요." 올리브가 말했다. 그는 계속 걸
었고, 올리브의 발소리를 들을 수 있었다.

그는 문을 닫았고, 두 사람은 서로 마주 보고 서 있었다. 어두웠
지만, 올리브가 손을 들어 블라우스의 맨 위 단추를 푸는 것이 보
였다. 올리브는 군인처럼 절도 있는 손놀림으로 단추를 하나씩 풀
었고, 블라우스가 어깨에서 툭 떨어졌다. 블라우스 속에는 브래지
어도 없었다.

올리브는 이삭 앞에 서 있었다. 완벽한 상체가 드러났다. 스커
트는 허벅지 위에 가만히 놓인 옷감일 뿐이었다. 올리브는 이삭이
자신을 생각하고 있을 거라고 여겼지만, 실은 그렇지 않았다. 그
는 오래전에 잃어버린 여인, 라에티티아를 생각하고 있었다. 그녀

가 스물일곱 살, 자신이 열다섯 살이었을 때, 그날 아침 그녀가 자신에게 베풀어준 것이 얼마나 감사했는지. 한 번도 웃지 않고 그가 그토록 되고 싶었던 어른으로 대해주었던 것을.

이삭은 한 발 앞으로 나가 올리브의 허리를 잡았다. 그는 깜짝 놀라는 올리브를 들어 테이블 위에 앉혔다. 그가 손가락 하나를 들어 목덜미에서 가슴 사이, 스커트 위에까지 움직이는 동안 올리브는 굳은 채로 앉아 있었다. 올리브는 몸을 떨었고, 등을 활처럼 굽히며 허리를 들었다. 그러자 이삭은 '안 될 것 없지, 안 될 것 없어'라고 생각했다. 그녀의 가슴에 입을 대고 키스하고 또 키스했다. 그의 손가락이 올리브의 다리를 쓰다듬다가 팬티 속으로 들어갈 때, 올리브는 날카롭게 숨을 들이쉬었다. 올리브의 다리가 팽팽하게 긴장했다.

"더 할까요?" 이삭이 중얼거렸다.

잠시 침묵이 흘렀고, 마침내 올리브가 "더 해요"라고 말했다.

그는 올리브의 스커트를 허리까지 올리고, 무릎을 꿇고 앉아 그녀의 허벅지를 벌렸다. 그가 혀로 팬티를 내릴 때, 올리브는 다시 숨을 들이쉬었다. 이삭이 움직임을 멈추고 물었다.

"더 해요?"

"네." 올리브의 간절함에 그는 팬티를 옆으로 밀어내고 그곳에 혀를 대었다. 입을 벌리고 혀로 핥으며 그녀를 적셨다.

"이거 진짜인가요?" 올리브가 속삭이는 말에 그는 대답을 하지 않았다.

올리브는 그에게 허리를 세게 밀어붙였고, 신음 소리는 이내 커다란 한숨으로 변했다. 올리브는 테이블 위에서 몸을 파르르 떨었고, 양팔이 거친 목재 위로 툭 떨어졌다. 곧이어 이삭이 일어나 올리브의 다리를 잡은 채 올리브를 내려다보았다. 올리브는 반듯이 누워서 고개를 돌리고 있었다. 하지만 이삭의 눈에는 그녀의 미소, 승리감과 희열이 분명한 미소 이외에 아무것도 보이지 않았다.

"더 해요?" 이삭이 다시 물었다.

올리브는 눈을 뜨고 다리를 벌리면서 그를 보았다. **"더 해요."** 이것이 그녀의 대답이었다.

3

사자 소녀들

1967년 10월

내가 영국에서 처음으로 발표한 소설은 〈런던 리뷰〉의 1967년 10월호, 74페이지에서 77페이지에 실렸다. 제목은 〈발가락 없는 여인〉이었고, 누군가 그린 삽화까지 있었다. 내 이름 철자의 마지막 'e'가 빠져 있어서 마치 아버지가 쓴 것처럼 보였다. 나는 아직도 그 잡지를 두 권 가지고 있다. 하나는 내가 산 것이고, 다른 하나는 포트오브스페인의 어머니에게 보냈는데, 어머니가 돌아가신 뒤에 내게 돌아온 것이다.

어머니가 저자 이름 옆에 '**내 딸!**'이라고 덧붙이고, 이름에서 빠진 'e'를 적어둔 것이 재미있었다. 어머니 장례식 때 만난 사촌 루이자는 어머니가 〈런던 리뷰〉를 마치 일인 도서관처럼 모든 친구들에게 빌려주었고, 한 사람당 하룻밤씩만 읽도록 했다고 알려주었다. 포트오브스페인에서 그 단편을 읽은 사람은 런던의 시내에 있는 사람보다 더 많았을지도 모른다. 그들의 감상은 영영 알 수 없지만.

그 단편을 편집자에게 보낸 것은 퀵이었다. 퀵은 그 상황이 만드는 대칭구조가 마음에 들었던 모양이다. 내가 원고를 퀵의 책상 위에 놓았더니, 퀵이 그 원고가 실린 잡지를 내 책상 위에 올려둔 것이다. 나는 앞뒤가 안 맞는다고 생각했다. 타인의 의견을 무시하라고 훈계하던 퀵이 원고를 잡지사에 보내 대중의 승인을 받았다니!

"74페이지를 찾아봐요."

퀵이 목덜미를 긁으면서 명령했다. 나는 스켈턴 미술관 사무실에 앉아서 퀵이 시키는 대로 했다. 그 페이지에는 한 글자가 빠진 내 이름이 실려 있었다. 나는 혼자 감상하고 싶은 마음에 퀵이 자리를 비켜주기를 바랐다. 하지만 퀵은 나가지 않았고, 나는 광장을 향해 쓰나미처럼 소리 지르고 싶은 것을 꾹 참아야 했다. 그 기쁜 마음을 소리로 내질렀다면, 그 소리는 건물의 지붕을 넘어 켄트의 해안까지 닿았을 것이다. 아버지의 이름 **'오델 바스티엔'**이 위에 그의 딸이 쓴 글이 그 밑에 실리다니! 다음번에는 'e'가 빠지지 않도록 할 생각이었다. 하지만 당장은 그것으로 만족했다. 적어도 글은 내 것이었으니까.

퀵은 말없이 미소를 지었다. 잠시나마 핼쑥한 얼굴에 기쁨의 미소가 번지자 이전과 전혀 달라 보였다. 명랑하고 젊어 보였다. 그날 퀵은 진녹색의 약간 폭이 넓은 바지와 계절에 어울리는 갈색 나뭇잎 무늬가 있는 실크 블라우스를 입고 있었다. 허벅지의 천이 살짝 남는 것이 보였다. 퀵이 여위어가는 것이 눈에 확연히 보였다.

"훌륭한 단편이었어요. 그래서 보냈는데, 돈도 받았어요. 30파운드."

"30파운드나요?"

"그 정도면 괜찮길 바라겠어요. 내가 나선 것이 못마땅한 건 아니죠?"

"뭐라고 감사를 드려야 할지 모르겠어요. 정말 감사합니다."

퀵은 나와 마주 보며 앉고는 웃더니 바지 주머니를 뒤져 담배에 불을 붙이고 한 모금 깊이 빨았다.

"나한테 감사할 것 없어요. 멋진 글이었으니까. 돌시스 구두점에서 있던 일을 쓴 건가요?"

"그런 셈이에요."

퀵이 나를 바라보았다. "작품을 발표한 작가가 된 기분이 어때요?"

나는 그 페이지를 다시 내려다보았다. 잉크는 지울 수 없고, 종이는 영원할 것이라는 착각이 일었다. 당장에라도 날아갈 것 같은 기분이었다. 내 마음은 성당이 되었고 성도들이 나의 제단으로 찾아오는 것 같았다.

"믿을 수가 없어요." 내가 말했다.

"더 열심히 써봐요. 계속 써요, 재능이 있는 것 같으니까."

"그럴게요. 감사합니다, 정말로 감사드려요."

퀵은 담배를 들고 창가로 가서 담배 피우는 사람들이 모인 골목을 내려다보았다. 퀵이 그들과 어울리는 것은 상상할 수 없었다. 카나리아 사이에 있는 극락조랄까?

"내가 잡지사에 보낼 걸 알았다면, 내게 보여줬을까요?" 퀵이 물었다. 좋은 질문이었다.

"글쎄요."

"난 그게 궁금했어요. 어쨌든 여긴 전망이 엉망이군요. 패밀라가이 방을 골랐어요? 더 나은 곳을 구해줄 수도 있었는데……."

"괜찮아요. 감사합니다. 전망이 좋았으면 일에 방해가 됐을 거예요."

"어쩌나 금욕적인지!" 퀵이 눈썹을 치켜떴다.

지금은 퀵이 나를 멋대로 놀려도 좋았다. 상관없었다. 작품을 발표했으니까. 퀵은 계속 창가에서 내게 등을 돌리고 있었다.

"스콧 씨 그림에 대한 리드 씨의 소식은 어때요? 리드 씨는 아주 흡족해하고 있어요. 전시를 할 모양이더군요. '사라진 세기'라는 제목을 붙일 거래요. 하지만 그림 한 점만 전시할 순 없겠죠."

퀵의 목소리에서 경멸이 느껴졌다. 통증을 감추는 것처럼 퀵의 몸이 살짝 구부러졌다. "몰랐어요." 내 말에 퀵이 홱 돌아섰다.

"그래요? 스콧 씨랑 모든 걸 공유하는 게 아닌가요?"

"네. 아뇨. 오해가 좀 있었어요."

"그렇군요." 퀵은 허리를 펴고 벽에 기댔다. "나한테 이야기해볼래요?"

"할 이야기도 별로 없어요." 퀵은 내게 시선을 고정시켰고, 그래서 나는 내키지 않았지만 사실대로 말했다.

"서리에 있는 그 사람 어머니 댁에 갔어요."

"좋던가요?"

"좋았어요. 저녁을 먹었고, 그 사람이 사랑한다고 고백했어요. 그런데 저는 사랑한다고 말하지 않았어요. 그때부터 모든 게 틀어졌어요. 삼 주째 연락하지 않고 지냈어요."

퀵은 생각에 잠긴 채 담배를 피웠다.

"오델이 손해볼 건 없어요. 오델을 보는 그 사람의 눈빛을 봤어요. 그 사람은 오델의 손안에 있어요."

"전 그렇게 생각하지 않아요. 제가 예의 없게 굴었어요."

"오델, 원하지 않는 건 말하지 않아도 되고, 하지 않아도 돼요. 오델이 예의 바르다고 사랑하는 건 아닐 테니까."

"하지만 전화도 안 왔어요. 그 뒤로 한 번도 못 만났고요."

"그래서 신경 쓰여요?"

퀵의 질문에 나는 눈물이 차올라 흠칫 놀랐다. "네."

"그럼 저절로 해결되겠네. 다시는 숨지 마요. 내 경험상으로 그래 봐야 절대 도움이 안 돼요. 그 집에서 오래 있었어요?"

"몇 시간쯤요."

"집이 크던가요?"

"꽤 컸어요. 다 둘러보진 못했어요."

핸드백에 몰래 넣어온 팸플릿을 퀵에게 이야기할까 했지만, 어쩐지 그러고 싶지 않았다. 도둑처럼 보이는 게 싫었던 것도 있지만, 퀵이 로리와 그 그림에 대해서 끊임없이 살피는 태도에 경계심이 생겼다. 퀵은 내 입에서 뭐라도 나오면 당장에라도 그에게 달려들어 불리하게 써먹을 것 같았다. 게다가 로리의 집에 오랫동안 처박혀 있던 팸플릿이 무슨 의미가 있을지 알 수 없었다. 이제는 로리와 안부도 전하지 않는 사이가 됐지만 퀵이 그를 불리하게 만드는 건 싫었다.

"오늘 나랑 저녁 먹어요. 샴페인을 마셔야죠."

"샴페인요?"

"기분이 좋아질 거예요. 양고기도 아직 남아 있어요. 누군가는 오델에게 격려를 해줘야죠."

약간 망설여졌다. 마저리 퀵과 단둘이 있는 것은 항상 긴장되었다. 지난번 정원에서 시간을 보내고 나서 또 그러고 싶은지 스스로도 알 수가 없었다. 그렇다고 썰렁하게 빈 아파트에서 치직거리는 라디오와 낡은 책을 뒤적이며 지낼 생각을 하니 문득 혼자 있고 싶지 않아졌다.

나는 "감사합니다" 하고 인사하고는 "패밀라에게도 물어볼까요?"하고 물었다.

"패밀라는 오고 싶지 않을 거예요. 고기도 이 인분뿐이고."

내 집도 아니고, 내 고기도, 내 샴페인도 아니라서 더 우길 수 없었다. 하지만 정육점에 가서 패밀라 몫의 고기를 사는 게 뭐가 그렇게 어려울까 생각했던 기억은 난다. 퀵은 나와 단둘이 있고 싶은 눈치였다.

"좋아요." 퀵이 나의 침묵을 동의로 받아들이며 말했다. "그럼 퇴근하고 봐요, 오델. 함께 택시를 타고 집에 가요. 그리고 잘했어요. 당신이 정말 자랑스러워요."

11

약속한 날 퇴근시간에 맞춰 퀵의 사무실로 갔더니 문이 닫혀 있었다. 그런데 문 밖으로 퀵의 목소리가 들렸다. 곧이어 리드 씨의 목소리도 들렸다. 그는 몹시 화를 내고 있었다.

"다른 작품들과 차별되는 점을 기회로 이용해야지! 어째서 나를 꺾으려고 하는 거요, 마저리?"

"에드먼드⋯⋯." 퀵이 말을 꺼냈지만, 그가 가로막았다.

"당신과 많은 일을 겪었지만, 이 사안에 대해 고집을 부리는 걸 도저히 이해할 수가 없소."

잠시 침묵이 흘렀고, 리드 씨가 한숨을 내쉬었다.

"설명을 들었잖소, 마저리. 우리에게 어떤 일이 벌어지고 있는지 말이오. 그런데 왜 이렇게 꺼리는지 짐작할 수가 없어서 이러는 거요. 이건 굉장한 작품이오. 스토리가 있고, 잘생긴 청년도 등장하지 않소. 아니, 둘이나 등장하지. 소유자와 화가 둘! 많은 사람들이 모일 거요. 고가에 거래가 될지도 모르고. 구겐하임에서도 작품을 보내줄 거요. 하지만 흥밋거리는 여기에도 이미 많소. 로블레스의 미스터리. 그는 어떻게 사망했는가. 누가 명령한 일이며, 사인은 무엇인가!"

"그건 그 그림과 아무 관련이 없어요, 에드먼드." 퀵이 말했다.

"나는 동의하지 않소. 그의 개인사는 국제사회를 반영하고 있소. 그것이 십 년도 안 되는 나치 집권 기간 동안 사라진 수백 점의 작품과 그 화가, 그들 가족의 죽음을 대변해주고 있잖소."

"하지만 예술이 우선 아닌가요, 에드먼드?"

그는 퀵의 비난을 무시했다. "로블레스는 세계적인 화가요. 이 화가라면 전쟁 이야기도 할 수 있소."

퀵이 라이터 켜는 소리가 들렸다. "다른 누구도 아닌 당신이 전쟁 이야기를 하겠다니, 놀랍군요. 난 아무리 봐도 이 그림이 정치적인지 잘 모르겠는데."

"보시오, 마저리. 왜 이러는 거요? 우린 항상 서로 솔직했잖소."

"그랬나요?"

"뭐, 가능한 솔직해지려고 노력했지."

퀵은 아주 오래 입을 다물고 있었다. 이윽고 퀵이 입을 뗐다.

"문제는 없어요. 다만 당신이 생각하는 것처럼 정치적인 작품은 아니라는 거예요, 에드먼드. 이 작품에서 중요한 건 화가의 삶이 아니라 작품이라고요. 두 소녀가 사자를 내려다보고 있는 것."

나는 그들이 그렇게 자연스럽고 친밀하게 이야기하는 것에 놀랐다. 패밀라는 그들이 오랫동안 알고 지냈다고 했는데, 그 세월의 깊이가 느껴졌다. 두 사람은 남매지간 같았고, 리드 씨는 퀵에게 마치 학교 클럽의 친구에게 말하듯이 이야기했다.

"동의하지 않는 것에 동의합시다, 마저리. 기억하고 싶지 않지만, 우리는 아주 오랫동안 그래왔잖소."

나는 리드 씨가 문 쪽으로 다가오는 소리에 놀라 복도를 달려 내

자리로 돌아와 퀵이 오기를 기다렸다. 무엇에 항복한 것인지는 잘 알 수 없었지만, 어쨌든 퀵이 항복한 것 같았다.

퀵은 전시를 반대했다. 하지만 퀵이 주저하는 까닭, 머뭇거리고 두려워하는 진짜 이유는 알 수 없었다. 퀵는 그림을 전시하려는 계획보다 리드 씨가 이 그림에 대해서 내놓는 해석이나 철학, 생각을 전면으로 부인하는 것 같았다. 두 사람에 대한 생각에 잠겨 있는 사이, 퀵은 핼쑥하고 속상한 얼굴을 한 채 내 자리에 왔다.

"준비 됐어요? 택시가 왔어요."

우리 둘이 나란히 걸으며 접수대 앞을 지날 즈음 패밀라가 어리둥절한 표정을 지었다. 패밀라는 나만큼 열심히 일하고 여기 더 오래 있었는데, 내가 이렇게 퀵과 쓱 나가버리다니……. 패밀라를 배신하는 듯한 기분이 드는 게 놀라웠다. 그렇다고 돌아설 수는 없었다. 퀵의 수수께끼가 너무 궁금했고, 무슨 일이 벌어지고 있는지 꼭 알아내고 싶었다.

저녁식사를 마치고 퀵은 나를 응접실로 데려갔다. 퀵은 반들반들 윤이 나는 회색 의자에 앉았다. 그 의자의 목제 팔걸이는 마치 하프의 현처럼 조각되어 있었다. 축음기를 제외하면 그녀가 가진 모든 것이 세련되고 현대적인 것이었다.

"이렇게 좋은 날, 늙은이 말벗으로 불러 미안하군요."

"늙다니요, 퀵. 초대해주셔서 감사해요."

우리는 저녁식사를 하면서 별로 말이 없었다. 패밀라, 리드 씨, 그녀가 끌어모아야 하는 기증자들과 음산한 성에 갇혀 사는 늙은 귀부인들을 상대하는 것을 얼마나 싫어하는지, 아무도 모르는 곳에서 썩어가는 보물들 이야기를 간간히 나누었다. 그러다가 내가 먼저 본론으로 들어갔다.

"리드 씨와 오랫동안 아셨어요?"

"오래 알았죠. 좋은 사람이에요." 퀵은 마치 내가 아니라고 한 것처럼 덧붙였다.

우리는 브랜디를 마셨고, 조용한 피아노 협주곡이 옆방 축음기에서 흘러나왔다. 퀵은 눈을 감고 꼼짝도 하지 않았다. 서로 말이 없었기에 나는 퀵이 잠든 줄 알았다. 옆의 전기 스탠드 불빛이 퀵의 얼굴을 주황색으로 물들였다. 퀵이 손님을 불러놓고 대화 중에 잠들 사람 같지는 않았다. 그녀는 50대이지, 90대는 아니었으니까. 하지만 퀵이 쉬는 것을 보고 있으니 마음이 편해졌고 방해하고 싶지 않았다. 나는 퀵이 내게 관심을 갖는 이유가 궁금했다. 내 단편을 잡지에 실어주고, 점심식사에 초대하고, 로리와 나의 미래에 대해 염려하는 이유가.

10월이었지만 예년에 비해 따듯했고, 전기 벽난로가 켜져 있었는데도 퀵은 숄을 둘렀다. 브랜디를 마신 탓인지 몸에서 열이 났다. 이만 돌아가야겠다고 생각하면서 의자에서 일어나려는데 퀵이 눈을 감은 채로 말했다.

"로리 스콧과 그 사람 어머니에 대해서 이야기한 적이 있나요?"

나는 자리에 도로 앉았다. "어머니요?"

퀵이 눈을 번쩍 뜨고 사자처럼 나를 뚫어지게 바라보며 다시 물었다.

"그래요, 그 사람 어머니."

그제야 나는 그의 어머니가 자살했다는 걸 떠올렸고, 내가 돌아다니던 방 한곳에서 자살했을지도 모른다는 사실을 깨달았다. 갑자기 로리가 그리웠다. 다시 시작하고 싶었다. 극장에서 영화도 보고, 공원에서 산책도 하고……. 하지만 대체 어떻게 하면 그렇게 할 수 있을지 알 수 없었다. 신스처럼 그도 놓쳐버릴 수는 없었다.

"어머니에 대해서는 아무 말도 안 했어요." 거짓말을 했다.

"그럼 어머니에 대해서 엄청나게 생각하고 있는 거군요. 도박꾼이라면 돈이라도 걸겠어요. 슬픔은 제대로 누그러뜨리지 못하면 압력솥 같아져요. 언젠가는 그대로 폭발해버리죠."

"그런가요?"

퀵이 브랜디 잔을 비웠다.

"모든 건 무너져요. 조금씩 변하는 걸 알아차리지 못할 뿐이죠. 그러다 알게 돼요. 발도 움직이지 않았는데 다리가 부러졌다는걸. 그런데 그건 내내 조금씩 다가오고 있었던 일이에요, 오델. 타인의 마음속에서, 혹은 당신이 만나지 못할 신의 마음속에서 이루어진 거죠. 그러다 어느 날, 돌 하나를 던지면 우연이든 필연이든 그 돌이 힘 있는 얼간이의 차 창문에 맞아요. 그러면 그가 복수를 하려고 나서거나 자기 여자한테 멋지게 보이려고 들죠. 아니면 보병들이 움직이고, 다음 날 당신의 마을은 불에 타버릴 수도 있어요. 어리석음 때문에, 섹스 때문에, 당신 침대에는 관이 놓여 있어요."

이 말에 뭐라고 대답해야 할지 알 수 없었다. 섹스, 죽음, 관이라니, 브랜디를 얼마나 마신 건가? 이 말이 로리와 무슨 상관이 있는지도 알 수 없었다. 나는 그저 전기 벽난로를 바라보았다.

퀵이 앞으로 몸을 숙이자 의자 팔걸이가 삐걱거렸다. "오델, 날 믿어요?"

"어떤 의미로 믿는다는 말씀이세요?"

퀵은 다시 등을 기대면서 짜증나는 표정을 지었다.

"그럼 날 안 믿는군요. 믿는다면, 무조건 믿는다고 했을 텐데."

"저는 조심성이 많은 사람이에요. 그뿐이에요."

"나는 **오델**을 믿어요. 내가 믿을 수 있는 사람이라는 걸 알고 있어요." 고마워해야 마땅했지만, 마음은 점점 더 불편해졌다. 술기운이 오른 데다 전기 벽난로 곁에 있다 보니 몸에서 열이 나고 나른해졌다. 나는 퀵의 기분을 더욱더 알 수 없었다.

퀵은 한숨을 쉬었다. "다 내 탓이죠. 오델과 대화하는 내내 오델보다 내가 더 몸을 사렸으니."

나는 아니라고 할 수 없어서 그렇지 않다고 설득하지도 않았다.

"난 몸이 좋지 않아요. 아주 좋지 않아요."

암이라고 했다. 췌장암 말기라서 호전될 수 없다고 했다. 그 말을 들으니 내 몸까지 아팠다. 나는 그녀가 암투병 중이라 누군가 집에 함께 있어주기를 바란다고 생각했다. 그런 소망이 생기는 것에 그녀 스스로도 놀랐고, 그래서 더 퉁명스럽게 구는 거라고. 그토록 오랫동안 비밀을 지키며 혼자 살았던 퀵이 더는 혼자 있고 싶지 않았던 것이다. 이기적이지만, 그럴 수 있는 반응이었다. 혹시 내 단편을 잡지사에 보내서 내게 부채감을 느끼게 하는 것도 단순히 말벗을 구하려는 계획이었을까? 삶이 끝나가고 있을 때는 그런 결정이 타인의 생활을 침해한다거나 극적으로 느껴지지 않아서 아무렇지 않게 할 수 있는 일이었는지도 모른다. 그래서 리드 씨에게도 자신이 하고 싶은 말을 다 한 것일지 모른다. 리드 씨가 보복할 수 없을 테니까.

돌이켜보면 퀵이 나를 자식처럼 생각하여 자신이 죽은 뒤에 내가 자신을 기억해줄 거라고 생각했을지도 모른다. 퀵은 날 처음 만났을 때 내가 전에 알던 사람과 비슷하다고 했다. 나는 그 사람이 퀵의 가장 친한 친구였을 거라고 생각한다. 비록 그 사실을 확인할 길이 있는 것도 아니고, 이름을 말해준 적도 없지만 그 말을 할 때의 표정이 그런 확신을 주었다. 퀵은 나를 두려움이 섞인 상냥한 표정으로 바라보았다. 내게 너무 가까이 다가오면 이미 한 번 잃은 것을 또 다시 잃게 될까 봐 두려운 사람처럼.

그 뜨거운 응접실에 앉아 있으면서 퀵이 얼마나 말랐는지, 얼마나 지쳤는지 깨달았다. 한 사람이 그런 일을 혼자서 겪어야 하다니, 부당하다는 생각이 들었을 법했지만 울지는 않았다. 퀵은 반드시 그래야 할 때가 아니면 누구 앞에서 울 수 있는 사람이 아니었다. 게다가 문제는 퀵 자신의 고통과 상실인데, 멀쩡히 앉아 건강에 좋지도 않은 담배를 피우는 자신 앞에서 운다면 스스로 얼마나 멍청해보였을까. 퀵은 시대에 맞지 않는 골동품 같은 존재로 보편적인 감정을 지닌 사람은 아니었다. 그래서 퀵 앞에서는 퀵이 하는 대로 했다.

"음, 뭐라도 말해봐요." 퀵이 말했다.

"리드 씨는 아세요?" 내가 물었다.

퀵이 코웃음을 쳤다. "아뇨. 그는 몰라야 해요."

"다른 누가, 아는 분이 계시나요?"

"아무도 몰라요. 하지만 염려 마요. 내 간호를 해달라고 말한 건 아니니까."

"왜 제게 말씀하셨어요?"

퀵은 브랜디 병을 들더니 잔을 다시 채웠다. "실은 오델이 스켈턴 미술관에 출근한 첫날 진단을 받았어요."

"세상에." 내가 말했다. 첫날 퀵이 내게 찾아왔던 것이 기억났다. 그녀의 결근에 대해 묻는 포터 앞에서 상기된 얼굴로 얼버무렸던 것.

"그렇죠. 좋은 일과 나쁜 일이 있었던 하루였어요. 죽음이 임박하고, 오델 바스티엔이 등장했으니."

"제가 큰 도움이 되었을 것 같지는 않아요."

퀵은 담뱃불을 붙였다. 마지막 개비였다. "잘 몰라서 그렇게 말하는 거예요."

퀵에게 시간이 얼마나 남았는지 궁금했지만, 그걸 아는지 묻고 싶지 않았다. 어떤 치료를 받는지, 도움이 되는 것이 있는지도 묻고 싶지 않았다. 기한만료를 묻는 것마냥 잔인한 짓 같았다. 퀵은 아직 그 자리에 있었고, 여전히 활기차고, 생생했다.

나는 침묵 속에서 핸드백에 손을 넣어 팸플릿을 꺼내 건넸다. 로리를 배신하는 것처럼 느껴졌는데도 그때 왜 그랬는지 아직도 잘 모르겠다. 퀵이 내게 털어놓았다는 사실에 자부심을 느껴서 그랬던 것 같다. 퀵에게 도움이 될지 모르겠지만, 위로의 뜻으로 팸플릿을 내주고 싶었다.

퀵은 기다리고 있었다는 듯 그것을 받았다. "로리의 집에 이게 있었군요."

"어떻게 아셨어요?"

"거기 간 이야기를 꺼낸 뒤로 뭔가 할 말이 있는 눈치였어요."

"제가 그렇게 속이 빤히 보이는 사람인지 몰랐네요."

퀵은 미소를 지었다. "그렇지 않아요. 많이 겪어봐서 아는 거지." 퀵은 팸플릿을 펼치더니 무릎 위에 가만히 올려놓고 연필로 쓴 '**표시 없음**' 글자를 손끝으로 쓰다듬었다. "다른 것은 더 없었나요?" 퀵이 물었다.

"네. 창가에 이런저런 잡동사니가 어질러져 있을 뿐이었어요. 정육점 영수증이니, 교회 서비스 서류니."

"교회 서비스 서류?" 퀵은 눈썹을 치켜뜨며 물었다.

"캐럴 콘서트였어요."

"그렇군요."

"그게 무슨 뜻일까요? 누군가 '**표시 없음**'이라고 적어두었는데, 그림 제목일까요?"

"그보다는 단순한 것 같아요. 누군가 뭘 찾고 있었는데, 못 찾았다는 뜻이죠."

"뭘 찾는 건지 아시죠, 그렇죠?"

퀵이 나를 올려다보았고, 전기 벽난로 불빛에 그녀의 홍채가 갈색으로 변했다. "그럴까요?"

"음, 그냥…… 로리의 어머니에게 관심이 많으시잖아요. 그리고 로리의 그림에도."

"'관심'이라는 말은 적당하지 않아요."

솔직히 **집착**이나 **두려움**을 생각했지만 **그렇게 말할 수는 없었다.**

"음." 나는 퀵이 긴장하는 것을 알고 당황했다. "전시에 반대하시는 것 같아요."

"그 그림을 전시하는 것에 반대하는 건 아니에요. 모두가 봐야 한다고 생각해요."

"그렇군요. 하지만 지난번에는 그렇게 말씀하지 않았어요. 로리가 그림을 집으로 가져가야 한다고 하셨죠."

퀵은 숨을 크게 들이쉬었다. "음, 리드 씨가 그걸 이용하려는 계획에 전적으로 찬성하는 건 아니에요. 구겐하임 미술관에서 좀 더 정보를 받기 전까지 의심스러운 게 있어요."

"어떤 의심요?"

퀵의 얼굴에 근심이 어렸다. 전에도 본 적이 있는 표정이었다. 로리가 리드 씨와 의논하기 위해 돌아왔을 때, 열쇠 구멍을 통해 본 얼굴이다. 퀵이 우리 사이에 있는 러그를 내려다보았다. 말을 하려는 것처럼 숨을 계속 들이쉬었지만, 입을 열지는 않았다. 초조했지만 내가 먼저 말을 꺼내면 퀵이 입을 다물어버릴 것 같았다.

"이삭 로블레스가 그 그림을 그린 게 아니에요, 오델." 퀵이 팸플릿을 꼭 쥐고 말했다.

심장이 더 세게 뛰기 시작했다. "하지만 그 사진에서 그 사람이 그림 앞에 서 있었잖아요."

"그래서요? 나도 여러 작품 앞에 서서 사진을 찍을 수 있어요. 그렇다고 그것들을 내가 그렸다는 뜻은 아니에요."

"그 사람 작업실에서 찍은 건데……."

"오델, 이건 믿고 아니고의 문제가 아니에요. 나는 확실히 알고 있어요."

퀵이 마지막으로 한 말이 방 안에 울려퍼지는 것 같았고, 나는 큰 충격을 받았다. 오싹했고, 소름이 끼쳤다. 누군가 진실을 말할 때, 온몸이 반응하듯이.

내가 멍한 표정을 지은 모양이었다. "그 사람이 그린 게 아니에요, 오델." 퀵의 어깨가 축 처졌다. "그 사람이 아니었어요."

"그럼…… 누구였어요?"

내 질문이 모든 것을 망쳐놓았다. 퀵이 겁에 질린 표정으로 나를 바라봤다. 순식간에 그녀의 얼굴이 늙고, 이상해 보였다. 그런 퀵을 보고 있으니 속이 울렁거리면서 무서워졌다. "괜찮으세요? 의사를 부를까요?"

"아뇨, 시간이 너무 늦었어요. 괜찮아요." 하지만 퀵이 숨을 몰아
쉬는 것을 알 수 있었다. "택시를 불러요. 복도에 전화번호가 있어
요. 염려 마요, 돈은 내가 낼 테니."

나는 당황한 나머지 응접실 문턱에 발이 걸려 넘어질 뻔했다. 서
늘하고 어두운 복도로 나가 전화기 옆의 스탠드를 켰다. 아무런 연
락처도 없었다. 등 뒤의 실내는 고요했다. 그림자 속에 뭔가 있는
것 같았다. 소름이 끼쳤다. 돌아보니 계단에서 뭔가 내 쪽으로 움
직이고 있었다. 나는 테이블을 꽉 움켜쥐었다. 퀵의 고양이가 노란
스탠드 불빛으로 다가오더니 내 앞에 앉아서 초록색 눈을 굴렸다.
우리는 서로를 관찰했다. 고양이의 갈비뼈가 아주 조금씩 움직이
고 있는 걸 보고 박제가 아니라는 것을 알 수 있었다.

"서랍을 열어봐요." 퀵이 지친 목소리로 말했고, 갑작스러운 말
소리에 나는 깜짝 놀랐다. "서랍에 전화번호부가 있어요. 거기 'T'
란을 봐요." 나는 스탠드 불빛 쪽으로 돌아섰고, 그림자 속에 고양
이 이외에는 다른 것이 없기를 기도했다.

그다음에 벌어진 일은 퀵의 계획대로 나를 더 깊이 어두운 숲속
으로 이끌고 간 것인지, 병 때문에 독한 약을 먹어서 내가 무엇을
발견할지 잊고 있었던 것인지, 지금도 정확히 알 수는 없다.

서랍에 든 오래된 지도책과 실 뭉치, 뜯지 않은 쥐덫 틈에서 전
화번호부를 꺼냈다. 그리고 'T'란을 펼치다가 두 가지를 보았다.
우선 'S' 항목에 퀵의 글씨체로 다음의 내용이 적혀 있었다.

스콧—붉은 집

볼독스 리지

서리 HAS-6735

페이지 사이에는 반으로 접힌 작은 흰색 편지도 끼워져 있었다.

"찾았어요?" 퀵이 물었다.

"네!" 내 목소리가 떨렸다. "이제 찾았어요."

로리의 주소를 보고 어리둥절했다. 물론 최근에 적어넣은 내용일 수도 있다. 퀵이 로리와 그림에 대해서 나름대로 조사하기 위해서라면 그리 놀랄 일은 아니다. 그래도 퀵이 스콧 가족을 실제로 알고 있을지도 모른다니, 믿을 수가 없었다. 로리는 퀵을 알아보지 못했다. 로리가 퀵을 실제로 **알고 있었다고** 하기에 로리는 퀵을 무척이나 흥미롭게 여겼다. 하지만 여기 그의 가족 주소가 적혀 있었다. 도무지 이해할 수 없는 일이었다.

나는 시간이 없다는 것을 알고 재빨리 편지를 펼쳐보았다. 접은 종이에서 얇은 종이 한 장이 바닥에 떨어졌다. 무릎을 꿇고 어두침침한 곳에서 그 종이를 읽었다. 퀵의 고양이는 여전히 나를 보고 있었다. 전보였다. 내용을 읽고 나서는 눈이 튀어나올 것만 같았다.

매우 흥미로운 사진 마침표 R을 파리-런던-뉴욕으로 데려가야 함 마침표 사랑을 담아 펙.

날짜는 다음과 같았다.

파리—말라가 1936년 7월 2일.

지금도 당시 내 모습이 눈에 선하다. 퀵의 집 복도에 죄인처럼

264

무릎을 꿇고, 두 개의 실마리와 내가 알 수 없는 사실 하나를 알아
낸 나의 모습이. **슐로스.** 해럴드 슐로스? 리드 씨가 말한 미술품 거
래상이었다. 대체 이 전보가 왜 여기 있을까? 그것도 윔블던의 퀵
집에 있는 전화번호부에. 퀵은 바로 옆의 거실에 앉아 있었지만,
우리 사이에는 수천 킬로미터의 거리가 존재할 수도 있었다.

나는 내가 생각을 정리할 수 있도록 시간이 멈추기를 바라며 바
닥에 주저앉았다. '펙'은 페기 구겐하임이고, 'R'은 로블레스일 수
도 있었다. 날짜가 들어맞았고, 전보는 리드 씨가 로블레스가 살았
다고 한 말라가에 보낸 것이다. 이것이 사실이라면, 이것은 리드
씨가 무슨 수를 써서라도 손에 넣고 싶어 할 서신이었다. 그런데
이것이 퀵의 서랍 속에 있다가 내 손에 들어왔다.

"오델?" 퀵이 부르는 목소리에서 당혹감이 느껴졌다. "택시를 모
스 부호로 불러요?"

"통화 중이라 기다리고 있어요." 내가 대답했다. 나는 전보를 테
이블 위에 올려놓고 편지를 들었다. 날짜는 1935년 12월 27일이
었다. 얇은 종이에서 오래된 냄새가 났다. 뭔가 익숙한 점이 있었
지만, 그것이 무엇인지는 알 수 없었다. 편지는 커즌 스트리트의
아파트에 사는 올리브 슐로스라는 사람에게 보낸 것이었다.

귀하를 내년 9월 14일부터 시작하는 슬레이드 미술학교의
순수미술 과정에 초대할 수 있게 되어 기쁩니다.
교수들은 귀하의 풍부한 상상력과 기발함에 큰 감명을 받았
고…… 우리의 엄격하고 진보적인 전통에 따라…….

"오델." 퀵이 날카롭게 불렀다.

"가요, 전화를 안 받아요."

나는 급히 편지를 접고 전보를 그 사이에 끼워넣었다. 로리의 집 주소가 적힌 페이지가 펼쳐진 전화번호부에 손을 뻗는데 퀵이 복도로 나왔다. 나는 편지를 손에 쥔 채 얼어붙었다. 내 얼굴은 죄책감으로 가득했을 것이다. 거실 불빛이 퀵의 블라우스 옷감을 비추었다. 그녀는 너무 작았고, 갈비뼈의 윤곽도 꽤나 좁아 보였다.

퀵은 내 눈을 보았다. 아니, 노려보았다. 퀵은 손을 뻗어 내 손에서 편지와 전보를 빼앗아가더니 전화번호부에 다시 넣고 덮어버렸다. 그 순간에야 나는 깨달았다. 퀵의 얼굴에서 웃고 있는 젊은 여인, 사진 속의 여인, 붓을 잡고 행복해하던 여인이 보였던 것이다. 'O'와 'I. O', 완전한 원형. 올리브 슐로스의 'O'.

"그 사람을 아셨군요." 내가 속삭였다. 퀵은 눈을 감았다. "이삭 로블레스를 아셨어요."

고양이가 내 다리에 몸을 비볐다. "담배 한 대만 있으면 좋겠네." 퀵이 말했다.

나는 전화번호부를 가리켰다. "올리브 슐로스가 누군가요?"

"오델, 담배 좀 사다줄래요?"

"거기 계셨죠, 그렇죠?"

"담배가 떨어졌어요, 오델. 그렇게 해줄래요?" 퀵은 우아하지 않은 손놀림으로 주머니를 뒤지더니 1파운드 지폐를 내밀었다.

"퀵……."

"가요, 모퉁이만 돌면 가게가 있어요. **어서 가요.**"

나는 담배를 사러 나갔다. 멍하니 윔블던 빌리지로 들어가 담배 한 갑을 사고 다시 정신없이 돌아왔다. 돌아오니 퀵의 집은 커튼을

266

모두 드리운 채 캄캄한 상태였다. 내가 로리의 집에서 가져온 팸플릿이 계단 위에 놓여 있었고, 날아가지 않도록 팸플릿 위에 돌멩이가 올려져 있었다. 나는 그것을 핸드백에 도로 넣고 문을 두드리고 두드리다가 대문의 우편함을 통해서 퀵의 이름을 조용히 불렀다.

"퀵, 퀵, 들어가게 해주세요. 절 믿는다고 하셨잖아요. 무슨 일이 있었던 거예요? 퀵, 올리브 슐로스가 누군가요?"

침묵만이 맴돌 뿐이었다.

결국 나는 우편함을 통해 담배를 밀어넣었고, 담배는 반대편 대문 깔개 위로 가볍게 떨어졌다. 아무 소원도 들어주지 않는 우물에 돈을 던지는 사람처럼 잔돈도 밀어넣었다. 하지만 아무것도 움직이지 않았다. 문 앞에 족히 30분은 앉아 있느라 팔다리가 굳었다. 니코틴이 간절해진 퀵이 담배를 가지러 올 거라고 믿으며 발소리를 기다리고 있었다.

무엇이 진실이고 무엇을 내가 지어내기 시작한 것일까? 퀵이 나로 하여금 주소록에서 실마리를 찾도록 한 것인지, 아니면 실수였는지, 그것이 내게는 매우 중요했다. 아무래도 퀵이 고의로 그런 것 같았다. 그렇지 않았다면 왜 나를 집에 초대해 로리와 그림에 대해 다그쳐 물었을까? 그렇지 않았다면 왜 내게 'T'란에서 택시 번호를 찾으라고 했을까? 그것이 어쩌면 정말 실수였고, 내가 우연히 퀵의 비밀을 알게 된 것일지도 모른다. 그래서 나는 말없이 잠긴 문을 벌로 받아들였다.

대문 밖에 앉은 채로 자동차 차고가 닫히는 소리를 들었고, 가로등이 깜빡이며 켜지는 것을 보았다. 내가 거기 앉아 있는 것을 경찰이 보게 될까 봐 두려워졌다. 나는 자리에서 일어나 버스를 타러 시내로 들어갔다.

사실이 무엇이든, 퀵은 이제 산산조각 나버렸다. 그녀가 완벽하게 완성된, 편안하면서도 화려한 존재라는 환상이 오늘 밤 사건으로 깨져버렸다. 건강이 좋지 않다는 고백에도 나는 퀵에 대해 아는 것이 없음을 깨달았다. 퀵을 다시 조립하여 내가 올려놓았던 제단 위에 되돌려놓고 싶었지만, 그날 밤 이후로 그것이 불가능해졌다. 퀵에 대해 생각하면 올리브 슐로스를 떠올리지 않을 수 없었다.

나의 상상력은 엄청났고, 올리브 슐로스는 내가 통제할 수 있는 유령이라고 믿었다. 하지만 만약 그날 다시 돌아가서 퀵의 창문을 올려다봤다면, 커튼 뒤에서 나의 후퇴를 조종하고 있는 사람의 실루엣을 보았을 것이다.

THE MUSE

1936년 4월

〈밀밭의 여인들〉이 팔렸다. 그것을 산 사람은 여자였다. 해럴드는 파리로 출발한 지 사흘 뒤 아라수엘로의 우체국으로 전보를 보냈고 올리브는 그것을 받으러 갔다. 매수자는 페기 구겐하임이었다. 해럴드 말에 따르면 그녀는 마르셀 뒤샹의 부유한 친구였으며 미술품 시장에 진출할 생각이라고 했다.

"그럼 진짜 수집가는 아니군요." 이삭이 말했다.

"뭐, 돈이 많잖아요." 올리브가 받아쳤다.

구겐하임은 이삭 로블레스의 그림을 무명작가의 그림치고는 상당히 높은 값인 400프랑을 주고 샀다. 올리브는 그 매매가 영예로우면서 우스꽝스러웠다. 말이 안 되는 일이 이루어졌다. 〈밀밭의 여인들〉은 〈우물 속의 산 후스타〉와 완전히 별개의 작품인 동시에 똑같은 작품인 것 같았다. 이미지는 같지만 다른 제목에 각각 다른 화가가 그린 것처럼 보였다. 올리브는 자신의 정체성으로부터 자유로웠지만 그녀에게서 나온 것은 가치를 인정받았다. 올리브는 순수하게 창작할 수 있었고, 지저분하지만 흥분되는 과정인 작품의 판매 과정을 지켜볼 수도 있었다.

아버지가 사실을 모른 채 그림을 팔게 한 뒤, 올리브는 슬레이드 미술학교에 가려던 계획으로 아버지를 화나게 하고, 그가 자신을 몰라본 것을 깨닫게 해주려는 것이었음을 어느 정도 인정했다. 하지만 구겐하임의 매수에 비하면 슬레이드 미술학교 입학은 보잘것 없는 것이었다. 구겐하임이 그 그림을 사면서 올리브의 가치는 훨씬 더 높이 평가되었고, 그와 동시에 훨씬 더 멋진 장난이 되었다.

해럴드의 전보가 도착한 직후, 테레사는 평생 그렇게 건조한 지역에 산 사람치고는 이상한 꿈을 꾸기 시작했다. 해 질 녘, 테레사는 베란다에 있었고 살해당한 아드리안의 시체가 과수원에 놓여 있었다. 땅에 놓아둔 작은 등불 이외에는 아드리안의 시체에서 보이는 오싹한 빛 말고는 거의 아무것도 보이지 않았다. 만신창이가 된 아드리안이 일어나더니 테레사를 향해 다가왔다. 하지만 테레사는 달아날 수 없었고, 달아날 생각도 없었다. 거기 있으면 끝장이라는 것을 알면서도.

아드리안 시체 너머로 넓고 검은 바다가 넘실대는 것이 보였고, 테레사는 아이가 모르는 거대한 파도가 들이닥치고 있다는 것을 알았다. 집채만한 파도는 어마어마한 규모로 아이의 생명을 다시 앗아가고, 테레사의 목숨도 휩쓸어갈 것 같았다. 공기 속에서 소금기가 느껴졌다. 올리브는 어딘가에서 소리를 지르고 있었고 테레사는 "티에네스 미에도?●"라고 외쳤다. **무서워요?** 올리브의 목소리

● tienes miedo?, '무서워요?'라는 뜻의 에스파냐어.

가 나무 위로 떠올랐다. "무섭지 않아. 쥐가 싫을 뿐이야."

테레사는 파도가 아드리안의 시체를 휩쓸어가는 순간, 깨어나곤 했다. 그 꿈을 세 번이나 꾸었는데 꿈의 내용이 무서울 뿐 아니라, 평소에는 꿈을 기억하지 못했는데 이 꿈만은 너무나 기억에 남아서 심란했다. 예전 같으면 자신의 상상에 대해 웃어넘기려고 이삭에게 이야기했겠지만, 요즘은 그와 생각을 나누고 싶지 않았다.

해럴드는 2월 말에서 3월까지 사업차 파리에 머물렀고, 핀카에는 여자들만 있었다. 사방에서 테레사가 통제할 수 없는 일들이 너무나 많이 벌어졌다. 테레사는 해럴드가 돌아와 빈 공간을 소음과 영어, 심지어 속삭이는 도이칠란트어로 채워주기를 간절히 기다렸다. 테레사와 올리브는 반대 방향에 위치한 위성처럼 견제하며 궤도를 돌고 있었다. 올리브는 툭하면 편두통이나 생리통이 심하다며 위층으로 올라가버리곤 했다. 테레사는 올리브가 그림을 그리고 있기를 바랐지만, 올리브는 아무 데서도 보이지 않았다. 보통 그때는 이삭이 말라가에서 일을 마치고 돌아오는 시기와 일치했다.

딸의 건강이 갑자기 나빠지고 집 안에서 잘 안 보이는 것이 궁금했는지는 모르겠지만, 세라는 아무 말도 하지 않았다. 하지만 테레사는 올리브의 변화를 감지할 수 있었다. 그림을 판 이후로 올리브는 좀 더 자신감이 생겼다. 에너지로 충만했고, 그 효과는 놀라웠다. 올리브가 두통을 앓고 있다니 엉터리 같은 핑계였다. 테레사는 올리브가 몸을 뻗어 막 피어나는 자카란다와 인동, 초봄에 봉오리를 터뜨린 장미의 향기를 맡는 것을 보았고, 행여나 줄기를 너무 꽉 쥐어 부러뜨리지 않을까 염려했다. 올리브는 테레사를 유령 취급하며 본체만체했다.

테레사가 보기에 올리브는 이삭에게 자신을 쏟아붓고 있었다.

올리브가 그를 화가로 내세우면서 힘을 얻는 것은 아닌지 의아했다. 테레사는 올리브를 흔들며 이렇게 말하고 싶었다. **"정신 차려요, 무슨 짓을 하는 거예요?"** 하지만 악몽을 꾸고 괴로운 나날에 시달리는 것은 올리브가 아니라 테레사였다. 테레사는 그림을 바꿔놓은 것을 후회하기 시작했다. 그녀는 도박에서 졌고, 유일한 친구마저 잃었다.

그전까지 테레사는 누군가를 그리워해본 적이 없었다. 그리움은 자신에게 내재된 의존성을 드러냈고, 테레사는 그때마다 화가 났다. 올리브의 관심이 딴 데로 향하는 것은 욱신거리는 아픔이었고, 일종의 고문이었다. 고통의 원인이 눈앞에서 계단을 오르내리거리거나 과수원을 돌아다니거나 현관문을 나설 때, 테레사는 이루 헤아릴 수 없을 만큼 외로웠다. 외로움의 고통이 또 언제 찾아올지 알 수 없었다. 그럴 때면 마치 땅이 꺼지면서 심장이 입으로 튀어올라 숨이 막히는 것 같았다. 그리고 핀카의 어느 구석으로 달려가 울 때, 아무도 그녀를 잡아주지 않았다. 테레사는 어떻게 된 것일까?

밤이면 집에 혼자 남은 테레사는 침대에 앉아서 아이가 동화책을 보듯이 〈보그〉를 뒤적이며 사진 하나하나, 문장 하나하나를 보고 모르는 단어에 손톱으로 밑줄을 그었다. 테레사는 모델 얼굴의 옆선을 따라 손가락으로 눌러보고는 침대 밑에 잡지를 밀어넣었다. 그것은 테레사가 받은 영원한 사랑의 쪽지였다.

그림을 판 뒤로 세라도 우울했다. 세라는 침대에 누워 아무 말도 하지 않고 담배 연기가 천장으로 올라갔다가 사라지는 것만 바라보았다. 전화벨이 울리고 또 울렸지만, 세라는 받지 않았다. 테레사가 받게 하지도 않았다. 테레사는 세라가 수화기를 들어 남편의 전화인지 확인하지 않는 것이 이상했다. 아니면 전화를 거는 사람이 다른 사람임을 세라가 이미 알고 있는 것인지 궁금했다. 자신 없는 도이칠란트어로 속삭이는 여자라는 사실을.

테레사는 이제 세라의 문제를 알 수 있었다. 전화벨이 울려도 받지 않았고, 오후 3시에는 빈 샴페인 병이 굴러다녔으며, 읽지도 않은 책을 던져놓았고, 금발 밑에서는 검은 머리가 자라났다. 테레사는 그것을 돈이 많은 여인의 문제라고 치부하지 않게 되었고, 자신이 그녀를 불쌍히 여기기 시작한 것이 놀라웠다. 인생이란 생존하기 위한 일련의 기회였고, 생존하기 위해서는 끊임없이 거짓말을 해야 했다. 서로에게, 그리고 자신에게. 해럴드에게는 자동차와 사업, 지인들, 도시와 공간이 다양하게 겹겹이 있었다. 세라는 분명부자인데도 방 하나와 아름다운 외모밖에 없었다. 그리고 그 단단한 가면은 세라의 존재를 썩히고 있었다.

"그를 발견한 건 나였어." 세라가 테레사에게 말했다. 늦은 밤, 올리브는 위층에 있었다. 올리브가 돌아다니는 발소리가 들렸다. 그 모든 상황에도, 테레사는 위층에 올라가 노크를 하고 안으로 들어가 올리브가 그리는 그림을 보고 싶었다. 하지만 지금 있는 방에 머물며 바닥에서 캐미솔을 하나 더 집어들었다.

"애초에 이삭에게 우리를 그려달라고 한 건 **나였다니까.**" 세라가 계속 이야기했다. "그런데 고맙다는 인사도 받지 못했어. 언제나 그랬듯 해럴드가 고삐를 잡고 석양을 향해 달려 나가버렸지. 그이가 팔아버리는 바람에 그림을 가져보지도 못했잖아. 그이는 '여기서 갖고 있어 봤자 닭들밖에 보지 못할 거 아니오?'라고 했어. 말이 되니? **날** 그린 그림이고, **자기한테** 선물한 건데."

밖에서는 매미들이 울기 시작했는데, 그 소리가 어찌나 요란한지 풀까지 떨리는 것 같았다. 테레사는 세라가 〈우물 속의 산 후스타〉에 등장하는 인물이 자신이라고 생각하는 것에 놀랐다. 올리브의 그림이 같은 여자를 두 번, 한 번은 당당한 모습으로, 또 한 번은 절망에 빠진 모습으로 반복해서 그렸다는 걸 아무도 모른다는 말인가? 테레사는 자신을 어떤 방식으로 보겠다고 결심하면 그것이 아니라는 증거가 아무리 많을지언정, 그렇게 보게 되는 모양이라고 생각했다.

"그 그림은 우리 집에 있어야 해. 네 오빠에겐 잘된 일이지만, 따지자면 그렇잖니. 네 오빠가 우리한테 그려준 거야. 그런데 해럴드는 그걸 최고가를 부른 사람에게 줘버렸어." 세라가 말했다.

"이삭이 부인의 돈을 받았나요?"

"아니, 주려고 했어. 네 오빠가 페기 구겐하임이 준 돈에 만족하길 바란다. 내가 할 말은 그뿐이야."

테레사는 전보를 통해 이삭이 파리에서 온 돈을 받으러 말라가에 갔다가 곧바로 노동조합본부로 가서 그 돈의 3분의 2를 팸플릿과 의류, 해고자들을 위한 기금, 식량에 쓰도록 내놓은 것을 알고 있었다. 아버지 모르게 이삭을 중개인으로 써서 자신의 그림을 정치활동으로 바꾸어놓은 올리브의 효율적인 계획에도 감탄했다. 이삭은 남은 3분의 1을 갖고 있었는데, 테레사는 그 사실에 화가 났다. 테레사는 오빠에게 그 돈을 올리브에게 돌려주라고 했지만, 오빠는 올리브가 원한 일이라고 일축했다. "나도 먹고 살아야지." 이삭이 이어 말했다. "우리도 먹고 살아야지. 올해는 들쥐를 잡아 먹고 싶어?"

들쥐. 그래서 쥐 꿈을 꾼 것일까?

"테레사, 내 말 듣고 있니?"

"네, 세뇨라." 테레사는 세라의 캐미솔을 마저 개어 서랍에 넣으면서 말했다.

"내가 그에게 영감을 준 거야."

"오빠가 매우 감사해할 거예요."

"그런 것 같니? 오, 테레사. 무슨 일이라도 **벌어지면** 좋겠다. 런던이 정말 그리워."

테레사는 속옷 서랍에 손을 넣고 세라가 보지 못하는 곳에서 주먹을 꽉 쥐었다. **그럼 가요, 나를 데리고 가라고요.** 테레사는 그것이 불가능한 것을 알면서도 소리 없이 고함을 질렀다. 아무리 세라 슐로스의 동정심을 자극한다 해도, 그녀는 그런 일을 보답으로 해주지 않을 것이다.

XIII

아버지의 부재로 올리브는 이삭을 만나기 더 쉬워졌다. 그들은 한 주에 서너 번씩 만났다. 보통 테레사가 핀카에서 일하고 세라가 오후 휴식을 취할 때, 둘은 이삭의 집에서 만났다. 그 뒤로 며칠 동안 올리브는 그와의 만남을, 이삭이 자신 속에 들어오는 순간을, 그가 더욱 깊이 들어올 때 그를 위해 공간을 만드는 형언할 수 없는 느낌을, 자신이 느낀 쾌감에 비추어 그가 느꼈을 완벽한 환희를 온몸으로 기억할 수 있었다.

하지만 올리브는 그것만으로 만족할 수 없었다. 욕구가 멈춰지지 않는다는 것을 알게 되었다. 올리브는 원할 때면 언제든지 욕구를 불러낼 수 있고, 결코 바닥나지 않는다는 사실에 너무나 행복했다. 이삭이 자신을 향상시키고, 올리브 자신이 원하는 여인으로 만들어주는 것 같았다. 이삭을 만난 밤이면 올리브는 다락방을 걸어 잠그고 그림을 그리곤 했다. 올리브는 점점 더 자신만만해졌고 이삭을 자신만의 열쇠로 보았다. 올리브에게 이삭은 화가로서 발전하는 데 핵심이었다. 올리브는 테레사의 우울한 얼굴, 살짝 찡그린 표정을 견딜 수가 없었다. 그것은 이삭과 정반대의 에너지였다.

산기슭에 늘어선 올리브들이 푸르게 변하고 있었다. 길을 따라 오렌지가 열렸고, 올리브는 어린 열매에 손톱을 긁어 자국을 만들었다. 세상은 신선하고 완벽했다. 다음에는 무엇을 그릴까? 다음에는 무엇을 할까? 모든 것이 가능했다. 그녀는 이제까지 늘 되고 싶었던 올리브 슐로스가 되었다.

올리브가 이삭을 찾아갔을 때, 이삭은 부엌 화덕 옆에서 편지를 읽고 있었다. 올리브가 키스를 하려고 다가갔지만, 이삭은 편지를 내밀며 올리브를 가로막았다.

"왜 그래요? 무슨 일이에요?"

"페기 구겐하임 씨에게 온 거예요. 직접 읽어봐요."

올리브는 불안한 마음으로 편지를 받아 식탁에 앉아서 읽었다.

로블레스 선생님께,

해럴드 슐로스에게 선생님의 주소를 얻었습니다. 스스럼없는 제 행동을 용서해주십시오. 하지만 저는 이 문제에는 표현의 자유가 중요하다고 생각합니다. 이런 거래를 처음 해보시는 선생님도 동의하시기를 바랍니다. 저는 얼굴 없는 '구매자'가 될 마음은 없습니다. 선생님의 작품이 저의 벽에 활력을 불어넣어주어 저는 매우 기쁩니다.

올리브가 두근거리는 마음으로 이삭을 보았다. "오, 이삭. 정말 잘된 일……."

"계속 읽어봐요." 이삭이 말했다.

슐로스가 특별한 그림이 있다고 했을 때는 석연치 않았습니다. 미술품 거래상들이 하는 어떤 말에도 '평정'을 유지하는 법을 빠르게 배우고 있기 때문입니다. 하지만 슐로스는 완강했습니다. 제게 그 그림을 보여주기 위해 파리까지 왔으니까요. 그는 선생님이 무어인*과 별이 빛나는 끝없이 펼쳐진 하늘, 아랍의 궁전과 가톨릭 요새가 있는 땅, 흙에는 피가 있고 태양이 땅을 달구는 곳에 산다고 했습니다. 그간 슐로스가 말만 앞세우는 장사꾼 같았는데, 이제 저는 그의 의견을 전적으로 신뢰하게 되었습니다.

슐로스를 만나보기로 한 것이 너무나 다행입니다. 선생님의 그림이 주는 풍요로움이 저의 하루를 바꾸어놓고 있습니다. 저보다 미술에 대해 박식한 친구들은 그 그림이 키메라이며 카멜레온이라고, 미학적인 즐거움이며 형이상학적인 기쁨이라고 합니다. 저는 〈밀밭의 여인들〉이 분류하기 쉬운 그림이 아닌 것을 높이 평가합니다. 추상화 시대에 구상화를 꿋꿋이 그려내신 것을 존경합니다. 그렇다고 선생님이 반동적이거나 퇴행적이라는 뜻은 아닙니다. 오히려 그와 정반대이죠. 선생님은 새로운 화풍을 만들어내고 계십니다.

색채는…… 어디서부터 이야기해야 할까요? 저는 슐로스에게 '로블레스 씨를 해부하면 속에 무지개가 숨어 있지 않을까요?'라고 농담했습니다. 하지만 염려마세요. 그 무지개는 앞으로 나올 작품 속에서만 발견할 수 있다는 것을 저도 알고 있습니다.

제가 〈밀밭의 여인들〉을 보고 받은 느낌은 신화적이고 통제

• 8세기경 이베리아 반도를 정복한 이슬람교도를 부르는 말.

할 수 없는 것입니다. 하지만 마치 선을 르네상스의 대가가 사실주의자의 터치로 그린 것처럼, 동물 그림에는 꼼꼼한 구석이 있습니다. 더욱이 그림을 나무에 유화로 그렸다는 사실은 이런 전통적인 느낌을 강화합니다. 그것은 꿈이자 동시에 악몽이며, 비종교적이지만 모종의 종교를 구하고 있습니다. 또 여인들의 색은, 그들의 표정과 하늘은, 훨씬 더 현대적인 영혼에게서 나온 것 같습니다.

물론 이건 제가 그림을 보고 느낀 것일 뿐입니다. 선생님도 다른 위대한 화가들처럼 모든 '의견'을 무시하셔야 합니다. 어쨌든 로블레스 선생님, 당신의 그림이 너무나 좋습니다. 제 말은 원하시는 대로 받아들이거나 무시하세요.

제가 내년에 런던에서 미술관을 열 계획이라는 이야기는 술로스가 전했을 것입니다. 그리고 저는 개막 전시에 선생님의 그림을 전시할 겁니다. 제가 대중과 함께 어울리며 소비할 수 있을지는 모르겠습니다. 저는 그 그림을 공유하고 싶지 않고, 당분간 제 침실 벽에만 걸어둘 생각입니다. 그 그림에는 친밀함을 요구하는 면이 있습니다. 거기서 느껴지는 사적인 고뇌와 저항심은 뭐랄까, 너무나 인간적이고 여성적인 것입니다. 그리고 그것이 제게 들어와 마치 두 번째 심장처럼 뛰고 있습니다.

저는 훌륭한 수집가가 되고 싶습니다. 그리고 훌륭한 수집가는 언제나 작품을 공유합니다. 선생님도 그 그림이 미술관의 벽에 걸려 있는 것을 보셨으면 좋겠습니다.

저는 화가가 원하지 않는 한, 화가에게 직접 설명해달라고 하지 않을 겁니다. 그러니 여기에 어떤 자극을 받고 계신지,

어떤 과정에 있는지, 어떤 바람이 있는지 묻지 않을 겁니다. 하지만 한 가지 부탁이 있습니다. 슐로스 말로는 작품이 더 나올 가능성이 있다고 하는데 저를 부디 후원자로 여겨달라는 것뿐입니다. 좀 더 정확히 말씀드리자면, 선생님께 더 넓은 세상을 보여드리게 될 때, 제가 선생님의 첫 기항지가 되고 싶습니다. 어떤 것의 처음이란, 가장 오래 가는 것이지요.

찬탄을 담아,
페기 구겐하임 올림.

올리브는 웃기 시작했다. 복권에 방금 당첨된 사람의 정신없는 웃음소리였다. 그녀의 마음은 이미 앞으로 삶이 어떻게 변할지 상상하고 있었다. "오, 이삭. 새 친구를 사귀었네요. 그 그림이 너무 **좋대요.**"

"이 사람은 내 친구가 아니에요."

"그러지 마요, 이삭. 걱정할 것 없어요."

이삭은 꼼짝도 하지 않았다. "당신 아버지가 내가 그림을 더 갖고 있다고 하신 게 사실인가요?"

올리브는 천천히 그 편지를 식탁 위에 놓았다. "모르죠. 하지만 아버지라면 그랬을 거예요. 미술품 거래상이잖아요. 그게 일인 걸요. 구겐하임을 낚았으니 떡밥을 조금 더 던져뒀겠죠. 놓아줄 리 없어요."

이삭은 머리를 빗어 넘겼다. "일이 이렇게 될 줄 알았나요, 올리브?"

"아뇨."

"이런 일이 있을 거라고 **짐작은 했어요?**"

"안 했어요."

"안 했다고요."

"난…… 내 그림이라고 아버지에게 말할 수 없다는 것만 알았어요."

"왜요?" 이삭은 편지를 손가락으로 눌렀고, 손가락이 하얘지도록 힘을 주었다. "이러는 것보다 그게 쉽지 않았을까요?"

"테레사가 꾸민 일이었어요. 테레사가 껴들어서……."

"로블레스 씨, 그림이 더는 없어요." 이삭이 팔짱을 끼고 말했다. "그게 유일한 그림이었어요. 그런데 그건 이제 팔렸어요. 그리고 더는 없어요."

"네, 하지만……."

"그러니 당신 아버지, 거래상에게 그림 그릴 시간이 없다고 하겠어요."

"페기 구겐하임이 당신 작품을 샀어요, 이삭. 그 사람 숙부는……."

"자기가 무슨 말을 하는지 생각 좀 해요. 페기는 **당신** 작품을 산 거예요." 이삭은 혐오스럽다는 목소리로 말했다.

"페기는 우리 작품을 산 거예요. 모르겠어요? 이 일에 있어서 우린 하나예요. 당신의 이름, 당신의 얼굴, 그리고 내 그림요."

"올리브. 이건 아주 심각한 문제예요. 균형이 맞지 않아요."

"하나만 더요. 딱 하나만."

"이 일 때문에 괴로웠어요. 이러자고 한 건 어리석은 짓이었어요. 난 지쳤고, 멍청했어요. 지금 난 당신이 감추어놓은 술병을 찾는 술주정뱅이처럼 보여요."

"내 탓이 아니라 당신 동생 탓이에요. 나도 이런 상황을 원하지 않았지만, 이렇게 된 걸 어떡해요."

"막을 수 있었잖아요. 그러지 않았을 뿐이지."

"그 돈을 노동자들에게 줬어요?"

"네."

"그럼 좋은 일을 했다는 생각이 들지 않았어요? 우리 모두 희생을 감수해야 하지 않나요? 우리가 처음 만난 날부터 그게 신조라고 하지 않았어요?"

"그럼 당신은 무슨 희생을 하는 거죠, 올리브? 내가 보기에 당신의 놀잇감일 뿐인데."

"장난 아니에요." 올리브가 잘라 말하고 의자를 밀며 일어나 이삭을 똑바로 바라보았다.

"장난처럼 행동했잖아요."

"왜 당신과 당신 동생은 내가 멍청하다고 생각하죠? 아버지가 화가를 몇 명이나 파는지 알아요? 지난번에 세어보았을 때, 스물여섯 명이었어요. 그중에 여자가 몇 명이나 되는 줄 알아요, 이삭? 없어요. 한 명도 없다고요. 여자들은 **할 수가** 없어요. 여자들에겐 **비전**이 없어요. 내가 알기론 눈도 있고, 손도 있고, 심장도 있고, 영혼도 있지만. 나는 기회도 얻기 전에 실패했어요."

"하지만 당신이 그 그림을 **그렸**······."

"그래서요? 그 그림이 내 것이란 걸 알았으면 아버지는 절대 파리로 가지 않았을 거예요. 이삭, 나는 이미 그 사실을 각성한 지 몇 년이나 되었어요. 여기 왔을 때, 어떤 삶을 살지 알 수 없었어요. 방황하고 있었어요. 그런데 당신을 만났어요. 그리고 당신 동생이, 간섭하기 좋아하는 동생이 내게 최고의 도움을 주었어요. 이 상황이 당신 동생 마음에는 들지 않겠지만. 어쨌든 당신 동생이 모든 걸

바꿔놓았어요. 나는 이 상황이 마음에 들어요, 이삭. 그래서 멈추고 싶지 않아요. 나중엔 아버지에게 말할지도 몰라요. 아버지 표정을 구경하려고. 그건 장난일 수도 있겠죠. 하지만 지금은 아니에요. 이미 너무 늦었어요."

"너무 늦다니…… 뭐가 말이죠? 제발 부탁이니 에스파냐의 노동자들을 돕기 위해서라고는 말하지 말아줘요. 그건 견딜 수 없을 것 같으니까."

"내 돈을 기꺼이 받아갔잖아요."

"그건 페기 구겐하임의 돈이지……."

"아마 당신의 연봉 두 배쯤 되겠죠. 내가 정말 이곳에서 벌어지는 일에 관심이 없다고 생각해요?"

"관심이 있을지도 모르지. 하지만 그건 피상적이에요. 속속들이 이해하지 못하잖아요."

"하지만 거기 돈을 대줄 수 있는 건 나지, 당신이 아니잖아요. 누가 당신더러 전문가라고 하나요?" 올리브가 양손을 쳐들었다. "좋아요, 이삭. 왜 계속하려고 하는지 말해줄게요. 날 위해서예요. 나를 위해 하는 일이지만 다른 사람들도 도울 수 있어요. 내 그림이 가치 있고 중요해져서, 여자가 그렸다는 이유로 시장에서 묻히는 일이 없었으면 좋겠어요. 그것뿐이 아니에요. 이삭, 나는 성공하면 사람들이 어떻게 되는지 봤어요. 성공이 사람들을 어떻게 마비시키는지. 그들은 전작의 끔찍한 복사본밖에 못 만들어요. 모두가 그들이 누구이며 어떻게 해야 하는지 의견을 갖고 있으니까요."

"솔직히 말해줘서 기쁘군요. 하지만 당신 이름이 적혀 있어도 똑같은 그림이었을 거예요. 상황을 바꿀 수도 있었어요."

"오, 젠장. 목을 졸라버리고 싶군요. 당신은 정말 순진해요. 그렇게는 절대 성공할 수 없었을 거예요. 페기 구겐하임이 알랑거리며 편지를 쓰는 일도, 그림 한 점으로 새 미술관에서 전시를 하는 일도 없었을 거예요. 게다가 그 상황을 바꾸는 데 내 기력을 다 써버려서, 그림을 그릴 기력은 남지도 않았을 거예요. 그게 바로 가장 중요한 거라고요. 남자가…… 뭐랄까, 좋은 작품을 만드는 데 쓰는 기력을, 당신은 내게 그걸 상황을 바꾸는 데 쓰라고 하잖아요. 당신은 몰라요. 당신은 한 개인으로서의 삶을 살았으니까요, 이삭. 그런데도 당신이 한 사람으로서 하는 모든 일은 보편적이죠. 그러니 영광을 누려요. 돈을 가져요. 나를 위해 그렇게 해줘요. 나는 분명히 그럴 수 없었을 테니까."

"페기 구겐하임이 보낸 수표가 이곳의 정치적인 상황을 바꾸지는 못해요. 순진한 건 당신이에요."

"뭐, 지루한 것보다는 순진한 게 낫겠죠. 둘 다 대체 왜 그러는 거예요? 내가 당신에게 이걸 줬잖아요! 당신과 테레사는 똑같이 나빠요."

"동생은 내게 화를 내고 있어요. 동생이 옳아요."

"나한테도 화를 내고 있어요. 우리는 이제 친구 사이도 아니에요. 엉망이에요. 하지만 솔직히 말해보죠. 테레사가 화를 안 낸 적이 있나요?"

그 순간 두 사람은 테레사와 테레사의 찡그린 얼굴, 반항적인 태도, 정의감, 그리고 정의를 실현하려는 독특한 방법을 떠올렸다. "내 그림을 이젤에 올려놓았을 때, 테레사는 이렇게 될 줄 몰랐을 거예요. 나를 전혀 모르니까."

이삭은 의자에 등을 기대고 잠시 휴전했다. "그래요. 그 애 계획대로 되지 않았어요. 하지만 그 애는 당신을 우상으로 여겨요. 그 애는 당신보다 당신을 더 잘 안다고 생각해요."

"그게 무슨 말이에요?"

"어쩌면 당신은 당신 그림을 감춰두고 싶지 않았을 거라는 말이에요, 올리브."

"뭐라고요?" 올리브가 이삭을 노려보았다.

"당신이 그 애를 방에 들여놓았죠. 그림을 보여줬고. 내 동생이 당신보다 몇 발 먼저 움직일 거라고 생각해본 적이 없어요?"

"친구로서 보여준 거예요."

"테레사는 악의가 있어서 그런 게 아니에요. 그 애가 당신에게 해를 끼쳤다는 것처럼 말하는 건 그만둬요."

올리브는 식탁에 엎드렸다. "동생 감정이 그렇게 걱정되면 애초에 날 건드리지 말았어야죠. 테레사가 화를 내는 건 그것 때문이에요. 이유는 모르겠지만."

"올리브, 당신이 나를 찾아왔어요. 당신이 원한다면…… 좋아요. 이제 그만두는 게 어때요?"

올리브가 고개를 들었다. "뭘 그만두고 싶은 거예요?"

"이…… **거짓말.** 당신 아버지를 속이는 것 같아서……."

"아버지는 상관없어요. 아버지는 만족하고, 기뻐해요. 작품을 팔았고, 전도유망한 화가의 인지도를 높이고 있으니까……."

"존재하지 않는 화가죠."

"하지만 우리가 만든 이삭 로블레스…… **그는** 존재해요."

"우리는 제자리걸음만 걸을 거예요."

"그림 한 점만 더요. 딱 **한 점만.**"

"정말 제멋대로군요, 올리브. 다른 사람 감정에는 무관심하고."

"그런가요? 당신은요? 내가 찾아왔는데 키스하려고도 하지 않잖

아요." 그들은 말없이 서로 마주 보았다. "부탁이에요, 이삭. 큰일
인 건 나도 알아요. 하지만 내겐 〈과수원〉이라는 그림이 있어요. 페
기 구겐하임에게 그걸 보내면 돼요."

"점점 더 위험해질 거예요."

"나쁜 일은 벌어지지 않을 거예요." 올리브는 이삭의 곁에 무릎
을 꿇고, 두 손을 꼭 모아 쥐고, 그의 무릎에 손을 올려두었다. "아
무도 모를 거예요. **부탁이에요**, 이삭. 부탁해요."

그는 불안한 손으로 머리를 빗어 넘겼다. "페기 구겐하임이 날
만나자고 하면 어쩌죠?"

"여기로 찾아오진 않을 거예요."

"나를 파리로 초대하면 어쩌죠? 이미 런던 이야기를 했는데."

"그럼 싫다고 해요. 만나기 힘든 화가인 척하면 되잖아요."

이삭이 눈을 가늘게 떴다. "영국식 말장난을 할 때가 아니에요."

"아뇨, 진심이에요. 이삭, **부탁해요.**"

"내게 뭘 해줄 건데요?"

"원하는 건 뭐든지 할게요."

이삭은 눈을 감고 생각을 씻어내듯 손으로 얼굴을 문질렀다. 그
는 올리브를 일으켜세우고 식탁에서 일어나 침실로 들어갔다.

"올리브, 딱 하나만이에요. 그리고 끝이에요."

XIV

이삭은 올리브에게 해럴드의 파리 사무실로 보내기 전에 〈과수원〉을 보여달라고 요구했다. "적어도 내 이름을 어디에 붙이는지는 알아야죠." 테레사는 세라도 그 그림을 봐야 한다고 했다. 세라가 이삭과 함께 〈과수원〉을 본다면 도움이 될 거라면서. 세라가 혹시 그 이야기를 남편에게 한다면, 더 많은 사람들이 그 그림을 이삭의 것이라고 믿게 될 것이라고 했다.

올리브는 테레사의 제안에 놀랐다. "좋은 생각인 것 같아." 올리브가 테레사에게 말했다. "하지만 너는 이 일에 개입하고 싶지 않은 줄 알았는데?"

테레사는 어깨만 으쓱였다.

"어머, 굉장하네요." 세라는 그날 오후 동쪽 응접실에 놓인 그림 앞에 서서 말했다. 올리브는 그 그림 옆으로 비켜섰다. 테레사는 큰 파도로부터 달아나는 것과 같은 꼴이라고 생각했다. 올리브의 자신만만한 태도는 사라졌고, 그녀는 해럴드 의자에 앉아서 세라를 보았다. 테레사는 세라의 붉은 모직 바지에서 크림색 피부와 대조되는 짙은 핏빛의 색조를 보았다. 세라는 분명 기운을 되찾고 있었다. "우리 과수원이랑 정말 비슷하네. 하지만…… 달라요."

"감사합니다, 세뇨라." 이삭이 눈에 띄게 불편한 표정으로 말했다.

"좋지 않니, 올리브?"

"좋아요." 올리브가 이삭의 눈을 피하며 말했다.

세라는 테레사에게 이삭의 차와 **폴보로네스**•를 내오라고 했다. "테레사가 있어서 다행이에요. 테레사가 없었으면 정말 엉망이었을 거예요. 그리고 당신을 발견해서 정말 자랑스러워요, 로블레스 씨." 세라는 이렇게 말하면서 그가 앉아 있는 소파에 몸을 기댔다. 그녀는 달래듯이 따뜻하게 행동했다. "기분이 어때요? 파리의 찬사를 받는 것이?" 세라가 물었다.

"**찬사가 뭡니까?**"

"당신을 좋아한다는 뜻이에요. 그이가 이걸 보면 안달을 낼 거예요." 세라는 〈과수원〉 쪽으로 손을 흔들었다. "솔직히 당신에게 처음 그림을 의뢰한 것이 너무 기뻐요. 당신을 남들과 나누기가 힘들기는 하지만. 내 그림이 다른 여자 집에 걸려 있다니, 아까운 일이죠."

"그렇습니까." 이삭이 말했다.

"음." 세라의 한 마디 한숨이 스무 마디처럼 들렸다. "남편이 곧 돌아올 거예요." 남편이라는 단어를 입에 올리면서 이삭이 해럴드를 전혀 모르는 사람인양 말했다.

"돌아오시면 좋겠군요." 이삭이 말했다.

세라가 미소를 지어보이고는 방을 나갔고, 테레사는 세라가 중

• 에스파냐에서 주로 특별한 날에 먹는 전통과자. 부드러운 식감으로 밀가루, 설탕, 우유, 견과류 등이 들어감.

앙 계단을 통해 위층으로 올라가는 소리를 듣고 나서야 긴장이 풀렸다. 올리브가 재빨리 문을 닫았다. "음, 이삭?" 올리브가 빙글 돌며 물었다. "마음에 들어요?"

그들 모두 그림을 보았다. 들판과 초현실적으로 강렬한 색채, 한때는 그가 마음대로 돌아다녔지만 지금은 다른 사람의 소유가 된 하얀 집. "내 마음에 드는지가 중요한가요?" 그가 물었다.

올리브는 불편한 표정을 지었다. "마음에 안 드는군요."

"좋은 건 알겠지만, 내가 그릴 만한 그림은 아니에요." 그가 대답했다.

"마음에 안 드나보네요." 테레사가 말했다.

"그렇게 간단한 문제가 아니에요." 이삭이 잘라 말했다.

올리브가 그림 앞에 섰다. "사실 나는 간단한 문제라고 생각해요. 뭐가 마음에 안 들어요?"

"세상에!" 이삭이 외쳤다. "내가 왜 이 그림을 **좋아해야** 하죠? 내가 그렸다고 해도 사람들이 믿을 만큼 서툰 그림 아닌가요?"

"목소리를 낮춰요." 올리브가 말했다.

"내 이니셜까지 써놨군요."

"필요한 일이니까요."

"난 싫어요." 이삭이 일어서며 잔인하게 내뱉었다. "당신 아버지도 싫어하길 바랍니다."

"이삭……."

"잘 있어요, 세뇨리타."

올리브는 그에게 뺨을 맞은 표정을 지었다. 그가 방에서 나가자 올리브는 창가로 달려가 그의 모습이 대문 방향으로 사라지는 것을 지켜보았다. 그는 문을 거칠게 밀어 열고는 뒤도 한 번 돌아보지 않은 채 가버렸다.

"속상해하지 마세요." 테레사가 앞으로 나서며 말했다. "오빠가 안 좋아한다고 한들 무슨 상관이에요?"

"내가 만든 걸 싫어할 수는 있지만, 이삭이 내게 화를 내면 그림을 그릴 수 없어. 그릴 수가 없다고." 올리브가 짜증을 내며 말했다.

"왜요? 오빠를 알기 전에도 그림은 그렸잖아요."

올리브는 〈과수원〉을 가리켰다. "이런 건 아니었어, 이런 건 아니었다고!" 올리브는 이마를 나무 덧창에 꼭 붙였다. "그리고 이삭이 이걸 좋아하지 않는데 어떻게 아버지에게 보낼 거라고 확신할 수 있겠어? 빨리 보내야 하는데. 늦어지면 구겐하임의 추진력이 사라질 거야."

"천재를 위해서라면 기다려줄 거예요."

올리브는 콧잔등을 찡그렸다. "그런 말은 다들 너무 많이 해. 나는 천재가 아니야. 열심히 그릴 뿐이지."

"음, 그 사람은 기다려줄 거예요. 오빠가 그림을 보내지 않으면, 제가 항구로 가져다 드릴 수도 있어요."

"네가?"

"나만 믿어요."

올리브는 여전히 이마를 덧창에 댄 채 얼굴을 들지 않았다. "네가 이젤에 내 그림을 올려놨을 때, 신뢰가 깨졌어. 난 네가 친구인지 아닌지 알 수가 없어."

테레사는 잠시 아무 말도 없었다. 아픔을 감출 수 없었다. 올리브는 자신의 어머니를 닮지 않으려고 발버둥쳤지만 결국 제 어머니처럼 상대를 갖고 놀았다. "모르시겠어요? 제게는 목숨을 맡겨도 돼요."

올리브가 고개를 들었다. "내 목숨은 걱정하지 마, 테레사. 그림은 진심이야? 항구로 가져다줄 거야?"

"네."

올리브는 이삭이 한참 전에 사라진 대문을 내려다보았다. "나는 진짜 친구를 가져본 적이 없어."

"저도 그래요."

"남자를 사귄 적 있어? 사랑해본 적 있어?"

"없어요."

"남자 말이야, 사랑 말이야?"

"남자요."

올리브는 테레사를 돌아보았다. "하지만 사랑은 해봤겠지."

테레사는 얼굴이 달아오르는 것을 느꼈다. "아뇨, 그런 것 같진 않아요. 저도 잘 모르겠어요."

그날 밤, 테레사는 집으로 돌아가지 않았다. 올리브의 다락방 구석에 자리를 잡고 붓과 옷가지를 정리했다. 휴전 뒤 따라온 기쁨이었다. 올리브는 이삭의 초상화를 그리고 있다고 했다. 올리브가 주로 작업하는 시간을 고려하여 이삭을 그린 연필선으로 가득한 스케치북을 보았을 때, 이제야 이삭을 그리는 것이 오히려 놀라웠다. 올리브 앞의 캔버스에 그려지고 있는 이삭의 얼굴을 본 테레사는 굉장한 시작이라고 생각했다. 그는 녹색빛이 나는 피부와 결핵에 걸린 것 같은, 폐소공포증을 느끼는 것 같은 눈빛을 갖고 있었다. 하지만 그의 머리는 불이 붙은 듯이 그림 끄트머리까지 민들레와 카나리아의 노란색이 가득했고, 잔인한 생각이 스치고 지나간 것처럼 붉은색 점이 어지러이 흩어져 있었다. 분노하며 그린 것이었고, 올리브는 마치 마법에 걸린 것 같았다. 테레사는 오빠와 올리브 사이의 균형이 맞지 않는다고 생각했다. 그러나 올리브는 자신의 손으로 표현한 이 겹겹의 집착과 두려움을 모르는 것 같았다.

올리브는 새벽이 되어서야 첫 번째 이삭의 초상화 작업을 마쳤다. 새벽 3시, 올리브는 녹초가 되어서 매트리스에 누워 머리맡에 놓인 촛불의 흐릿한 불빛에 대들보와 천장의 석고, 거칠게 일어난 모서리를 바라보았다. 멀리 산속에서 늑대가 울었다.

"여기 와서 자." 올리브는 테레사에게 말했다. 구석에서 올리브의 책을 읽고 있던 테레사는 책을 내려놓고 낡은 매트리스에 올라가 올리브의 곁에서 옅은 핑크색 이불을 덮고 뻣뻣하게 누웠다. 움직이면 이 마법의 왕국에서 올리브가 사라질까 봐 테레사는 꼼짝할 수 없었다.

그 방의 분위기가 가벼워지고, 올리브의 그림과 집중의 에너지가 흩어져 이젤 위 이삭의 녹색 얼굴만 남을 때까지 그들은 나란히 누워 천장을 바라보았다. 창문 너머 땅에서는 수탉도, 개도, 인간도 그들의 침묵을 깨지 않았다. 올리브와 테레사는 옷을 입은 채로 잠들었다.

이틀 뒤, 올리브는 테레사와 함께 말라가에 가기로 했다.

"오늘 하루 즐겁게 지내려고." 올리브가 세라에게 말했다. "안 될 것도 없잖아요?"

"그런데 얼마나 있을 거니?" 세라가 물었다. 테레사는 몇 달 만에 혼자 있게 된 세라가 불안해한다고 생각했다.

"로블레스 씨를 대신해서 운송사무소에 갈 거예요. 그리고 라리오스 거리에서 레모네이드를 한 잔 마실까 해요."

"아, 해지기 전에 그 농부에게 꼭 데려다달라고 하렴."

"약속할게요."

"그 사람도 빨갱이는 아니겠지?"

"엄마!"

〈과수원〉은 크기가 큰 그림이라 올리브와 테레사가 함께 들것을 들듯이 운반해야 했다. 테레사는 집을 향해 돌아봤다. 세라가 그들이 계곡으로 접어들 때까지 창가에 서서 지켜보다가 사라졌다. 노새 짐꾼이 마을 광장에서 기다리고 있었다. 테레사는 세라가 혼자 있을 생각에 몰려드는 불안을 무시하려고 노력했다. 왜 염려되는지 정확히 알 수 없어 그날 여행의 즐거움만 생각하려고 했다. 테레사는 자신이 가진 것 중 가장 좋은 파란 드레스를 입었다. 머리를 감고, 마을 의사의 딸인 로사 모랄레스가 만들어 파는 오렌지꽃 증류수로 목욕도 했다. 마치 **축제 날**처럼 들떴다.

포장한 〈과수원〉을 옆에 두고 노새 수레에 앉아 말라가까지 30킬로미터를 가다보니, 종이로 감싸고 노끈으로 묶은 꾸러미가 매우 커서 놀랐다. 테레사는 다시 올리브의 친구가 되었기에 꾸러미에 대해서는 묻지 않았다. 시키는 대로 할 생각이었다. 머리카락이 바람에 흩날렸다. 흰 테의 선글라스를 쓴 올리브는 세라만큼이나 화려했다. 그런 아름답고 화창한 날을 누가 망치고 싶겠는가?

노새는 흰 먼지가 일어나는 길을 계속 걸었고, 올리브는 참나무에 묶여 있는 붉은 리본을 가리켰다. 그 광경은 마치 바람에 날리는 붉은 피의 선처럼 어쩐지 불안했다.

"저게 뭐죠?" 올리브가 에스파냐어로 물었다.

노새 짐꾼이 어깨너머로 말했다. "말썽거립죠."

테레사는 몇 세기 전부터 그랬듯이 그것이 이 땅에 벌어질 폭력의 전조라고 여겼다. 그 리본을 누가 묶었는지 아무도 보지 못했다. 아드리안도 아마 그중 하나였을 것이다. 하지만 나무에 리본을 묶어둔다는 것은 불의에 저항하는 결의와 상황을 뒤엎으려는 욕망을 동시에 보여주었다. 테레사는 아무것도 바뀌지 않기를 바랐다. 오늘에서야 겨우 성취를 이뤘으니 말이다.

그들은 자신감과 행복감에 들떠 운송사무소에 도착했고, 짐꾼과 언제 어디서 만나 되돌아갈지 정했다. 그들은 시에스타* 시간 직전 그곳에 도착해서 프랑스로 보내는 우편물에 그 꾸러미를 넣어 보냈다. 〈과수원〉은 파리의 뤼 드 라 뻬**에 있는 슐로스 갤러리로 출발했다.

그런 다음 그들은 대로를 걸어 다니며 진분홍색과 붉은색의 피튜니아와 제라늄이 든 바스켓이 주렁주렁 걸린 가로등을 구경했다. 쇼윈도를 들여다보고 말라가 사교계의 잘 차려입은 사람들을 손으로 가리켰다. 그리고 한낮의 더위에 덧창을 모두 닫아놓은 집들이 늘어선 좁은 거리로 접어들었다. 아라수엘로의 비탈에 있는 농촌과는 너무나 다른 대도시였다. 테레사는 올리브가 모국의 도시에 감탄하는 것을 보고 기분이 좋았다. 런던에 비할 바는 아니지만, 말라가는 태양이 돌길을 내리쬐고 백화점과 약국의 진열장에 반사되어 반짝이는 웅장하고도 영원한 도시였다.

두 사람은 항구로 내려가 앉아서 레모네이드를 마셨다. 그리고

* 라틴아메리카 등지에서 한낮의 무더위로 일의 능률이 오르지 않을 때 낮잠을 자는 풍습.
** '평화의 거리'라는 뜻으로 주로 프랑스의 상류층이 모여 사는 거리.

끊임없이 드나드는 거대한 배들 중 어느 것이 그들의 거짓 소포를 싣고 갈지 헤아려보았다.

"이삭은 내가 그림을 보낼 걸 알고 있어." 올리브가 말했다. "자기가 보내고 싶지 않을 뿐이지. 내가 이삭을 공정하게 대하는 것 같아?"

"오빠가 이런 식으로 계속할 것 같은지 묻는 건가요?"

올리브는 놀란 표정으로 대답했다. "응, 그런 것 같아."

테레사는 바다를 내다보았다. "오빠는 돈만으로 충분하지 않을 거예요."

사실이었다. 돈만으로는 누구에게도 충분하지 않았다. 그가 〈밀밭의 여인들〉을 팔고 받은 돈 중에서 일부를 떼어놓았다 해도 그들은 항상 돈으로 살 수 없는 것, 적법성과 사랑을 원했다. 테레사는 올리브가 무심하다고, 이삭의 이름을 자신의 작품에 쓰는 것은 그가 언제까지나 참아줄 수 없는 일이라고 생각했다. 하지만 테레사 자신은 올리브가 시키는 대로 순종할 생각이었다.

올리브는 얼굴을 찡그렸다. "그거 협박 같은데."

"아뇨, 아니에요. 하지만…… 오빠는 남자잖아요."

"그게 무슨 말이야?"

테레사는 영어로 정확하게 대답할 수 없었다. 그리고 올리브의 행동을 정확히 규정할 수 없었다. 다만 정체를 알 수 없이 서서히 끓어오르는 위험은 또렷하게 느낄 수 있었다. 그러나 그 위험이 더 앞당겨온다 할지라도, 이 바닷가에서 레모네이드를 마시는 것은 너무나 좋았다. 테레사는 올리브의 무심한 행동이 끝나지 않기를 바랐다.

"오빠 마음은 오빠만 알 수 있어요." 테레사가 돌려 말했고 올리브는 자신들이 세운 음모의 어두운 구석을 더 깊이 파헤치고 싶지 않아 몸을 돌려 바다로 나아가는 거대한 배를 바라보았다.

해 질 녘, 그들은 피곤하지만 흡족한 마음으로 핀카로 돌아왔다. "테레사." 현관에 다다랐을 때, 올리브가 말했다.

"네?"

"네게 어떤 일도 일어나지 않도록 약속할게. 날 믿어도 돼."

테레사는 자신이 한 말이, 주문의 절반이 그대로 반복되는 것에 놀라 미소를 지었다. 안으로 들어가자 세라가 보이지 않았다.

"어디 계시지?" 올리브가 이렇게 말했고, 목소리에 떠오르는 당혹감이 아이처럼 분명했다.

"산책 나가셨나 봐요." 테레사가 말했다.

"엄마는 산책을 하지 않아." 올리브는 과수원으로 달려 나갔고, 테레사는 세라를 위층에서 찾는다는 핑계로 다락방으로 올라가 자신이 의심하던 바를 확인했다. 짐작이 맞았다. 녹색 얼굴을 한 이삭의 초상화가 보이지 않았다. 지금쯤 그것은 여객선에 실려 페기 구겐하임에게 가고 있을 것이다.

XV

보통 소파에서 담배를 피우는 것을 더 좋아하는 사람에겐 드문 일이지만, 세라는 자주 핀카 영지에서 벗어나 산책하기 시작했다. 세라는 빌린 땅에서 뽑은 풀을 뿌리의 흙도 털지 않은 채 작은 나뭇가지로 엮은 널찍한 바구니에 넣었다. 아티초크*를 사러 마을에 간다고 했고, 곧 부엌에는 아티초크 더미가 쌓이곤 했다. 야생화를 꽂은 꽃병이 배로 늘어서 테레사가 쓸 그릇이 부족해졌다.

말라가에 다녀온 지 열흘 뒤, 해럴드에게서 전보가 왔다. 테레사가 그것을 받으러 내려갔다가 핀카로 달려와 어머니와 식탁에서 완두콩을 까고 있던 올리브에게 건넸다.

초록 얼굴 천재 구겐에게 감 마침표 멋진 과수원도 삼 마침 표 주말에 귀가 마침표

올리브가 소리 내어 읽었다. "페기 구겐하임이 둘 다 샀네." 올리

---

* 줄기의 높이는 1.5미터 정도로 꽃봉오리를 식용으로 사용하며 육질이 연하고 맛이 담백함.

브가 숨을 들이쉬었다. "이삭이 기뻐할 거야."

테레사는 골반에 양손을 얹었다. "둘 다요?" 이렇게 말했지만 올리브는 그녀를 쳐다보지 않았다. 테레사는 말라가에 가져갔던 소포의 부피가 컸던 것을 기억했다. 이 가족은 테레사가 알고 있지만 알고 싶지 않은 사실을 항상 대면하게 만들었다.

"두 점이나 있는지 몰랐구나." 세라가 콩 껍질을 손톱으로 그으면서 말했다. 테레사는 세라가 손톱에 갈라진 매니큐어를 손질하지 않고 방치해둔 것을 보았다.

"〈과수원〉도 있었지만, 또 다른 그림도 있었어요. 자화상요."

"네가 봤니?" 세라가 물었다.

"잠깐만요. 아버지가 돌아오시는 모양이에요."

"전화벨이 이제 멈추려니까 돌아오시네." 세라가 한숨을 쉬었다.

테레사는 설거지를 하러 싱크대로 갔다. 세라는 속이 빈 껍질을 내려놓았다. "얘야, 여기가 마음에 드니?"

"전 적응했어요. 지금이 제일 좋아요. 엄마는요?"

세라는 부엌 창밖을 내다보았다. 정원과 그 너머 과수원은 꽃과 과실, 인동덩굴과 **야래향**, 올리브와 오렌지로 가득했다. 지난 1월, 춥고 지친 상태로 먹구름이 낀 세라의 후유증을 떨치려 아는 사람 하나 없는 이곳에 도착했을 때 해럴드가 세라와 올리브에게 약속했던 대로였다.

"**좋다는** 말을 써도 될지 모르겠지만 여기서 십 년은 산 것 같구나. 여긴…… 내게 스며드는 것 같아. 이삭이 그린 들판이 살아있는 것처럼." 세라가 딸에게 말했다. "굉장하지 않니? 그 사람이 그걸 그렸다는 게 말이야."

"네."

"어떻게 그런 걸 그린 것 같니?"

"내가 어떻게 알겠어요?"

"그 사람은 천재야."

올리브는 한숨을 내쉬었다. "천재는 없어요, 엄마. 천재라고 하는 건 게으른 생각이에요. 연습하니까 그렇게 되는 거죠."

"아, 연습. 나는 아무리 연습해도 그런 걸 그리진 못할 거야."

"좀 좋아지신 것 같아요, 엄마." 올리브가 말했다.

"훨씬 건강해진 것 같아. 아버지가 말라가에서 약을 갖다 줬는데, 아직 손도 안 댔어."

"정말요? 그래도 괜찮을까요? 말라가에서 돌아왔을 때 엄마가 없어서 정말 놀랐어요. 걱정이 돼서……."

"그런 일은 안 해, 리브. 예전과는 달라진 거 같아."

두 사람은 말없이 콩 껍질을 벗겼다. 세라는 햇빛을 받고 있었고, 평온해 보였다. 이곳 생활에 만족하는 것 같았다. 올리브는 어머니가 자신이 얼마나 아름다운지 모르고 있다고 생각하니 다시 마음이 아팠다. 어머니는 머리가 부스스했고, 선드레스는 가방에서 막 꺼낸 것처럼 구겨져 있었다. 머리가 상당히 많이 자랐지만, 상관하지 않는 것 같았다. 세라의 어두운 빛이 맴도는 금발은 밝게 염색한 끄트머리와 매우 대조적이었다. 그런데 이상하게도 그것이 보기 좋았다. 올리브는 이처럼 편안한 어머니의 모습을 그리고 싶어 어쩔 줄 몰랐다. 그렇게 하면 자신도 어머니처럼 편안해질 것 같았다.

"여름이 다 됐네." 세라가 올리브의 생각을 방해하며 말했다. "굉장히 더워질 거야."

"추운 거 싫어하셨잖아요."

세라가 혼자 웃었다. 이것도 드문 일이었다. "네 아버지가 여기로 오자고 한 게 그렇게 나쁜 생각은 아니었어." 세라는 손을 뻗어 딸의 손을 꼭 잡았다. "내가 사랑하는 거 알지, 올리브. 많이 사랑해."

"엄마도 참, 왜 그러세요?"

"아냐, 아무것도. 그냥 네가 알아줬으면 하고."

세라는 담배와 런던의 친구가 보내준 잡지 〈크리스티〉의 최신호를 들고 베란다로 나갔고, 테레사는 복도를 걸레질하기 시작했다. 올리브는 테레사를 뒤따라가 아직 걸레질하지 않은 마른 바닥 위에 섰다.

"테레사, 다음 그림의 모델이 되어줄래?" 올리브가 나직한 목소리로 물었다. "너를 그리고 싶어."

테레사의 등이 굳었고, 대걸레를 쥔 손에 힘이 들어갔다. "말라가에 그림을 두 개 가져간다고 알려주지 않았잖아요." 테레사가 말했다.

"너를 더 곤란하게 하고 싶지 않았어."

"곤란요?"

"봐, 너는 이 일이 화가로서 내 위신이 떨어진다고 생각하잖아."

"위신이라뇨?"

"내가 유명해지지 않으니까. 이삭은 자격이 없는데도 유명해졌다고 생각하지. 하지만 그게 내가 원하는 거야. 나는 자유를 원해. 너는 내 친구잖아, 테레사. 내게서 이걸 받아줘."

테레사는 허리를 펴고 묵묵히 걸레를 더러운 물이 담긴 양동이에 넣었다. 테레사는 스케치북에서 이삭을 본 뒤로 이 순간을 내내 기다려온 것 같았다. 올리브의 속임수를 도와주고, 그림을 말라가로 가져가고, 세라가 그것이 이삭의 그림이라고 믿게 하고, 다락방을 치우면서 이런 결론이 나길 쭉 기다렸다. 테레사도 모델이 되고 싶다는 결론. 테레사는 올리브가 자신을 그려주기를 바랐다.

테레사는 올리브를 뒤따라 다락방으로 올라가는 동안, 자신에게 주어진 역할에서 벗어났음을 알 수 있었다. 테레사는 다시 한 번 걸레가 놓인 번들거리는 바닥을 보았다. 테레사는 이제 이 집에서 얼룩을 지우는 하인이 아니었다. 곧 그 누구도 지울 수 없는 영원한 흔적을 남길 것이었다.

그것은 루피나의 그림이 될 거라고, 올리브는 다락방 문을 잠그면서 말했다. "〈우물 속의 산 후스타〉는 그렸으니까 네가 나의 루피나가 될 거야. 따지고 보면 그 이야기를 해준 것은 너니까. 어떤 부분을 그릴까 생각하고 있었어."

테레사는 감히 말도 못 꺼내고 고개만 끄덕였다. 올리브가 자기 얼굴을 초록색으로 칠해 페기 구겐하임에게 보낸 걸 알면 이삭이 뭐라고 할까? 그가 언제쯤이면 올리브가 끊임없이 그림을 그릴 수 있을 거란 것을 깨닫게 될까? 올리브는 이삭이 영감의 원천이라고 믿었다. 그러나 테레사는 그가 올리브에게 짜증을 부리거나 그녀를 배신해도 아니, 그보다 더한 어떤 일을 해도 올리브는 끊임없이 그림을 그릴 거라고 생각했다.

"그릇을 들고 있는 루피나로 할까, 사자와 있는 루피나로 할까, 머리가 잘려 후스타와 함께 있는 루피나로 할까?" 올리브는 혼잣말처럼 중얼거렸다. "머리가 잘린 건 무섭지만, 그게 아포제•지. 우물 속에 있다고 해도"

테레사는 올리브가 자신에게 **사과**한 것으로 잘못 알아듣고, "올리브가 미안할 거 없어요"라고 말했다.

올리브는 미소를 지었다. "그렇게 생각한다니 다행이야, 테레사."

올리브는 〈밀밭의 여인들〉에서 쓴 딥틱 형식을 버리고 한 가지 장면만 그리기로 결정하면서 그 이야기의 모든 단계가 포함되기를 바랐다. 그래서 루피나는 그 자리에 전신으로 등장하지만, 자기 머리를 들고 있을 것이다.

"올리브 얼굴을 넣어도 돼요." 테레사는 이렇게 말하고 곧바로 후회했다. 도를 지나친 행동이라고 생각했기 때문이다.

올리브는 입술을 깨물며 생각해보았다. "음, 네 얼굴을 먼저 그리자. 내 얼굴을 넣을지는 나중에 생각해볼게. 결국은 한 사람이어야 하니까. 하지만 사자 갈기에는 금박을 꼭 넣을 거야. 고양이처럼 순하게 그려야지."

올리브는 테레사가 머리를 빗겨줄 때 앉는 의자에 테레사를 앉혔다. 올리브의 붓 터치에는 확신이 차 있었고, 자신감과 가능성의 공간에서 그림을 그렸다. "참 엄숙한 눈이지." 올리브는 패널에 붓을 대면서 말했다. "조그만 코 위에 너무나 짙고 조심스러운 눈이야. 너랑 이삭은 내 마음속에 목판화처럼 새겨졌어."

올리브는 점차 그 방에서 벗어나 자신의 예술적 비전에 다가감과 동시에 표정이 흐트러졌다. 테레사는 거기 들어갈 수 없었지만,

---

• apogée, '절정'이라는 뜻의 프랑스어로 에스파냐어의 '사과apología'와 발음이 유사함.

그것의 근원이 된 느낌이었다. 테레사는 자신이 사라지고, 올리브가 원하는 무엇이든 될 수 있는 이 유령 역할로 기꺼이 빠져들었다. 테레사는 아무도 볼 수 없는 존재가 되었지만, 누군가 또렷이 보고 있는 느낌이 들었다.

XVI

해럴드는 6월 첫 주, 말라가 공항에서 혼자 차를 몰고 돌아왔다. "그 친구는 어디 있나?" 해럴드는 패커드*를 주차하자마자 이렇게 외쳤다. "내 천재는 어디 갔지?"

여자들은 햇살을 손으로 가리고 현관 계단에 서 있었다. 해럴드는 가볍게 손을 흔들었다. **그 여자랑 같이 있었군.** 테레사는 현관으로 다가오는 그를 살피며 이렇게 생각했다. 그는 만족스럽게 잘 먹고 잘 지낸 것 같았지만, 웃는 표정이 조금 어색했다. 악에서 벗어나 선으로 돌아오는 남자의 분위기를 느꼈다. **그 여자에게 파리로 가는 티켓을 보냈을지도 모르지.** 테레사의 기억 속에 멀어졌던 그 이름 없는 여인의 소심한 도이칠란트어가 되돌아왔다. **해럴드, 비스트 두 에스?**

테레사는 세라를 쳐다보았다. 세라는 에너지를 비축하고 자신을 지켜온 사람마냥 편안한 표정이었다. **세라도 알까?** 테레사는 곰곰이 생각해보았다. 그리고 깨달았다. **세라도 분명 알고 있었다.**

"잘 지냈어요, 여보?" 세라가 말했다. "이삭은 여기 사는 게 아니

---

* 19세기 초에서 중반까지 인기를 모은 미국의 고급 자동차 브랜드.

잖아요."

해럴드는 앞으로 걸어와 아내의 양 뺨에 키스하며 말했다. "이젠 이삭이라고 부르는군?" 그러고는 올리브를 봤다. "건강해 보이는구나, 올리브. 아니, 아주 멋지구나."

올리브는 미소를 지었다. "고마워요, 아빠. 아빠도 좋아 보여요."

테레사는 해럴드가 자신의 생각을 읽지 못하도록 눈을 내리깔았다. "부에노스 디아스**, 테레사." 해럴드가 테레사에게 인사했다. 긴 여행으로 수염을 깎지 못한 해럴드의 턱이 덥수룩했다. 테레사는 여행의 냄새, 타인의 향수가 그에게 섞였을 가능성을 감지했다.

"부에노스 디아스, 세뇨르."

"가방을 가져다주렴."

테레사는 계단을 내려가면서 슐로스 집안의 삶 속에 너무나 강렬하게 끼여 숨도 쉴 수 없을 것 같은 기분이 들었다.

그날 밤, 그림자가 길어지고 매미가 울어댈 때까지 테레사는 이삭이 집에 오기를 기다렸다. 저녁 7시쯤, 언덕 아래서 이삭이 자기 몸집만 한 짐을 지고 지친 얼굴로 나타났다. 테레사는 그 모습에 깜짝 놀랐다.

"돌아오셨어." 테레사가 인사 대신 말했다.

이삭은 배낭을 풀밭에 쿵하고 내려놓았다.

"뭐가 들었어?" 테레사가 물었다.

"곧 알게 될 거야." 이삭은 바닥에 쓰러져 손으로 머리를 베고 누웠다.

•• buenos días, 에스파냐어로 '안녕하세요'라는 뜻의 오전 인사.

"알아둬야 할 게 있어." 테레사가 이삭의 회피에 짜증을 내며 말했다. "올리브가 오빠에겐 말하지 않고 파리에 그림을 하나 더 보냈어. 화내지 마. 해럴드가 그것도 팔았어. 해럴드보다 먼저 오빠에게 알려주고 싶었어." 이삭은 누운 채로 고개를 끄덕이더니 재킷 주머니를 더듬어 구겨진 담뱃갑을 꺼냈다. "화났어, 오빠?"

"아니."

"화낼 줄 알았는데. 왜 안 내?"

"내가 화내길 바라? 이미 끝났는데 뭐하러? 놀랍지도 않아."

"돈을 더 많이 받을 수 있으니까 그러겠지."

"늘 그렇지."

"오빠, 나도 무슨 일인지 알고 있어."

이삭이 테레사를 날카롭게 쳐다보았다. "무슨 말이야?"

"둘이서 뭐하는지 알고 있다고. 그림 말고. 올리브는 오빠를 진심으로 사랑해."

담배에 불을 붙이는 이삭의 얼굴에 안도감이 스쳤다. "올리브가 말이지." 그가 말했다.

"오빠도 올리브를 사랑해?"

이삭은 일어나 앉더니 담배를 빨면서 땅을 내다보았다. 해가 지고 있었고, 계곡 아래 잡목림에서 박쥐들이 나타나기 시작했다. 공기는 따뜻했고 땅에서도 여전히 온기를 발산하고 있었다. "그들은 떠날 거야. 여기 계속 있지 않아. 그들은 도시 사람들이야. 살롱*이 어울리는 사람들."

"세라는 그렇지. 해럴드도 그럴지 몰라. 하지만 올리브는 아니

---

* 17세기에서 18세기 사이 프랑스 상류 사회에서 성행한 귀족 모음으로, 훗날 상류 가정 객실에서 열리는 사교 모임으로 통칭됨.

야."

"올리브가 널 낭만주의자로 바꿔놨구나."

"반대야. 나는 올리브를 이해할 뿐이지. 올리브는 오빠를 절대 떠나지 않을 거야. 오빠가 가는 곳이면 어디든지 따라갈 거야."

"그걸 어떻게 확신하는데?"

"오빠가 없으면 그림을 그릴 수 없대."

이삭이 웃었다. "어떤 면에서는 사실일 수도 있겠군. 음, 올리브가 정말 나를 사랑한다고 해도 이 일이 괜찮아지는 건 아니야."

"나는 올리브에게 오빠가 필요하다고 생각하지 않아."

"나도 그 말이 놀랍지 않다, 테레사."

파리 출장은 성공적이었다고 해럴드가 말했다. 이삭 로블레스는 이제 파리 슐로스 갤러리 창공의 북극성이 되었군. 그다음 날 오후, 해럴드는 응접실에서 다리를 쭉 뻗고 앉아 포도주를 마시며 〈밀밭의 여인들〉과 〈과수원〉, 〈녹색 자화상〉 덕분에 자신과 파트너들이 르네상스를 누리고 있다고 말했다.

"사람들은 페기가 뒤상을 통해서 그림을 사고 싶어 한다는 얘길 들었지. 하지만 내가 먼저 도착했어. 페기는 자네 다음 작품을 몹시 기대하고 있네. 〈밀밭의 여인들〉의 연작을. 가능하다면 작업과정을 사진으로 보내주었으면 하더군. 가능한가, 이삭?"

올리브는 셰리를 한 잔 더 마셨다. "'연작'요?" 이삭이 말했다.

"내가 너무 재촉하는 건가? 그렇다면 말해주게. 자네가 원하지 않는다면 사진을 보낼 필요는 없네. 자네 좋을 대로 하게. 자넨 훌륭한 재능을 갖고 있어, 이삭. 진심이네. 어서 자네의 미래를 보고 싶군."

"예상할 수 없는 미래가 되겠죠." 이삭이 대답했다. "슐로스 씨, 드릴 것이 있어서 가져왔습니다."

올리브가 셰리 잔을 내려놓고 의자에서 일어나려는데 이삭이 배낭에 손을 넣고 권총을 꺼냈다. 금속 총신이 빛났다. 그가 손에 총을 올려놓자, 아무도 입을 열지 않았다.

"진짜인가요?" 세라가 물었다.

"진짜입니다, 세뇨라."

"총은 왜 가져왔나?" 해럴드가 웃으면서 물었다. "총 대신 제발 그림을 가져오게."

올리브는 안도한 표정으로 등을 기댔다. "총을 쏘십니까, 세뇨르?" 이삭이 말했다.

"쏴봤지."

"여성분들도 총을 쏠 줄 압니까?"

"당연히 못하죠." 세라가 말했다. "그런데 왜 묻는 거예요? 정말 드라마틱하군요."

이삭이 정원 끝 참나무의 튀어나온 가지에 흙을 채운 밀가루 포대를 걸었다. 거친 포대에 'H A R I N A●'라고 적혀 있었다. 그들은 'R'과 'I' 사이를 과녁으로 정하고 모두 빈 분수대 옆에 일렬로 서서 차례로 쏘기로 했다. 이 과정은 마치 축제 같은 분위기를 만들어냈다. 흔들거리는 포대와 이삭의 총소리에 놀라 참나무에서 날아가는 새들.

해럴드는 마지막 A를 맞혔다. 세라는 참나무를 맞추고 권총을

● 에스파냐어로 '가루'라는 뜻.

이삭에게 넘기며 다시는 총을 만지지 않겠다고 했다. 세라는 풀밭에 누워서 배에 두 손을 얹고는 하늘을 바라보았다. 이삭은 N의 가운데를 맞추고 당황하는 표정을 지었다. 그는 권총을 올리브에게 건넸고, 테레사는 그들의 손이 얽히는 것을 보았다.

올리브는 발사 위치에 걸어가서 총을 들었다. 눈을 가늘게 뜨고, 방아쇠를 당겨 총알을 쏘아 보내면서 총의 반동에 놀랐다.

"리브!" 해럴드가 외쳤다.

"괜찮아요."

"아니, 거의 정 가운데를 맞췄구나."

올리브는 놀란 표정으로 포대를 보았다. "그랬어요?"

테레사는 올리브가 그처럼 시력이 좋고 악력이 센 것을 당연하게 여겼다. "다시 해보렴." 해럴드가 말했다.

"아뇨, 그건 실수였어요."

세라는 고개를 들고 총알 구멍이 난 포대를 보았다. "리브, 네게 숨겨진 재능이 있구나. 시합에 내보내야 되겠어."

테레사는 서둘러 올리브에게서 권총을 받았고, 이삭이 장전을 제대로 하는지 확인하려 다가왔다. 테레사는 그를 밀어내고 혼자서 완벽하게 장전했다. "그 돈으로 이걸 샀지?" 테레사가 속삭였다.

"이게 마지막 총은 아닐걸. 소비에트 T33이야." 이삭이 감탄하는 목소리로 말했다.

"이 총을 그들에게 주는 거야?"

"필요할지도 모르니까."

"왜? 오빠는 그들을 지키려는 거야, 위험에 빠뜨리려는 거야?"

"과녁을 봐, 테레사. 목소리를 낮추고."

테레사는 이삭이 어디서 소련의 무기를 구하고 있는지 궁금했지

311

만, 굳이 알고 싶지도 않았다. 테레사는 다리를 벌리고, 권총을 든 다음 한 손으로 손목을 받쳤다. 온몸의 근육이 긴장했고, 턱은 분수대의 사티로스 석조처럼 단단하게 굳었다. 테레사는 숨을 깊이 들이마시고 방아쇠를 당겼다.

토끼를 쏘는 건 너뿐이야.

테레사가 속으로 생각했다. 방아쇠를 당기자 총알이 공기를 가르고 나뭇가지에 걸린 포대의 매듭을 정확히 맞혔다. 포대가 풀밭에 풀썩 떨어지자 이삭이 짜증을 내며 소리를 질렀다. 흙이 사방에 흩어졌고, 게임은 엉망이 됐다.

그날 오후 늦게 해럴드는 셰리를 사러 말라가에 있는 식품점에 다녀오겠다고 했다. 그러자 세라가 함께 가겠다고 나섰다. "약국에 가야 해요. 그리고 라리오스 거리에서 커피를 마시고 바닷가를 걷고 싶어요."

테레사는 해럴드가 망설이는 것을 알아차렸다. 그는 이렇게 말했다. "좋은 생각이오. 바람을 좀 쐬어야지. 이삭, 함께 가겠나? 셰리를 사려면 이곳을 잘 아는 사람의 도움이 필요할 텐데." 테레사는 자전거로 만족하는 이삭도 해럴드의 힘 좋은 자동차를 타보고 싶어 할 거라 생각했다. 그렇지만 그와 말라가에 동행하지는 않을 터였다. 그녀의 예상대로 이삭이 해럴드의 제안을 정중하게 거절했다. "그렇겠지. 하고 싶은 일이 있겠지."

올리브와 이삭은 핀카 밖으로 나와서 슐로스 부부에게 손을 흔들었다. "이제 페기 구겐하임에게 보낼 사진을 찍어요. 아빠 서재에 카메라가 있어요." 차가 사라지자마자 올리브가 말했다. 이삭은 말없이 마을 쪽으로 열려 있는 대문을 보았다. "왜 그래요?" 올리브가 물었다.

"내가 어리석었어요." 그가 말했다.

"그렇지 않아요."

"당신의 자신감, 당신의 행복은 나를 사랑해서라고 생각했어요."

"그랬어요. 지금도 그래요."

"그런 것 같지 않아요. 그건 예전부터 당신에게 있었어요. 밖으로 나오기를 기다리면서. 내가 우연히 그때 그 자리에 있었던 것뿐이에요. 당신이 나를 캔버스로 사용하도록."

"사랑해요, 이삭." 올리브가 말했다. 그 말이 두 사람 사이에 뚝 떨어진 것처럼 어색했다.

"당신이 사랑하는 건 내가 아니에요. 구겐하임 저택의 벽을 사랑하는 거지. 이제 어떻게 끝낼 건가요, 올리브? 끝나긴 해야 하니까요."

올리브가 그의 팔을 잡았지만, 그가 떨쳐냈다. "나 때문에 화났군요. 그렇지만 정말 사랑해요……."

"그림을 한 점만 더 보내자고 했죠. 그러더니 한 점을 더 보내더군요. 녹색 얼굴, 또 하나 더, 또 하나 더, 또 하나 더."

"미안해요. 정말 미안해요. 이게 마지막이에요. 약속해요. 맹세해요. 목숨을 걸고 맹세해요."

이삭이 올리브를 마주보았다. "당신과 내 동생이 처음부터 계획한 건가요?"

"당연히 아니죠."

"테레사는 이 상황이 아주 편안한지 당신처럼 말하더군요. 그 애는 항상 계획을 세우죠."

"아뇨, 계획한 게 아니에요, 이삭. 우연히 이렇게 된 거예요."

"테레사는 어딜 가도 살아남을 거예요. 테레사가 당신 그림을 이 젤에 얹어놓았지만, 그 애가 항상 당신을 위할 거라고 생각하지는 마요."

"무슨 말이에요?"

이삭은 냉랭하게 웃었다. "나는 가보지도 못한 파리에서 유명해 졌어요. 내가 보지도 못한 자화상을 그렸고요. 당신은 나를 훔치고 있어요, 올리브. 내가 유명해질수록, 나는 투명인간이 되어가는 느 낌이에요." 그는 숨이 막혔고 당황한 표정으로 말을 끊었다. "그리 고 이런 짓을 하고도 당신이 날 사랑한다는 말을 내가 믿어주길 바 라고 있죠."

"나는 아무것도 바라지 않아요, 이삭. 당신이 이런 느낌을 받는 건 원하지 않았어요. 당신을 정말 사랑해요. 당신이 **나를** 사랑해주 기를 기대한 적은 없어요. 내가 지나쳤어요. 그건 알겠어요. 하지만 난…… 우린…… 성공했잖아요. 이렇게 쉬울 줄은 몰랐어요……."

"쉽지 않아요, 올리브. 쉽지 않았어요. 나는 이런 짓을 더는 할 수 없고, 하지 않을 거예요. 구겐하임이라는 여자한테 그림을 한 번 더 보냈다가는 내가 무슨 짓을 할지 장담할 수 없어요."

"무슨 말이에요, 이삭? 무섭잖아요."

"지금 작업 중인 그 그림…… 그건 없애버려요."

올리브는 겁에 질린 표정을 지었다. "하지만 그럴 수 없어요."

"왜죠?"

"지금까지 그린 것 중에 최고니까요. 파리에서 그 그림을 기다리 고 있어요."

"나와 그 일을 연결시킬 생각은 하지 마요."

"이삭, 부탁이에요. **부탁**……."

"당신은 약속했어요, 올리브. 그런데 날 배신했죠."

"그리고 당신은 사 주째 내게 손 한 번 대지 않았어요. 이게 당신이 내게 지불하라는 대가인가요? 평생에 단 한 번 근사한 일을 했다고?"

"그럼 당신이 내게 지불하라는 대가는 어쩌고요? 이렇게 요구가 많은 여자를 감당할 남자는 없어요. 남자에겐 남자를 이해해주고, 지지해주는 여자가 필요하지……."

"남자가 우선이라고 누가 그래요?"

"내가 없어져도 당신은 상관없는 것처럼 보여요. 구겐하임 씨가 당신을 찬양하기만 한다면."

"그렇지 않아요. 당신이 그리워요."

"당신은 나를 그리워하지 않아요, 올리브. 그림을 보낼 다음번 기회를 원할 뿐이지."

"당신이 정말 그리워요. 위층으로 올라와서 그림을 봐줘요." 올리브가 애걸했다. "그래도 마음이 변하지 않는다면 말해줘요."

그림은 〈밀밭의 여인들〉과 같은 크기였지만 더 크게 느껴졌다. 다락방에 올라간 이삭은 그림 앞에서 그림이 뿜어내는 관능과 에너지에 휘청거렸다. 미완성이었지만, 사자는 이미 머리가 둘 있는 루피나의 모습에 꼼짝 못하는 것 같았다. 이 작품은 숨 막히게 사악하고 혁명적이었다.

"당신인가요?" 이삭이 잘린 머리를 가리키며 물었다. "그리고 저건 테레사인가요? 당신을 들고 있는 것?"

"네, 맞아요. 하지만 같은 사람으로 그린 거예요. 제목은 〈루피나

315

와 사자〉예요. 잡히기 전의 루피나와 잡힌 후의 루피나예요."

이삭은 요란한 색채와 금박, 머리를 들고 있는 루피나의 이상하리만치 침착한 시선을 보았다. 달려들려는 사자도 보았다.

"마음에 들어요?" 올리브가 물었다.

"놀랍군요."

올리브가 미소를 지었다. "가끔 그럴 때가 있어요. 걱정하거나 생각할 새 없이 손이 머리를 안내하고 있을 때."

그 순간, 올리브는 이삭이 자신을 재능 있고 자신 있는 사람으로 봐주기를 원했다. 그래서 자신을 사랑해주기를 바랄 뿐이었다. "우린 놀라운 일을 해냈어요, 이삭." 올리브가 말했다. "이 그림은 유명해질 거예요." 하지만 이삭은 〈루피나와 사자〉에만 집중하고 있었다. "사진을 찍어요." 올리브가 밝은 목소리로 말했다. "페기가 스냅을 원하니까."

"스냅요?"

"사진요. 그림이 있는." 올리브가 부드럽게 말했다. "이삭, 정말 이걸 없애면 좋겠어요?"

이삭은 시선을 떨궜다. 올리브는 이번만큼은 자신이 이겼음을 깨달았다. "당신도 사자와 싸울 수 있어요, 이삭. 그래야 한다면요. 나는 알고 있어요."

"사자가 당신을 보면 달아날 거예요. 카메라 다룰 줄 알아요?" 그가 물었다.

"물론이죠." 올리브는 둘 사이에 어떤 일이 벌어지는지 알 수 없어 불안한 마음으로 대답했다. "하지만…… 테레사는 우리 둘이 함께 있는 사진을 찍길 바라요."

이삭은 고통스러운 것처럼 눈을 감았다. "찍어버립시다. 테레사를 불러요."

"나는 사자다." 테레사는 한 손을 위로 들고 사자 앞발 흉내를
내면서 손가락을 카메라 버튼으로 가져갔다. 테레사는 30분 동안
조금은 전형적인 그림 사진을 찍었다. 이삭이 그림 옆에 선 사진
같은. 하지만 지금 올리브는 눈을 살짝 감고 고개를 젖힌 채 웃고,
이삭은 그 옆에서 동생의 장난에 휘둘리지 않은 채 렌즈를 똑바로
응시했다. 그의 표정에서 얼마나 강한 소유욕이 느껴지던지, 테레
사는 자신이 밀림의 왕이라는 사실을 잊어버렸다.

테레사는 버튼을 누르면서 그들의 모습을 포착하던 순간, 이 방
에서 뭔가 깨졌음을 알 수 있었다. 그리고 처음으로 다시는 과거
로 돌아갈 수 없다는 걸 깨달았다.

일주일 뒤 이삭이 말라가에 현상한 사진을 찾으러 갔을 때, 사진
몇 장에서 테레사가 올리브를 사진 가운데 두고, 그림이 희미하게
나오도록 찍었다는 걸 알았다. 그는 모든 사진에서 자신이 슬프게
보인다고 생각했다. 그날 오후 이삭의 신경질적인 얼굴을 보니 이
상황이 무척이나 내키지 않았음이 분명했다. 올리브는 이삭의 기
분을 의식한 나머지 너무 많이 움직여 약간 흐릿하게 나왔고, 입은
살짝 벌린 'O'자를 그리고 있었다. 올리브의 모습, 자유와 기쁨의
표정을 본 이삭의 양심이 한 번 깜빡이고는 사라졌다.

해럴드가 그림의 위치를 알 수 없도록 작게 자른 사진을 보더니
이삭에게 물었다. "여자가 왜 잘린 머리를 들고 있지?"

"제 마음속에서 그것은 이중성을 상징합니다." 이삭이 대답했다.
"우린 거짓말에 에워싸여 있으니까요."

XVII

올리브는 6월 내내, 그리고 7월까지 〈루피나와 사자〉를 계속 그
렸다. 해럴드의 서재에서 이틀이나 사흘에 한 번씩 전화가 다시 울
리기 시작했다. 그는 전화를 받을 때마다 문을 닫고 알아들을 수
없는 낮은 목소리로 이야기했다. 파리에 있을 때 들은 빈 소식이
좋지 않았다고 했다. 가게는 문을 닫았고, 범죄는 처벌하지 않는다
고 했다. 하지만 상점 창문을 깨뜨리는 것도 정치 구호가 이쪽저쪽
으로 날아다니는 것만큼 무섭지는 않았다. 도이칠란트에서 유태인
들이 파리로 피신해 들어오고 있었지만, 해럴드는 그들의 운이 언
제까지 지속될지 알 수 없었다.

그는 파리의 갤러리에 집중할 것이며, 사업에 지장을 받기 전에
빈에서 작품을 빼내올 방법을 찾고 있다고 가족에게 말했다. 페기
구겐하임은 런던에 갤러리를 열 것이고, 해럴드는 거기서 물건을
그녀에게 전달할 수 있기를 바랐다. 빈에서는 유태인 친구들이 오
스트리아 밖으로 나가 새 삶을 찾기 위한 기차요금, 숙박비, 식비
를 구하기 위해 미술품을 헐값에 팔아치우고 있다고 했다. 여러 거
장들의 다양하고 지적인 작품을 자랑하던 사람들이 1년 전이었다

면 상상도 못할 가격으로 거래하고 있었다.

당연하게도 해럴드는 우울해했다. 그가 유일하게 기운을 차릴 때는 이삭 로블레스의 차기작 이야기가 나올 때뿐이었다. 해럴드에게 이삭 로블레스는 존재의 이유였고, 신문마다 등장하는 편협한 민족주의에 대한 반발이었다. 이삭은 다채로운 색을 지닌 아들인 동시에 비전을 가진 예술가였으며, 헤럴드의 기쁨이자 저항을 상징하는 존재였다.

"그림을 그리게, 이삭." 해럴드는 어느 날 밤, 취해서 이렇게 말했다. "정말이지, 자네가 그려야 하네."

아라수엘로는 비교적 평화로웠기 때문에 유럽 전역에서 그런 폭풍우가 몰아친다는 것이 이상했다. 세라는 그 뒤로 지속적으로 산책을 나갔는데, 그 무렵 부엌에는 아티초크가 산더미같이 쌓였다. 그들이 아티초크를 먹어치우는 속도는 세라가 사오는 속도를 따라잡지 못했고, 테레사는 그것을 불길한 전조로 여겼다. 테레사는 뜨거운 7월의 햇볕으로 세라의 콧등에 주근깨가 생긴 것을 보았다. 세라는 결국 깨지기 쉬운 우아함을 잃었고, 주변 환경과 비슷해진 것 같았다. 테레사는 밤이되면 해럴드의 차가 비탈길을 내달려 말라가로 달려가는 소리를 들었다. 세라는 해럴드가 떠나는데도 평온함을 잃지 않았다. 세라는 두통을 탓하며 일찍 잠들었고, 남편이 떠난 적 없다는 듯 해럴드가 새벽에 돌아온 다음에야 일어났다.

올리브는 아버지가 사라지는 것에 더는 아무 말도 하지 않았다. 테레사는 올리브가 그것을 구실로 삼아, 아버지가 자신을 속이니 자신도 아버지를 속이는 것이라고 생각하는지 궁금했다. 정확히 알 수는 없었지만 올리브의 목표는 성공이 아니라 적에게 굴욕을 주는 것 같았다. 어쨌든 테레사 눈에는 밤낮이고 〈루피나와 사자〉

를 완성하기 위해 그림을 그릴 때에야 비로소 올리브다웠다.

아라수엘로의 7월은 좋은 달이었다. 샐비어와 로즈마리의 향기
가 피어오르고, 도마뱀들은 공중의 포식자들을 늘 경계하며 움찔
움찔 벽에서 작은 비밀처럼 기어 나왔다. 하지만 도마뱀들이 볕을
쬐려고 가만히 있는 모습이 어찌나 의연한지, 자연이 탄생시킨 실
용주의자들은 태양의 열기에 몸을 적셨다.
　저녁 그림자가 길어지고, 생생한 귀뚜라미 소리가 더운 밤을 가
득 채웠다. 들판은 파슬리와 라임, 사과의 빛깔이었다. 야생화의 붉
은색, 자주색, 노란색 꽃잎이 바람에 한들거렸다. 바람이 세지면서
공기 속에 소금기가 느껴졌다. 바닷소리는 들리지 않았지만, 귀를
기울이면 딱정벌레가 옥수수 뿌리로 파고드는 소리가 들려왔다.
　염소들이 더위에 자갈을 밟고 내려오면서 산에서 종소리가 들려
왔다. 탐스러운 꽃에서 졸고 있는 벌들, 농부들이 부르는 소리, 나
무에서 들려오는 지저귀는 새소리. 여름 한낮에는 너무나 많은 소
리가 들려왔다. 테레사 자신은 아무 소리도 내지 않는데도.

　그것은 아무도 예상하지 못한 일이었다. 당연히 예상하지 못했
다. 누가 날마다 말썽이 벌어질 거라고 기다리겠는가? 가능하다면
오랫동안 외면하고 있을 것이다. 정부조차 그런 일은 예상하지 못
했다. 어쩌면 훗날 마을 사람들이 공장 소년 아드리안의 죽음에 아
무도 처벌받지 않았다는 사실을 기억하고, 나무에 묶어놓은 붉은
리본이나 마돈나의 상에 총을 쏜 일을 떠올리면서 그때야 비로소

"아, 그렇지, 불길한 조짐이 있었어"라고 말할 것이다.

슐로스 가족은 내부의 싸움에 너무 몰두한 나머지 북부의 마드리드에서 벌어지는 일, 모로코에서 그들을 향해 달려드는 일을 깨닫지 못하고 있었다. 그래서 7월 20일, 마드리드에서 네 명의 팔랑헤당 당원이 사회주의자 공화당 수비대의 중위를 쏘아 죽였을 때도 그들은 신경 쓰지 않았다. 그 보복으로 중위의 친구들은 전도유망한 우익주의자인 에스파냐 군주제 지지자를 암살했다. 에스파냐에서의 삶, 그리고 핀카에서 삶이 깨어지고 비난과 야망, 오랫동안 묻어온 반감의 물결이 쏟아져 들어오기 직전이었다. 그렇다고 당장에라도 전쟁이 일어날 것처럼 보이지는 않았다.

세라와 올리브는 그 소식을 라디오에서 처음 들었다. 7월 8일, 군대를 이끄는 열여덟 명의 장군 중 네 명의 장군이 좌익 정부에 반란을 일으키고 주둔지를 장악했다. 혁명과 소요가 두려워진 수상은 모든 민정장관들에게 군정에 저항하는 노동자 조직에 무기를 배포하지 말라고 명령했다. 그리고 그날 밤, 그는 사임했다.

이삭이 핀카로 달려왔다. 해럴드는 그날도 말라가에 가 있었다. "권총을 가져와요." 그가 이렇게 외쳤고, 그의 말을 들은 여인들은 집 안에서 달려나왔다.

훗날 테레사는 당시 슐로스 모녀의 서로 다른 표정을 떠올리곤 했다. 올리브는 안도한 표정이었다. 아마 이삭이 자신을 염려한다고 생각한 듯했다. 너무 염려한 나머지, 고작 군인 몇 명이 권력을 휘두른다고 그가 거기까지 달려온 것이라 생각했을 것이다. 테레사는 세라가 기뻐하며 그에게 물을 따라준 것을 기억했다.

세비야는 군사 반란에 들어간 아라수엘로에서 가장 가까운 도시였다. 그곳의 장군은 케이포 데 야노라는 사람이었는데, 밤 10시에 라디오로 자신의 의도를 밝혔다. 이삭과 세 여인은 해럴드의 서재에 앉아서 그 방송을 들었다. 케이포 데 야노의 장광설이 스피커로 흘러나오는 동안, 그들이 느낀 두려움이 서로의 얼굴에 비춰졌다.

"세비야의 시민들이여, 무기를 드시오! 위험에 처한 조국을 구하기 위해 몇몇 용감한 사람들, 몇몇 장군들이 사방에서 승리를 이끌며 국가 구원운동의 최전선을 지키고 있소. 아프리카군은 에스파냐를 파괴하고, 모스크바의 식민지로 전락시키려던 쓰레기 정부를 부수기 위해 에스파냐로 건너오고 있소."

"모스크바의 식민지? 대체 무슨 소리지?" 세라가 말했다.

"시끄러워요!" 올리브가 외쳤다.

"안달루시아의 모든 부대와 통화를 했으며, 그들은 내 명령에 따라 거리에 나와 있소……. 세비야의 모든 당국과 그들에게 동조하는 자들, 마드리드의 소위 정부에 동조하는 자들은 체포하여 처분하겠소."

"이삭." 올리브가 속삭였다. "당신 이야기예요. 이삭, 달아나야 해요."

이삭은 올리브를 보았고, 올리브는 그의 퀭한 눈을 보았다. "달아나요? 난 달아나지 않을 겁니다. 내가 저런 자를 피할 것 같아요? 케이포 데 야노가 몇 명에게 전화했다고, 그들이 시키는 대로 할 것 같아요? 우리는 이미 사람들을 동원했어요. 우리는 맞서 싸울 거예요. 그들은 마드리드에서도, 바르셀로나에서도 성공하지 못했고, 여기서도 성공하지 못할 거예요."

"세비야의 시민들이여!" 케이포 데 야노가 계속 외쳐댔다. "주사위는 던져졌고, 우리에게 유리해졌소. 사방에서 폭도들이 저항하는 고함 소리와 총소리가 들리지만 그래 봤자 소용없소. 현재 프랑스 외인부대와 모로코 부대가 세비야로 오고 있소. 그들이 도착하자마자 그 말썽꾼들을 쥐

잡듯 소탕할 것이오. 에스파냐 만세!"

"이삭!" 올리브가 당황해 목소리를 높였다. "군대가 있어요. 무기도 있고. 그들은 훈련받은 군인들이에요. 그런 사람들이 당신한테 무슨 짓을 할까요?"

해럴드의 자동차가 빠르고 요란하게 달려오는 소리가 들렸다. 곧이어 차 문이 쾅 닫혔다. "거기 있소? 거기 있어? 소식 들었소?" 그가 복도에서 외쳐댔다.

테레사는 책상에서 일어나 캄캄한 복도를 걸어 나오느라 벽과 부딪치면서, 부엌을 통과해 베란다로 나갔다. 모두와 가능한 멀리 있고 싶었다. 테레사는 어두운 과수원으로 뛰어갔고, 마음속의 공포를 말로 표현하지 못해 곧바로 토할 것 같았다. 바로 이것이라고, 파도가 덮치고 있다고, 땅이 갈라지고, 오빠는 잡혀가고, 올리브는…… 올리브는 떠날 것이라고. 테레사는 연신 고개를 저으며 정신을 차리려고 했다. 가까스로 여기까지 오지 않았느냐고 스스로를 안심시키려고 했다. 하지만 테레사는 마음속에서 군인들의 소리를 들을 수 있었다.

쿵 쿵 쿵 쿵 군화 소리. 총으로 내리치는 소리. 머리가 쪼개지는 소리.

숨을 곳이 없었다.

"테레? 테레!" 올리브가 부르는 소리였다. "테레사, 무서워하지 마. 어디 있니?"

하지만 테레사는 이렇게 최후를 맞을 것임을 알고 있었다. 여기서, 어둠 속에 무릎을 꿇고, 에스파냐의 늑대들과 함께.

4

사라진 세기

1967년 11월

12

퀵의 집에서 쫓겨나고 이틀 뒤, 복도에서 전화가 울렸고 나는 가운을 입은 채 전화를 받으려 뛰어 내려갔다. 전화 건 사람이 다짜고짜 "대체 무슨 일이니, 텔리?"라고 말하는 것을 듣고, 나는 너무 반가워서 울 뻔했다. 내가 기다린 사람은 퀵도, 로리도 아니었다. 신스였다. 그녀의 목소리가 나를 살렸다.

"신스!"

"살아 있니, 아가씨?"

"겨우겨우."

"나…… 오늘 쉬어. 만날래?"

딱 두 달 만이었다. 신스가 나를 보기 전에 내가 먼저 신스를 찾았다. 신스는 언제나 그렇듯이 흠잡을 데 없는 모습으로, 살면서 본 적 없는 양가죽 코트에 새로 산 플레어 청바지를 입고는 트라팔가 광장 사자상에 몸을 기대서고 있었다. 아주…… 멋있어 보였다. 신스는 땋았던 머리를 풀고 새로운 모양으로 커트했다. 동그란 아프로 헤어가 막 유행하기 시작했다. 나는 두꺼운 타이츠에 적당한 하이힐, 모직 스카프에 모자를 눌러썼다. 블라이튼*의 동화책에나 나올 법한 차림새였다. 모쪼록 쌀쌀한 런던의 11월 아침이니 조심하지 않으면 안 되었다.

신스의 멋진 모습을 보니 가슴이 부풀었다. 내 친구, 내 가장 오랜 친구의 얼굴을 보니 내가 혼자 얼마나 멀리까지 돌아다녔는지 깨닫게 되었다. 내가 다가가는 사이 신스는 나와 눈이 마주쳤고, 날지 못하는 새가 날갯짓을 하듯이 두 팔을 활짝 벌렸다.

"정말 미안해, 신스. 미안해. 내가 바보였어. 내가 다 망쳐놓았어……."

"델리, 내가 결혼해서 떠난 거잖아. 나도 미안해. 그때 내가 무슨 생각이었을까?" 신스의 눈이 살짝 젖었다. "정말 보고 싶었어."

"나도. 나도. 나도."

신스의 얼굴에 미소가 번졌고, 우리는 부끄러워졌다. 나는 창피했다. 어떻게 다 큰 어른이 그렇게 유치하게, 그렇게 부르르 끓어오를 수 있었을까. 신스 곁에 있으니 가슴이 뛰었고, 신스와 함께하니 어지러웠고, 신스도 나와 같은 감정이라고 생각하니 어지러움이 더 심해졌다. 우리는 애드머럴티 아치에서 세인트 제임스 파크까지 걸어가 앉을 벤치를 찾았다. "셔벗이야." 신스는 이렇게 말하더니 핸드백을 열어 봉투를 내밀었다. "너무 말랐어, 델리. 무슨 일 있었어?"

"네가 보고 싶어서." 내가 아직 잘 지내고 있다는 걸 보여주고 싶었다. 신스가 소리 내어 웃었는데 그 웃음소리에 마음이 아플 지경이었다. 신스가 웃는 걸 보는 게 얼마나 좋던지!

* 영국을 대표하는 세계적인 아동문학가.

"아냐, 이제 그러지 마." 신스가 말했다.

신스에게 모든 것을 이야기했다. 결혼식 이후에 로리를 만나서 데이트를 한 것, 로리 어머니의 죽음과 그녀가 남긴 그림. 그리고 퀵이 그 그림에 끌리면서도 혐오스러워하는 것처럼 보인 것. '이삭 로블레스'라는 이름이 나왔고, 리드 씨가 오래전에 사라진 천재 화가의 작품이라고 확신하는 것. 퀵은 그림을 의심하더니 전날 밤에 그 그림이 이삭 로블레스의 것이 아니라고 딱 잘라 말한 것.

신스는 그림보다 로리에게 관심을 더 가졌다. 나와 로리 사이는 어떤지, 진지한 관계인지 아닌지. 하지만 나는 내 마음보다는 퀵의 수수께끼에 집중하려고 했다. "게다가 가장 큰 문제는……. 퀵이 죽을병에 걸렸다는 거야."

"죽을병?"

"암이래, 췌장암. 말기라고 하더라. 빨리 찾아내지 못했대."

"불쌍해라. 널 부르다니, 무서운가 봐. 근데 곧 죽을 사람이 왜 그림 걱정을 하지?"

"나도 그래서 신경이 쓰여. 퀵이 뭔가에 쫓기고 있는 게 확실해."

"무슨 말이야?"

"리드 씨 말로는 로리의 그림을 1936년에 처음 판 사람이 해럴드 슐로스라는 미술품 거래상이라고 했어. 문제는 내가 퀵의 집에서 **올리브** 슐로스에게 보낸 편지를 봤다는 거야. 슬레이드 미술학교에 입학하라는 편지였어."

"델리, 너 죽을병에 걸린 사람 집을 뒤지고 다녔니?"

나는 혀를 찼다. "그런 거 아니야! 퀵이 나더러 찾아보라고 한 전화번호부에 그 편지가 끼워져 있었어. 잘 들어봐. 퀵은 해럴드 슐로스에게 보낸 전보도 갖고 있어. 1936년 7월에 보낸 거야."

"뭐야? 삼십 년이나 지났는데 전화번호부에 끼워져 있었다고?"

"그렇다니까. 하지만…… 퀵은 내가 그걸 찾아내길 바란 것 같아. 일부러 거기 둔 것 같다니까. 맞아. 이제 곧 죽을 운명인데 비밀이 함께 묻히는 게 싫은 거야."

"델리……."

"퀵은 로리가 그 그림을 어디서 구했는지 궁금해했어. 그리고 어젯밤에는 그걸 그린 사람이 이삭 로블레스가 아니라고 했고. 올리브 슐로스가 열쇠를 쥐고 있는 게 확실해."

"하지만 올리브 슐로스가 누군데?"

나는 한숨을 쉬었고, 입김이 나왔다. "그게 문제야, 신스. 분명히 그림을 잘 그리는 사람인데……. 그렇지 않으면 슬레이드 미술학교에서 입학을 허가할 리 없잖아. 해럴드 슐로스와 관계가 있는 사람이고."

"부인일까?"

"그럴지도 모르지. 하지만 미술학교에 간다면 보통 더 어리지 않을까? 학생이니까."

"그럼 딸인가?"

"나도 그렇게 생각해. 올리브 슐로스는 해럴드 슐로스의 딸이었어. 그리고 스켈턴 미술관에 로리의 그림 옆에 남자와 여자가 서 있는 옛날 사진이 있어. 뒷면에 누가 'O'와 'I'라고 적어두었고. 올리브와 이삭의 첫 글자가 분명해. 퀵은 이삭 로블레스가 그 그림을 그리지 않았다고 했어. 그럼 누가 그렸지? 그리고 퀵이 그걸 어떻게 알지? 아무래도 퀵이 자기 정체를 감추고 있는 것 같아."

"델리……."

"난 퀵이 벽에 그림을 걸어두지 않는 게 항상 마음에 걸렸어. 왜 그럴까? 그리고 내가 올리브 슐로스에 대해 물어봤더니 퀵이 이상하게 굴었어. 나를 내쫓고 문까지 잠가버렸거든. 내가 그 일의 진실에 가까이 가기를 바라는 동시에 감당하기 힘든 게 아닐까?"

신스는 우리 앞 연못에서 헤엄치는 오리들을 보면서 생각에 빠진 듯한 표정이었다. 나무 너머 웨스트민스터의 갈색 첨탑이 하늘을 찌르고 있었다. "나는 항상 마저리 퀵이 웃기는 이름이라고 생각했어." 신스가 말했다.

우리는 잠시 말없이 앉아 있었다. 친구가 내 말을 믿어주고, 내가 미쳤다고 말하지 않고, 두서없이 하는 이야기를 들어주는 것이 좋았다. 그 덕분에 퀵이 한때 다른 이름을 썼고, 지금과 전혀 다른 삶을 살았으며 그때를 간절히 기억하고 싶을 것이라고 짐작할 수 있었다. 그리고 너무 늦기 전에 알려지지 않은 자신의 삶을 내게 알리려고 한 가능성을 진지하게 가늠해보았다. 죽음을 눈앞에 두고 아무에게도 알리지 못한 채 자기 작품을 남에게 빼앗기는 괴로움이 어떤지, 상상할 수도 없었다.

"그래, 그 사람은 화가 났어." 신스가 말했다. "그런데 그 사람에게 이걸 다 물어볼 셈이야?"

"하지만 뭐라고 하지?" 그 누구도 퀵과는 맞설 수 없었고, 나는 내가 아는 그 사람이 사라지는 것을 원하는지 알 수 없었다. 내가 편을 들어준다면 퀵이 구석에서 나올 수 있을지도 모른다는 생각이 들었지만, 어떻게 해야 좋을지는 알 수 없었다. "다른 이유가 있어서 퀵이 비밀을 지키는 것 같아." 내가 덧붙여 말했다.

"구두점에선 이런 일이 없는데……." 신스가 한숨을 쉬었다. "여자 발에 구두만 신겨주면 되잖아."

우리는 웃었다. "맞아, 정말 그래. 참, 그거 알아? 퀵이 내가 단편을 출판할 수 있게 해줬어. 그래서 퀵에게 빚이 생겼어."

신스는 듣고 싶은 부분만 듣고 눈을 반짝였다. "우와, 작품을 발표했구나! 그거 잘 됐다. 제목이 뭐야?"

"〈발가락 없는 여인〉. 발가락 없었던 그 사람 기억나지?"

"와, 세상에. 꼭 읽어봐야지."

신스가 반가워해줘서 기뻤다. 나는 〈런던 리뷰〉 10월호라고 알려주었다. 원하면 책을 보내줄 수 있다고, 열 권도 보내줄 수 있다고 했다. 그리고 퀵이 직접 잡지사에 내 단편을 보낸 거라고 다시 이야기했다.

"날 좋아하는 것 같아. 날 믿는 것 같고. 하지만 퀵이 내게 무엇을 맡기려는지 알 수가 없어."

신스가 나를 쿡 찔렀다. "그래서 네가 아니라 백인여자가 네 소설을 발표했다는 거지?" 나는 퀵이 무슨 꿍꿍이인지 알 수 없다고 말하려고 했는데, 신스는 양손을 들었다. "농담이야, 농담. 기뻐서 그래. 이제 그럴 때도 됐잖아."

"새뮤얼은 잘 지내?" 문득 신스가 그 〈발가락 없는 여인〉을 통해 우리가 함께한 삶을 읽을 거라고 생각하니 긴장이 되었고, 나는 화제를 내게서 돌리려고 질문을 던졌다.

"잘 있어, 아주 잘 있어." 신스는 수줍은 표정이었다. "할 이야기가 있어, 델리. 너한테 제일 먼저 알리고 싶어서…… 나, 아기를 가졌어."

신스는 몹시 초조한 얼굴로 이야기했다. 나는 신스가 결혼하고 내가 아파트에 혼자 남게 되면서 우리 사이가 어떻게 되었는지 생각했다. 두 번 다시 같은 실수를 반복할 수는 없었다. 더욱이 이번

에는 전과 전혀 달랐다. 나는 진심으로 기뻤다. 신스의 눈에 환희
와 두려움, 두근거림이 보이는데 어떻게 기쁘지 않을 수 있겠는가!
지금 그 작은 것이 신스 안에 있었다. 정말 잘된 일이었다. 녀석이
세상에 태어나 얼마나 좋은 엄마를 만나게 될 지.

"오, 신스, 신스." 이렇게 말하는데 놀랍게도 눈물이 차올랐다.
"네가 가장 큰 미스터리인데, 여기 앉아서 다른 여자의 미스터리를
이야기하고 있었어."

"델리, 너는 울먹이면서도 시인처럼 말한다."

"이리 와. 정말 잘했어."

우리는 끌어안았다. 나는 신스를, 신스는 나를 꼭 안고서 안도의
한숨을 내쉬며 조금 울었다. 내가 기뻐하는 것을 보고 신스가 더욱
기뻐했기 때문이다.

신스는 출산예정일이 4월 초라고 했다. 겁은 났지만 신이 났고,
아이를 키울 돈이 충분할지 걱정된다고 했다. "잘 해낼 거야." 나는
이렇게 말하면서 내 삶은 앞으로도 똑같을 테지만 신스의 삶은 얼
마나 변화무쌍할지 생각해보았다. "새뮤얼의 직장이 좋잖아. 너도
그렇고."

"그래서 로리 말인데." 신스는 티슈로 눈가를 닦으면서 말했다.
"가만히 좀 있어봐. 너희 싸웠구나."

나는 놀란 표정을 감출 수 없었다. "어떻게 알았어?"

"널 아니까, 델리. 너희 사이가 좋다면 오늘 그 사람을 만나면 만
났지 지루한 옛 친구를 만나지 않을 거라는 사실도 알고 있어. 어
디 맞춰볼까? 그 사람이 너한테 사랑한다고 고백했고, 넌 도망쳤
지?"

"그런 거 아니야."

신스가 웃었다. "델리, 그 사람이 불쌍해. 불쌍하다고. 네가 보고 싶어 못 견디는 사람은 로리야."

"뭐라고? 그러지 말고, 제대로 말해봐. 대체 어떻게 아는 거야?"

"패트릭한테서 들었지. 패트릭은 바버라한테 들었고. 그 친구가 팔이 잘려나간 사람마냥 우울해한다더라. 어쩔 줄 모른다고. 착한 사람이야, 델리. 바보처럼 굴지 마. 그 사람이 널 사랑한다는데 절벽으로 밀어버릴 셈은 아니지?" 신스는 야단을 치면서도 깔깔 웃어댔다.

"하지만 내가 그 사람을 사랑하지 않으면? 내가 왜 그 사람을 사랑해야 해?"

"아무것도 안 해도 돼, 델리. 서두를 것 없어. 하지만 그 남자한테 설명은 해줘야지. 그 사람 친구들 좀 쉽게 해줘."

"로리는 토끼 굴에 코뿔소를 밀어넣을 사람이야. 우린 아마 잘 안 될 거야."

"그래도 너는 하마잖아. 그러니까 적어도 재미는 있을 거야."

우리는 웃음을 터뜨렸다. 나는 로리와의 문제를 말할 수 있고, 신스가 어릴 때처럼 나를 놀리는 것이, 예전의 관계로 돌아가 그것이 여전히 탄탄하다는 것을 확인하는 것이 좋아서 웃었다. 내가 무엇을 원하는지 여전히 알 수는 없었지만, 로리가 팔 잘린 사람마냥 돌아다니고 있다니 슬픔이 밀려왔다.

두어 시간 뒤에 우리는 지하철역 앞에서 포옹하고 신스는 퀸즈 파크에서의 새로운 삶을 향해 베이커루 노선을 타러 내려갔다. 우리는 크리스마스 전에 만나기로 약속했고, 나는 그것이 달콤하면서도 씁쓸했다. 예전 같았으면 일주일도 안 되어 다시 만나자고 약속했을 텐데.

신스가 조심조심 계단을 내려가는 것을 보며 그렇게까지 조심할 필요가 있을까 싶었다. 신스가 걸음을 멈추고 다시 돌아보았다.

"한 가지만 더! 델리, 로리와 다시 만나더라도 올리브 슐로스 이야기는 하지 마."

"왜? 그게 사실이면……."

"맞아. 하지만 아직 사실인지 아닌지 모르잖아, 그렇지?"

"아직은 모르지만……."

"바버라를 통해 들은 얘기가 사실이라면, 로리는 그 그림을 팔고 싶어 해. 로리의 양아버지가 집을 팔아서 남아 있는 게 그 그림뿐이래. 네가 그 그림이 이삭 로블레스 그림이 아니라고 하면서 돌아다니면…… 그 사람 인생을 망치는 셈이야. 아무 문제도 없는데 문제를 일으키지 마, 델리. 이번만큼은 똑똑한 머리 말고, 먼저 마음으로 생각해."

나는 신스의 뒷모습을 보면서 그 말에 일리가 있다고 생각했지만, 동시에 퀴이 한 말을 무시할 수 없다고도 생각했다.

그날 밤 로리에게 전화를 걸었지만 망할 게리가 받았다. 그가 전화를 받다니 충격이었다.

"일요일에 전화를 하다니, 누구시오?" 그가 말했다.

"오델 바스티엔이라고 합니다. 실례지만, 로리 있나요?" 나는 BBC 아나운서처럼 또박또박 말했다. 어쩔 수 없었다. 게리 같은 영국인 목소리를 들으면 그와 똑같은 목소리를 낼 수밖에 없었다.

"로렌스!" 그가 외쳤다. 게리가 수화기를 내려놓았는지, 그가 걸어가는 소리가 들렸다.

"누구예요?" 로리가 말했다.

"이름은 못 들었지만 칼립소 같은데?"

잠시 아무 소리도 들리지 않더니 마침내 로리가 수화기에 입을 갖다댔다.

"오델? 당신이에요?"

그의 목소리에 안도감과 뒤섞인 조심스러움이 묻어나 마음 아팠다. "나예요. 잘 있었어요, 로리?"

"네. 고마워요. 당신은요?"

"좋아요." 나는 거짓말을 했다. "단편을 발표했어요."

"그 이야기를 하러 전화했어요?"

"아뇨……. 난 그냥…… 그런 일이 있었다고요. 방금 그분이 게리인가요?"

"네, 미안해요. 단편을 발표했다니, 잘됐어요."

우리는 잠시 아무 말도 없었다. 보고 싶었다고, 퀵과 이상한 일이 있었다고, 내 가장 친한 친구가 아이를 가졌다고, 어쩔 줄 모르는 십대가 된 것 같다고 말하고 싶었다. 하지만 아이러니하게도 그 말을 어떻게 해야 할지 알 수 없었다.

"어쩌다 보니 내일 미술관에 가게 됐어요." 로리가 목소리를 낮게 낮추어 말했다. "그래서 전화한 건가요?"

"아뇨, 몰랐어요."

"리드 씨가 베니스 페기 구겐하임의 저택에서 일하는 사람에게 정보를 더 얻었대요. 흥미로운 것이 두어 가지 더 있나 봐요."

"그렇군요."

"그럼 왜 전화했어요? 나랑 엮이기 싫은 걸로 아는데."

"아뇨……. 그런 게 아니라…… 아니에요. 그렇지 않아요. 신스를 만났어요. 당신이 불쌍하다고 하던데요."

침묵이 흘렀다. "불쌍하게 지냈어요."

"이젠 그렇지 않아요?"

그는 다시 입을 다물었다. "그렇게 서두른 게 잘못이었어요."

"아뇨, 괜찮아요. 난……."

"그 말은 다시 하지 않을게요."

"알겠어요."

"당신이 원하지 않으면."

"당신에게 무슨 말을 하면 좋을지, 무슨 말을 하면 안 되는지 잘 모르겠어요." 나는 솔직히 인정했다. "다만 당신이 불쌍하다는 말을 들으니 슬퍼졌어요. 그리고 나도 불쌍했다는 걸 깨달았고요. 그리고 혹시 우리가 함께 불쌍한 사람이 된다면 좀 더 나아질지 궁금했어요."

다시 아무 소리도 들리지 않았다. "내게…… 다시 만나자고 하는 거예요, 오렐?"

아무 말도 하지 않았다. 아니, 할 수가 없었다.

"음, 뭐든 처음이 있는 법이니까." 로리가 말했다. "고마워요. 다이어리 좀 확인해볼게요. 아, 그럴 필요 없을 것 같아요. 아무 일도 없거든요."

"편리하네요."

기분 좋은 따스함이 온몸에 퍼졌고, 나는 목소리에서 웃음기를 지울 수 없었다.

"그렇죠? 그럼, 어디서 만날까요?"

13

우리는 이튿날 아침 일찍, 최대한 일찍, 내가 출근하고 로리가 리드 씨를 만나러 가기 전에 스켈턴 광장에서 만났다. 그는 샴페인 한 병을 들고 있었다.

"첫 단편 발표를 위해서요." 그가 샴페인을 건네며 말했다. "빈 티지예요. 먼지가 쌓인 건 미안해요. 집에서 훔쳐오느라."

"저런, 고마워요."

"사실 〈런던 리뷰〉에 대해선 알고 있었어요."

"네?"

"서리에서도 현대 정기간행물은 받는다고요. 원래 읽고 있었어요." 로리는 바닥을 내려다보았다. "정말 훌륭했어요."

"시끄러워요." 나는 샴페인 병을 받아들었고, 기뻐서 머리가 터질 것 같았다. 레이블에 '뵈브 클리코'라고 적혀 있었다. "로리, 다시 시작할 수 있을까요?" 내가 말했다.

로리는 한숨을 쉬었다. "가능할지 모르겠어요."

나는 벤치에 앉아 낙심을 물리쳐보려고 했다. 당연히 그가 만나자고 할 줄 알았다. 여기에 나왔으니까. "안 되겠죠." 그를 보며 말했다.

"그 샴페인 병으로 내 머리를 쳐도 돼요." 로리가 말했다.

"네?"

"그 기억을 잊어버리게. 하지만 그러면 당신을 처음 봤을 때와 그 시를 읽고 있었을 때 기억도 사라지겠죠. 당신에게 처음 말을 걸었던 때랑 노란 고무장갑도, 당신이 '007 시리즈'를 좋아하는 척하며 콧잔등을 찡그렸던 것도 잊어버릴 거예요. 당신이 플라밍고에서 나보다 춤을 더 잘 춰서 매니저가 일자리를 제안한 것도, 구두점에 왔던 그 멍청이 이야기도, 우리가 함께 셰퍼드 파이를 먹고 내가 다 망쳐놓은 것도 깡그리 잊어버리겠죠. 오델, 그건 모두 과정이에요. 완벽할 수는 없어요. 내 의견을 말하자면, 나는 완벽한 건 원하지 않아요. 당신의 달콤한 목소리를 다시 들을 수만 있다면, A3 도로를 달리던 그 끔찍한 경험도 다시 하겠어요. 아무것도 바꾸지 않겠어요. 난 다시 시작하고 싶지 않아요. 그러면 당신 기억이 사라질 테니까."

나는 잠시 아무 말도 하지 못했다. 로리는 내 옆에 앉아 있었고, 따뜻하고 단단한 그의 몸이 느껴졌다. 나는 심호흡을 했다. "난…… 겁을 먹었어요. 뭐라고 설명해야 할지 모르겠어요. 어쩔 줄 모르겠고, 내가 쓸모없는 것 같고, 누가 나를 좋아하면 그 사람에게 문제가 있는 것 같아요."

"왜요?"

"음, 내가 그걸 알면……. 로리 그런데 당신을 만났을 때, 아무에게도 하지 않은 이야기를 했어요. 그런데 당신이 사랑한다는 고백을 했고, 그리고 음…… 당신이 규칙에 따라 서류를 채워넣는 것 같았어요."

"규칙요?"

"사람들이 어떤 행동을 하고, 어떤 말을 해야 된다고 생각하는 거요."

"누구도 내게 이래라저래라 못해요."

"하지만 당신이 그 말을 안 하길 바란 게 아니라는 것도 깨달았어요. 당신이 그 말을…… 내가 듣고 싶을 때 했으면 좋겠어요."

로리가 웃었다. "정말 작가가 맞군요. 좋아요. 당신이 사랑에 빠졌다거나, 사랑한다거나, 당신이 멋지다고 말하고 싶을 때는 그런 고백을 할 거라는 신호를 보내기로 하죠. 그러면 당신이 보낸 신호로 말해도 된다거나 안 된다고 할 수 있잖아요."

"그렇게 말하니 내가 미친 것 같잖아요."

"농담이에요. 미안해요. 뭐든지 할게요. 그저 당신을 만나고 싶어요, 오뎉. 그건 괜찮아요?"

"네." 나는 망설였다. "괜찮은 정도가 아니에요."

"좋아요, 좋았어." 로리가 말했다. "그럼 이제 잘나신 리드 씨가 뭐라고 하는지 들어봐요."

"안녕하세요, 오뎉." 퀵이 내 방문 앞에서 매끄럽게 걸음을 멈추며 말했다. 로리가 리드 씨를 만난 지 30분쯤 되었을 때였다. 퀵은 지친 얼굴로 나를 약간 염려하는 것처럼 보였다. 내가 이곳에 막 처음 일했을 때, 내 타자기 앞으로 날렵하게 다가와 가벼운 점심을 제안했을 때와 전혀 달랐다. 그때 퀵은 내 지혜를 빌리자고 했는데, 정확히 무엇을 위해서였는지는 잘 몰랐다.

"안녕하세요, 퀵."

퀵은 책상 위에 놓여 있는 샴페인 병을 보고 몸이 얼어붙었다. "그건 어디서 났어요?" 퀵이 물었다.

나는 퀵의 표정에 기가 질려 침을 삼켰다. "로리가 줬어요."

퀵은 나를 쳐다보았다. "화해했어요?"

"네. 지금 여기 와 있어요. 리드 씨와 함께 있어요. 전시에 대해 의논하는 것 같아요."

"그건 알고 있어요. 내가 회의를 잡았거든요." 퀵은 문을 닫고 들어왔다. 놀랍게도 퀵은 내 앞으로 걸어오더니 자리에 앉아서 샴페인 병을 무릎 위에 올려놓았다. "로리가 줬다고요?"

"〈발가락 없는 여인〉을 발표한 것을 축하한다면서 줬어요. 뭔가 문제가 있나요?"

퀵은 병목을 엄지로 쓰다듬어 먼지를 닦았다. "빈티지로군요."

"알아요, 퀵……."

"오델, 금요일 밤에 있었던 일은……."

나는 허리를 꼿꼿하게 폈다. "네?"

"그건 실수였어요. 내 병에 대해서 말한 건 프로답지 못했어요. 당신을 힘들게 만들었어요. 나도 힘들게 만들고. 특별한 관심은 원하지 않아요."

"하지만 내 관심을 잘 얻어내셨잖아요."

퀵은 날카로운 눈빛으로 나를 보았지만, 나는 물러서지 않았다. "이건 알아두면 좋겠어요. 무슨 일이 있든지, 오델의 자리는 안전하다는걸."

"안전요?"

통증이 오는지 샴페인 병이 퀵의 무릎에 툭 떨어졌다. "병원에서 좀 강한 진통제를 줬어요. 이젠 그걸 먹을 수밖에 없어요. 그것 때문에 환각이 보이고, 잠이 안 와요."

"무슨 환각요? 뭐가 보이세요?"

나는 숨도 쉬지 못하고, 무릎 위에 올려둔 손을 비틀면서 초조하게 퀵의 대답을 기다렸다.

퀵은 대답하지 않았고, 우리는 잠시 아무 말 없이 앉아 있었다. 벽시계 소리가 내 심장박동과 일치했다. 나는 용기를 내어 퀵에게 물었다. "금요일 밤, 이삭 로블레스가 그 그림을 그리지 않았다고 하셨어요. 그건 기억하세요, 퀵?"

퀵은 자신의 손을 내려다보며 앉아 있었다. 그리고 침을 꿀꺽 삼켰다.

"그 사람이 그린 그림이 있나요, 퀵? 구겐하임에 있는 그림 중에서?"

여전히 퀵은 아무 말도 없었다.

"그가 그린 게 아니라면, 누가……."

"내가 바란 건." 퀵이 불쑥 괴로운 표정을 지으며 말했다. "보고 싶었을 뿐이에요."

"뭘, 뭘 보고 싶으셨어요?"

내가 겁에 질려 있는 가운데, 퀵이 병목을 쥐고 있던 손을 펴자 병이 통째로 퀵의 다리 사이로 빠져나가 바닥에 부딪쳤다. 병이 그대로 깨지면서 샴페인이 우리를 가운데 두고 콸콸 흘러 넘쳤다. 퀵이 비틀거리며 일어나 엉망이 된 바닥을 보곤 어쩔 줄 몰라 했다. "미안해요. 정말 미안해요."

"실수인 걸요." 나는 로리의 병이 깨진 채로, 샴페인이 고인 마룻바닥에 쓰러져 있는 것을 보았다. 짙은 녹색 유리가 거의 검정색으로 보였고, 천장의 불빛이 뾰족뾰족한 유리 모서리를 비췄다. 맛도 보지 못했는데……. 나는 침을 꿀꺽 삼키고 퀵을 보았다.

퀵은 창백했다. 나는 대화가 끝났으며, 이제 아무 이야기도 들을 수 없다는 것을 알았다. 퀵은 내가 로리에게서 받은 선물까지 망칠 셈인 건가? 나는 퀵을 퀵의 사무실로 안내했다. 퀵은 내게 몸을 기대고 나에게 팔짱을 꼈다. 살이 빠져 뼈가 쉽게 만져졌다. 암에 대해 알았으니 퀵의 상태가 얼마나 나쁜지도 알 수 있었다. 하지만 암 때문만은 아니었다. 나는 퀵이 심리적으로 어떤 일을 겪는지도 지켜보고 있는 셈이었다.

퀵이 환각과 불면증을 겪는다고 했지만, 정신까지 흐려졌다고는 생각하지 않았다. 그것은 몸과 반대에 가까웠다. 정신은 확장되었고 그녀의 상상력은 현재에만 존재하는 것이 아니었다. 그녀의 기억 어딘가에서 다리가 이어졌고, 과거라는 보병이 전진해나온 것이다. 퀵은 말하고 싶어 했다. 하지만 그럴 수 없었다. 무슨 말을 해야 할지 알 수 없었다.

"문을 잠가줘요." 퀵이 조금 기운을 차리며 말했다. "오델, 샴페인은 정말 미안해요."

"괜찮아요."

"유언장에 보상해주라고 쓸게요."

퀵의 검은 눈동자에 섬뜩한 장난기가 떠올랐다. "윔블던에 와인 셀러가 있군요?" 나도 기운을 북돋워주려고 장난스럽게 말했다.

"그런 거죠. 내 가방 좀 가져다줄래요? 약이 필요해요." 퀵은 천천히 음료 테이블로 걸어갔다. "진 할래요?"

"감사하지만 사양할게요."

퀵은 숨을 깊이 들이쉬며 맑은 액체를 잔에 부었다. "엄청 독해요." 내가 약을 건네자 퀵이 말했다. "지랄 같은 약이에요."

욕설, 그리고 목소리에서 느껴지는 신랄함에 나는 충격을 받았다. 나는 부하직원이니까, 군말 없이 복종해야 한다는 생각에 억지로 앉았다. 퀵에게 내가 알고 싶은 것을 말하게 하는 것은 불가능했다. 전화번호부 사건이 있은 뒤로 그럴 수 없다는 생각이 들었고, 샴페인 병이 깨진 것이 그 추측을 확인해주었다. 짜증나는 일이지만, 나는 퀵의 빈 캔버스가 되어주어야 했다. 인내심은 나의 장기가 아니었지만, 퀵이 말을 하는 편이 침묵보다는 나았다.

"베니스에 바로치라는 사람이 있어요." 퀵이 가죽 의자에 앉아 담배를 집어 들며 말했다. "구겐하임 밑에서 일하죠. 스콧 씨의 그림이 제작되던 무렵, 페기 구겐하임이 런던에서 미술관을 열 계획을 세우고 있었어요." 퀵은 다시 말할 기운을 내기 위해 잠시 가만히 있었다. "성공했어요. 그곳은 코크 스트리트에 있었는데, 전쟁이 나면서 문을 닫게 되었죠."

"그랬군요."

"아뇨. 문제는 페기가…… 혹은 미술관의 다른 사람들이 서류를 잘 보관하고 있다는 거예요. 바로치는 페기의 문서 창고에서 흥미로운 서신 몇 편을 발견해서 리드 씨에게 보내주었어요. 리드 씨는 지금 제정신이 아니에요."

코크 스트리트. 나는 그 이름을 알고 있었다. 팸플릿이 나온 곳이었다. 흥미로웠다.

"리드 씨는 스콧 씨의 그림이 페기 구겐하임의 의뢰로 그린 것이라는 증거를 입수했어요. 〈밀밭의 여인들〉의 쌍둥이로."

"쌍둥이요?"

"이삭 로블레스 앞으로 썼지만, 무슨 이유에서인지 보내지 않은 전보가 있었어요. 1936년 9월에 에스파냐의 말라가로 보내려던 것이고, 〈밀밭의 여인들〉의 '연작'을 얼마나 더 기다려야 되는지 묻는 내용이었어요. 로블레스가 〈루피나와 사자〉라고 부른 작품이었죠. 바로치는 로블레스에게 〈루피나와 사자〉의 착수금을 지불하지 않은 것을 인정했어요. 그러지 않았으면 스콧 씨는 상당히 복잡한 문제에 얽혔겠죠. 구매했다는 증거가 없는 모양이니까. 구겐하임 측에서 그 그림을 자기들 거라고 주장할 수도 있었을 거예요."

나는 퀵이 자기 집에 감추어둔 전보가 이 모든 내용과 아무 관련이 없다는 듯 다른 전보인양 이야기하는 게 놀라웠다. 퀵은 샴페인 병을 깨뜨린 것이 고의가 아니었다는 것처럼 행동할 뿐 아니라 그날 밤 우리에게 아무 일도 없었다는 듯이 굴었다.

"〈루피나와 사자〉가 로리의 그림 제목인가요?"

"리드 씨는 그렇게 믿고 있어요. 오델, '성 루피나'에 대해서 들어봤어요?"

"아뇨."

퀵이 진을 마셨다. "스콧 씨의 그림 내용이 그 이야기와 들어맞아요. 루피나는 2세기경 세비야에 살았어요. 그릇을 만드는 기독교인이었는데, 당국에서 이교도의 성상을 만들라고 한 걸 거부한 죄로 잡혀가 사자와 같은 경기장에 들어가요. 사자가 루피나를 건드리지 않자, 당국은 루피나의 목을 베었어요. '연작'이라는 언급에 리드 씨는 스콧 씨의 그림과 이미 공개된 〈밀밭의 여인들〉 사이의 관계를 발견했다고 믿고 있어요. 그렇다면 로블레스 작품에 대한 시각이 완전히 바뀔 수도 있겠죠."

나는 퀵을 바라보면서 의지 대결을 시작할 결심을 굳혔다. "하지만 이삭 로블레스가 그 그림을 그리지 않았다고 하셨잖아요."

퀵은 진통제를 하나 더 삼켰다. "하지만 세계 최고의 미술품 수집가에게 그것이 이번 세기 에스파냐에서 등장한 가장 중요한 작품 가운데 하나로, 현재 베니스의 구겐하임 수집품 중 한 편의 연작으로 그린 거라는 전보가 나왔잖아요."

"네. 하지만 그 사진에는 다른 사람도 있었어요. 젊은 여자요."

나는 퀵이 말하기를 기다렸지만 아무 말이 없어서 다시 입을 열었다. "그 사람이 올리브 슐로스 같아요. 댁에서 본 그 편지를 보면 올리브 슐로스는 이삭 로블레스가 그림을 그리던 무렵에 슬레이드 미술학교의 입학허가를 받았어요. 전 그 사람이 〈밀밭의 여인들〉을 그렸다고 생각해요."

"그렇군요." 퀵은 무표정했고 나는 점점 더 안달이 났다.

"올리브 슐로스가 그렇게 했다고 생각하세요, 퀵?"

"뭘요?" 퀵의 표정이 굳었다.

"올리브가 슬레이드 미술학교에 들어갔다고 생각하느냐고요?"

퀵은 눈을 감았다. 어깨가 처진 모습을 보고 나는 퀵이 스켈턴 미술관의 복도에서 로리의 그림을 본 이후로 내내 끓어오르던 진실을 털어놓기를 기다렸다. 지금이야말로 고백의 순간이다. 어째서 그녀가 페기 구겐하임의 전보와 슬레이드의 입학허가서를 갖고 있는지. 어째서 그녀가 그린 작품, 이삭 로블레스의 그림을 산 것이 그녀의 아버지였는지.

퀵이 의자에서 꼼짝도 안 해서 그사이 죽은 줄 알았다. 곧 퀵이 눈을 번쩍 떴다. "리드 씨가 뭐라고 하는지 들어봐야겠어요. 오델도 함께 가요."

나는 실망한 채 퀵을 따라 복도를 걸어갔다. 하지만 진실이 조금씩 밝혀지고 있는 것은 분명했다.

우리는 리드 씨 사무실 문을 두드리고 들어오라는 말을 기다렸다. 이윽고 사무실 안으로 들어가자 로리와 리드 씨가 안락의자에 앉아 마주 보고 있었다. "무슨 일이오?" 리드 씨가 물었다.

"이 전시가 시작되면 나와 바스티엔 씨가 최전선에서 일하게 될 거예요." 퀵이 말했다. 퀵이 얼마나 문을 꽉 쥐고 있는지 알 수 있었다. 그녀는 자신을 괴롭히고 있었다. "제안하시는 게 뭔지 들어 보고 적어두면 도움이 될 것 같아서요."

"좋소. 저기 앉으시오, 숙녀 여러분."

우리는 그가 가리킨 곳을 보았다. 구석에 놓은 딱딱한 나무 의자였다. 그의 제안은 퀵이 얼마나 약해졌는지 몰라서 하는 거였다. 퀵을 괴롭히려는 의도가 아니라면. 의자에 앉으면서 로리와 눈이 마주쳤다. 로리는 그림이 지닌 가능성에 들떠 보였다. 〈루피나와 사자〉가 벽난로 틀 위에 놓여 있었고, 처음 보았을 때와 마찬가지로 그 그림이 지닌 힘에 압도되었다. 그 소녀와 소녀가 쥐고 있는 머리가 이미 나의 삶을 바꾸어 놓았으니까. 로리가 그 그림을 이용해 나와 만나려고 하지 않았다면, 오늘 우리 중 누가 이 자리에 앉아 있었을까? 퀵은 암과 진통제 탓이라고 하지만, 그 그림이 아니었다면 이렇게까지 흐트러질 수 있었을까?

리드 씨의 머리 바로 위에 당당하고 위엄 있는 사자가 앉아 있었다. 하지만 오늘은 그 사자가 이상하리만치 순해 보였다. 나는 멀리 언덕 위의 흰 집을 보았다. 붉은 창문을 보았고, 그 집이 주위의 드넓은 색색의 들판에 비해 얼마나 작은지도 보았다. 루피나와 손에 든 머리가 나와 우리 모두를 마주 보고 있었다. 30년 전, 이삭 로블레스와 올리브 슐로스가 확실한 소녀가 이 그림 앞에 서서 사진을 찍었다. 이삭과 올리브는 어떤 사이였을까?

의식하지 않아도 자꾸 퀵에게 시선이 갔다. 퀵은 진정된 얼굴이었다. 이제 허리를 펴고 앉아 무릎 위에 공책을 펼쳐놓고, 눈은 그림을 보고 있었다. 진실이 무엇이든 퀵은 이 전시를 진행하기로 한 것 같았고, 나는 퀵의 항복에 어리둥절했다.

"스콧 씨, 좀 전에 말씀드린 대로 삼 년 전, 페기 구겐하임의 베니스 수집품 전체가 테이트 미술관에 임시 대여되었소. 〈밀밭의 여인들〉이 테이트에서 전시되어 있는 동안 스콧 씨가 갖고 계신 작품은 어둠 속에 숨어 있었던 거요. 그때 우리가 알아서 두 작품을 함께 전시할 수 있었다면 좋았을 거요. 그 전시에는 영국과 이탈리아 당국 사이에 복잡한 일이 많았소. 주로 세금 문제였지. 하지만 그건 백팔십 점에 대한 부분이었고, 나는 단 세 점만 요청했소. 좋은 소식이 있다면 이삭 로블레스의 다른 작품을 대여해주겠다고 한 것이오."

"좋은 소식이군요." 로리가 말했다.

"멋진 일이오. 전시에 큰 힘이 될 테니까. 예술면 이외의 지면에도 우리 전시에 대한 기사가 나가기를 바라고 있소. 〈밀밭의 여인들〉과 〈과수원〉이라는 풍경화, 그리고 내가 몰랐던 작품인데 〈녹색 자화상〉이란 작품도 올 거요. 〈밀밭의 여인들〉과 〈루피나와 사자〉가 재회한다면, 이삭 로블레스에 대한 시각이 달라질 수 있다는 점이오."

"왜죠?"

"루피나는 자매 중 한 명이오. 후스타는 나머지 한 명의 이름이고."

"후스타요?"

"후스타가 굶어 죽도록 우물에 던졌다는 이야기요. 〈밀밭의 여인들〉은 사실 '성녀 후스타'의 이야기라고 믿고 있소. 그런데 그 그림 속에 여인은 둘이 아니라 한 명이오. 후스타의 이전 모습과 이후 모습, 행복할 때와 고통스러울 때를 보고 있소. 주위에 깨진 그릇이 이 생각을 뒷받침하고 있다오. 두 동강 난 베누스의 가면인데, 신화에도 등장하는 것이오."

"그렇군요." 로리가 말했다.

"밀밭의 그 여인이 있는 원에 대해서는 해석이 분분하오. 몇몇 미술사학자들은 그것이 단테의 원이라고 하고, 달이라고 하는 사람도 있었소. 또 어떤 이는 그것이 숲속의 동물들이 모여 있는 둥근 지구라고도 하지요. 하지만 나는 여인이 우물 바닥에 누워 있는 거라고 믿고 있소. 신화처럼 말이오. 여기." 리드 씨가 로리에게 종이 네 장을 건넸다. 그림의 복사본이었다. "로블레스 이외에도 루피아와 후스타를 그린 에스파냐 화가는 더 있소. 벨라스케스, 수르부란, 무리요, 고야. 위대한 에스파냐의 화가 넷이 모두 그 자매를 그렸소. 그중 하나를 대여해 전시를 보충하려고 노력하고 있소."

"대여할 수 있을 것 같으신 가요?" 로리가 물었다.

리드 씨가 일어나더니 손을 문질렀다. "그럴 수도 있소. 가능할 수도 있지. 꼭 성사되길 바라고 있소." 그는 미소를 지었다. "대단한 전시가 될 거요. 로블레스도 이 작품들을 잘 알고 있었을 거요. 이 작품을 소장한 미술관에 후스타와 루피나 신화에 관한 에스파냐 특유의 병리학을 살펴보고 싶다고 말했소."

"에스파냐 사람들은 언제나 굉장한 전복적인 미술가였죠." 퀵이 말했다.

"그렇소." 리드 씨가 한쪽 팔을 벽난로 틀에 기대고서 퀵을 좀

349

더 다정한 눈빛으로 바라보았다. "그들은 현상유지에 반발하는 화가들이었소. 고야만 봐도 그렇소. 고야는 사자가 발에 입 맞추는 장면을 넣었지. 만일 달리가 그렸다면 어땠을지 상상할 수 있겠소?"

"하지만 구겐하임의 로블레스는 왜 〈밀밭의 여인들〉이라고 부르죠? 내 그림이 〈루피나와 사자〉라면, 그 그림에서는 왜 성녀 후스타를 언급하지 않았을까요?" 로리가 물었다.

"해럴드 슐로스가 〈밀밭의 여인들〉이라고 명명했지, 이삭 로블레스가 지은 제목이 아닐 수도 있소. 로블레스라면 〈산 후스타〉라고 불렀을 거요. 그것 또한 알 수 없는 일이지만. 그 사람이라면 아무 제목도 안 붙였을 수도 있고."

해럴드 슐로스라는 이름이 나오기에 나는 다시 퀵을 보았다. 퀵에게 진통제가 더 필요할지 모른다는 생각이 들었다. 그 그림이 분명 퀵의 상처를 건드리고 있는데도, 나는 리드 씨의 계획에 가능한 가까이 다가갈 생각이었다.

"슐로스는 사업 감각이 있는 사람이오." 리드 씨가 우리 주위를 서성이며 말했다. "구겐하임의 눈을 좀 더 끌 만한 그림으로 만들고 싶었을 거요. 그 이전에 구겐하임은 그림을 많이 사지 않았소. 피카소가 〈아비뇽의 처녀들〉을 〈아비뇽의 사창가〉라고 부르고 싶어 했지만 전시기획자들이 제목을 바꾼 거나 마찬가지라고 볼 수 있지. 슐로스는 후스타와 우물 그림 이후에 후속작이 나오는지 몰랐을 거요. 어쩌다 보니 그 사이에 이삭 로블레스가 이 그림을 통해서 전달하려던 것이 사라졌을 수도 있고."

"그 사람이 뭘 전달하려고 했을까요?" 로리가 물었다.

나는 다시 퀵을 보았다. 퀵은 멍한 표정으로 리드 씨를 올려다보고 있었다.

"로블레스는 이 신화에 매우 깊은 관심을 가진 것 같소. 그리고 구겐하임 로블레스와 서리 로블레스 사이에서 연결고리를 찾음으로써 우리는 그의 작업 과정을 새롭게 조망할 수 있고, 그의 관심을 재해석할 수 있소. 그를 재창조한다고 말해도 좋겠소. 이 전시 제목은 '사라진 세기'가 될 테지만, 우리는 그 시대를 여전히, 말하자면 완벽하게 소화해보려고 하고 있소."

"그를 재창조한다고요?"

"놀랄 것 없소. 이삭 로블레스 이후의 세대는 늘 그렇게 하고 있소, 스콧 씨. 새로운 것을 생각하지 않았다고 한다면 견딜 수가 없으니까. 그리고 취향은 늘 바뀌고 있소. 그러니 우리가 한 발 앞서 나가야 하는 거요. 우리는 화가의 회고전을 하는 동시에 그 화가를 되살리고 있소. 나의 접근방식을 이용하면 로블레스의 민족역사와 전통인식을 설명할 수 있게 될 거요. 벨라스케스 등의 화가들처럼 말이오. 그는 동시에 당대의 국제적 스타였고, 요절한 천재가 되는 거지."

"정말 다 계획해두셨군요, 그렇죠?"

"그게 내가 하는 일이오. 아직 그가 무엇을 전달하고 했는지 말할 수 없지만, 스콧 씨의 그림에 대해서는 정치적인 입장을 취하고 싶소. 반항적인 노동자 성인 루피나가 파시즘의 사자를 내려다보고 있는 거요. 이걸 보시오." 리드 씨는 또 하나의 문서를 로리에게 건넸다. "구겐하임 재단의 바로치에게서 받은 것이오. 해럴드 슐로스가 다시 파리에 갔을 때 페기 구겐하임에게 보낸 것인데, 페기가 다시 뉴욕으로 보낸 거요."

"스콧 씨." 퀵이 부르자 두 남자는 깜짝 놀랐다. "소리 내어 읽어줄 수 있나요? 바스티엔 씨도, 저도 아직 사본을 받지 못했어요.”
로리가 편지를 읽어주었다.

페기에게,

당신이 파리를 떠나기 전에 내가 어디에 있는지 알리지 못
해 미안합니다. 에스파냐를 떠나 이 도시에 다시 도착하기까
지, 모든 것이 매우 어려웠습니다. 〈루피나와 사자〉를 가져오
려고 했지만 실패했습니다. 당신이 그것을 얼마나 기대하고
있었는지 알기에 몹시 죄송합니다.

대신 클레의 초기 작품 두어 점을 구했습니다. 내가 직접 빈
으로 갈 수는 없지만 런던으로 보낼 계획입니다. 아니면 당신
이 빈을 정리하고 뉴욕에서 지낸다면, 또 그림에 관심이 있다
면 그리로 곧장 보낼 수도 있습니다.

해럴드 슐로스 올림

로리는 리드 씨를 올려다보았다. “로블레스는 전혀 언급하지 않
는군요.”
“그걸 이용할 수 있을 것 같소. 이 편지를 크게 확대해서 미술관
벽 한 면에 붙여둘 수도 있을 거요. 로블레스가 어떻게 되었는지
추측할 수 있으니까.”
“무슨 말인가요?”
“그는 전쟁에서 살아남지 못했을 거요. 그랬다면 그에 대해서 분
명히 들었을 테니까. 당시 에스파냐 남부에는 폭격이 많았소. 그래
서 로블레스의 나머지 그림도 불타버린 것이지. 로블레스의 작품

전체가 희생양이 된 것이 화가 본인의 실종을 반영한다고 생각할 수도 있소."

리드 씨는 다시 뒷짐을 지고 걸으면서 자신의 계획을 설명하기 시작했다. "그 은유를 확장시켜 이베리아●의 대화재로, 그 뒤에 벌어진 세계대전으로 형상화할 수도 있소. 그는 개인인 동시에 에스파냐의 상징이었소. 에스파냐의 미래를 보여주는 존재였건만, 소멸해버린 거요."

로리는 다리를 꼰 채 근엄한 목소리로 말했다. "하지만 그의 작품들이 정말 타버렸는지는 모르잖아요. 루머를 근거로 전시를 할 순 없어요. 사람들이 날 비웃을 거예요."

"비웃지 않을 거요. 사람들은 루머를 좋아하니까. 우리는 사실보다 루머로 더 많은 일을 할 수 있소. 그리고 또 하나 알아낸 사실은 해럴드 슐로스가 파리로 돌아갈 때 〈루피나와 사자〉를 가지고 가지 않았다는 거요. 그랬다면 그건 어디에 있었던 거지? 그때 스콧 씨가 등장하는 거요."

"내가요?" 로리가 말했다. 그의 목소리에서 느껴지는 무엇인가 때문에 나는 고개를 돌렸다. 퀵을 보았다. 퀵도 리드 씨와 같은 생각을 한 모양이었다. 퀵도 로리를 바라보며 집중하고 있었다.

리드 씨가 로리 앞에 앉아서 더 부드럽게 말했다. "해럴드 슐로스는 에스파냐에 남아 있는 것이 바람직하지 않다고 판단했지만, 달아나는 와중에 그 그림을 놓친 것 같소. 도둑을 맞은 것인지, 부주의했던 것인지. 거래상이 그림을 잃어버렸다고 이 편지 내용처럼 대놓고 인정하는 일은 드물거든. 보통은 듣기 좋게 둘러대지.

● 유럽의 남서쪽 끝에 있는 반도로, 면적의 대부분을 에스파냐가 차지하고 있음.

내 생각에 해럴드 슐로스는 몹시 분개한 상태로 파리에 돌아왔을 것 같소."

"그럼 그 그림이 에스파냐에 남아 있었다고 보시나요?" 로리가 물었다.

"음, 슐로스가 갖고 있는 것 같지는 않소. 그가 최고의 수집가에게 거짓말을 할 이유는 없으니까. 하지만 모르겠소, 스콧 씨. 그다음에 그 그림을 갖고 있었던 사람이 모친이시니. 그리고 모친께서 그림을 어떻게 입수하셨는지는 아무도 모르고."

로리는 그림을 올려다보더니 빈 난로 쪽으로 다시 시선을 돌렸다. "어머니 방에 늘 걸려 있었어요. 그림이 없었던 때가 기억나지 않아요."

"그렇소." 리드 씨가 한숨을 쉬었다. "뭐, 물음표를 이용할 수도 있소. 다른 방법이 없을 것 같으니까. 에스파냐 내전과 제2차 세계대전을 거치고 살아남은 작품이 서리의 가정집에서 발견되는 것 같은 낭만적인 가능성이 아주 없지는 않소."

"이삭 로블레스는 결국 어떻게 되었을까요?" 로리가 물었다.

"리드 씨." 퀵이 카랑카랑한 목소리로 말했다. "일정은 대략 어떻게 되나요? 이 전시를 언제 열 계획이죠?"

리드 씨가 퀵에게 말했다. "구겐하임 대표단이 그림을 가지고 이 주 뒤에 올 거요. 그때쯤이면 열어볼 수 있을 거요."

퀵은 다이어리를 내려다보았다. "지금부터 사 주 후요? 말도 안 돼요. 일정이 너무나 촉박해요."

"알고 있소, 마저리. 하지만 그게 내가 원하는 바요."

나는 퀵이 다이어리를 펼쳐 살짝 떨리는 손으로 11월 28일에 두꺼운 십자 표시를 하는 것을 보았다.

14

그날 저녁 로리와 나는 통근열차를 타고 서리로 갔다. 로리는 벌써 차를 팔았다고 했다. "탈 일도 별로 없고요." 로리는 이렇게 말했지만 아쉬운 기색이었다. 내가 처음 짐작했던 것보다 로리의 사정이 더 어려운 모양이다.

워털루 역에서 빠져나가면서, 나는 리드 씨에게서 받은 복사본을 무릎에 얹어놓고 이전 에스파냐 화가들이 그린 루피나와 후스타의 그림을 보았다. 고야의 순종적인 사자도 마음에 들었지만, 가장 마음에 든 것은 벨라스케스였다. 시선을 어디에 둔 건지 알 수 없는 검은 머리의 어린 소녀가 한 손에 작은 그릇 두 개와 접시를, 다른 손에는 커다란 깃털을 들고 있었다. 로블레스처럼 벨라스케스도 루피나를 따로 그렸다. 나는 해럴드 슐로스의 편지 사본으로 넘어갔다. 슐로스는 손으로 편지를 썼는데, 처음에는 단정한 글씨체였지만, 점점 제대로 읽기 힘들어졌다. 멋을 부려 쓴 글씨체는 줄을 그어 지운 흔적이 있었고, 점차 잉크 자국이 번진 상태로 변해갔다. 행복한 사람이 쓴 편지라고 볼 수 없었다.

"다 왔어요." 로리가 말했다.

우리는 발독스 리지에서 내리는 여느 승객들과 달랐다. 대부분 40대 후반의 남자들로 배가 나왔으며, 인장 반지를 하고 〈텔레그래프〉를 옆구리에 낀 채 고급 서류가방을 들고 있었다. 트위드 정장을 차려입고 생각 따위는 핸드백에 깊이 묻어둔 멍한 얼굴의 중년여인들도 시내에 나갔다가 그 기차를 타고 돌아왔다.

"당신이 회의에서 나간 뒤에 리드 씨가 그 그림을 팔아주겠다고 했어요." 로리가 문을 열어 내가 내리는 것을 도와주며 말했다. "수수료를 받고서요."

"얼마나 받을 수 있대요?"

"글쎄요. '미술품은 다른 물건처럼 생각대로 되지 않소, 스콧 씨.'" 로리는 리드 씨의 잘난 체하는 태도를 흉내 냈다. "그렇다고 반 고흐의 신작이 시장에 나온 것 같지는 않을 거라고도 했어요."

"그게 무슨 말이에요?"

"음, 아마 그런 그림은 모두가 원하는 모양인가 봐요. 하지만 〈루피나와 사자〉는 기존에 유명한 화가와는 다른 방식으로 독특해요. 리드 씨는 그걸 깎아내리고 싶지 않지만, 그렇다고 지나치게 부풀리고 싶지도 않다고 했어요. 판매에는 항상 위험이 따른다고."

"하지만 그 그림에 대해서 굉장히 열성적이잖아요."

"역사가로서 그럴 수도 있죠. 개인적인 기호에도 맞아야 하고. 하지만 경매자로서 내가 너무 기대하지 않기를 바라는 모양이에요. 모두가 이삭 로블레스를 좋아하진 않을 테니까."

"공공미술관에 얼마든지 기증할 수 있잖아요."

로리는 웃었다. "오델, 나는 돈이 없어요."

퀵과 나는 그날 내내 이야기할 기회가 없었다. 퀵은 로리와 리드 씨가 이야기를 마친 직후 퇴근했다. 퀵은 두통이 난다고 했지만 나는 그 이상의 통증임을 알고 있었다. 퀵의 상태가 좋지 않다는 것과 통증이 점점 심해지고 있다는 것을 아는 사람은 나뿐이었다. 그러나 나는 지금 로리와 함께 있다. 그에게 사과하고, 그가 내게 얼마나 큰 의미를 갖는지 깨달았다. 그와 다시 재회한 기쁨도 나누고 싶었다. 퀵과 로리 사이에서 갈등했지만, 솔직히 어떻게 퀵을 도와주어야 할지 알 수도 없었다.

"괜찮아요?" 로리가 말했다.

"퀵 생각이 나서요. 퀵은…… 건강이 좋지 않아요."

"그런 것 같았어요."

역에서 걸어 나오면서 로리가 허리를 숙이더니 내 뺨에 키스했다. 뒤에서 놀라는 소리가 들렸다. 나는 뒤를 돌아보았다. 트위드 정장을 입은 중년여자 중 하나가 아무 소리도 내지 않았다는 듯 무덤덤한 표정을 짓고 있었다.

"가요." 로리가 조용히 말했다. "18세기에서 어서 벗어나요."

그렇다. 그때는 18세기가 아니었다. 1967년 10월 말의 서리, 발독스 리지였지만, 남의 시선을 무시하고 키스할 수 없었다. 아니, 좀 더 정확히 말하자면 나는 키스를 받을 수가 없었다.

집에 도착하자 불이 켜져 있었다. "오, 이런." 로리가 말했다. 내가 돌아보자 로리가 진심으로 두려운 얼굴을 하고 있었다.

"왜 그래요?" 내가 물었다.

"게리가 없을 줄 알았는데……. 나가야겠어요."

"가고 싶지 않아요." 내가 말했다.

"오델, 게리는…… 그 사람은…… 당신에게 미리 경고해두고 싶어요."

"내가 게리에게 맞춰볼게요. 내가 원주민이라서 그러는 거죠?"

"오…… 이런. 재앙이 될 거예요. 게리는…… 굉장히 구식이에
요."

"그럼 구식에 맞춰드리죠."

"그렇게 하지 않아도 돼요. 그럴 필요도…….'

"로리, 당신이 날 **보호해주지** 않아도 돼요. 게리는 내가 판단해요.
그분도 날 판단할 테니까."

게리를 어떻게 묘사해야 할까? 망할 게리? 즐거운 게리? 게리는
나를 보자마자 얼굴이 밝아졌다. "로렌스가 호모인 줄 알았더니!"
그의 말투를 보니 게리 자신이 혹시 그쪽인가 하는 생각이 들었
다. 나는 그 뒤로도 게리 같은 남자는 보지 못했다. 게리에게는 영
국 상류층 특유의 분위기가 물씬 배어났다. 잘난 체하면서도 우드
하우스•의 소설에나 나올 만큼 어리석었고, 아무도 관심 없는 광기
가 엿보였으며 누가 생각해도 부적절한 말을 쏟아냈다. 뚱뚱한 몸
집과 달리 얼굴은 핸섬했고, 자신을 스스로 괴롭히는 사람 같았다.
뿐만 아니라 아내를 잃은 그의 슬픔이 내게도 전해졌다. 반 년이나
지났지만 그는 여전히 축 늘어져 있었다.

"미술관에서 일한다고 들었소만, 바신 양." 그가 위스키를 따르
면서 물었다.

• 영국의 소설가로 주로 상류사회를 묘사한 소설을 썼으며, 특유의 유머러스함으로 세계적인 유명
세를 얻음.

로리는 게리가 내 이름을 제대로 발음하지 않는 것에 움찔하면서 그를 고치려고 했다. "그렇습니다." 내가 재빨리 말했다. "타이 피스트입니다."

"그럼 여기서 사는 거요?"

"네, 선생님. 이제 육 년이 다 되어갑니다."

"오델의 아버지는 공군에 계셨어요." 로리의 목소리에서 필사적으로 애쓰는 느낌이 들어 짜증이 났다. 물론 로리의 속마음은 이해할 수 있었다. 게리가 이해할 수 있는 맥락 속에서 나를 재포장하려는 것이었다. 하지만 나는 아버지의 복무기록을 내 소개에 넣을 필요는 없다고 생각했다. 이상하게도 나는 게리가 나를 받아들이고 있다는 느낌이 들었다. 내가 그의 집에 들어갔기 때문일까? 게리는 이따금 자기도 모르게 드러내는 피부색 계급구도에서 나를 제외시켜주었다. 혹시 그때 그가 나의 피부색을 화이트워싱하고 있었던 걸까? 아니면 식민지 시절이 떠올라 그 순간 스릴감을 만끽하고 있었던 걸까? 아니면 그저 내가 마음에 들었던 건지도 모른다. 어쨌거나 게리가 나를 밀어내는 것 같지는 않았다.

우리는 불안한 분위기에서 저녁을 먹었다. 아니, 로리만 불안했다. 게리와 나는 어찌어찌 대화를 이어갔다. 적어도 칼립소라거나 봉고라거나 내가 영어를 잘한다는 말은 나오지 않았다.

"나도 카리브해에 간 적이 있소." 로리가 접시를 치우는데 게리가 말했다. 그는 위스키 잔을 비우고 그것을 바라보았다.

"마음에 드셨어요?" 내가 물었다.

게리는 내 말을 듣지 못한 것 같았다. "옥스퍼드를 떠나 서인도제도에서 일했지." 로리의 표정을 보았다. 테이블보에 천둥이 떨어진 것 같았다. "오랫동안 거기 있었지. 그때부터 여행병이 든 것 같아. 무슨 이유가 있었겠지. 거긴 아름다웠소. 엄청나게 덥기도 하고."

"카리브해의 어느 섬에 가셨어요?" 내가 물었다.

"이젠 아주 오래전 일 같아. 사실 그렇기도 하고."

"오델이 질문했잖아요." 로리가 말했다.

"괜찮아요." 내가 말했다.

"자메이카요." 게리는 양아들을 노려보며 말했다. "로렌스, 난 노망이 난 게 아니다. 나도 들었어."

"전 자메이카에 못 가봤어요." 내가 말했다.

게리가 웃었다. "신기하구려. 그곳 섬에서는 서로서로 돌아다니는 줄 알았더니."

"아뇨, 선생님. 저는 트리니다드 토바고와 그레나다, 바베이도스에만 가봤어요. 다른 섬에는 못 가봤어요. 자메이카보다 런던을 더잘 알지요."

게리는 위스키 병을 집었다. "거긴 내가 원해서 간 게 아니오. 하지만 세라가 자메이카에 간다고 했지. 그 사람은 더위를 좋아했소. 더위가 필요했지. 그래서 갔소. 막상 가보니 좋았소. 모래가 정말부드러웠거든."

로리가 위스키 병을 빼앗으며 말했다. "거기서 산 레코드를 듣죠."

"세라가 누구예요?" 내가 물었다.

게리가 붉게 충혈된 눈으로 나를 보았다. "로렌스가 이름을 알려주지 않았소?"

"누구 이름요?"

"제 엄마 이름." 게리는 이렇게 말했고, 로리가 돌아서자 한숨을 쉬었다. "아름다운 나의 아내."

15

로리는 한 번에 세 개씩 계단을 뛰어올라갔다.

"왜 그래요? 어머니가 그리워서 저러시는 거잖아요. 어머니 이야기를 하고 싶어서."

로리가 도중에 멈추더니 홱 돌아섰다. "저 사람을 무슨 성인쯤 된다고 생각하지 마요."

"그렇지 않아요."

로리는 갈등하고 있는 것 같았다. 두렵기도 하고, 화가 나기도 한 얼굴이었다. "아버지가 돌아가셨을 때." 내가 로리를 위로하려고 아버지 이야기를 꺼냈다. "어머니는 라디오에서 아버지 목소리가 들린다고 착각했어요. 만나는 사람마다 아버지를 닮았다고 했고요. 인내심을 가져야 해요."

"내 어머니였다고요."

"물론이죠."

"어머니를 발견한 건 나였어요. 저 아래 그 방에서."

"오, 로리."

나는 로리가 가리키는 어둠 쪽을 바라보고는 초자연적인 두려움에 반대쪽으로 달아나고 싶은 충동을 느꼈다. 하지만 움직이지 않았다. 로리에게 겁먹은 얼굴을 보이고 싶지 않았다. "게리는 위스키와 반창고로 버티고 있어요. 상냥하게 대해줘요."

"그럼 나는요?"

"내가 상냥하게 대해줄게요." 나는 그의 손을 잡아주었다.

우리는 로리의 이불 위에 나란히 누워서 게리가 아래층에서 돌아다니는 소리를 들었다. 문이 닫히자 집 전체가 조용해졌다. "여기서 살면 안 되겠어요." 내가 말했다.

"알아요." 로리는 모로 누워 나를 보며 팔꿈치를 괴었다. "하지만 여기뿐인걸요. 이 집, 게리, 그리고 그림 한 점."

"그리고 나요. 내가 있잖아요." 내가 말했다.

로리는 가만히 내 얼굴을 쓰다듬었다. 창문이 아직 열려 있었고, 검은새가 새벽녘처럼 나무에서 편안하게 노래하는 소리가 들려왔다. "자, 작가 선생. 제일 좋아하는 단어가 뭐예요?" 로리가 물었다.

나는 그가 화제를 바꾸고 싶어 하는 것을 알아차리고 응해주었다. "하나만 고르라고요? 좋아요, '숙소'요."

로리가 웃었다. "그건 이미 갖고 있잖아요. 이럴 줄 알았어요. 정말 따분해요, 오델."

"그렇지 않아요. 포근하죠. '내 숙소는 깔끔하고 편안했다.' 당신은요?"

"**구름.**"

"판에 박힌 반응이로군요." 나는 그에게 다가가 한 번 꼬집으며 말했다.

우리는 계속 이야기했다. 잠시나마 어머니와 양아버지와 그림을 잊었다. 아니, 가능한 우리의 끄트머리로 밀어놓았다. 우리는 영어를 제대로 쓰면 얼마나 아름다울 수 있는지, 영어란 얼마나 다양하고, 미묘하고, 비논리적인지 이야기했다. '방해하다'와 '바구니'•를 같은 단어로 쓴다든지, 숱한 의미를 가지는 동사라든지 처음에는 지루해보이지만, 깊이 있는 단어들에 대해서 이야기했다. 우리는 좋아하는 의성어에 대해서도 이야기했다. '**곱슬곱슬하다**'와 '**걸쭉하다**'와 '**미끄러지다**'와 '**범블비**' 같은 단어의 기원도 이야기했다. 이때처럼 나 아닌 다른 사람과 단둘이서 그렇게 행복한 적은 없었다.

나무에서 지저귀는 검은새 덕분에 우리는 '버드테니스'라는 게임을 하게 되었다. 서로 얽힌 양손을 그물 삼아, 새를 한 마리 교환할 때마다 키스하는 것이었다. **물떼새에서 댕기물떼새, 종달새. 벌새, 매, 마나킨, 독수리.** 그의 손이 내 살에 닿았다. **도요새, 찌르레기.** 그리고 내 손이 그의 살에 닿았다. **딱따구리, 굴뚝새.** 그리고 새들은 날아가고, 그들의 이름은 키스로, 새로운 세상을 만들어내는 침묵으로 바뀌었다.

이튿날 아침, 나는 아주 일찍 일어났다. 로리는 평화로운 얼굴로 깊이 잠들어 있었다. 나는 그가 내게로 들어오던 놀라운 첫 순간을 다시 생각해보았다. 그리고 그 순간은 다시 일어나지 않을 것임을 알았다. 나는 속옷을 입고, 그의 셔츠와 모직 스웨터를 입은 뒤 침

• 영어 'hamper'안에는 '방해하다'와 '바구니' 두 개의 뜻이 담겨 있음.

대에서 빠져나와 복도를 살그머니 걸어 욕실로 들어갔다. 게리가 내가 자고 가는 것을 알고 있을까? 지금 그와 마주친다면 얼마나 창피할까?

나는 변기에 앉아서 다리 사이를 만져보았다. 피가 조금 말라붙어 있었다. 그러나 가장 뚜렷한 증세는 아랫배가 살짝, 묵직하게 아픈 것이었다. 열리고 멍이 든 느낌이었다. 나는 남자와 옷을 벗어본 적도 없었고, 그런 손길을 받아본 적도 없었다. 그런 쾌감을 느낀 뒤에 통증이 찾아오다니, 이상했다.

우리는 한 고비를 넘겼다. 나는 그에게 아주 조그맣게 사랑한다고 했고, 그는 내 입에 귀를 붙이고는 "**그 말 다시 해야 되겠어요, 오델. 내가 요즘 늙어서 잘 안 들리거든요**"라고 대답했다. 그래서 나는 조금 더 크게 다시 말했고, 그는 내게 키스했다.

손목시계를 보았다. 5시 30분. 아래층에서 게리가 코 고는 소리가 들렸다. 희한한 느낌이었다. 서리 한복판, 빅토리아 시대의 변기에 앉아 게리라는 백인남자 머리 위에서 소변을 보다니! 이런 일이 있을 줄은 예상도 못한 데다 뜻밖의 일이라는 사실에 기뻤다. 이런 일이 내게 일어날 줄 알았더라면, 그 괴상함에 너무나 겁을 먹은 나머지 결국 아무 일도 일어나지 않았을지도 모른다.

나는 일어나서 손과 얼굴을 씻고 허벅지에 비누칠을 조금 했다. 문득 패밀라에게 이 일을 말하고 싶었다. 패밀라가 준 생일선물이 쓸모가 있었다고, 수다거리와 함께 알려주고 싶었다.

욕실에서 나와 로리의 방으로 돌아가려다가 말고 오른쪽으로 돌아 긴 복도를 내려다보았다. 약간 망설여졌지만 지금 말고는 기회가 없을 것 같았다. 로리가 깨어 있어도 저 아래로 내려가볼 가능성은 적었다. 무엇보다 호기심이 너무 컸다.

문이 조금 열려 있었다. 그분의, 세라의 침실임을 알 수 있었다. 화장대에는 아직 립스틱과 조개 모양의 은제 파우더 콤팩트가 놓여 있었다. 소설책과 오래된 잡지도 있었다. 창가에는 도자기와 유리장식, 말라버린 꽃이 꽂힌 화병이 있었다. 커튼이 열려 있었지만 아직 해는 뜨지 않았다. 앙상한 나무들의 실루엣이 연보랏빛 하늘의 배경으로 보였다.

나는 침대를 보았다. 여기에서 있었던 일일까? 현장의 느낌이 하나도 없는 것에 감사했다. 세라 없이는 어쩔 줄 몰라 갈피를 못 잡는 두 남자가 몹시 안쓰러웠다. 게리의 말이 옳았다. 로리는 어머니를 심히 회피하고 있었다. 게리는 무정한 인간이 아니라 세라 이야기를 하고 싶어 하는 것 같았다. 그녀 이야기를 하지 않으려는 건 로리였다. 게리와 함께 한 집에 있어보니 어머니 세라의 재혼과 죽음이 로리에게 얼마나 큰 영향을 미쳤는지 알 수 있었다.

방 한쪽에는 커다란 옷장이 있었다. 옷장 문을 열자 좀약 냄새에 숨이 막혔다. 안에는 진홍색 바지 한 벌이 걸려 있었다. 나는 그것을 꺼내 내 몸에 대어보았다. 이것이 세라의 바지가 맞다면 그녀는 몸집이 작은 사람이었을 것이다. 바지는 내 정강이 중간에도 닿지 않았다. 모직 바지는 군데군데 좀먹은 데가 있었는데, 특히 사타구니 부분이 그랬다. 하지만 이 바지가 꽤 세련된 디자인인 것은 한눈에 알 수 있었다. 바지를 보고 있노라니 퀵이 떠올랐다. 퀵이라면 사타구니에 구멍이 나든지 말든지 이 바지를 좋아할 것 같았다.

"안 맞을 거요." 누군가가 말했다. "하지만 버릴 수가 없어서."

나는 화들짝 놀랐다. 문에 게리가 서 있었다. 듬성듬성 난 머리는 헝클어졌고, 커다란 몸에 짙은 청색 가운을 걸치고 있었다. 가

366

운 아래로 털이 난 맨다리가 튀어나왔다. 나는 창피해서 알아들을 수 없는 말을 더듬거리며 바지를 도로 걸어놓으려고 했다. 게리가 부인의 흔적을 싹 치워버렸을 것이라고 생각한 것이 몹시 미안했다. 그에게 이곳은 성소와 같은 곳이었다. 그가 매일 아침 이곳에 와보았을 텐데 내가 마음대로 침입한 것이다. 나는 너무나 부끄러웠다. 밤에 돌아가지도 않았고, 남자의 옷을 입은 데다 그의 집에서 섹스를 했다. 나보다 훨씬 큰 로리의 스웨터로 엉덩이가 가려졌기에 망정이지, 이마에 '섹스'라는 단어를 붙이고 다닌 셈이었다. 그 사실이 너무나 분명하게 느껴졌다.

하지만 게리는 양아들과 여자친구의 윤리성에는 관심이 없어 보였다. 그는 내 생각보다 현대적인 사람인지도 몰랐다. 혹은 너무 슬프고 숙취가 심해 관심이 없었던 건지도 모른다. 그는 손을 내저으며 방으로 들어왔다. "걱정 마시오." 그는 침대 끝에 털썩 주저앉으며 말했다. 나는 그때까지도 바지를 든 채로 서 있었다. "방을 돌아봐도 좋소. 내게도 그 사람은 여러모로 미스터리였으니."

뚱한 표정과 둥근 배를 한 게리를 보니 루이스 캐럴의《거울 나라의 앨리스》에 나오는 험티 덤티•가 떠올랐다. 나는 어딜 돌아봐도 수수께끼뿐인 앨리스가 된 기분이었다.

"죄송해요. 여길 들어오다니."

"아니오. 로리가 제 엄마 얘길 정말 안 하는구려, 그렇지?"

"별로 안 해요. 스콧 씨, 제가……."

"나는 스콧이 아니오. 그건 세라의 처녀 때 성이었소."

"아."

• 달걀 모양의 큰 얼굴에 작은 팔다리가 달린 캐릭터.

"로렌스는 내 성姓이 아닌 그 사람 성을 갖겠다고 했소." 게리가 고개를 저으면서 말했다. "그때 로렌스가 열여섯이었는데, 열여섯 살짜리한테 이래라저래라 할 수 없었지. 사실 난 그 애를 제대로 알지 못했소."

"로리가 아버지의 성을 받지 않았었나요?"

게리는 나를 찬찬히 살펴보았다. "1940년대 학교에서 '슐로스'라는 이름을 쓰는 건 별로 좋은 생각이 아니지."

나는 그 자리에서 진홍색 바지를 든 채 굳어버렸다. "슐로스요?" 내가 되물었다. "로리 아버지의 성이 슐로스였어요?"

게리는 내 음성이 높아지는 것을 흥미롭게 여겼다. "엄밀히 말하자면 그렇소. 세라는 그 애가 태어난 순간부터 스콧이라는 성을 붙였지만, 제 아버지의 성은 슐로스였소. 그 사람 첫 남편은 오스트리아 사람이었소. 그것도 제2차 세계대전 직전에."

"오스트리아요?"

"이 이야기에 좀 놀란 것 같은데. 괜찮소?"

"아, 네." 나는 로리의 커다란 모직 스웨터를 입고, 죽은 어머니의 바지를 움켜쥐고는 아무렇지도 않은 척 해보이려고 애썼다. 로리의 아버지가 누구든 내게 아무런 의미도 없다는 양.

"그 사람이 영국으로 돌아와 로리를 가졌을 땐 자기 성을 붙여주는 게 좋겠다고 생각한 모양이오. 당시에는 도이칠란트 이름을 가진 사람을 아무도 믿지 않았거든."

"부군의 이름은 무엇이었나요?"

"해럴드요. 가엾은 놈이지. 아, 그때 일만 생각하면⋯⋯. 세라는 한 번도 이야기하지 않았지만, 로렌스를 보면 이야기를 해주는 편이 나았을 것 같소. 자기 부모 이야기만 나오면 아주 병적이거든."

나는 리드 씨가 해럴드 슐로스를 언급했을 때, 로리가 어떻게 행동했는지 기억을 더듬어보았다. 어떤 감정의 표현이나 이미 다 알고 있다는 표정은 떠오르지 않았다. 다만 리드 씨에게 슐로스가 어떻게 되었는지는 물었던 기억이 났다.

"아버지는 어떻게 되셨나요?" 내가 물었다.

게리는 긴 앞니를 드러내며 우울하게 웃었다. "정말로 그 이야기를 안 하는구려, 응? 음, 하긴 민감한 문제긴 하지."

"그렇습니다."

"두 사람이 대화할 시간이 없나보군. 나도 한때는 그랬으니까."

나는 얼굴이 달아오르는 것을 감추려고 힘없이 웃어 보였다. 달아나고 싶기도 했고, 이 사람에게 로리가 알려주지 않은 사실을 알아내고 싶기도 했다. "그 이야기를 하지 않는 것도 일리가 있소. 기억도 못하는 일을 자꾸 뒤져봐야 소용없으니까. 로리는 그 친구를 본 적이 없소." 그가 머리를 쓰다듬으며 나를 바라보았다. "해럴드 슐로스에게 히틀러가 나타났거든. 우리 모두에게 그랬듯이."

나는 무어라 말하려고 했지만, 게리가 일어났다. 노란 발톱은 짙은색 마룻바닥과 대조적이었다.

"이런 이야기를 하기엔 너무 이른 시간이오. 나는 머리를 식히러 좀 걸어야겠소. 아가씨는 더 자는 게 좋겠소만."

16

나는 로리의 방으로 돌아갔다. 로리는 부스럭거리더니 눈을 뜨고 미소를 지으며 팔을 벌려 따뜻하고 구겨진 시트를 들어보였다. 나는 침대 옆에 서 있었다. "왜 그래요?" 로리의 얼굴에서 미소가 가셨다. "무슨 일이에요?"

"당신은 로리 슐로스예요. 당신 아버지가 〈루피나와 사자〉를 팔았어요. 그래서 그 그림을 갖고 있는 거죠."

이 상황에 접근하기에 더 좋은 방법이 있었던 것을 인정한다. **당신 아버지가** 이러쿵, **당신 아버지가** 저러쿵. 그것도 아침 6시 15분에, 로리가 만나본 적도 없는 죽은 사람 이야기를 하다니. 하지만 내가 그랬던 것은 로리가 근본적으로 정직한 사람이라고 생각했기 때문이었다. 퀵이 그를 의심할 때, 나는 로리를 옹호했다. 그런데 로리가 자기 어머니뿐 아니라, 어머니가 그 작품을 갖게 된 소장 경로를 여러 차례 회피했음을 그제야 깨달았다.

로리는 팔을 내리고 나를 살펴보았다. "나는 로리 **스콧**이에요. 게리와 이야기를 했군요." 그러고는 눈을 감았다.

"당신은 내게 거짓말을 했어요."

그는 다시 눈을 뜨고 팔꿈치를 괴어 몸을 일으켰다. "거짓말하지 않았어요. 모든 걸 이야기하지 않은 것뿐이지."

"왜요? 당신 아버지가 왜 문제가 되죠?" 그는 아무 말도 하지 않았다. "로리, 정말로 차를 팔았어요?"

그는 생각을 정리하려는 듯 인상을 쓰면서 눈을 비볐다. "그래요. 차는 정말 팔았어요. 게리는 이 집을 팔 생각이 확실해요. 그럼 난 어떻게 해야 되죠?"

"게리는 집을 팔지 않을 거예요. 이 복도 끝에 당신 어머니 방이 있어요. 그는 어머니의 옷가지와 화장품을 아직 보관하고 계세요."

그의 눈빛에서 혼란이 느껴졌다. "그건 어떻게 알았어요?"

나는 천천히 침대 옆에 앉았다. "거기서 게리와 마주쳤어요."

"염탐하고 다녔어요?"

나는 당황해서 눈길을 돌렸다. "전쟁이 일어났을 때, 어머니가 당신에게 결혼 전 성을 붙여주셨다고 했어요. 리드 씨가 해럴드 슐로스 이야기를 했을 때, 왜 아무 말도 안 한 거죠?"

로리는 베개를 베고 다시 누웠다. "그러면 일이 너무 복잡해질 테니까."

"아뇨, 간단해졌을 거예요. 그래서 그 그림을 갖게 된 거잖아요. 증빙이니 하는 것들이 다 해결되죠."

"리드 씨에겐 간단해질지 모르지만, 내겐 아니에요." 로리가 두 손을 꼭 쥐었다. "우린 아버지에 대해서 한 번도, 단 한 번도 이야기하지 않았어요, 오델. 우리 가족은 아무 이야기도 하지 않아요. 봐요, 당신이 평생 어떤 문제를 안고 있는데 아무하고도 그 이야기를 하지 않았어요. 그런데 갑자기 그 이야기를 할 수 있을 것 같아요? 그것도 그림에 호기심을 보이는 낯선 사람에게?"

"하지만 왜……."

"말로는 설명할 수 없어요, 오델. 난 내가 태어나기도 전에 있었던 일을 설명할 수 없어요."

"하지만 당신 어머니께서 그분에 대해 말씀하셨잖아요? 당신 **아버지인데.**"

"이름은 알아요. 어머니가 영국에 돌아오셔서 이름을 바꾼 것도 알아요. 그게 전부라고요. 어머니와 나 단둘이서 십육 년을 살았고, 그 다음에 게리가 나타났어요. 에드먼드 리드에게 족보를 알려주기 위해 죽은 사람을 내 아버지라고 할 생각은 없어요."

"알겠어요, 미안해요."

"미안할 건 없어요."

"난 그저……." 퀸이 생각났다. "그림을 이해해보려고 했을 뿐이에요."

로리가 일어나 앉았다. "어머니는 그 그림을 어떻게 갖게 되었는지 알려주지 않았어요, 오델. 거짓말이 아니에요. 내가 짐작하기로는 아버지가 그 그림을 폐기 구겐하임에게 보내지 못했다는 것뿐이에요. 그러다 에스파냐를 떠나면서 대혼란이 일어났고, 어머니가 그림을 영국에 가져온 거죠."

"아버지는 파리에 계시고, 어머니는 영국에 계시는데 두 분은 어떻게 결혼을 한 거예요?"

로리는 한숨을 쉬었다. "나도 몰라요. 어쨌든 어머니는 런던으로 왔고, 아버지는 거기 계셨어요. 그러다 도이칠란트가 파리를 점령했고요. 어머니는 게리와 만나기 전에는 결혼반지도 끼지 않았어요."

"아버지에 대해 묻지도 않았어요?"

"당연히 물어봤죠." 로리의 목소리가 딱딱했다. "어머니는 말하고 싶어 하지 않았어요. 단지 아버지가 전쟁 중에 용감하게 돌아가셨고, 이제 우리 둘뿐이라고 했어요. 세 살 때, 열 살 때, 열세 살 때, 그 말을 들었어요. 그런 말을 자꾸 듣다보면 사실이 되어버리죠."

"당신에게 슬픔을 덜어주려고 그러셨는지도 모르겠네요." 내가 말했다.

로리는 우울한 표정을 지었다. "어머니가 내게 뭘 덜어줄 생각을 하신 적은 없었던 거 같아요. 내 짐작으로는 아버지가 떠났거나, 어머니와 연락을 끊었거나, 어머니가 인연을 끊은 것 같아요. 어머니와 나 단둘이 세상을 등지자고 한 건 멋지긴 했지만, 좀 답답했거든요. 어머니는 날 굉장히 과잉보호했어요. 내가 어머니의 두 번째 기회라고 했죠."

"그 말씀뿐이었어요?"

"어머니가 어떤 사람인지 몰라서 그래요. 어머니에겐 그런 이야기를 도저히 할 수가 없었어요. 그리고 아버지가 어디 있는지 모르는 사람들이 많잖아요. 전쟁이 막 끝나서 미망인도 많았고. 타인의 슬픔은 들쑤시지 않는 법이에요."

"물론이죠." 나는 그만두어야 할 때임을 알았다. 다만 세라가 올리브 슐로스에 대해서 이야기한 적 있는지 물어보고 싶었다. 올리브 슐로스가 이들 사이에서 어떤 존재인지. 신스의 말대로 해럴드 슐로스의 성을 가진 젊은 여자라면 딸일 가능성이 높았다. 하지만 로리는 아무리 나이 차가 많은 누나라지만 그녀에 대한 언급은 일절 하지 않았다. 그리고 로리의 주장대로 그가 해럴드에 대해서 아는 바가 없다면 이 또한 놀랄 일은 아니었다. 그를 보며 혹시 퀴과 닮은 구석이 있는지 살펴보았다. 그와 마저리 퀵이 어쩌면 가족관계일지도 모른다는 이야기를 어떻게 꺼내야 할지 상상하기조차 어려웠다.

로리는 한숨을 쉬었다. "먼저 이야기했어야 했는데……. 하지만 우리 사이가 들쑥날쑥했고, 그럴 생각이 나지 않았어요. 게리와 마주친 일은 미안해요. 적어도 그 가운은 입고 있었길 바라요."

"네."

"불행 중 다행이네."

"들어가도 돼요?"

로리는 담요를 들어주었고 나는 안으로 들어갔다. 우리는 잠시 말 없이 누워 있었다. 내가 밀어붙이지 않았다면 로리가 아버지 이야기를 내게 했을지 생각해보았다. 또 우리의 새로운 관계를 위해서라도 그 문제가 중요한 건지 고민해보아야 했다. 아버지가 누구든, 로리는 내게 여전히 로리였다. 하지만 그에 대해서 모르는 것이 그렇게 많고, 그가 말하지 않기로 했다는 사실이 좀 따끔거렸다. 나도 말하지 않은 것들이 있었다. "우리는 기차에서 해럴드의 글씨를 보고 있었죠." 내가 그의 어깨에 대고 중얼거렸다.

"그래요."

"그걸 보고 무슨 느낌이 들었어요?"

"당신이 바라는 그런 느낌은 없었어요. 좀 슬프기는 했어요. 산다는 게."

"그래요." 나는 다시 마저리 퀵을 떠올렸다. "어떻게 끝날지는 아무도 모르죠."

17

퀸은 월요일에 병가를 내고 수요일까지 출근하지 않았지만, 나는 패밀라와 전시회 준비로 바빠서 퀸을 만나러 갈 수가 없었다. 리드 씨는 다방면의 손님들을 '사라진 세기'전展에 초대할 생각이었고, 패밀라와 내게 참석자 초대를 맡겼다. 리드 씨는 적절한 신문보도와 대중의 관심을 원했다. 스켈턴 미술관의 멋지고 성공적인 그림 전시회라고 홍보하면서 돈이 흘러들어오기를 기다렸다. 〈루피나와 사자〉가 그를 도와줄 것으로 믿었다. 고급문화와 팝을 혼합하면서 내각의 장관이 올지도 모른다는 소문이 돌았다. 지적 도전이자 미학적인 작품인 〈루피나와 사자〉는 장관의 흥미를 끌기 충분했다. 리드 씨는 미술관 개관 이래 처음으로 액자를 주문했고, 그림을 마호가니 액자에 끼워넣자 루피나의 색채가 더욱 눈부시게 빛났다. 역시 그는 안목이 좋았다.

줄리 크리스티*는 참석하겠다고 했고, 미술품 거래상 로버트 프

---

* 영국 출신의 세계적인 배우로 대표작으로는 〈닥터 지바고〉, 〈화씨 451〉 등이 있음.

레이저도 확답했다. 쿠엔틴 크리스프*, 로알드 달**, 믹 재거***가 모두 초대되었다. 재거를 초대한 것이 특이하다고 생각했다. 패밀라는 그해 초, 믹 재거가 약물 혐의로 구류되었을 때 담배 마흔 개비와 초콜릿, 직소 퍼즐과 책 두 권을 가지고 갔다는 보도가 나왔다고 알려주었다. 패밀라는 롤링스톤스에 대해 모든 것을 알고 있었다. 그러고는 믹 재거가 처음 낸 책은 티베트에 관한 것이고, 두 번째 책은 미술에 관한 것이라고 말했다.

리드 씨의 바람대로 신문에서 전시 기사를 크게 실었다. 〈데일리 텔레그래프〉는 5면에 '에스파냐의 성녀와 영국의 사자: 미술전문가가 이베리아의 보석을 구하다'라는 헤드라인을 실었다. 또한 '사라진 에스파냐의 화가 이삭 로블레스의 수작이 영국의 주택에서 발견되었으며, 미술사학자이자 스켈턴 미술관 관장인 에드먼드 리드에 의해 대중에 공개될 것이다.'라고 밝혔다. 나는 로리가, 혹은 퀵이 이 마지막 문장을 보고 어떻게 생각할지 궁금했다. 두 사람 모두 매우 다른 방식으로 리드 씨가 목적을 달성하도록 도와주었기 때문이다. 나는 짜증이 났지만, 놀라지는 않았다.

〈타임스〉에서는 미술전문기자 그레고리 허버트가 이삭 로블레스처럼 재발굴된 화가들에 대한 긴 글을 썼다. 그리고 〈루피나와 사자〉와 같은 그림들이 20세기 초반의 혼란스러웠던 정세를 반영하는 동시에 시대를 확장시켜준다고 설명했다. 허버트도 사전 공개에 초대되었고, 그림 앞에 선 그는 1937년에 에스파냐 정부가 군 입대 자원자들을 돌려보내기 위해 국제여단에서 싸웠다고 회고

• 영국의 영화배우이자 시나리오 작가로 특히 양성평등 운동에 힘씀.
•• 영국의 소설가로 대표작으로는 〈찰리와 초콜릿 공장〉, 〈마틸다〉 등이 있음.
••• 영국의 가수이자 배우로 세계적인 록밴드 '롤링스톤스'를 결성함.

했다.

허버트는 다음과 같이 썼다.

아우슈비츠와 히로시마의 사상자 수는 장부에 기록하고 묘비에 새겼다. 에스파냐에서 공화당원의 사망자는 오로지 마음속에 기록할 뿐이다. 그 전쟁에서 희생된 사람들의 무덤은 거의 없다. 생존자들은 이름을 숨기고, 그 거친 땅에서 정신적 트라우마와 싸워가며 힘겹게 살아간다. 살인자들은 여전히 피해자들의 가족 곁에 살고 있고, 이웃과 이웃 사이에는 스무 명의 유령들이 돌아다닌다. 슬픔은 흙에 스며들었고, 생존자들의 트라우마는 감추는 행위로만 드러난다.

오늘날까지도 파블로 피카소는 자신이 태어난 곳에서 가장 유명한 아들임에도 고향인 안달루시아의 도시 말라가에 가까이 가지 않는다. 에스파냐가 두 동강 났을 때, 많은 화가들은 격리와 감금과 죽음을 견디느니 그곳을 피해 프랑스나 미국으로 망명했다. 다양한 삶이 소각되었고, 예술도 마찬가지였다. 시인 페데리코 가르시아 로르카는 미처 탈출하지도 못했다. 그와 같은 안달루시아의 화가 이삭 로블레스 역시 비슷한 운명을 맞이했으리라 짐작할 따름이다.

에스파냐의 과거는 정육점의 석판 위에서 초록색으로 변해버린 고기 한 조각과 같다. 전쟁이 끝났을 때, 사람들은 돌아서서 공중에 날아다니는 파리 떼를 보는 것도 금지당했다. 그들은 곧 고개를 돌릴 수 없을 거란걸 알았고, 자신의 고통을 표현할 수 있는 언어가 없음을 깨달았다. 하지만 그림은 남았다. 게르니카, 달리와 미로의 작품들, 그리고 〈루피나와 사자〉

377

가 에스파냐의 우화로서, 그 아름다운 나라를 증언하고 있다. 자기 머리를 들고, 영원히 사자에게 사냥당할 운명을 지닌 나라를.

허버트는 글 말미에서 이삭 로블레스의 작품이 수집품으로서 가치가 높다고 밝혔다. 그것은 이 소박한 화가가 꿈도 꾸지 못한 가격으로 제2의 르네상스를 맞이하게 될 거란 것을 충분히 짐작하게 했다. 허버트는 이삭 로블레스가 자기 나라의 상황에 대한 정치적 논평으로 그 그림을 그린 것을 확신한다는 어조였다. 하지만 나는 〈밀밭의 여인들〉의 후스타의 모습을 떠올리며 이 그림은 더 사적이고, 심지어 성적이기까지 하다고 생각했다.

목요일에 베니스에서 온 바로치를 위시한 멋진 옷차림의 구겐하임 재단 사람들이 선물을 가지고 예술사절단처럼 도착했다. 그러나 그들을 맞이해야 할 퀵은 아직 출근 전이었고, 리드 씨는 노발대발했다.

"몸이 좋지 않으세요." 내가 말했다. 퀵은 전화도 받지 않았다. 전시회가 다가올수록 퀵은 더욱 움츠러드는 것 같았다. 곧 개막이라는 부담감 때문에 퀵이 견디지 못하는 것은 아닐까 염려되었다. 하지만 그것을 계기로 퀵이 입을 열고 감추고 있는 비밀이 밝혀지기를 바라는 마음도 들었다. 비록 그 결과가 어떻든지.

"죽을병이 걸려도 상관없소." 리드 씨가 화를 냈고, 나는 그의 말에 정곡을 찔려 몸을 떨었다. "내가 스켈턴에서 일한 이십 년 세월 동안 지금이 가장 중요한 순간인데, 나타날 생각도 안 하다니!"

리드 씨는 마드리드의 프라도 미술관에서 고야를 대여하려는 계획이 실패하여 심기가 몹시 불편했다. "그럼 무리요를 갖고 있는 수도원에서는 누구와 이야기할 수 있소?" 어느 날 오후, 열린 문을 통해 리드 씨가 이렇게 말하는 소리가 들려왔다.

퀵의 부재로 리드 씨가 직접 그림 전시를 지시했고, 패밀라와 내게 차를 끓이는 일과 상자를 치우며 짐을 포장하는 일을 맡겼다. 베니스의 손님들은 매우 우호적이었던 것으로 기억한다. 그리고 살벌한 런던의 겨울 추위에 조금 힘들어했다. "베니스에 가본 적이 있습니까?" 그중 한 명이 내게 물었다.

"아뇨." 내가 말했다.

"가보세요. 극장을 뒤집어 거리에 내놓은 것 같은 곳입니다."

이삭 로블레스와 이름 없는 여인의 사진을 크게 확대해 네 개의 거대한 보드에 붙이고 나서, 보관실 직원 두 명에게 그것을 미술관 벽에 연결하도록 지시했다. 카메라가 붓을 들고 활짝 웃는 젊은 여인의 얼굴에 초점을 맞추고 있다는 사실은 아무도 지적하지 않았다. 리드 씨는 "그의 사진은 이것뿐이오. 그러니 이걸로 합시다." 하고 말했다.

베니스에서 온 손님들은 상자에서 자신들이 가져온 이삭 로블레스를 꺼냈고, 패밀라는 탄성을 질렀다.

"오, 델." 패밀라가 말했다. "봐요."

〈과수원〉은 정말로 탄성을 자아냈다. 내 예상보다 한참 더 큰, 폭 1.5미터에 높이는 1.2미터나 되는 그 그림은 가히 충격적이었다. 색채는 30년간 잘 유지되었다. 그 색감이 너무나 생생하고 현대적이어서 어제 그렸다고 해도 좋을 정도였다. 〈루피나와 사자〉의 들판과 비슷한 점이 있었지만, 디테일은 거의 초현실적이었으며 꼼꼼하게 묘사한 배경과 하늘을 묘사한 붓 터치가 심포니를 이루었다.

"내가 가장 좋아하는 작품입니다." 베니스에서 온 손님 중 한 명이 말했다.

"아름다워요."

"세뇨르 리드는 이 그림을 어디에 걸길 바라십니까?"

나는 계획서를 보았다. 리드 씨는 〈루피나와 사자〉와 같은 벽에는 〈밀밭의 여인들〉만 걸기를 바랐는데, 그 그림은 아직 포장을 풀지 않았다. 하지만 〈과수원〉이 워낙 커서 다른 그림과 같은 벽에 걸 수 없을 것 같았다. "잠시 여기 두세요." 나는 미술관의 한쪽 구석에 안전하게 두도록 손짓했다.

거대한 규모의 나무상자가 열리며 톱밥과 못이 여기저기 흩날리는 그날의 광경은 꼭 크리스마스의 마법을 보는 것 같았다. 나는 그 자리에 있는 것이 흥분되는 동시에 몹시 불안했다. 그렇다, 이것은 이삭 로블레스의 첫 런던 전시라는 기념비적인 사건이다. 하지만 퀵이 그 그림들을 이삭 로블레스가 그리지 않았다고 한 것이 내내 마음에 걸렸다.

나는 그 사진을 한 번 더 보려고 가까이 다가가 〈루피나와 사자〉를 등지고 서 있는 여인 앞에 섰다. 내가 올리브 슐로스라고 확신하는 여인이었다. 나는 그림보다 이 사진을 이해하는 것이 절실했다. 그 사진이야말로 그 그림과 퀵에게 일어난 일의 진실을 푸는 열쇠가 될 것이다. 나는 그 여인의 살짝 흐릿한 얼굴에서 희망과 열정이 가득한 젊은 퀵의 모습을 찾았다. 많이 수척해지기는 했지만, 이전의 퀵의 모습을 볼 수 있으리라 믿었다. 물론 확신할 수는 없다. 지난 몇 달 동안 퀵은 내게 너무나 많은 것을 내어준 것 같았지만, 실상 준 것은 거의 없었다. 이윽고 해답을 찾고자 하는 내 마음이 내 나름의 해답을 찾았고, 그것이 꽤 매력적이긴 했다. 그것이 전부 사실인 것은 아니었다. 다만 이 등신대의 사진을 보고 있노라니, 내가 지금 당장 무슨 일을 해야 할지 알 수 있었다. 시간이 촉박했으므로.

나는 점심시간에 퀵의 사무실로 몰래 들어가 스켈턴 미술관의 인장이 찍힌 종이를 몇 장 가져왔고, 리드 씨의 서명을 공책에 서너 번 연습했다. '사라진 세기'의 전시품을 늘리는 문제를 간단히 소개하고 설명하는 편지를 쓴 뒤, 심호흡을 하고 리드 씨의 서명을 맨 밑에 적었다. 나는 편지를 핸드백에 넣고서 가워 스트리트에 있는 슬레이드 미술학교의 행정동으로 걸어가 졸업생 명부를 요청했다. 그들은 편지를 제대로 보지도 않았다. 나는 한 시간 내내 1935년부터 1945년 사이 기록을 뒤졌다.

올리브 슐로스의 입학 기록은 찾아볼 수 없었다. 마지막으로 남아 있던 실마리가 끊어진 것 같았지만, 올리브가 진짜 사라졌다고 믿지 않았다. 그녀는 스켈턴 미술관에, 그 벽에, 자신의 작품에 에워싸여 있었다. 그녀는 지금 윔블던에 있다. 내가 찾아내려는 바로 그 사람! 나는 공중전화를 찾아 퀵의 번호를 돌리면서 퀵이 전화를 받기를 기도했다.

"여보세요?"

"입학하지 않았죠?" 내가 말했다.

"오델이에요?" 퀵의 발음이 똑똑하지 않았다. 기운 없는 음성이었고, 목소리를 듣게 된 데 대한 안도감이 곧 두려움으로 변했다.

"퀵, 슬레이드 미술학교에 다녀왔어요."

침묵이 흘렀다. 나는 어쩔 줄 몰라 필사적으로 말을 이었다. 얼굴은 뜨거워지고 가슴은 쿵쿵거렸다.

"올리브 슐로스는 슬레이드에 입학한 적이 없어요. 하지만 퀵도 알고 계셨죠? 사실을 알려주세요."

"슬레이드? 슬레이드라니…… 슬레이드 미술학교에는 왜 갔어요?" 퀵이 물었다.

"퀵, 내일 전시가 시작돼요. 이삭 로블레스가 당신의 영광을 빼앗아갈 거예요. 혼자 계시면 안 될 것 같아요."

"나는 혼자가 아니에요." 퀵은 숨을 몰아쉬며 말을 멈췄다. "혼자인 적이 없어요."

나는 지저분한 공중전화 부스의 유리창을 통해 내 앞을 오가는 런던 사람들을 보았다. 마치 물속에 있는 것처럼, 그들의 몸은 몸이 아니라 내 시야를 가로지르는 물감 자국처럼 보였다.

"지금 만나러 갈게요." 단호한 목소리에 스스로도 놀랐다. 처음 있는 일이었다.

퀵이 깊이 숨을 몰아쉬는 소리가 들려왔다. "일은 어떻게 하고?" 퀵이 나를 말리려는 듯이 말했다. "전시에 오델이 필요할 텐데."

하지만 퀵의 저항은 약했고, 나는 그 말만으로 충분했다. 퀵은 나를 필요로 했다. 퀵도 그것을 알고 있었다. "퀵이 내 일이에요. 모르시겠어요?"

"나는 상태가 좋지 않아요."

"알아요."

"아니…… 몰라요. 무서워요. 그들이 오고 있어요. 그녀를 해칠 생각은 없었어요."

갑자기 전화박스 안에서 너무나 답답해졌다. 밖으로 나가고 싶었다. "누가 온다고요? 해치고 싶지 않았단 사람은 누구예요?"

"그들 소리가 들려……."

"아무도 안 와요." 내가 달랬지만, 퀵의 말을 들으니 불안해졌다. 숨이 가쁜 퀵의 목소리가 너무나 다급했다. "겁내지 마세요. 퀵, 들고 계세요? 절 믿어도 돼요. 약속해요."

"뭐라고 했어요?"

"퀵, 잘 들으세요. 제가 곧 갈게요. 퀵!"

전화가 끊어졌다. 나는 메스꺼움을 느끼며 가장 가까운 지하철 역으로 달려갔다.

1936년 9월

XVIII

9월 말인데도 아라수엘로는 여전히 따뜻했고, 공기에는 인동향이 짙게 났으며, 땅은 붉게 갈라져 있었다. 이 아름다운 풍경 아래로 골치 아픈 문제가 자리잡고 있었지만 그렇다고 전쟁 중이라는 실감은 나지 않았다. 슐로스 가족이 두려워하는 건 전쟁은 아니었다. 그보다 더 나쁜, 지역에서 끈덕지게 일어나는 테러였다. 이탈리아와 도이칠란트의 폭격기들이 머리 위를 날아다니고, 비행장에서 있는 비행기와 말라가 항구, 휘발유 탱크를 쏴댔다. 하지만 이도 저도 아니라는 기묘한 느낌이 있었고, 이 모든 것이 곧 해결되어 공화당 정부가 전국에 퍼진 민족주의 반군과 그들의 외국 동맹들을 막아낼 것이라는 희망이 간간이 떠올랐다.

민족주의자들은 옛 카스티야와 레온, 오비에도, 알라바, 나바라, 갈리시아, 사라고사, 카나리아 제도와 메노르카를 제외한 발레아레스 제도 전체를 장악했다. 남부에서는 카디스와 세비야, 코르도바, 그라나다와 우엘바를 점령했다. 말라가와 아라수엘로는 아직 공화주의 지역이었는데 반군이 매우 가깝게 느껴졌다.

해럴드는 생활용품을 사러 종종 말라가로 차를 몰고 갔다. 그는 몇몇 상점과 술집은 열었지만 대부분의 가게가 문을 닫았고, 철도와 버스가 시도 때도 없이 중단했다가 재개한다고 알려주었다. 도시 전체가 불안정하고, 넥타이를 맨 사람은 보이지 않았다. 그런 사치는 부르주아로 오해받아 빨갱이들의 표적이 될 수 있기 때문이다. 해럴드는 무정부주의자들의 투쟁이 '대의를 위해' 차량을 징발하고, 트럭에서 휘발유를 빼가고, 우아한 자동차들이 녹슬게 하는 것 정도이기를 바랐다.

낮은 견딜 만했지만 밤은 최악이었다. 들판에서 총성이 가까이 들려오는 동안, 슐로스 가족은 핀카에 누워 뜬눈으로 지냈다. 전투는 과열되었고, 양측 모두 상대를 사회에서 적출해야 한다고 여겼다. 우익과 좌익 모두 법을 멋대로 주무르면서, 상대를 죽이고 산속 이름 없는 무덤에 파묻어버렸다.

정치는 대체로 개인적인 복수와 집안 갈등을 은폐하는 수단이었다. 우익 세력은 1934년 사제와 공장주들에게 가해진 폭력에 영향을 준 이들, 가령 노조 지도자들이나 가톨릭 박해자들, 일부 공화당 시장들을 겨냥했다. 하지만 기계공, 푸줏간 주인, 의사, 건축업자, 노동자, 이발사들도 그들이 말하는 '산책에' 끌려나갔다. 남자뿐이 아니었다. 공화국에서 교사가 된 여자들도 무정부주의자의 아내들과 함께 제거되었다. 물론 그중 어느 것도 합법은 아니었지만, 증오와 권력이 작용하면 그것을 멈출 길이 없었다.

해럴드가 말라가에서 본 포스터에서는 정치 및 상거래 조직을 부끄럽게 하지 말고 잔인한 행각을 당장 멈추라고 외쳤다. 하지만 좌익의 악당들은 은퇴한 경찰, 가톨릭 동조자, 부자로 보이는 사람들과 부자라고 **믿는** 사람들에게 달려들었다. 집을 약탈하고, 재산 피해를 입혔다. 그리고 중산층 사람들은 총에 맞을 가능성보다는 그걸 더 두려워했다.

그럼에도 슐로스 가족은 자신들이 위험에 처할 걱정은 하지 않았다. 외국인이라 아무도 건드리지 않을 것이라고 믿었다. 그들은 이 모든 상황과 무관했다. 죽음의 그늘은 마을 너머 시 당국과 자신들의 시야가 닿지 않는 곳에서 일어나고 있었다. 마을 전체에 몸에 총알이 박힌 사람과 총알 박힌 시체가 난무하는 걸 모두 알고도 모른 척했다. 그것을 직접 당하지 않는 한 계속 사는 것이다. 올리브는 이런 일을 겪으면서도 이곳에서 살아가는 사람들이 이상했다. 어떻게 이 모든 일이 벌어지는 것을 알고도 떠나지 않을까.

올리브는 BBC 방송으로 사실을 확인하려는 시도를 오래전에 포기했다. BBC도 마드리드와 세비야에서 전파하는 말도 안 되는 정보를 런던에서 합치고 나눈 변종에 불과했기 때문이다. 공화당 정부 방송국은 승전 연설을 연일 전달했으나 그것은 실제 일어난 일과 거리가 멀었다. 그라나다의 주파수는 늘 잡음이 많아서 제대로 들리지도 않았다. 그것은 북부의 도시들도 마찬가지였다. 그곳의 전파는 에스파냐 남부의 산지까지 전달되지 않았다.

하지만 말라가는 끊임없이 부정과 소문, 신화를 퍼뜨리고 있었다. 공화당에서는 무기를 들고 회합하여 파시스트 없는 새로운 에스파냐를 건설하자고 외쳤다. 반면 세비야에서는 민족주의자들을 향해 무시무시한 욕설을 퍼부었다. 낮이면 아무런 분쟁도 없다는 듯 음악과 사적인 내용을 방송했다. 하지만 밤이 되면 폭도들이 마이크를 잡고 번드르르한 미사여구와 함께 전쟁 도발을 했다. 올리브는 그것으로 시시각각 변하는 에스파냐의 운명을 추론했다. 세비야에서 처음 방송했던 케이포 데 야노 장군은 에스파냐에 암적 존재가 있으며, 죽음만이 제거할 수 있다고 가차 없는 유혈을 주장했다.

모든 것이 불안했다. 하지만 그 장군들이 원하는 것을 거부하는 사람들의 이야기도 있었다. 테레사는 이웃 마을의 어느 사제가 팔랑헤당 폭도들이 교구의 무신론자를 쏘는 것을 막았다는 이야기를 전했다. 테레사는 좌파들이 동네 교회에 불을 지르려는 무정부주의자들을 훈계하고, 우익 이웃들을 화덕에 감추어주고, 죽음으로부터 지켜주었다는 소문도 들었다.

이런 이야기를 들은 올리브는 대부분의 사람들이 좌익과 우익 가운데 지점에 있다는 것을 알 수 있었다. 그들은 혼란을 원하지 않았고, 권력의 과시나 숙청, 하얀 벽에 잔인하게 뿌려진 피와 거리를 두고 살아가기를 간절히 바랐다. 하지만 그들의 바람이 아라수엘로의 분위기를 바꿀 수는 없었다. 올리브는 마을에 내려갔다가 아라수엘로 최후의 날이 왔을 때, 누가 누구를 지켜줄지 걱정하는 사람들의 긴장한 표정을 보곤 했다.

이삭은 말라가에서 멧돼지 밀렵을 좋아하는 노조 지인의 사장을 통해 라이플총을 샀다. 또 집 문의 빗장을 보강했지만, 그를 잡으러 오는 사람에게 그런 것이 무의미하다는 것을 그도 알고 있었다. 민족주의 반군이 말하는 '요주의 인물들'은 시골에 숨거나 말라가의 공산당이 이끄는 민병대에 합류하기 위해 마을을 떠났다. 하지만 테레사는 그것으로 충분하지 않았다. 테레사는 오빠가 이곳을 영영 떠나기를 바랐다.

"오빠, 북쪽으로 가야 할 것 같아. 여긴 적이 너무 많아. 오빠는 이곳과 맞지 않아. 좌파는 아버지 때문에 오빠를 믿지 않을 거고,

우파는 오빠가 적자가 아니라서 믿지 않을 거야."

이삭이 전과 달리 엄격한 표정으로 동생을 보았다. "너도 여기와 맞지 않아, 테레사."

"하지만 성모상을 쏜 건 오빠잖아. 농부들에게 평생 권리를 가르친 것도 **오빠고**. 오빠가……."

"알았어. 하지만 그들이 남자만 잡으러 오는 줄 알아? 너도 나랑 같이 가야 해."

"난 안 가."

"세상에, 너도 슐로스 가족처럼 고집이 세구나."

"음, 그들이 떠나지 않는 이유를 잘 알잖아. 다 오빠 때문이야. 오빠 때문에 그들까지 위험해졌어."

말라가의 영국 영사는 그 지역에 체류하는 모든 영국 국민에게 편지를 보냈다. 테레사는 겁에 질린 얼굴로 세라 앞으로 온 영사의 편지를 건넸다. 빵이 귀해지고 염소젖이 말라 부실하게 아침을 먹은 슐로스 가족은 이곳을 떠날지 남을지를 의논했다.

편지에서 영사는 당장 에스파냐를 떠나 지브롤터로 가라고 했다. 영국으로 실어갈 전함이 그곳에서 기다리고 있다고도 알렸다. 위협의 근원은 민족주의 폭도들이나 외국의 군대가 아니라 에스파냐의 극좌파인 빨갱이들이며, 그들이 곧 영국인들이 빌린 핀카를 약탈하고 사유재산을 몰수할 것이라고 경고했다.

올리브는 남아야 한다고 주장했다. "우리한테 맞지 않는다고 떠날 순 없어요. 그게 무슨 모범이 되겠어요?"

"리플링•, 상황이 안 좋아." 해럴드가 말했다.

"아빠는 아직도 말라가에 다녀오잖아요. 우리는 외국인이에요. 우릴 잡으러 오진 않을 거예요."

"아니, 그래서 바로 우릴 잡으러 올 거다." 해럴드가 편지를 가리키며 말했다. "영사가 그렇게 말하잖아."

"올리브 말이 옳아요. 여길 떠나면 안 될 것 같아요." 세라가 말했다.

해럴드는 재미있다는 표정으로 모녀를 보았다. "**둘 다** 남고 싶다고?"

세라는 일어나 창가로 갔다. "런던은 우리에게 끝난 곳이에요."

"도무지 모르겠군. 두 달 전에는 가고 싶다고 안달을 내지 않았소." 세라는 그의 말을 무시했다. "내 생각에는……. 상황이 더 나빠지면 떠나되, 이삭과 함께 움직이겠소."

모녀가 그를 쳐다보았다. "그건 내 의무요." 해럴드가 말했다. "이삭의 가치가 너무나 크거든."

"이삭은 떠나지 않을 거예요. 싸울 테니까." 세라가 말했다.

"당신, 뭘 알고 있는 거요?"

"당연하잖아요. 이삭은 이곳에 충성하니까요."

"나처럼 말이죠." 올리브가 소파에 앉아서 줄어드는 담배에 손을 뻗으면서 말했다. 아무도 올리브를 말리지 않았다. "로블레스 씨는 비겁한 사람이 아니에요." 올리브는 그녀의 부모를 바라보며 담배를 더 깊이 빨고 나서 말했다. "그 사람을 데려갈 계획이라면 난 테레사도 데려갈 거예요."

• liebling, 도이칠란트어로 애정을 담아 상대를 부를 때 쓰는 표현.

"이삭이 〈루피나와 사자〉는 언제쯤 완성하려나? 페기에게 떡밥을 던지고 있는데 아직 소식이 없어서." 해럴드가 테레사에게 물었다.

"저도 모릅니다, 세뇨르."

"넌 모든 걸 알고 있잖니, 테레사." 세라가 말했다.

"거의 다 완성했어요." 올리브가 끼어들었다. "오래 걸리지 않을 거예요."

"여보, 다음에 말라가에 가게 되거든요." 세라가 해럴드에게 말했다. "유니언 잭**을 하나 사오세요."

"뭐요?"

"유니언 잭을 걸고 싶어요. 어떤 놈이 우릴 죽이러 오든지, 우리가 중립이란 걸 알도록 말이죠."

"우린 **중립**이 아니에요, 엄마. 신문을 보긴 하는 거예요?"

"내가 신문 좋아하지 않는 걸 알잖니, 올리브."

"엄마가 나올 때는 예외죠."

"**올리브!**" 아버지가 짐짓 엄격한 목소리로 불렀다.

"음, 엄마는 아무것도 몰라요. 영국 정부는 개입하지 않겠다고 했어요. 프랑스도 마찬가지고. 에스파냐 공화국을 지키는 것은 볼셰비즘을 지키는 것이나 마찬가지라고 말하고 있어요."

"걱정이 되어서 그러는 거다." 해럴드가 말했다. "혁명을 두려워하는 거지. 이곳 상황이 프랑스로, 해협을 지나 리젠트 스트리트, 스트랜드가와 페니 웨이로 옮아갈까 봐."

"볼드윈은 히틀러가 두려워서 아무 일도 하지 않을 거예요."

"그럴 것 같구나. 수상은 도이칠란트의 호감보다는 **시간**을 벌고

** 영국의 국기.

있지."

"어느 쪽이든…… 그럼 당신은 어떻게 되는 거죠, 빈 씨?" 세라가 말했다. "에스파냐에 남는 것이 당신에게…… 우리 모두에게 더 나을까요."

〈루피나와 사자〉는 한참 전에 완성했지만 그 뒤로 아무것도 그리지 않았다. 올리브는 이렇게까지 캔버스에 다가가기 싫은 무기력을 경험해본 적이 없었고, 자신감이 결여되어 자신이 쓸모없는 존재가 된 것 같아 두려워졌다. 올리브는 그것을 이삭이 자신에게 관심을 보이지 않는 것과 곧바로 연결시키고 싶지 않았다. 자신의 예술적 충동 이외에 그 어떤 요인과도 무관하게 작업하고 싶었지만 그것이 불가능하다는 것이 밝혀지고 있었다. 올리브는 해럴드에게 〈루피나와 사자〉를 보여주라고 사정했지만, 그는 "더 중요한 일이 있어."라며 거부했다.

"그냥 넘겨주면 되잖아요. 아버지가 기다리고 있어요. 페기 구겐하임도 기다리고 있고요."

"교황이 기다린다고 해도 상관없어요." 그가 받아쳤다.

올리브는 〈루피나와 사자〉가 자신의 머릿속을 막고 있다고 생각했다. 그 그림이 올리브에게 미치는 힘은 이삭과 테레사와의 관계뿐만 아니라 주위에서 벌어지는 정치적 상황까지 반영했다. 두려움이 올리브를 가로막고 있었다. 올리브는 그것을 몰아내려고 그림을 그렸다. 이제 그 그림을 없애야 했다. 하지만 이삭은 그림을 가져가지 않았고, 낙담한 올리브는 테레사에게 패널을 보이지 않는 창고로 치워달라고 했다. 테레사는 올리브의 요청을 거절했다.

"거긴 너무 추워요, 세뇨리타. 그림이 망가질 수도 있어요."

"하지만 이제 아무것도 그릴 수가 없어."

"진정하세요, 세뇨리타. 나아질 거예요."

"전에는 나아진 적 없었어. **이게 끝이면 어쩌지?** 이 그림만 그리고 끝이면?"

10월 초의 어느 날 저녁, 슐로스 가족은 이삭을 저녁식사에 초대했다. 이삭은 내내 말이 없었고, 올리브는 그가 혼자서 어두운 과수원을 내다보는 것을 발견했다. 올리브는 그에게 손을 내밀었지만 그는 올리브의 손을 잡지 않았다. 마치 죽은 사람처럼 굳어 있었다. 올리브는 공화당을 위해 더 많은 돈을 벌 수 있는 방법은 해럴드에게 〈루피나와 사자〉를 주는 거라고 회유했다.

"소련이 무기를 지원해주기로 약속했어요. 말라가를 잃을 수도 있어요. 마드리드와 카탈루냐 절반을 잃을지도 모르지만, 전쟁에서는 이길 거예요." 이삭이 말했다.

올리브가 그의 뺨에 키스했다. "당신은 정말 용감해요."

이삭은 올리브의 키스를 알아차리지도 못한 듯 담배를 밟아 껐고 베란다 바닥에는 검은 자국이 남았다. "테레사는 내가 북부로 가야 한대요. 우리 아버지가 점점 더…… 시끄러워지고 있거든요. 나는 아버지의 발목을 잡는 존재예요. 아버지는 야심이 커요. 야심가들은 이런 혼란스러운 시절에 성공하기 마련이고요."

"당신 아버지가 당신을 다치게 할까요?"

"자기 손을 더럽히진 않을 거예요. 그런 시절은 끝났어요. 다른 사람이 그럴 순 있겠죠."

"이삭, 안 돼요."

"말라가에 폭격이 재개되었어요. 그럼 당신도 떠나야 해요, 올리브. 모두 떠나야 해요."

"하지만 우리는 여기서 **살 거예요.**"

"여기에서 산다고 칩시다. 그럼 다시는 그림을 그릴 수 없을지도 몰라요. 괜찮겠어요? 그건 용감한 행동이 아니에요."

"내가 죽는다 해도 상관없어요. 게다가 〈루피나와 사자〉를 완성한 뒤로 난 아무것도 못 그렸어요."

이삭이 놀란 표정을 지었다. "사실인가요?"

"네, 그래서 부탁하는 거예요. 이기적인 거 알아요, 이삭. 나도 잘 알아요." 올리브는 울음이 나올 것 같았지만 꾹 참았다. "당신이 없으면 나는 꼼짝도 못 해요." 이삭은 대답하지 않았고 올리브는 어두운 과수원 쪽으로 몸을 돌렸다.

"당신에겐 내가 필요없어요, 올리브." 한참 뒤에 이삭이 입을 열었다. "당신은 붓을 들기만 하면 돼요. 왜 우리 두 사람의 문제라고 하죠? 잘못되면 우리 때문이라고 탓할 수 있으니까?"

"아뇨."

"내게 당신의 기술이 반만 있었어도 누가 날 사랑하든 신경 쓰지 않았을 겁니다."

올리브는 건조하게 웃었다. "나도 그렇게 생각했어요. 하지만 그보다 행복해지고 싶어요."

"그림을 그릴 수 있는 것이 당신을 행복하게 해주죠. 적어도 당신에 대해서 그 정도는 알아요." 이삭의 말에 올리브가 미소를 지었다. "나는 당신을 좋아해요, 올리브." 이삭이 계속 이어 말했다. "당신은 아주 특별한 사람이에요. 하지만 너무 어려서 아직 영원을 생각할 수는 없어요."

올리브는 울음을 꿀꺽 삼키며 "난 어리지 않아요. 당신과 나……
왜 영원히 함께할 수 없는 거죠?" 하고 물었다. 잠시 후 이삭은 어
둠 쪽을 향해 손을 흔들었다. "전쟁이 나든, 나지 않든, 당신은 여
기서 지내지 않을 거예요."

"당신은 모르죠, 그렇죠?"

"뭘 모른다는 건가요?"

"내가 당신을 사랑한다는걸."

"마찬가지예요."

두 사람은 말이 없었다. "나는 당신에게 쓸모가 있었어요." 이삭
이 말했다. "그거면 됐어요."

"왜 그래요, 이삭? 뭐가 변했어요?"

"아무것도 변하지 않았어요. 늘 같았지……." 이삭은 눈을 감고
몸을 떨었다.

"그럼 당신도 나와 함께 있기를 바라야죠. 당신도……." 올리브
는 주먹으로 베란다의 난간을 쳤다. 그때 계곡 너머에서 들려오는
폭발음에 두 사람은 입을 다물었다. "저게 대체 뭐지?" 이삭이 지
평선을 살폈다.

"테레사가 그러는데 다리를 다시 폭파시킨대요. 당신 아버지가
돕고 있다는 말이 사실인가요?"

이삭의 눈에 분노가 서렸고, 올리브는 뒤로 물러났다. "말라가에
가봐야겠어요." 이삭이 말했다.

"자정인데요? 지금 당신이 간들 무슨 도움이 되겠어요?"

"여기 서 있는 것보다는 낫겠죠."

"그럼 이대로 끝인가요? 우리는?"

"당신과 내가 생각하는 우리 사이는 항상 달랐어요. 당신도 알잖아요."

"그 그림은 어떻게 해요?"

"아버지께 드리세요. 나는 내 일이 있으니."

"무슨 말이에요? 이 일에 대해서는 포기하지 않을⋯⋯."

"당신은 혼동하고 있어요, 올리브. 당신은 그저 그림을 그릴 수 없어 불안한⋯⋯."

올리브가 이삭의 팔을 잡았다. "당신이 필요해요. 당신 없이는 그릴 수 없어요."

"나를 만나기 전에도 그렸잖아요."

"이삭, 떠나지 말아요⋯⋯ 제발."

"잘 있어요, 올리브."

"안 돼요!"

이삭은 베란다에서 내려가 과수원으로 걸어갔다. 집 쪽을 돌아보는 그의 얼굴에 달빛이 비쳤다. 올리브는 등 뒤의 부엌문 앞에서 인기척을 느꼈다.

"어디로 가는 거니?" 세라가 말했다.

"수에르테Suerte." 이삭이 어깨 너머로 이렇게 외치고 숲속으로 들어갔다.

"무슨 말이니?" 세라가 물었다.

올리브는 눈에 눈물이 고였지만, 어머니에게 우는 모습을 보이고 싶지 않았다.

"올리브, 무슨 뜻인지 알려줘."

올리브는 세라가 자신을 걱정스러운 얼굴로 바라보고 있어 놀랐다. "별거 아니에요, 엄마. 우리의 행운을 빈대요."

XIX

이삭이 슐로스 모녀에게서 빠져나가 어둠 속으로 들어간 몇 시간 뒤에 돈 알폰소 핀카에 불이 났고, 아라수엘로의 산타 루피나 성당은 두 번째 공격을 받았다. 사람들은 로렌소 신부가 사제복을 벗고서 벌거벗은 여인과 함께 불길에서 달려 나와 마을 광장으로 달아나는 것을 보았다고 수군댔다. 여자는 없었고, 신부가 속옷만 입고 있었다고 하는 사람들도 있었다. 성당에 맹세코 여자가 있었다고, 악으로부터 달아나 하늘로 날아가는 루피나와 똑같은 모습이었다고 말하는 사람들도 있었다.

아라수엘로가 증명할 수 있는 유일한 사실은 동틀 무렵 교회는 껍데기만 남았고, 돈 알폰소의 저택은 검게 그을린 뼈대만 남았다는 것이다. 목재에서 피어오른 연기가 자욱했고 일을 하러 나선 사람들은 눈이 따가워서 아무 일도 하지 못했다. 이런 짓에는 반드시 보복이 뒤따른다는 것을 아는 마을 사람들은 큰 충격에 빠졌다.

동이 트자마자 테레사가 핀카의 현관문을 열고 달려 들어오는 것을 보고 올리브는 뭔가 단단히 잘못되었음을 알 수 있었다.

"이삭이…… 어리석은 짓을 했어요."

"무슨 일을 했는데? 이삭은 어디 있어?"

테레사는 괴로운 얼굴이었다. "모르겠어요. 성당이 없어졌어요."

"없어져…… 무슨 소리야? 없어지다니?"

"불이 났어요. 아버지 집에도 불이 났어요."

"세상에! 테레사, 어서 들어와."

두 시간쯤 지난 뒤 돈 알폰소가 깔끔하던 정장에 검댕을 묻힌 채 나타났다. 그는 핀카의 현관문을 두드렸고, 올리브와 테레사는 위층에 숨어 있었다. "괜찮을 거야." 올리브가 속삭였다.

"아뇨, 세뇨리타가 아버지를 잘 몰라서 그런 말을 하는 거예요." 테레사는 올리브의 손목을 꽉 쥐었다.

해럴드는 돈 알폰소를 맞이했고, 돈 알폰소는 분개하며 복도를 걸어 응접실로 들어갔다. 올리브는 계단을 살그머니 내려와 문틈을 살펴보았다.

"무슨 일이 있었는지 들으셨습니까?" 돈 알폰소가 물었다.

"들었습니다."

"소식이 빠르군요. 미친 짓입니다. 저는 죽을 뻔했습니다. 아내와 자식들도. 딸 클라라의 불면증 덕분에 우리가 아직 살아 있는 겁니다. 마구간지기 셋과 집사 조수, 요강 닦는 녀석이 가담했습니다. 이자들을 찾아내서 감옥에 처넣었습니다. 그런데 그들이 뭐라고 하는지 아십니까? 이삭 로블레스가 감옥에 찾아가 돈을 주고 풀어달라고 했답니다. 이삭이 그 돈을 어디서 구했을까요? 분명 내가 준 돈은 아닙니다. 그놈이 어디 있는지 압니까, 세뇨르? 그 후레자식을 찾을 수가 없으니 답을 얻을 수가 없습니다."

"전 모릅니다."

"하지만 제 핀카에 불이 난 건 아시는군요."

"그 집에도 없습니까?"

"호르헤와 그레고리오를 거기로 보냈습니다. 그 애들이 찾은 건 **이것뿐이랍니다.**" 돈 알폰소는 낡은 〈보그〉를 높이 쳐들었다. "이건 부인 것이죠?"

해럴드의 얼굴에 놀란 표정이 스쳐지나갔지만, 그는 재빨리 평정을 되찾았다. "집사람이 테레사에게 준 것입니다."

"아들놈이 서러브레드 말 서른 필을 풀어놓고, 마구간에 불을 질렀습니다. 로렌소의 성당도 태워 없앴습니다."

"앉으시죠, 돈 알폰소. 그건 심한 비난입니다."

"그놈의 친구들이 그놈을 지목했습니다. 악마 같은 놈입니다, 세뇨르."

"제 의견은 다릅니다." 해럴드는 짜증이 난 것이 분명한 표정으로 말했다. "돈 알폰소, 아드님은 이런 장난을 칠 시간이 없습니다. 아드님에게는 재능이 있습니다."

"재능요?" 이번에는 돈 알폰소가 놀란 표정을 지었다.

"그의 작품을 본 적 있습니까?"

"뭐요?"

해럴드가 더 설명하기 전 올리브가 방으로 밀고 들어갔다. 두 사람은 깜짝 놀라며 올리브를 보았다. "위층에 올라가 있거라." 해럴드가 엄한 목소리로 말했다. 올리브 뒤에서 세라가 나타났다. "무슨 일인가요?" 세라가 말했다. 돈 알폰소의 모습을 본 세라의 얼굴이 새하얗게 질렸다. "죽었나요?" 세라가 속삭이듯 과장되게 말했다. "로블레스 씨가 죽었어요?"

"말도 안 되는 소리 하지 마시오, 세라." 해럴드는 목소리에 긴장을 감추지 못했다.

돈 알폰소는 무뚝뚝하게 고개를 숙여 세라에게 인사했다. "테레사가 여기 있습니까?" 그가 물었다.

"위층에 있어요." 세라가 대답했다.

"**엄마**……. 아니에요."

"그 애를 데려오시죠." 돈 알폰소가 말했다.

"안 돼요. 테레사는 데려갈 수 없어요."

"올리브, 말도 안 되는 소리 하지 마라. 예의를 지켜야지." 해럴드가 말했다.

"**예의요?**"

"가서 테레사를 데려와라."

올리브는 위층으로 올라갔지만 테레사는 아무 데도 없었다. 올리브는 시간을 벌기 위해 테레사를 찾는 척했고, 테레사가 안전한 곳에 피신했기를 기도했다. 그리고 단호한 걸음걸이로 내려가 응접실로 들어갔다. 올리브가 혼자 내려오자 돈 알폰소가 올리브를 노려보았다. "그 애를 숨기는 겁니까, 세뇨리타? 그 애를 친구로 여기는 걸 압니다."

"아무도 숨기지 않았어요."

그는 올리브의 부모에게 말했다. "그들을 숨기는 건, 두 분에게도 좋지 않을 겁니다. 이삭은 절도, 방화, 업무방해, 살인미수로 수배 중이고……."

"세상에." 해럴드가 말을 잘랐다. "우리는 자제분을 숨겨주는 게 아닙니다."

"그들은 이제 내 자식이 아닙니다. 여러분도 당장 여길 떠나십시오. 아니, 떠나야 합니다." 돈 알폰소가 엄포를 놓았다.

"그보다 당신의 보호를 원하지 않는 사람들을 지켜야 할 것 같습니다. 당신을 훨씬 더 잘 이해하게 되었습니다." 해럴드가 대답했다. 그러자 알폰소가 웃음을 터뜨렸다. "당신네 외국인들은 항상 똑같지. 테레사와 이삭을 지켜준다고? 그들이 당신들을 지켜줘야 할 겁니다. 그런데 그럴 것 같습니까? 당신들이 무슨 마법의 옷이라도 입고 있어서 하녀와 정원사가 사랑해주는 것 같습니까?"

"테레사는 우리의 하녀입니다. 아주 좋은 하녀죠. 하지만 이삭은 정원사가 아닙니다. 아드님이 어떤 사람인지 당신은······."

"그놈이 뭘로 당신을 보호할까? 냄비로? 당신보다 내가 그놈을 더 잘 압니다. 그놈이 어울리는 자들은 당신네 심장을 괭이로 찌르고 빨갱이가 될 가능성이 더 높습니다."

돈 알폰소가 자동차를 타고 사라지자 올리브는 핀카의 대문을 지나 마을을 향해 내달렸다. 올리브는 숨이 차고 넘어져서 다친 다리가 쓰라렸지만, 다시 언덕을 올라 이삭과 테레사의 집으로 갔다. 올리브가 도착하기 전에 호르헤와 그레고리오가 집을 난장판으로 뒤엎어놓았다. 세상에, 그 집이 그렇게 삭막한 곳인 줄 전에는 몰랐다. 올리브의 머릿속에 있던 그곳은 소박한 은신처이자 사색하고, 숨 쉬고, 그림을 그리는 곳이었는데 이제는 한시라도 빨리 달아나고 싶은 곳이 돼버렸다. 어쨌든 그들은 그곳에 없었다. 다행스럽게도.

이삭의 방에는 흐트러진 침대와 창가에 죽어가는 장미가 꽂힌 주전자밖에 없었다. 테레사의 몇 안 되는 물건은 방바닥에 흩어져 있었다. 올리브는 자신이 쓰던 물감과 〈과수원〉에 사용한 연두색 물감 튜브를 보고 놀랐다. 뵈브 클리코 샴페인 코르크 외에도 알 수 없는 물건들이 여기저기 흩어져 있었다. 해럴드 파자마 옷감에서 잘라낸 네모난 천도 있었다. 해럴드의 담뱃갑도 구겨진 채 있었는데, 그것을 들고 흔들어보니 꽁초가 서너 개 들어 있었다. 그 끝에는 어머니의 루즈가 또렷하게 찍혀 있었다. 마룻바닥에는 공책에서 찢어낸 종이가 몇 장 떨어져 있었고, 또박또박 단정한 글씨체의 영어가 적혀 있었다. **헛소리—입수하다—무신경한—어머나—굶어 죽겠어—섬뜩한—이기적인.** 그 옆에는 에스파냐어로 뜻도 나란히 적혀 있었다.

올리브는 가슴이 두근거렸다. 부모의 삶에서 나온 잡동사니와 그들이 아무렇게나 한 말이 적혀 있는 공책을 보니 테레사가 어떤 사람인지 전혀 알지 못했다는 생각이 들어 오싹했다.

그 순간 현관문이 쿵 닫혔고 올리브는 소름이 끼쳤다. 발소리가 들리지 않아 올리브는 바람이 불어서 그런 거라고 생각했다. 그래도 그 소리가 불안했다. 아무래도 산에서 내려온 늑대가 숨어든 것 같았다. 테레사의 방에서 나오려는데, 바닥에 사진 한 장이 떨어져 있었다. 〈루피나와 사자〉 앞에서 이삭과 함께 찍은 사진이었다. 올리브는 웃고 있었고 이삭은 눈썹을 살짝 치켜떴다. 화가의 자세를 잡으려는 것 같았다. 올리브는 처음 이 사진을 보았고, 아무 생각 없이 주머니에 깊이 쑤셔넣었다.

복도를 걸어나오자 이삭이 원래 그렸던 그림이 벽에 세워져 있었다. 사람들이 그림을 보지 못하게 테레사가 옮겨놓은 모양이다. 올리브와 엄마의 이상화된 얼굴이 서서히 나타나는 것 같았다. 올리브는 그들의 마네킹 같은 모습, 괴물처럼 멍한 표정에 다시금 충격을 받았다.

올리브는 밖으로 나와 언덕을 바라보았다. 그때까지도 연기가 하얗게 솟아오르고 있었고, 공기 중에서 탄내가 났다. 이삭은 돈 알폰소보다 이 언덕을 더 잘 알았고, 숨어 있을 만한 곳도 미리 알아두었다. 하지만 테레사는 달아날 시간이 별로 없었다. 올리브는 곧 끔찍한 일이 다가오고 있음을 직감할 수 있었다. 그렇다고 자신이 할 수 있는 일은 아무것도 없었다.

"테레사?" 올리브가 땅을 향해 외쳤고, 자신의 목소리가 메아리로 돌아왔다. "테레사!" 올리브는 당혹감을 느끼며 다시 외쳤다. 하지만 테레사를 부르는 메아리가 언덕 아래로 퍼져나갈 뿐이었다.

XX

마을 외곽의 숲으로 도망치는 그 아이를 발견한 건 호르헤였다. 그레고리오와 함께 잡으러 나갔지만, 호르헤가 그쪽으로 고개를 돌린 것은 순전히 우연이었다. 홀쭉한 갈색 가방과 길게 땋은 검은 머리가 흘깃 보였던 것이다. 그다음에 벌어진 일은 아라수엘로를 영영 바꾸어놓았다. 항상 똑같을 줄 알았던 그곳에서 그 사건의 상처는 지울 수 없이 길게, 그로부터 오랜 세월 동안 울려퍼졌다. 그 일을 목격한 사람들이 입을 다물어도 어쩔 수 없었다.

조금만 멀리 떨어져 있었다면 호르헤는 테레사를 놓쳤을 것이다. 테레사는 발이 빨랐고, 호르헤는 덩치가 엄청 컸다. 하지만 호르헤와 그레고리오가 나무 사이로 테레사를 뒤따랐다. 호르헤가 공중에 총을 쏘자 테레사가 그 소리가 나는 쪽을 홱 돌아보았고, 기회를 엿보던 그레고리오가 뒤에서 붙잡았다. 테레사는 발버둥을 치고 소리를 질렀지만 그레고리오는 놓아주지 않았다. "그놈은 어디 있어?" 호르헤가 고사리를 헤치며 물었다.

"무슨 소리야? 놔줘." 테레사는 심장이 목구멍까지 올라와 혀를 누르는 것 같았다.

"네 오빠는 어디 있어?"

"몰라." 호르헤가 다가와 테레사에게 얼굴을 바짝 들이댔다. 그의 입에서 시큼한 술 냄새가 났다. "어서, 테레사. 넌 다 알고 있잖아, 이 첩자야. 네 오빠 놈, 어디 있어?"

"나도 몰라." 테레사가 다시 말했다.

"나무에 묶어." 호르헤가 말했지만 그레고리오는 망설였다. "내 말 안 들려! 어서 해!" 그레고리오는 꼼짝도 하지 않았다.

"어디 있는지 모른다니까, 호르헤. 맹세해." 테레사가 기회를 포착했다. "오빠가 나한테 말할 것 같아? 나한테 말해주는 사람은 아무도……."

"네 오빠가 어제 마을 절반을 불태웠어. 놈은 이미 죽은 목숨이나 다름없어. 그리고 네가 그걸 도와줄 거야."

그는 테레사의 머리채를 잡아 나무쪽으로 끌고 갔다. "이삭은 학교 다닐 때부터 너희와 친구였잖아." 테레사가 머리가 아파 괴로워하며 말했다. "이십 년 지기 친구잖아. 너희 엄마가 어떻게 너희 얼굴을 보겠어?"

"나한테는 그럴 엄마가 있긴 하지." 호르헤가 말했다.

"떨리지, 그레고리오." 테레사는 두려움에 정신이 없었지만, 마음이 약한 그레고리오가 불편해하는 낌새를 알아보고는 애원했다. "호르헤, 경찰서로 데려가자."

"닥쳐." 호르헤가 말했다.

"난 얘를 나무에 묶지 않을 거야. 돈 알폰소가 그러라고 하지 않았잖아. 트럭에 태우고 가자."

호르헤는 결국 승복했고, 그들은 경찰서 감방에 테레사를 가두었다. 테레사는 밤새 아무 말도 하지 않았다. "무슨 짓을 안 하나 잘 살펴." 호르헤가 내뱉듯이 말했다. "제 엄마처럼."

"뭐?" 그레고리오가 말했다.

호르헤가 그레고리오를 보았다. "설마 몰랐던 거야? 쟤 엄마 물에 빠져 자살했잖아. 저런 쓰레기는 키우고 싶지 않았나보지." 그는 테레사가 듣도록 축축한 복도를 향해 목소리를 높였다.

그날 밤에 테레사는 거의 자지 못했다. 처음부터 옷을 두껍게 입지도 않았고, 아무도 담요를 챙겨주지 않았다. 하지만 그보다 더욱 테레사를 쓰라리게 한 것은 핀카에서 아무도 자신을 찾아오지 않았다는 것이다. 한밤중에 호르헤가 내뱉은 잔인한 말을 생각하며 창살 사이를 올려다보던 테레사는 올리브가 당장이라도 찾아올 거라고, 자신의 이름을 부르며 그 짐승 같은 놈들에게 당장 풀어주라고 따질 거라 생각했다. 테레사는 그렇게 믿어야 했다. 그렇게 믿지 않으면, 올리브 대신 총살집행자들이 올 테니까.

하지만 올리브는 오지 않았다. 그리고 딸보다도 권위를 내세웠던 해럴드도 찾아오지 않았다. 동이 트는 것을 바라보며 테레사에게 이런저런 생각이 들기 시작했다. '그럼, 그렇지. 그들이 왜 오겠어?' 잠깐이나마 희망을 품었던 것이 부끄러워지는 불쌍한 순간을 아무도 보지 못해 다행이었다.

호르헤와 그레고리오가 아침 8시에 감방으로 들어왔다. 테레사는 침대에 꼿꼿이 앉아 차가운 돌벽에 척추를 꼭 붙이고 있었다. "일어나." 호르헤가 말했다.

테레사가 일어나자 호르헤가 다가왔다. "마지막으로 묻는다, 테레사. 네 오빠는 어디 있나?"

"나는 몰……."

그가 테레사의 입을 주먹으로 쳤고 머리가 벽에 부딪쳤다.

"어디 있느냐고 물었다."

테레사는 비명을 질렀고, 호르헤는 사정없이 테레사를 때렸다. 테레사는 그레고리오가 고함을 지르는 것을 들으며 정신을 잃었고, 정신을 차렸을 때는 눈가리개를 한 채 다시 트럭 뒤에 앉아 흔들리고 있었다. 입안에서 시큼한 피와 빠진 이가 느껴졌다.

테레사는 바깥으로 고개를 돌려 어디로 가는지 알아보려고 했지만, 방향감각이 없었다. 목이 아프고, 머리는 지끈거렸다. 눈가리개를 너무 단단히 묶어서 눈두덩이 쓰라렸다. 땀 냄새, 다른 사람의 피 냄새가 나는 것 같았다. 테레사는 마음속 깊은 곳과 꿈속에서 이 순간을 두려워했다.

이것으로 끝인가? 고향에서 50킬로미터쯤 떨어진 어느 오두막 모퉁이를 돌면 머리에 총을 맞을 것이다. 그러면 누가 자신을 그리워할까? 누가 자신의 죽음을 슬퍼해줄까?

트럭이 멈췄다. 남자들이 뛰어내려 트럭의 덮개를 여는 소리가 들렸다.

"쏘지 말아요, 쏘지 말아요." 자신의 갈라진 목소리가 들려왔다. 테레사는 이렇게 살고 싶어 애걸하는 자신이 놀라웠다. 살기 위해서라면 무슨 짓이라도 할 수 있을 것 같았다.

"그레고리오, 제발, **제발**. 살려줘요." 테레사가 말했다.

하지만 그레고리오는 말이 없었다. 누군가의 손이 테레사의 팔을 잡더니 몇 걸음 걸어가 의자에 앉혔다. 테레사는 자갈을 밟는 발걸음 소리가 멀어지는 것을 들었다. 테레사는 해를 마주 보고 앉았다. 햇살에 얼굴이 따뜻해졌고, 주황색과 금색의 빛이 눈가리개와 보드라운 눈꺼풀을 뚫고 들어왔다. '**이게** 마지막이구나.' 테레사는 생각했다.

"올리브." 테레사가 속삭였다. "올리브." 테레사는 그 이름을 계속 중얼거렸고, 드디어 눈가리개가 벗겨졌다. 사방이 고요했고, 새 몇 마리가 하늘을 가로질러 날아갔다. 테레사는 햇볕에 적응하기 위해 눈을 찡그리며 깜빡였다. 놀랍게도 오른쪽에 올리브가 있었다. 올리브의 머리 위로 금빛 후광이 비추었고, 그 뒤로 하얗고 네모난 건물이 보였다.

"나 죽었어요?" 테레사가 말했다.

"아니." 어느 남자가 대답했다.

테레사는 이곳이 중앙 광장이며 자신이 불에 탄 성당을 마주 보고 앉아 있음을 깨달았다. 마을 사람들이 모여들기 시작했다. 테레사가 고개를 돌리는 곳마다 그들은 물고기 떼처럼 몸을 움츠렸다. 테레사는 팔을 벌리고 다가오는 올리브를 향해 일어서려고 했지만, 그레고리오가 자신을 도로 앉혔다.

호르헤가 광장에 모인 사람들을 향해 권총을 휘둘렀다. "물러서!" 그가 외쳤지만, 올리브는 앞으로 나왔다.

"그 애한테 무슨 짓을 하려고 그래요?" 올리브가 에스파냐어로 외쳤다.

"닥쳐!" 호르헤가 트럭으로 가더니 조수석에서 뭔가 꺼내왔다. 그는 테레사에게 다가가 허리에 손을 얹고 테레사를 살피더니 천천히 돌아보고는 장터에 나간 과부처럼 땋은 머리채를 손으로 잡았다. 그의 다른 쪽 손에 커다란 가위가 들려 있었다. 정원사들이 가지를 다듬고 꽃을 자를 때 쓰는 가위였다.

"공평하게 하지." 호르헤는 테레사의 머리채를 꽉 쥐고 말했다. "조금씩 풀자. 마지막으로 한 번 더 네 오빠에 대해 묻겠다. 협조하면 넌 네 머리를 가질 수 있다."

테레사는 돌로 변해버렸고, 살아 있는 것은 호르헤의 손아귀에서 꿈틀거리는 머리카락뿐이었다. 테레사는 멍하니 앞을 바라보았다. 몸은 거기 있었지만, 테레사는 거기 없었다. 호르헤가 무표정하게 머리를 푸는 동안 테레사는 움찔거리지도, 울지도 않았다. 그저 거기 앉아 아무것도 보이지 않는 눈빛으로 어딘가를 응시했다. 테레사는 너무나 조용히 깊은 생각에 잠겨 있는 듯 했고, 그 모습이 되레 그 광경에 동조하는 것처럼 보였다. 하지만 테레사의 주먹은 뼈가 하얗게 튀어나오도록 꽉 쥐여 있었다.

"그러지 말아요. 그 사람이 어디 있는지 테레사는 몰라요." 올리브가 말했다.

호르헤는 홱 돌아서서 올리브를 마주 보았다. "말은 그렇게 하지."

싹둑. 가위질 소리가 들리고, 길고 검은 머리가 땅에 떨어져다. 머리카락은 흙 속의 뱀처럼 놓여 있었다. 속삭이는 사람도, 숨을 쉬는 사람도 없는 것 같았다. "세뇨리타, 이건 당신 일이 아니오." 그레고리오가 올리브에게 말했다.

"테레사를 괴롭히지 말아요. 후회하게 될 거야. 테레사 아버지가 이런 짓을 하는 걸 알고 있……." 올리브가 울먹이며 말했다.

"닥치지 않으면 다음은 네 차례야." 호르헤가 다시 가위를 쳐들며 올리브를 향해 외쳤다. "네 오빠, 어디 있어?" 그가 물었지만, 테레사는 여전히 대답하지 않았다. 호르헤는 다시 머리카락을 자르기 시작했다.

뭐라도 말해봐, 테레. 올리브는 생각했다. 아무거나. 거짓말이라도.

하지만 테레사는 타버린 성당에 시선을 꽂은 채 아무 말도 하지 않았다. 올리브는 그 검은 머리카락이 자기 목덜미를 스치고 지나가는 것 같았다. 테레사는 여전히 꼼짝하지 않았지만, 그 멍한 표정 속에 감추어진 두려운 눈빛이 올리브에게는 보였다.

"어디 있나?" 그 질문이 계속해서 나왔다. 테레사는 여전히 아무 말도 하지 않았다. 호르헤가 머리카락을 더 잘라내자 듬성듬성한 머리가 드러났다. "털북숭이 버섯이군." 호르헤가 웃어댔다. 마을 사람 그 누구도 따라 웃지 않았지만, 이 구경거리를 막는 사람도 없었다.

"테레사, 나 여기 있어." 올리브가 불렀다.

"그렇게 잘해주더니만." 그레고리오가 말했다.

테레사의 머리카락이 거의 다 잘려나가자 호르헤가 주머니에서 면도칼을 꺼냈다. "뭐 하는 거야?" 그레고리오가 소리를 죽여 말했다. "이제 알아들었을 거야."

"그렇지 않을걸." 호르헤는 테레사의 정수리에 면도칼을 댔다. 그리고 남은 머리를 몽땅 밀어 대머리로 만들었다. 성경의 시대, 피의 시대로 거슬러 올라가는 고대의 처벌이었다.

"수배당한 범죄자 정보를 감추고 법에 협조하지 않으면, 이렇게 되는 거다." 호르헤가 면도칼을 높이 들고 말했다.

"법이라고?" 올리브가 말했다.

마을 사람들은 움직이지 않았다. 테레사 머리에는 호르헤가 남긴 상처로 가득했다. 호르헤는 테레사를 의자에서 일으켜 세웠고, 테레사는 꼭두각시 인형처럼 움직였다.

"치마와 블라우스를 벗어." 그가 말했다

"그만해!" 올리브 옆에 있던 여자가 외치자 호르헤가 그쪽을 쳐다보았다.

"다음은 네 차례가 되고 싶으냐, 로시타? 너도 이 버섯 꼴이 되고 싶어? 원한다면 다음 차례가 되도록 해주지." 로시타는 두려움에 얼굴을 찡그리고 고개를 저으며 물러났다.

테레사가 치마와 블라우스를 천천히 벗었다. 앙상한 다리와 속옷이 드러났다. 올리브는 테레사를 말리고 싶었지만, 앞으로 나섰다가는 테레사가 더 심한 일을 겪게 될까 봐 그만두었다. 호르헤는 너무나 흥분했고, 그레고리오는 자신없는 표정으로 묵인했다. 자칫 잘못 나섰다가 같은 위험에 빠질 수 있었다.

호르헤는 트럭에서 16세기에 만들었을 법한 속치마 같은 드레스와 내용물을 알 수 없는 병을 가져왔다. 그는 테레사의 머리에 드레스를 뒤집어씌우고 입혔다. "신발을 벗어라, 테레사." 그는 부모가 아이에게 하듯이 말했고, 그 말을 따르는 테레사의 모습에 올리브의 마음은 처절하고 쓰라렸다.

테레사는 신발 끈을 제대로 풀지 못했는데 그레고리오가 기다리지 못하고 끈을 칼로 잘라버렸다. 테레사의 분노가 폭발한 것은 바로 이때였다. 머리가 깎이고, 옷이 벗겨진 때가 아닌 바로 이 순간인 것 같았다. 오래되었지만 깔끔하게 닦은 테레사의 구두가 광장 바닥에 아무렇게나 떨어져 있었다. 테레사는 고함을 지르며 쓰러졌다.

"일어나!" 호르헤가 소리를 질렀지만 테레사는 움직이지 않았다. 그러자 호르헤가 그 병을 테레사 앞으로 내밀며 소리쳤다. "반역자들에게 내리는 벌이다."

"누가 반역자야?" 테레사가 목소리를 쥐어짜며 물었다.

"내가 직접 먹여줘?"

테레사는 여전히 그를 노려보았다. "그레고리오, 네가 해." 호르헤가 말했다.

그러자 테레사가 미처 준비도 하기 전에 그레고리오가 덤벼들었다. 그는 테레사의 팔을 뒤로 꺾고, 무릎을 꿇렸다. 그는 창백한 얼굴로 땀을 흘리며 테레사의 턱을 벌려 입을 열었다. "마셔!" 그가 외쳤다. 테레사는 그레고리오가 덤벼들었다는 것에 충격을 받아 겁에 질려버렸고, 호르헤는 비교적 쉽게 병 입구를 테레사 입에 밀어넣을 수 있었다.

"마셔!" 그레고리오가 소리쳤다. "다 마셔."

테레사는 눈을 크게 뜨고 고개를 돌려 그레고리오를 쳐다보고는 병이 다 빌 때까지 눈을 뜨고 있었다. 그 무렵 마을 사람 몇몇이 광장에서 달아났다. 마침내 이 끔찍한 광경에 폭력이 걸어놓은 주술이 깨진 것이다.

병이 비자 둘은 테레사를 놓아주었다. 테레사는 구역질을 했고, 입가에 흐르는 기름이 땅에 고였다.

"악마가 옆에 사는 줄 누가 알았겠어?" 올리브 근처의 어떤 사람이 속삭였다.

"이제 집에 가라, 테레사. 똥 싸지 말고. 그놈을 찾지 못하면 또 찾아갈 테다." 호르헤가 말했다.

테레사는 일어나다가 비틀거렸고, 올리브가 그들을 밀치고 나가 테레사의 팔을 잡았다. 이번에는 그들도 막지 않았다. 테레사는 올리브에게 몸을 기댔고, 둘은 함께 광장에서 힘겹게 걸어나갔다. 남은 사람들은 구역질하는 대머리가 지나가도록 양쪽으로 갈라져 길을 터주었다. 피마자유 한 병을 다 마셨으니 이제 곧 설사가 시작될 터였다.

테레사가 지나갈 때 아무도 조롱하지 않았다. 호르헤와 그레고리오가 있으니 억지로라도 조롱 섞인 말을 할 법도 한데, 모두 공포에 질려 입을 꾹 다물고 있었다. 그들은 두 소녀가 흙길을 걸어 마을을 떠나 핀카로 향하는 모습을 지켜보았다. 그들이 보이지 않을 때까지 계속 지켜보았다.

호르헤와 그레고리오는 트럭에 올라타고는 두 소녀의 반대 방향으로 출발했다. 광장은 차츰 횅해졌고, 자갈 위에는 흐트러진 테레사의 머리카락만 남았다.

XXI

올리브는 테레사를 씻기고 더러운 드레스는 태워버렸다. 테레사에게 자신의 모직 스웨터와 세라가 내준 파란 실크 바지를 내주었다. 아름다운 파란 실크로 테레사의 기운을 북돋워줄 생각이었지만, 그것을 입으니 테레사의 대머리와 대조되어 더욱 괴상해보일 뿐이었다. 해럴드가 말라가에서 밤늦게 돌아왔을 때, 테레사는 세라의 수면제를 두 알 먹고 2층 침실에서 곤히 자고 있었다.

올리브가 광장에서 있었던 일을 전하기도 전에 해럴드는 말라가에서 본 광경을 털어놓았고, 충격에 빠졌다. 도로 상황이 끔찍하다고 했다. 두 개의 중앙 교각이 무너져 중심지가 고립되었지만 아무도 그것을 고치려들지 않았다. 해럴드는 그것을 에스파냐 사람들의 비뚤어진 불교사상이라고 불렀다. 또 운명을 거스르지 않는 것도 좋지만, 생명을 담보로 잡혀서는 안 된다고 했다. 시내에 주둔하고 있는 군대는 고사하고, 시민들마저도 교각을 고치지 않는 행동을 달리 설명할 방법이 없었다.

해럴드는 외곽에 차를 세우고 걸어서 시내에 들어갔는데, 막상 살 만한 먹거리가 별로 없었다. 하물며 통조림이나 치즈도 없었다.

치즈가 없으니 케이크도 없었다. 설탕 1킬로그램과 연한 커피, 소금에 절인 대구와 신선한 청어리, 담배 한 상자, 초리소•를 조금 구한 게 다였다. 해럴드는 그곳이 알아볼 수 없게 변했다고 했다. 가로등이 서 있고 화분이 걸려 있던 건물이 폭격을 맞아 잘 곳과 먹을 것을 잃은 사람들로 득실거렸다. 다행히 호텔이 영업을 하고 있어 밤에는 약탈자들을 피할 수 있었지만, 도시의 일부는 연기가 피어오르는 폐허에 불과했다.

"조직에 가망이 없소. 빌어먹을 재앙이야." 그가 내뱉은 말에 세라와 올리브는 놀랐다. 해럴드는 왜 그렇게 염려하는 것일까? 이곳 출신도 아니고, 원한다면 언제든지 떠날 수 있는데.

말라가에 머무는 외국인들은 레히나 호텔에 모여 있었지만, 대부분은 영국 영사가 전한 대로 2차로 출발하는 구축함을 타고 떠난다고 했다. 해럴드는 그들이 여권을 들고 항구에 모여 있는 모습과 도미노 게임처럼 줄 서 있는 여행 가방을 보았다. 대부분 영국인, 미국인, 아르헨티나인, 도이칠란트인, 칠레인, 부유해 보이는 에스파냐인들이었다. "그들은 붉은 파도가 덮칠 거라고 하지만, 하늘에 돌아다니는 건 무솔리니의 폭격기요. 지금부터는 해로를 통해서만 식량이 조달될지도 모르겠소. 저렇게 교각이 차단되어 있으니 어떻게 전달될지 모르겠지만."

"그 말이 위로가 되기에는 우린 바다에서 너무 멀리 있잖아요." 세라가 잘라 말하고는 청어리와 초리소를 들고 부엌으로 가다가 "내가 말한 대로 영국 국기는 찾아봤어요?" 하고 물었다.

"아직도 모르겠소? 공습에, 이탈리아 전함이 항구를 폭격하고

• 에스파냐산 고추를 넣어 만든 돼지고기 소시지.

있다니까. 그 와중에 유니언 잭을 찾을 수 있을 거 같소?" 해럴드가 맞받아쳤다.

올리브는 말라가의 공포보다도 부모를 정말로 불안하게 만든 것은 테레사라고 믿었다. 2층 침실에 누워 있는 테레사의 존재는 불길했고, 온 집에 죄책감을 드리웠다. 세라는 테레사에게 어찌하면 좋을지 몰라 주위에 향수를 뿌려주고 〈보그〉와 〈하퍼스〉를 죄다 갖다주었다. 그런 세라에게 테레사는 아무 말도 하지 않았고, 세라를 부루퉁한 얼굴로 쳐다볼 뿐이었다. 세라는 그런 불안한 존재를 가까이 하고 싶지 않았는지 차츰 테레사를 멀리했다. 해럴드도 축음기를 위층에 갖다놓았지만 테레사는 그의 재즈 레코드를 한 장도 틀지 않았다.

핀카에 온 지 사흘째 되던 날, 테레사는 열병에 걸렸다. 올리브는 침대에 누워 "비스트 두 에스? 비스트 두 에스?"라고 중얼거리는 테레사의 이마를 닦아주고 의사가 와주기를 기도했다. 올리브는 세라에게 도움을 청했지만, 세라는 답이 없었다. 테레사의 표정은 굳어 있었고, 눈을 꼭 감고 피로에 부어오른 얼굴은 창백하고 껍질을 깐 달걀처럼 끈적였다.

이삭의 소식은 없었다. 매일 밤마다 마을 술집 주인들이 라디오를 산 쪽으로 향해 틀어놓고 숲에 숨어 있을지도 모르는 이들이 소식을 들을 수 있게 해주었다. 케이포 데 야노는 여전히 5만의 이탈리아 군대, 세 개의 **외인부대,** 아프리카군이라고 알려진 북아프리카 부족 만 오천 명이 말라가로 진군하기를 기다리고 있다고 했다. 이 방송에 올리브는 몸을 떨었지만, 이삭이 어딘가 가까운 곳에서 듣고 있을 것이라고 생각하면 위로가 되었다. 올리브는 그가 북부로

416

가는 것이 싫었다. 여기, 핀카 근처에 있기를 바랐다.

테레사는 열이 떨어진 뒤에도 말없이 며칠 더 누워 있었다. 밤이 되면 올리브는 멀리 폭격기 소리와 테레사가 맨발로 복도를 걷는 소리를 들었다. 뭘 원하는 걸까? 오빠를 밤새 기다리는 것일까? 그 때문에 그런 굴욕을 당하고도? 왜 그러는 것일까? 올리브는 테레사가 광장에서 화를 내며 비명을 질렀던 것, 무기력한 표정을 지었던 것, 그레고리오에게 붙잡혔을 때 공포에 질렸던 것을 기억했다. 그 모든 일을 겪은 테레사가 이삭의 소재를 아는지도 궁금했다.

하지만 테레사는 기억 속에 깊이 파묻혀 낮에는 태아처럼 몸을 웅크리고 벽만 보며 침대에 누워 있었다. 테레사는 아무도 부르지 않았다. 그들 누구도 치유 방법을 알 수 없는 상처였다. 올리브는 새벽에 깨어 빈 캔버스 앞에 붓도 들지 못한 채 서 있었다. 마을 광장에 놓인 의자와 변이 묻은 흰옷, 허옇게 빛나는 테레사의 두피, 핀카의 복도를 돌아다니는 발의 형상을 벗어날 수 없었다. 다시는 그림을 그리지 못하고, 이삭도 보지 못할까 봐 두려워진 올리브는 어느 상실이 더 깊은 고통을 주는지 알 수 없었다. 오로지 '나는 당신에게 쓸모가 있었어요.' 이삭의 말이 머릿속에 울려 부끄러웠다.

하루하루 지나면서 올리브는 테레사의 침묵이 깨지기를 기다렸다. 이런 침묵은 해럴드가 가장 두려워하는 악몽이었다. 그는 사람은 말을 하고, 고통을 표현해야 한다고 생각했다. 그는 자기 집에 쓰러져 있는 여자아이 문제를 논의해보려고 억지로 목청을 높였다. 하지만 올리브는 침묵이 곧 끝날 것이라고 확신했다. 테레사가 받은 굴욕이 그 방의 문을 두드리다가 부수고 나올 것 같았다.

해럴드는 테레사가 기운을 차리고 자기 집으로 돌아가는 대로 지브롤터로 떠날 거라고 했다. 이삭에게는 자업자득이라고 했다.

다락방 침대에서 잠을 청하던 올리브는 커즌 스트리트의 포장된 도로와 정비된 공원, 슬레이트 지붕과 비에 젖은 버클리 스퀘어가 잘 떠오르지 않았다. 런던에 가는 것은 국경을 넘는 것뿐 아니라 은유적인 경계를 넘는 것이었다. 올리브는 그것을 원하기는 하는지, 적응할 수 있을지조차 알 수 없었다. 런던은 다른 방식으로 숨막히는 곳이 될 수도 있었다. 자신에게 더 솔직하게 말하자면 올리브는 이곳, 진정한 죽음이 가까이 있는 이곳이야말로 삶을 긍정하는 면이 있다는 것을 인정할 수 있었다.

올리브는 이삭의 행방불명에 책임을 느끼기 시작했다. 그날 밤 베란다에서 과수원으로 나가며 **행운을 빈다고** 했던 그는 무척 화가 나 있었다. 추운 1월에 이곳에 도착해 닭을 잡는 이삭을 만났을 때부터 지금까지 오랜 세월이 흐른 것 같았다. 올리브는 그가 닭의 모가지를 비틀 때 자신의 몸에서 도발을 느꼈던 것을 기억했다. 그는 올리브에게 너무나 많은 것을 내어주었지만 그녀는 그를 만족시키지 못했다. 몸에 닿는 그의 손길을 기억해보려고 했을 때, 올리브는 그럴 수 없다는 것을 알게 되었다.

"이삭이 달아난 것 같니?" 어느 날 저녁, 응접실에 둘만 앉아 있을 때 세라가 올리브에게 물었다. 해럴드는 서재에 있었고 테레사는 여전히 위층에 누워 있었다.

올리브는 팔을 문질렀다. 난로에서 불이 꺼져갔지만, 그들은 장작을 더 넣지 않았다. "모르겠어요."

"달아났을 거야. 기차를 탔겠지."

그렇게 말하는 세라는 매우 건강해 보였다. 식량이 부족하고, 테레사가 입은 상처가 모두를 집어삼키려고 하는 것에 아무런 관계가 없는 듯했다. 오히려 이렇게 힘든 상황이 세라에게 목적의식을 준 모양이었다.

"떠나고 싶니, 올리브?" 세라가 물었다.

올리브는 낡은 소파에서 실을 하나 뽑았다. 결국 이삭의 말이 옳았다. 그들은 여기 왔다가 다시 떠날 것이다. "아뇨. 여기가 내 집이에요."

"누구시죠?" 올리브는 그날 밤 늦게 문을 두드리는 소리를 들었다. 테레사가 문지방에서 머뭇거리고 있었다. 테레사는 앙상하게 말랐고, 머리가 아주 조금 자라 있었다. 올리브는 무엇보다도 테레사의 단호한 눈빛에 마음이 놓였다.

"해럴드가 뭐라고 하는지 알죠?" 테레사가 물었다.

"여러 가지 이야기를 하시지." 올리브는 침대에 도로 누웠다.

"그분은 에스파냐의 숙명론에 대해 말해요."

"무시해."

"그분의 말은 공정하지 못해요."

"나도 알아."

"그분은 우리가 싸우지 않는다고 생각하나요?"

"그렇게 생각하시는 건 아냐. 외부인이 그런 말을 하기는 쉽지."

"안전하지 않아요."

"나도 알아, 테레사."

"떠나야 해요."

"나는 너와 헤어지지 않아."

"나를 위해 여기 있는 게 아니잖아요, 세뇨리타. 왜 여기 아직 있는지 난 알아요." 둘은 서로를 마주 보았다. "오빠는 돌아오지 않아요."

"올지도 모르잖아." 올리브는 일어나 앉았다.

테레사는 웃었다. 씁쓸한 웃음이었다.

"다른 사람도 아닌 올리브잖아요. 눈을 똑바로 떠요."

"고맙지만 잘 뜨고 있어. 고향의 영국인들보다 제대로 보고 있지."

테레사는 천천히 방으로 걸어들어와 〈루피나와 사자〉를 쓰다듬었다. "오빠가 피해를 줬어요."

"마을에?"

"이 집에요."

"무슨 말이니?"

"감사 인사를 하고 싶었어요. 호르헤와 그레고리오한테 붙잡힌 저를 데리러 와줘서."

"당연히 그래야지."

"싸우려고 했어요."

"알아."

"하지만 힘들어요. 꼭 제 자신과 싸우는 것 같아요. 그리고 왜 싸워야 하는지 알 수 없는 때도 있어요. 우리가 왜 싸워야 하죠?"

"나도 그 답은 몰라, 테레사."

"올리브가 떠날 때, 저도 따라가도 돼요?"

올리브는 망설였다. 해럴드는 테레사를 데려갈 계획이 없었다. "서류 있어?"

테레사는 무의식적으로 딱지가 낫기 시작한 머리로 손을 올렸다. "아뇨."

침묵이 흘렀다. "그 문제는 내가 정리할게." 올리브가 말했다.

"그게 무슨 말이에요? '정리한다'는 게?"

올리브는 침대에서 내려와 테레사에게 다가가 팔을 잡았다. "새로 영어 단어 공책 만들어야겠다. 자, 아프게 안 할게. 부드럽게."

테레사를 침대 가장자리에 앉힌 뒤, 올리브는 아버지의 서랍장에서 가져온 면도칼로 테레사의 자란 머리를 천천히 밀어주었다. 상처에 칼라민을 바르는 동안, 테레사는 창밖을 내다보고는 멀리 말라가의 대포 소리를 들으며 가만히 앉아 있었다.

"이건 오빠 잘못이에요." 테레사가 멍하니 말했다.

올리브는 테레사의 머리 위에서 면도칼을 들고 있었다. "글쎄, 우리 모두 어리석었지. 네 아버지를 탓할 수도 있어. 그러면 그분은 정부를 탓하겠지. 정부는 지난 정부 탓이라고 할 거고. 이삭이 일부러 네가 이런 일을 겪게 한 건 아닐 거야."

"이삭은 나라 생각만 할 뿐, 자기 집은 잊어버려요." 테레사가 말했다.

"이삭은 좋은 사람이야."

"그렇게 생각해요?"

"양심이 있잖아."

테레사가 웃었다.

"오빠가 어디 있는지 알지? 아무에게도 말하지 않을게. 알고 싶어서그래."

테레사는 어깨를 늘어뜨리고는 다시 창밖을 내다보았다. "모르는 게 나아요."

등 뒤에서 **싹둑하는** 소리가 들렸다. 겁에 질린 테레사가 돌아보니 올리브가 자기 머리를 한 움큼 잘라버렸다. "뭐하는 거예요?"

테레사가 묻는 도중에 올리브는 또 한 움큼을 잘라냈다.

"내가 농담하는 줄 알지. 그렇지?" 올리브가 말했다.

"그만둬요, 그만."

테레사는 면도칼을 빼앗으려고 다가갔지만, 올리브는 물러서라는 뜻으로 면도칼을 겨누었다. 그리고 숱이 적은 소담한 갈색 머리를 계속 잘라냈다. 테레사는 넋이 나간 채로 올리브를 바라보았다.

"이제 네가 내 머리를 밀어줘." 올리브가 말했다.

"미쳤어요."

"아니, 안 미쳤어. 사람들이 날 진지하게 받아들이게 하려면 무슨 짓을 해야 할 거 같아?"

"머리가 같아진다고 슬픔이 같아지는 건 아니에요."

"테레사, 어서 해."

올리브의 남은 머리를 섬세하게 깎아내는 동안, 테레사는 눈물을 감추려고 애썼다. 남이 보는 데서 운 것이 언제였는지 기억도 나지 않았다. 테레사가 처음 바꿔치기하여 이젤에 올려놓은 올리브의 그림, 밀밭의 여인이 된 성녀 후스타를 떠올렸다. 이삭은 자신과 올리브가 대문에서 키스하는 것을 테레사가 보았기 때문에 그런 짓을 한 거라고 믿었다. 테레사가 질투하여 이삭을 벌주고, 그가 빛날 기회를 빼앗은 것이라고. 테레사는 인정할 수밖에 없었다. 그때는 그 이유를 정확히 설명할 수 없었지만 그들 사이를 보고 있자면 마음이 아팠고, 자신만 따돌림과 무시를 당한 것 같았다. 하지만 테레사는 자신의 충동이 이삭과 관련된 것이 아니라 좀더 깊이 뿌리 박혀 있는 문제라는 것을 알았다. 그것은 테레사 자신도 제대로 이해할 수 없는 것이었다. 그것을 가장 비슷하게 설명하자면 테레사가 스스로 만든 유대관계라는 것, 그리고 올리브가

422

올바른 평가를 받아야 한다는 것이었다.

"테레, 다시 물어볼게. 이삭이 어디 있는지 알아?"

테레사는 그 질문이 온몸을 누르는 것 같았다. "이삭은 잊어버려요. 올리브를 제대로 사랑하지 않으니까."

"오, 테레사. 네가 사랑에 대해 뭘 아니?"

슐로스 집에서 보낸 짧은 시간 동안 테레사는 올리브가 상상도 못할 정도로 사랑과 그 문제에 대해 많은 것을 배웠다. 하지만 테레사는 슐로스 가족이 오기 이전부터 모든 일에는 결과가 따르지만 어떤 것도 그저 운명에 맡길 수는 없다는 것을 알고 있었다. 테레사는 언제나 스스로 선택하고, 그것을 침묵했다. 그리고 지금, 올리브 앞에서 그동안 자신이 지켜온 신념을 지키려고 했다.

하지만 올리브와 그녀의 그림, 그녀의 부모는 테레사의 그런 자세를 바꾸어놓았다. 그들은 테레사의 마음을 열었고, 타인의 세계에 영향을 받게 만들었다. 이번에도 올리브는 자신에게 강요하고 있다. 테레사는 앞으로 입을 다물고 있는들 득은 없을 것 같았다. 어쩌면 올리브가 진정으로 자유로워질 때인 것 같기도 했다.

"양치기 오두막요." 테레사가 말했다.

"뭐?"

"양치기 오두막을 찾아봐요. 거기에 있을 거예요."

올리브는 놀란 표정으로 테레사를 보았다. "안 믿어."

"거기 있을 거예요. 오빠에게 사랑을 한다는 게 뭔지 물어봐요."

테레사는 올리브가 떠나는 것을 보고 공포와 희열을 동시에 느끼며, 잘린 머리카락을 치웠다. 올리브가 무엇을 찾을지 정확히 알 수는 없었지만, 어느 정도는 알고 있었다. 올리브의 맨머리를 보고 있으니 자부심에 가까운 느낌이 들었다. 심판의 날이 오면, 테레사는 자신이 어떤 사람인지 질문받으리라는 것을 알고 있었다. 적어도 테레사는 여주인에게 아무 흔적도 남기지 않았다. 올리브의 마음을 고쳐주기는 불가능했지만, 자신의 머릿속은 맑아졌다.

XXII

올리브가 핀카에서 이삭의 집 쪽을 향해 언덕을 내려가는데, 말라가 상공에 떠 있던 비행기 엔진 소리가 잦아들었다. 그녀가 집에서 살그머니 나오는 것을 아무도 알아차리지 못한 것 같았다. 올리브는 집에 아무도 없으리란 생각은 전혀 하지 못했다.

황혼 무렵, 아라수엘로는 유령 마을이었다. 중앙 광장은 텅 비어 있었고, 모퉁이 술집의 덧창은 걷혀 있었다. 성당은 까맣게 그을린 채 껍데기만 남아 있었다. 정육점은 문을 닫았다. 학교와 주위 사무소에도 사람이 없었다. 올리브는 양쪽 주머니에 손을 넣었다. 한쪽에는 부엌에서 가져온 손전등이, 다른 쪽에서는 이삭이 두고 간 싸늘한 권총이 만져졌다.

그가 아직 근처에 있으리라는 희망은 감히 품을 수도 없었다. 테레사가 정확한 번호를 발견할 때까지 꽉 잠긴 비밀상자였다. 주위의 모든 것이 고요했지만, 올리브의 머릿속에는 온갖 생각이 마구잡이로 떠올랐다. 그를 찾아 핀카로 데려온다면, 모든 것이 해결될 것이다. 올리브는 숨을 고르면서 저 너머 숲을 살펴보았다. 땅거미가 지면서 나무들이 점점 더 새카맣게 보였다.

점점 더 짙어지는 어둠 속으로, 올리브가 달리며 손전등을 켰다. **"손전등을 켜지 말아요. 또 누가 있을지 모르니까."** 테레사가 말했다.

"무섭지 않아." 올리브는 그렇게 대답했다. 하지만 산속에 들어오니 손전등 없이는 아무것도 보이지 않았고, 아드레날린이 빠르게 분비되었다. 올리브는 어디로 가는지도 알 수 없었지만 그곳이 멀지 않으리라고 생각했다. 산기슭쯤에서 그를 발견할 것이다. 그럴 것이다. 반드시. "오빠가 북쪽으로 간 것 같아요? 북쪽으로 가진 않았어요." 테레사가 말했다.

"오빠를 그렇게 미워하면서 왜 경찰에서 말하지 않았어?" 올리브가 물었다. 하지만 그 대답은 이미 알고 있었다. 테레사가 이삭에 대해 아무것도 밝히지 않은 것은 오빠를 지키기 위해서가 아니었다. 올리브를 자신의 곁에 두기 위해서였다.

"기다리고 있을게요." 테레사가 다락방으로 달아나며 외쳤다. 그전에는 그 누구도 올리브에게 그런 말을 해준 적 없었다.

처음 눈에 띈 것은 풀밭에서 빛나는 정어리 통조림이었다. 분명 오두막에서 날아와 올리브가 서 있는 지점에 떨어진 것이었다. 올리브는 손전등을 끄고 양치기 오두막을 살펴보았다. 칼로 베어낸 창문 구멍과 파닥거리는 양가죽 텐트 사이에서 희미한 불빛이 보였다. 올리브는 살그머니 다가갔다. 낮게 웅얼거리는 목소리. 이삭의 목소리였다. 테레사가 거짓말을 한 게 아니었다. 올리브는 그가 거기 있다는 사실에 기뻤고 심장이 두근거렸다. 올리브는 힘껏 달려나갔다.

그때였다. 여인의 웃음소리가 들렸다. 올리브가 잘 아는 목소리였다. 숨이 막히는 것 같았다. 아니, 목구멍이 막혔다. 혓바닥이 부풀어 올라 목구멍을 막는 것 같았다. 저기 또 누가 있는지 알 수 없었다.

양치기 오두막에서 깊은 한숨 소리와 움직이는 소리가 자꾸만 들려왔다. 올리브는 테레사가 무슨 말을 한 것이었는지, 어째서 그렇게 감추려고 했는지, 그리고 왜 사실대로 밝히지 않고 올리브를 보내 직접 보게 했는지 마침내 이해할 수 있었다. 견딜 수 없었지만 알 수 있었다. 웃음소리가 또 들려왔다. 규칙적이고, 깊고, 견딜 수 없는 소리, 순수한 쾌락의 목소리. 올리브 머리 위의 우주가 한층 더 어두워졌고, 올리브는 권총에 손가락을 끼우며 문을 열었다.

XXIII

세라는 벽에 달라붙어 비명을 질렀다. "노 디스파레스No dispares!" 이삭이 외쳤다. "쏘지 마!"

올리브는 바닥에 있던 등불을 들었다. 이삭과 어머니는 팔다리가 엉킨 채로 벌거벗은 모습이었다. 세라는 너무 놀라 몸을 뺐다. 올리브는 세라의 배가 봉긋 솟아오른 것을 똑똑히 보았다.

"올리브……. 머리는 어떻게 된 거니?" 세라가 충격을 받아 멍한 얼굴로 말했다.

그들은 서로 노려보았다. 그 몇 초가 몇 시간처럼 느껴졌다. "아빠도 알아요?" 올리브가 한참 뒤 텅 빈 목소리로 다시 물었다. "아빠도 아느냐고요?"

세라는 일어나 앉아서 이삭의 코트로 가슴을 가리고 바지를 집었다. "리브, 리브. 총을 내려놓으렴."

올리브는 엄마 쪽으로 총을 겨눴다.

"아빠가 알아요?"

"몰라. 그것 좀 내려놓지 그러니." 세라가 말했다.

"당신 거야?" 올리브가 이번에는 이삭에게 물었다. "당신 애야?"

"그 사람 아이가 아니야." 세라가 끼어들었다.

이삭이 일어나면서 "올리브." 하며 부드러운 말투로 불렀다. "총을 내려놔요. 아무도 다칠 필요는 없으니까."

올리브는 귓전이 울리는 것을 느꼈다. "왜!" 그 질문이 밤하늘에 울려퍼졌다.

"쉬잇! 조용히 해요." 이삭이 낮게 외쳤다.

"당신은 위선자야. 북쪽으로 가서 나라를 위해 싸운다더니, 2킬로미터도 안 되는 곳에서 엄마랑……." 올리브는 손으로 입을 막고 흐느끼지 않으려고 애썼다.

"우리 리비." 세라가 말했다.

"**리비라고** 부르지 마요. 엄마랑 사랑하고 있다고 자신을 속이지 마요, 이삭. 당신 아이예요? 저 아이 당신 아이냐고요!"

세라와 이삭 사이로 스치듯 지나간 표정은 그들을 발견한 순간보다 올리브에게 더 지독했다. 친밀함, 자연스러움. 두 사람의 공모관계.

"대체 얼마나…… 내가 왜 이러지? 대체 왜 내가……."

이삭이 다가오기 시작했다. "진정해요, 올리브. 부탁이에요. 내가……."

그가 다가오자 올리브가 이엉지붕에 총을 쏘았다.

"미에르다mierda!" 이삭이 외쳤다. "젠장! 우릴 모두 죽일 셈이에요? 이제 여기 누가 있다는 걸 다 알게 됐잖아요."

세라는 낮은 신음 소리를 내면서 어둠 속에서 옷가지를 찾기 시작했다. "가야겠어요, 가야겠어." 세라가 계속 중얼거렸다. "그이가 돌아올 거야."

"독사 같아." 올리브가 말했다.

세라가 딸을 올려다보았다. "난 독사가 아니란다."

"맞아요. 엄마와 다시는 말하고 싶지 않아요."

"내가 여기 있는 걸 어떻게 알았죠?" 이삭이 물었다.

"어떻게 알았을 것 같아요?"

세라가 한숨을 쉬었다. 올리브는 눈앞의 광경을 지우려고 눈을 감았다.

"테레사가 언제부터 안 거지?" 세라가 작게 말했다.

"몰라요." 올리브의 대답은 사실이었다.

그렇다면 테레사가 지금까지 입을 다물고 있었던 것은 세라를 지켜주기 위해서였을까? 아니면 올리브가 모르는 것을 알고 있다는 권력을 누리기 위해서였을까? 그들 모두 상상 속 연인 보리스에게 빠져 있는 올리브를 비웃었을까? 이삭은 현실속의 괴물보다는 책 속의 인물, 상상 속의 남자로 두는 편이 나았다. 테레사가 다락방에서 마지막으로 한 말이 올리브의 귓전에 울렸다. '**오빠에게 사랑을 한다는 게 뭔지 물어봐요.**'

"올리브." 옷을 다 입고 진정한 세라가 말했다. "쉬운 게 아니라는 건 나도 안다……."

"오, 세상에. 아뇨, 그런 소린 듣고 싶지 않아요."

"널 다치게 할 생각은 없었어."

"하지만 늘 다치게 하죠."

세라는 일어나서 딸을 마주 보았다. "너만 외로운 줄 아니? 너만 괴로운 줄 알아?"

"엄마의 외로움 따위는 상관 없어요. 결혼도 했잖아요, 아빠랑."

"그게 쉬운 줄 아니? 그 사람이랑 결혼한 게?"

"닥쳐요, **닥쳐!**"

이삭은 구석으로 가서 급히 바지를 입으며 비참한 표정으로 모녀 사이를 번갈아 보았다.

"이삭은 네 남자가 아니야, 올리브. 물론 내 남자도 아니고." 세라가 말했다.

"이삭은 내 남자예요. 우린…… 아빠한테 뭐라고 할 거예요? 엄마를 받아주지 않을 거예요."

세라가 웃었다. "네가 그렇게 구식인지 몰랐구나."

"구식요?"

"네 아빠가 파는 그림으로 이렇게 살 수 없단 걸 알잖니, 올리브. 핀카에, 여행경비에, 생활비에. '받아주는' 건 문제가 아니란다. 언젠가는 너도 누구나 삶이 엉망이라는 걸 알게 될 거야. 문제가 없는 부부는 존재하지 않아. 결혼생활은 **길잖니……**"

"그만해요. 그런건 상관없어요. 언제부터 이삭을 유혹했어요?"

"얘야, 반대였다. 우리는…… 아빠가 이삭의 첫 번째 그림을 산 직후였지."

"나가요." 올리브가 말했다.

세라는 메이페어에 있는 레스토랑을 나서는 사람처럼 태평하게 오두막에서 걸어나갔지만, 밖이 어두워서 당황했다. "아무것도 안 보여."

"이제 집으로 가는 길은 눈 감고도 알 텐데요. 늑대 조심해요."

"같이 가요." 이삭이 말했다.

"당신은 아무데도 못 가." 올리브는 이삭을 향해 권총을 겨누며 말했다.

"올리브, 정말 어리석구나." 세라가 말했다.

"가요."

"곧 다시 봐요." 세라가 이삭에게 말하고 올리브를 바라봤다. "올리브. 진정하고, 빨리 돌아와라."

이삭과 올리브는 세라가 어둠 속으로 사라지는 것을 보았다. "저렇게 혼자 보내면 안 돼요." 이삭이 말했다.

"엄마를 쏘진 않겠죠. 당신도." 올리브는 총을 내려놓고 손전등을 켰다. 환한 불빛 속에서 이삭은 경계하는 얼굴이었다. "이삭, 당신 동생이 어떻게 되었는지 알기는 해요?"

"어떻게 됐는데요?"

"그렇겠죠. 엄마가 그 이야기를 해줬을 리 없죠. 당신의 영웅놀이에 테레사가 어떤 대가를 치렀는지."

"숨기지 마요, 올리브. 그런 건 좋아하지 않아요."

"당신한테서 그런 말이 나오다니, 어처구니없네요."

"그 애한테 무슨 일이 일어났나요?"

그의 얼굴에 떠오른 당혹감이 진심인 것 같아 올리브는 호르헤와 그레고리오가 테레사를 잡아가 머리카락을 자른 다음 피마자유를 먹이고, 그 후유증으로 테레사가 한밤중에 핀카의 복도를 돌아다니고 있다는 것을 모두 이야기해주었다.

이삭의 얼굴이 고통으로 일그러졌다. "그런데 당신은 왜 머리카락이 없죠?"

"테레사의 기분을 낫게 해주려고요. 덜 외롭게."

이삭은 손전등이 밝히는 곳 너머 어둠 속을 응시했다. "그 애가 내가 여기에 있다고 말했군요."

"네."

"아이 이야기도 하던가요?"

"아뇨. 당신이 여기 있을 거라고만 했어요."

"세라 이야기도 했어요?"

"아뇨. 내가 테레사에게 사랑에 대해 뭘 아느냐고 물었어요. 그 것뿐이에요."

그들은 잠시 아무 말도 하지 않았다.

"그 애는 정말 말썽을 많이 일으켜요." 이삭이 말했다.

"네. 하지만 적어도 테레사 덕분에 당신의 정체를 알게 됐어요. 테레사의 의도도 알게 됐고요."

"내 동생이 당신을 위한다고 생각해요? 그 애는 고양이 같아요. 항상 자기 몸을 가장 사리죠."

"당신은 테레사의 능력을 과대평가하고 있어요. 테레사를 제대로 보지 못했죠. 어쨌든 테레사는 나를 다치게 하지 않았어요. 당신이 그랬지."

"그럴지도 모르죠. 그건 미안해요. 당신은 항상 당신에게 맞는 나를 찾죠. 가상의 나를 만들어내는 걸 멈추지 않았어요. 하지만 당신 어머니는…… 뭐라고 하죠? 그래, 사리에 밝아요. 나의 본 모습을 보죠. 내가 바뀌기를 바라지도 않아요."

"하지만…… 상상력이 없으니 그럴 수 있어요. 병도 있고."

"지루한 것이 병인가요? 세라는 병든 게 아니에요. 세라가 병들었다고 하는 게 모두에게 편할 뿐이지. 세라 자신에게도."

"당신은 이익을 챙겼네요."

"그런가요? 올리브, 난 당신에게 아무것도 약속하지 않았어요. 사랑한다고 말한 적도 없어요. 끝까지 당신은 자신이 원하는 것만 듣고 봤으니까."

"나와 잤잖아요, 이삭. 몇 번이나."

433

"그래요. 그림도 그리라고 했고요. 인간은 모두 실수를 하니까."

"무슨 말을 하려는 거예요? 내가 그림을 그릴수록 싫어졌다는 거예요?"

그가 시선을 돌렸다. "당신 어머니는…… 그건 다른 문제라는 이 야기를 하려는 거예요. 별개의 문제예요."

"별개가 아니에요, 이삭. 엄마의 행동은 우리 모두에게 영향을 미쳐요. 아빠도 마찬가지고, 나도 그렇겠죠. 엄마 때문에 여기에 남 은 건가요?"

이삭은 망설였다. 올리브는 통증을 느끼는 사람처럼 눈을 감았 다. "당신은 엄마가 외도를 한 상대가 당신이 처음일 거라고 생각 하죠. 뱃속의 아이가 당신 아이라는 건 어떻게 증명할 건가요? 엄 마가 당신과 잔 건 나를 괴롭히기 위해서예요."

그러자 이삭이 가슴에 손을 얹고 웃었다. "당신은 정말 예술가로 군요. 모든 게 당신 때문이라고 생각하고, 항상 고통을 찾아다녀요. 당신 때문이 아니에요, 올리브. 이 일과 당신은 아무 관계도 없어 요."

"난 가겠어요. 행운을 빌어요. 그렇게 말했었죠?"

올리브가 어둠 속에서 어머니가 내려간 쪽으로 돌아섰다.

"어쩔 셈이에요?" 그가 물었다.

"영국으로 돌아갈 거예요. 당신 말이 옳았어요. 살 곳을 찾아볼 거예요. 부모님께 맡겨야죠. 슬레이드 미술학교에서 받아줄지도 알아보고."

"좋은 계획이에요."

"두고 보죠, 자." 올리브는 이삭에게 권총을 건넸다. "나보다는 당신에게 필요할지 모르니까."

434

"테레사는요?" 이삭이 총을 허리춤에 찔러 넣으며 물었다. "그 애를 데려갈 건가요?"

"몰라요, 이삭. 서류가 없으니까요." 올리브는 한숨을 쉬었다. "힘든 일을 겪은 아이예요."

"방금 전에는 말썽만 일으킨다더니."

"이제 겨우 열여섯 살이잖아요."

올리브는 놀라움을 감추지 못했다. "열여덟이라고 했는데."

"음, 그것 봐요. 하지만 호르헤가 결정을 내리면 아버지가……."

"말 안 해도 알아요. 그때 나는 현장에 있었어요. 당신은 여기 숨어 있을 때."

그가 손을 내밀었다. 올리브는 그의 손을 바라보았다. "있잖아요. 당신 얼굴을 초록색으로 칠한 것이 다행이에요."

농담으로 한 말이었다. 그가 순진하다거나, 아프다는 뜻이 아니었다. 그것은 단순히 올리브가 예술가이며 자신이 어울린다고 생각하는 색으로 그를 칠했다는 확인이었다. 올리브는 이삭이 자신을 이 일을 감당할 수 있는 어른으로 봐주기를 바랐다. 스스로 어른처럼 느껴지지는 않았지만. 그는 언제나 올리브의 인생을 바꾸어놓은 사람으로 남을 것이다. 올리브가 다가가 그의 손을 잡고 그 말을 하려는 순간, 이삭이 고꾸라졌다.

처음에 올리브는 공포에 질린 나머지 손전등 불빛에 비친 이삭의 머리, 거기서 쏟아져 나오는 피, 그의 눈 속에 밀려드는 붉은색이 현실에서 벌어진 일로 보이지 않았다. 그리고 올리브는 처음에 놓친 소리를 들었다. 자신들이 있는 곳을 향해 발사하는 총소리를. 그 뒤로 총성이 두 번 더 울려퍼졌고, 총알이 나무 위로 스쳐지나갔다. 겁에 질린 올리브는 산속을 달리기 시작했다.

올리브가 30분 전 쏜 총소리를 들은 호르헤가 어디서 난 소리인지 확인하러 산에 올라왔고, 우연히 그들의 모습을 보았다. 그는 자신의 눈을 믿을 수 없었다. 숨어 있던 이삭 로블레스와 그에게 총을 건네는 대머리 여동생이라니. 게다가 그 멍청한 여자는 손전등을 켜고 있어서 이삭을 쏜 뒤에도 쉽게 추격할 수 있었다. 그 여자가 언덕을 달려 내려가는 동안 손전등 불빛이 내내 번쩍거렸다.

호르헤는 세 차례 더 총을 쏘았고, 손전등이 데굴데굴 구르다가 땅 위에 내려앉은 작은 달 모양이 된 것을 보았다. 그는 잠시 기다렸다. 아무것도 움직이지 않았다. 처형이 끝나자 들판이 뒤집어지고, 땅이 꺼진 것처럼 사방이 조용해졌다. 그 일이 있은 후에 적막은 너무나 철저했다.

5

루피나와 사자

1967년 11월

18

굿지 스트리트 역의 승강기가 고장나서 워털루행 지하철을 탔는데, 지하철이 지나는 터널마다 멈췄다. 슬레이드 미술학교 앞 공중전화 부스에서 나와 퀵의 집에 도착하는 데까지 총 한 시간 반이 걸렸다. 퀵의 집 앞쪽의 전등이 위층과 아래층 모두 환하게 켜져 있었다. 커튼을 치지 않아서 위층의 금이 간 하얀 천장에 알전구가 매달려 있는 것이 보였다. 세련되고 아름다운 것을 좋아하는 그녀인데, 어쩐지 이상했다. 선명한 빛이 코니스*를 환하게 밝혀주어서 그녀가 고칠 생각도 하지 않아 군데군데 금이 간 건물인데도, 세월의 흔적과 함께 웅장함이 그대로 느껴졌다.

나는 불안한 마음으로 현관문을 두드리고 기다렸지만 아무 대답이 없었다. "계세요?" 우편함 사이로 불러보았지만, 집 안에서는 아무 소리도 들리지 않았다. 나는 그만 포기하고 클래펌의 내 집으로, 퀵의 집만큼이나 적막한 내 아파트로 돌아가고 싶었다. 하지만 호기심과 일말의 죄책감으로 그곳을 떠날 수 없었다. 나는 이 일을

---

* 서양식 건축 벽면에 수평의 띠 모양으로 돌출한 부분으로, 고대 그리스 신전에서 볼 수 있음. 돌림 띠라고도 함.

끝까지 밝혀보고 싶은 마음이 더 컸다.

옆쪽 울타리를 따라 가을 낙엽을 밟으며 걸어가보니 매우 어두 웠다. 옆쪽 창문을 통해서도 불빛이 비추고 있었다. 모든 전등이 켜진 채 전기로 대화재를 이루고 있으니 어쩐지 정체가 노출된 기 분이 들었다. 마치 영화 세트장 같았다. 거대하고 눈부신 백열등 불빛이 사람을 끌어모으고, 마음을 가라앉게 했다.

정원에 다다라 어둠 속을 들여다보니 눈이 어둠에 적응하지 못 해 눈을 깜빡일 때마다 주황색 별이 눈앞에 나타났고, 곧 나무 윤 곽선 주위를 따라 춤을 추었다. 시계탑이 8시를 알렸다. 나는 다시 동화 속으로 들어왔다.

다시 집 쪽으로 돌아섰을 때 본 광경은 결코 잊지 못할 것이다. 퀵은 주방 의자에 꼿꼿이 앉아 있었다. 그곳도 커튼은 걷혀 있었 고, 전등이란 전등은 모두 켜져 있었다. 나는 너무 놀라 소리를 지 를 뻔했다. 퀵은 머리카락이 없었다. 좌표 없는 지도처럼 머리카락 이 듬성듬성 나 있었다. 퀵은 나를 보고 있었다. 나는 인사하려고 손을 들었지만, 그녀는 반응이 없었다. 그제야 나는 퀵이 나를 보 는 게 아닌 것을 깨달았다. 뿐만 아니라 내 뒤의 누군가가, 아니 정 원에서 무엇인가를 기다리고 있다는 것을 알고 공포에 질렸다.

나뭇가지가 부러지는 소리를 듣자 숨이 막힐 것 같았다. 나는 퀵 이 나를 꾀어들인 어둠을 향해 싸울 각오로, 고함칠 각오로 돌아섰 다. 덤불 속 우거진 숲의 나뭇가지 뒤에 뭔가 숨어 있다고 확신했 지만, 아무것도 보이지 않았다.

나는 집을 향해 홱 돌아서 주방문으로 달려갔다. 정원에 도사리 고 있는 것이 무엇이든 거기서 도망치기로 마음먹고 안으로 들어 갔다. 나는 퀵 앞에 있었다. 퀵은 여전히 의자에 꼿꼿이 앉아 있었다. 창백한 두개골, 평온한 얼굴에 떠오른 아름다움, 마지막이라는 표정에는 으스스한 완벽함이 있었다. 그녀의 가발은 동물의 털처럼 바닥에 떨어져 있었다. 퀵이 가발을 쓰고 다닌 줄은 전혀 몰랐다.

"퀵?" 나는 두려움을 억누르며 불렀다.

물론 퀵은 대답하지 않았다. 퀵은 죽었으니까.

집은 잠겨 있었지만 나는 안에 들어가 있었고, 주방문은 열려 있었다. 풀밭에는 내 발자국이 나 있는 이 상황이 어떻게 보일지 미처 생각하기도 전에 경찰에 전화를 걸었다. 이후 부검으로 퀵의 사망 추정 시각이 밝혀졌다. 혈류에서 처방받은 진통제의 열 배 분량이 검출되었다. 부검의가 암에 대한 결과를 내놓은 뒤에야 날 향한 의심이 걷히고 사인이 확인되었다. 그동안 얼마나 화가 났는지는 이루 말할 수 없다. 내가, 퀵이 신뢰한 유일한 사람인 내가, 그 집에 침입해 그녀를 죽였다는 의심을 받다니! 퀵의 진실된 과거를 알아내려고 한 사람도 나뿐이었는데.

경찰에 전화한 뒤, 나는 주방으로 돌아가 퀵의 옆에 꿇어 앉아서 몸을 만져보았다. 아직 따뜻했다. 어쩌면 몇 분 차이로 퀵을 떠나보냈는지도 모른다. 엄밀히 말해 퀵은 그날 나를 부르지 않았다. 그녀가 혼자 있으면 안 된다고 판단한 것은 나였다. 하지만 퀵이 정말 이런 결말을 원했을까? 분명 나는 가겠다고 말했다. 그러니 퀵은 내가 자신을 가장 먼저 발견하리라는 것을 알았을 것이다. 어쩌면 구조받고 싶었을지도 모른다. 알 수 없는 일이다.

주위를 둘러보았다. 약병과 진토닉 반 병이 퀵 앞에 놓여 있었다. 딱히 무슨 의미가 있는 것은 아니었다. 퀵은 술을 좋아했고, 통증을 앓고 있었으니까. 나는 퀵이 고의로 한 행동이라는 결론을 내릴 수 없었다.

"경찰입니다."

나는 깜짝 놀라 현관문으로 갔다.

경찰은 둘이었고, 구급차도 함께 왔다. 나는 충격에서 벗어나지 못한 상태였다. 그러나 집으로 들어오는 그들의 에너지는 너무나 달랐다. 사무적이면서도 조심스러웠고, 이미 모든 것을 겪어본 느낌이었다. 나는 깜짝깜짝 놀랐고, 두려움과 충격으로 갓난아이가 된 같았다.

"가장 가까운 친척은 누구죠?"

경찰이 물었고, 나는 리드 씨가 그녀의 상사이니 그에게 전화해보라고 했다.

리드 씨는 전시회 개막을 앞둔 그때까지도 미술관에서 만전을 기하며 일하고 있었다. 경찰이 전화로 퀵이 자신의 집 복도에서 사망한 채 발견됐다는 사실을 알렸다. 리드 씨의 대답은 들리지 않았다. 통화는 짧았다. 나는 응접실에 앉아 있었고, 경찰이 내 앞에 와 앉았다. 시계가 째깍거리는 소리가 들렸다. 그제야 나는 그가 무슨 생각을 하는지 깨달았고, '카리브해의 살인마'가 되어 투옥되는 모습을 상상했다. 그로 인해 일어날 분노, 그 모든 상황의 필연성, 나 같은 사람들이 겪을 수밖에 없는 일.

리드 씨는 몇 분이 채 안 되어 도착했다. 그는 차로 워털루 브리지를 달려 현관문을 박차고 들어오며 **"대체 무슨 일이오, 그 사람은**

어디 있고, 대체······" 하고 소리치더니 퀵이 실려 나가는 것을 보고
는 목소리가 잦아들었다. 퀵은 너무나 작고 연약해 보였고, 나는
충격을 받아 얼이 나간 채 리드 씨 얼굴을 보았다. 그때만큼은 그
도 슬픔을 감추지 못했다.

경찰이 나를 그 자리에서 체포하지 못한 것은 리드 씨 덕분이었
다. 그들은 리드 씨에게 기가 죽었다. 리드 씨는 재빨리 정신을 차
리고 권력과 권위를 발휘했다. 경찰 제복이 내게는 엄청난 의미였
지만, 그에게는 아무 의미도 아니었다. 그는 그들이 내게 한 질문
과 나를 대하는 태도에 화를 냈고, 내게 혐의를 씌우려면 자신에게
오라고 했다. "이 사람은 한 시간 전까지 나와 사무실에 있었소."
그가 그렇게 말한 것이 기억난다.

솔직히 말하자면, 꽤나 놀랐다. 리드 씨에게 빚을 질 날이 올 줄
몰랐고, 사실 반갑지도 않았다. 그에게 어떤 보답을 해야 할지 몰
랐기 때문이다. 우리는 함께 그곳을 나왔고, 그는 나를 클래펌의
아파트까지 데려다주었다.

"통화했을 때, 목소리가 어땠소?" 클래펌 커먼을 향해 달리면서
리드 씨가 물었다.

"힘이 없었어요." 나는 좀 더 말하려다가 그만두었다.

리드 씨가 날 쳐다보았다. "왜 그러는 거요?"

"편찮으셨어요, 리드 씨."

"아팠다고?"

"심하셨어요. 시간이······ 얼마 안 남은 것 같았어요."

리드 씨는 다시 도로를 바라보았다. "세상에······ 항상 비밀을 잘
지켰지. 바스티엔, 당신도 그런 것 같고. 그 사람이 당신을 좋아한
이유를 알겠군."

우리는 말없이 앉아 있었다. 나는 완전히 녹초가 되었다. 아직 물어볼 것이 많은데 퀵이 그렇게 가버리다니, 믿을 수가 없었다.

"리드 씨, 그분을 오래 아셨어요?" 내가 물어보았다.

"소녀 때부터 안 셈이오."

"마음이 아프시겠어요."

나는 그가 무슨 생각을 하는지 궁금했다. 퀵이 자기 병에 대해 말하지 않은 것이 마음 아픈지, 아니면 퀵이 죽었다는 사실에 슬픈지.

"러지 씨와 함께 장례식을 준비해줬으면 좋겠소."

"물론입니다. 연락드릴 가족이 있을까요?" 내가 물었다.

"내가 알기론 없소. 하지만 시간은 있을 거요. 경찰이 시신을 내주지 않을 테니까."

"이유가 뭔가요? 경찰에선 내가 무슨 짓을 했다고 생각하나요?"

"염려 마시오, 바스티엔 씨. 아무 일도 없을 거요."

하지만 어떻게 될지 알 수 없었다. "전시는 그대로 시작하실 건가요?" 내가 물었다.

"다른 방법이 없을 것 같소. 그녀도 그걸 원했을 테고."

나는 잠자코 리드 씨의 차가 달려가는 소리를 들었다. 집으로 돌아와 구두를 벗어던지고 옷을 입은 채 침대에 쓰러졌다. 그때 불현듯이 우리 중 그 누구도 마저리 퀵이 무엇을 원했는지 전혀 알지 못하는 것이 문제라는 생각이 들었다.

19

이튿날 저녁에 전시회는 시작되었고, 퀵의 시신은 싸늘한 경찰 시체안치실에 누워 있었다. 나는 그 두 가지 사실을 쉽게 엮을 수가 없었다. 퀵은 죽어서 혼자인데 이곳은 이삭 로블레스의 신작 발견에 너무나 떠들썩했다. 다채롭고, 많은 사람들이 모였고, 그림을 보며 흥분했다.

줄리 크리스티가 내 옆을 스쳐지나갔다. 현실이라고 느끼기에는 너무나 아름다운 얼굴이었다. 미술관이 사람들로 가득했다. 그녀를 알아보기는 했지만, 다른 사람들은 누구였을까? 배우들, 비평가들, 귀족들, 은행가들. 전투에서 받은 금단추가 아니라 권력의 상징을 단 사람들. 마치 자기 집 셀러에서 나온 것인 양 모두가 와인을 들이켰다. 패밀라는 믹 재거가 오지 않은 것을 많이 아쉬워했다. 배가 나온 내각 각료들이 핼쑥한 예술계 인사들과 이야기를 나누었다. 누군가 블루스 곡을 틀었고 트럼펫 소리가 천장까지 울렸다. 그 소리에 블레이저°를 입은 남자 둘이 경멸하는 눈빛을 교환했다.

° 엉덩이까지 내려오는 재킷으로 길고 넓은 옷깃이 특징이며 겉주머니가 있음.

뛰어난 기교의 반 다이크와 편안한 분위기의 게인즈버러, 당당한 스텁스의 통통한 말들은 어디 있는가? 여기에는 모더니스트들만의 색채와 잘린 머리를 든 여자들, 그들의 부서진 그릇 속에 웅크린 여자, 르네상스 성자들의 비극 속에서 작품의 균형을 담당하는 사자 한 마리가 그려진 작품뿐이었다.

유혹적인 블루스 연주에 드럼이 박자를 맞춘다. 그 음색을 듣고 있으니 막 느껴지던 씁쓸한 느낌이 조금 나아졌다. 퀵이 없으니 어디가 어딘지 알 수 없었다. 퀵은 여기에 있어야 했다. 그랬다면 퀵이 사실을 알려줄 터였다. 전시실 끝에는 이삭 로블레스와 올리브 슐로스의 흑백사진이 걸려 있었고, 올리브의 표정은 착각에서 비롯된 희망을 드러내고 있었다. 그 사진이 거기 걸려 있는 것은 모욕에 가까웠다. 블루스 소리가 더 커지기를 바랐다. 격식을 차리는 사람들이 자이브를 추고, 늙고 까다로운 여자를 빙빙 돌리다가 틀니가 빠지는 꼴이 보고 싶었으니까.

나는 와인 잔을 무기처럼 들고 속으로 한숨을 쉬면서 점점 더 많아지는 사람들 틈을 뚫고, 〈루피나와 사자〉에 다가갔다. 그 그림 앞에는 붉은 장막을 쳐두고 양쪽으로 경비원 두 명이 서 있었다. 리드 씨는 이런 특별한 장치가 공식적인 느낌을 더해준다는 것을 알고 있었다.

반백의 마른 남자가 정장을 입고서 몸을 숙이고는 장막을 살짝 들어 그림의 한쪽 구석을 들여다보고 있었다. 그는 소녀의 잘린 머리를 칠한 물감의 입자 바로 앞까지 얼굴을 바짝 들이밀고 눈을 떼지 못했다. 엄청나게 호기심이 많은 사람이었다. 왼쪽 경비원이 그를 향해 위협적인 발놀림을 했다. 뭔가 나쁜 일이 일어날 것 같은 불안감이 차올랐다. 하지만 따지고 보면 최악의 사건은 이미 지나간 셈이었다.

"무시무시하네요, 프레데릭." 한 여자가 그의 옆으로 다가왔다. "고통스러워요."

등 뒤 미술관에서 나는 소리가 한층 높아졌다. 온도가 높아지고 사람들이 늘어나면서 손님들은 서로를 제대로 쳐다보지 않았다. 한 여자가 웃기 시작했는데, 도와달라는 비명 같았다. 왜 이 사람들은 여기 모인 것일까? 이삭 로블레스에게 관심도 없으면서……. 그들은 퀵에게도 관심이 없었다.

누가 내 팔꿈치를 당겼다. 패밀라였다. "괜찮아요? 유령이라도 본 얼굴이에요."

"그런 것 같아요."

패밀라는 이맛살을 찡그렸다. 아직 패밀라에게 퀵의 소식을 알리지 않았다. 리드 씨는 전시가 제대로 시작될 끝날 때까지 그 문제를 덮어두자고 했다.

"오델은 책을 너무 많이 읽어요. 유령 같은 건 없다고요. 그리고 있잖아요." 그러고는 괴로운 표정을 지었다. "빌리랑 헤어졌어요."

"오, 패밀라. 안됐어요."

패밀라의 얼굴이 어두워졌다. "알고 보니 나랑 결혼하고 싶지 않대요. 내가 방을 뺄 거라고 미리 알려두었는데, 그 자식이 관두자는 거예요. 그리고 그 집에 다른 여자가 들어온다지 뭐예요."

빌리에게 다른 여자가 있다는 말인지, 예전에 살던 방에 다른 여자가 들어온다는 말인지 알 수 없었다. 자세히는 물어보지 않았다. 그보다 전혀 생각지도 못한 말이 나왔다. "나랑 같이 살래요?"

패밀라의 얼굴에 미소가 번졌다. "그거 좋겠어요. 정말 좋겠어."

"나도 그랬으면 좋겠어요."

패밀라는 발그레한 얼굴로 나를 끌어안더니 돌아서서 사람들 속으로 사라졌다.

로리가 왔다. 나는 그 옆에 붙어 섰다. "어머니는 이런 일이 있을 줄 생각도 못하셨을 거예요." 그가 미술관을 가리키며 말했다. "하지만 좋아하셨을 거예요. 눈덩이 같아요. 일이 점점 커지는 것이."

"로리." 내가 속삭였다. "할 이야기가 있어요. 퀵이…… 돌아가셨어요."

로리가 나를 보았다. "뭐라고요?"

"내가 발견했어요. 어젯밤에."

"오, 오델. 정말 유감이에요. 괜찮아요?"

"사실은 별로 좋지 않아요."

"어떻게 됐어요?"

"나중에 이야기해줄게요."

이 전시회 개막식에서 이 방에 걸린 그림이 이삭 로블레스가 그린 것이 아니고, 이 작품 뒤의 진짜 화가는 비밀을 감춘 채 죽었다는 것을 어떻게 설명해야 할지 알 수 없었다. 신스는 로리와의 관계를 위해 올리브 슐로스와 마저리 퀵에 대한 추측은 입 밖에 내지 말라고 경고했다. 하지만 이 전시가 거짓말에 근거한 것이라면, 그것은 같은 창작가로서 양심을 무겁게 짓누르는 일이었다. 나는 무엇이 더 중요한지 고민했다. 로리의 감정이 더 중요한지, 퀵의 보상인지. 그러다가 이 그림을 그린 사람이 나라면 어떨지. 나는 모든 사람이 알아주기를 간절히 원할 것 같았다.

로리가 내 손을 잡았다. "당신에게 소중한 사람이었는데……."

나는 퀵하고의 관계를 그런 식으로, 애정이나 자질의 측면에서 생각해 본 적이 없었다. 그런 감정을 나타낸 적도 없었다. 마지막 순간까지 나는 퀵을 흥미로운 수수께끼이자 취미생활로, 영감의 원천이자 방해물로 취급했다. 하지만 로리의 말이 옳았다. 퀵은 내게 소중한 사람이었다. 변덕스러운 태도에도 나를 환영해주었고 도와주었다. 나는 퀵을 좋아했다. 그런데 너무 늦었다. 그렇게 말할 수 없었다. 퀵이 내게 바라는 일이 있었다는 생각을 그때까지도 떨칠 수 없었는데, 이미 너무 늦어버린 것이다.

"오델, 나가고 싶어요?"

"아뇨, 당연히 아니죠. 괜찮을 거예요."

"좋아요. 있잖아요, 게리가 당신에게 저녁식사를 하러 오래요. 게리도 여기에 왔어요."

"정말요? 외출을 하시다니, 잘됐네요."

"그런 것 같아요. 하지만 원하지 않으면 안 와도 돼요. 게리가 항상 당신 안부를 물어요. 〈런던 리뷰〉에서 당신 단편을 읽고는 친구들에게 작가를 안다고 자랑도 했어요. 당신 팬이 생긴 거 같아요."

"난 작가가 아니에요."

"그러시죠, 잊었네요. 타이피스트인데." 로리의 빈정거리는 목소리에 나는 돌아섰다. "음, 진심이에요, 오델. 정말 이럴 거예요? 〈런던 리뷰〉에 글을 싣기 위해서라면 무슨 짓이라도 할 사람들이 얼마나 많은 줄 알아요? 나라면 그런 기회를 낭비하지 않겠어요."

"낭비하지 않을 거예요." 내가 말했다. 피곤해서 상처받지 않은 척하지 못했다. "그리고 내가 나를 뭐라고 부르든, 그런 당신이 간섭할 일이 아니에요."

로리는 항복의 뜻으로 두 손을 들어보였다. "알았어요. 난 그저…… 계속 글을 쓰라는 말이었어요."

나는 어이없다는 표정을 지었다. "신스처럼 말하는군요. 아니, 퀵처럼…… 모두 다 내게 글을 써야 한대요. 자기들은 쓰려고도 하지 않으면서. 직접 써본다면 절대 그런 말을 할 수 없을 텐데."

로리는 어깨를 으쓱였다. "퀵이 당신에게 엄청난 도움을 줬잖아요. 그런데 당신이 이렇게 미적거리고 있는 걸 그분이 알면……."

지난 몇 시간 동안 참고 있었던 것이 마침내 폭발했다. "나는 미적거리는 게 아니에요……. 퀵을 이용하지 말아요……. 퀵은 죽었어요, 로리. **죽었다고요.** 난…… 나는…… 누구나 탐낼 만한 그림이 있는 게 아니잖아요. 다른 일을 해야 해요."

"맞아요. 물론이죠. 하지만 당신 재능이 얼마나 뛰어난지 잊지 말아야 한다고 생각해요."

우리는 잠시 아무 말 없이 서 있었다. 글쓰기가 다시 지지부진해진 것은 나도 알고 있었다. 이번만큼은 나도 먹고사느라 정신이 없어서 글을 쓸 겨를이 없었다. 그런데 로리 같은 사람들, 내가 아는 한 글 한 줄 써본 적 없는 사람들은 글 쓰는 사람들이 공책과 연필을 목에 걸고 돌아다니며 다 써서 책으로 만들어 자신을 즐겁게 해주기를 바라는 것 같았다.

민감한 문제를 건드린 것을 알았는지 로리는 화제를 바꿨다.

"〈루피나와 사자〉를 사고 싶어 하는 사람이 두어 명 있는 것 같아요."

"잘됐네요." 나는 그의 울적한 미소를 보았다. "그렇지 않아요?"

"남의 것이 더 커 보이는 법인가 봐요. 이제 저 그림이 내 것이 아니라고 생각하니, 좀 망설여져요."

"음, 보통 그림은 아니니까요."

로리는 전시실 반대편에서 〈루피나와 사자〉의 색채가 빛나는 쪽

을 바라보았다. 지나다니는 사람들이 우리의 시야를 이따금 가로
막았다. "그렇죠. 하지만 내가 저 그림으로 뭘 하겠어요. 안 그래요,
오델? 돈이 없는데…… 그림으로 먹고살 순 없잖아요."

사람들 머리 뒤로 사라졌다 다시 나타나는 그림을 보면서 로리
와 내가 서로 다른 것을 본다는 것을 알 수 있었다. 그 독특한 그림
에서 나는 여러 가지 이야기를 읽었고, 붓 터치를 통해 형이상학적
인 감각을 경험했다. 그 그림을 지키고 사람들이 볼 수 있도록 해
주기 위해서 최선을 다했다. 화가가 그런 결정을 내리기 위해 어떤
충동을 느꼈는지 짐작할 수 있었고, 그 그림이 어떤 느낌을 주는지
사색할 수 있었다. 하지만 그 진실을 결코 알지 못할 것이라는 생
각도 들었다.

로리는 분명 나와 다른 것을 보았다. 리드 씨가 의뢰한 새 액자
는 창문이었고, 그 속의 그림은 그가 젖히는 커튼이었다. 그는 팔
고 싶지 않다고 했지만, 그건 아직 그림값을 수표를 받아보지 못했
기 때문이다. 그는 〈루피나와 사자〉를 소장할 생각이 없었다. 어머
니의 유품이었지만, 로리는 그 그림이 어머니에 대해 불러일으키
는 추억에 얽매이지 않는 것 같았다. 그렇지 않다면 애초에 스켈턴
미술관에 찾아오지도 않았을 것이다. 로리는 나를 찾기 위해서라
고 했지만 나는 그저 보너스에 불과했다. 그에게 그 그림은 팔 물
건이었고, 자신에게 새로운 길을 열어줄 도구였다. 그는 그것을 기
회로, 새 출발의 가능성으로 보았다.

리드 씨가 와인 잔을 톡톡 두드리더니 사람들 앞에서 연설을 시
작했다. 그는 〈루피나와 사자〉 앞에 서서 이삭 로블레스의 이야기
를 간략히 들려주었다. 20세기 초 미술계에서 그가 지닌 의미와 그
의 재능이 소개되었다. 리드 씨는 베니스의 구겐하임 재단에 감사

인사를 했고, 사람들 속에 있는 로리를 가리키며 작품의 발견 과정을 설명했다. 로리는 자기 집에 그런 작품을 감추어두고 있었던 행운과 그것을 전시하기로 결정한 관대함에 쏟아지는 박수갈채에 얼굴을 붉히며 잔을 들었다.

리드 씨가 로블레스의 작품이 인생의 역경과 사색을 보여준다고 했을 때, 스켈턴 미술관에 모여 있던 사람들 대부분은 그가 전쟁과 독재를 실제로 겪고 온몸으로 기억하는 투쟁을 이야기한다고 생각했을 것이다. 하지만 나는 퀵이 한 이야기가 떠올랐다. **'압도적인 건 주제예요. 우리가 들여다볼 수 없는 또 하나의 겹이 있는 것 같아요. 보는 사람이 도저히 닿을 수 없는 곳이.'**

그날 밤, 〈루피나와 사자〉는 내게 초월적인 감동을 주었다. 그 그림은 내게 상실감을 비롯하여 진실은 결코 알 수 없을지도 모르지만, 예술이 지닌 비밀은 바로 그런 것이라는 느낌을 받았다. 어쩌면 그것은 나 혼자만의 느낌이 아니었을지도 모른다. 리드 씨가 연설을 마치고 나자 사람들이, 심지어 블레이저를 입고 격식을 차리던 노인들도 〈루피나와 사자〉를 좀 더 존중하며 보는 것이 느껴졌기 때문이다.

'사라진 세기'전의 개막식에 대한 반응은 엇갈렸다. 미지근한 리뷰도 있었다.

그 그림은 죽음을 불러일으킬 만한 무시무시한 작품이다.

이튿날 〈텔레그래프〉의 기자는 이 정도로 칭찬한 다음 가격 추산으로 넘어갔다.

에드먼드 리드는 개막식이 끝날 무렵, 〈루피나와 사자〉가 경매에 붙여질 것이라고 했다.

〈타임스〉에는 스타들이 대거 참석한 행사라는 기사를 냈지만, 정작 화가에 대해서는 별다른 정보가 없었다. 나는 미소를 지었다. 퀵이 있었다면 그 기사를 재미있어했을 것이다. 그리고 그 기자가 평한 '신속한 상징주의'에 대해서는 동의하지 않았다. 그는 그림이 너무나 분명하다고 일축했지만, 나는 그 그림 속에는 다른 언어가 있으며 그 언어를 이해하는 유일한 사람이 떠났다고 생각한다.

〈데일리 메일〉은 그 모든 것이 교묘한 장난이 아닌지, 이삭 로블레스는 공개되지 않는 것이 낫지 않았는지, 이것이 현대미술의 상태라면 1970년대에는 어떤 새로운 지옥을 보게 될 것인지, 질문했다. 하지만 〈옵저버〉에서는 '**미술사의 수정주의, 망각된 화가들과 색채의 발굴**'이라면서 리드 씨에게 찬사를 보냈다. 이 기사들이 같은 그림을 보고 쓴 글이라는 사실에 웃음이 나왔다.

복도를 지나며 다시는 점심을 같이 먹자는 사람도 없을 것이고, 바로 옆 레스토랑에서 차갑게 식힌 최고의 샴페인을 보내는 일도 없을 것이라는 생각이 들자 퀵의 부재가 실감났다. 리드 씨는 출근하지 않았다. 그가 신문을 보았는지, 그 기사들을 보며 어떤 기분이 들었는지 궁금했다. 퀵의 소식을 들은 패밀라는 화장실에서 울고 있었고, 빈 사무실들도 슬퍼하는 느낌이 들었다. 퀵이 있었다면 좀 더 긍정적인 리뷰가 나왔을지도 모른다. 비평가들이 자아를 잠시 잊고 앞에 걸린 그림을 볼 수 있었을지도 모르니 말이다.

하지만 〈데일리 메일〉의 비판은 도움이 되었다. 〈루피나와 사자〉를 보려고 정말로 장난인지 아닌지 확인하러 오는 사람들로 줄을 이었다. 하지만 내 상황은 더 나빠졌다. 어째서 퀵은 말하지 않았을까? 어째서 그렇게 자신의 삶을 비밀로 지키려고 했을까?

퀵이 〈발가락 없는 여인〉을 〈런던 리뷰〉에 보낸 건 굉장한 기회고, 그것을 낭비해버리면 안 된다는 로리의 말을 곱씹어 생각하기 시작했다. 녹색 가죽 공책에 손도 대지 않은 채 몇 주가 지나갔다. 하지만 무엇을 쓰고 싶은지 알 수가 없었다. 퀵은 내가 부채감을 느끼는 걸 원하지 않을 것 같았다. 퀵은 나를 데뷔시켜준 것으로 만족했을 것이다. 나는 그제야 퀵이 해준 일에 대해 어떻게든 감사를 표하고 싶었다. 살아 있을 때 그렇게 못했지만, 장례식은 다음 주로 예정되었고, 나는 그사이에 추도연설을 쓰기로 했다. 결국 리드 씨는 나와 패밀라에게 장례식 준비를 맡겼다. 달리 자원하는 사람도 없었다.

첫 번째 우편은 그날 오후에 도착했다. 패밀라는 우울한 표정으로 밖에서 담배를 피우고 있었고, 내가 접수대를 일을 봐주고 있었다. 스켈턴 미술관에서 우편물을 받다니 이상했지만 분명 내 이름이 적힌 봉투였다.

퀵이 내게 보낸 첫 번째 편지가 변화의 시금석이었다면, 이것은 또 다른 차원이었다. 그 이후로 놀라운 편지를 여러 통 받았지만, 스켈턴 미술관에서 받은 그 편지를 뛰어넘는 것은 없었다.

런던의 브레드 레인에 위치한 파 법률회사라는 곳에서 목요일 내게 찾아와달라고 요청했다. 그리고 내게 여권과 주소, 증명서류를 갖고 와달라고 했다. 얼마나 겁을 먹었는지 아직도 기억이 난다. 한 나라에서 살 자격이 없다는 느낌을 자꾸만 받게 되면, 살 자격이 있다는 분명한 확인을 받고도 신분증을 가져오라는 편지에 피가 얼어붙는다.

나는 퀵이 이 사태에 어떻게 대처할지 생각해보았다. 퀵이 괜찮다고 장담해주지 않으면, 퀵의 강철 같은 날개가 보호해주지 않으면, 나는 갈피를 잡을 수 없을 것 같았다. 로리에게 전화해서 이야기한들 이해해줄 것 같지 않았다. 그는 이곳 사람이니까. 그는 보이지 않는, 하지만 부술 수 없는 거미줄에 겹겹이 에워싸여 있었다. 그가 태어나기 전부터 짜낸 그 거미줄은 그를 안전하게 지켜주었고, 철저히 보호받으며 산 티가 났다. 변호사에게 편지가 왔다고 해서 두려워하지 않을 것 같았다. 되레 나의 예민한 반응을 재미있어한다면 나의 염려가 확인될 뿐이었다.

그래서 패밀라에게 그 편지를 보여주기로 했다. "무슨 일일까요?" 내가 물었다.

"아무도 모르죠, 오델. 하지만 걱정할 일은 아니에요. 당신을 무슨 일로 체포하려면, 그냥 와서 체포할걸요."

언제나 그렇듯이 패밀라의 말에는 일리가 있었고, 그래서 목요일에 나는 그곳으로 찾아갔다. 내가 마저리 퀵 씨의 유서에 대해 듣게 될 줄 알았더라면 겁이 덜 났을까? 아니면 더 났을까? 모르겠다. 선택은 끝났다. 언제나 길은 하나뿐이었고, 퀵은 살아서 그랬듯이 무덤 속에서도 내게 그 길을 열어주었다.

6

발붙일 곳

XXIV

그녀는 과수원의 올리브 아래 묻혔다. 테레사는 그때 일을 정확히 기억하지 못했지만, 관 위로 흙이 떨어지는 소리만은 언제나 기억할 수 있었다. 그들이 함께 땅을 파면서 물을 뿌릴 때 무지개를 보았던 그 흙이었다. 로렌소 신부가 마을을 떠났기 때문에 모랄레스 의원이 장례식을 주관했다. 해럴드와 테레사는 쓰러지지 않도록 서로 몸을 기대어 지켜보았다. 세라는 수면제를 먹고 위층에 누워 있었다.

모랄레스는 테레사의 눈을 쳐다보지 않으려고 했다. 테레사가 방아쇠를 당겼다는 소문을 정말 믿은 것일까? 테레사는 마을에서 무슨 일이 벌어지고 있는지 알고 있었다. 호르헤는 혐의를 벗어나기 위한 선제공격으로, 테레사가 이삭과 올리브를 산에서 쏘았다는 데 한 달치 봉급을 걸겠다는 소문을 퍼뜨리며 돌아다녔다. 테레사가 오빠에게 벌을 준 거라고 하면서. 테레사는 호르헤가 쏘았다는 것을 확신했지만, 증명할 길이 없었다. 그리고 이런 시기에 진실은 호르헤 같은 자들을 막을 수 없었다. 테레사는 사람들이 호르헤의 말을 믿으면 어떻게 될지 염려되어 잠을 이루지 못했다.

테레사는 호르헤가 한 말이 어떤 면에서는 사실이라고 생각했다. 테레사는 오빠에게 벌을 주고 싶었다. 올리브를 밖으로 내보내고, 올리브가 자신의 성공의 열쇠라고 생각한 사람이 어떤 인간인지 알게 한 것도 테레사였다. 테레사는 자신 때문에 올리브가 죽었다고 믿었고, 죄책감에 밤마다 베개에 얼굴을 파묻고 흐느꼈다. 호르헤가 퍼뜨리는 소문이 해럴드의 귀에 들어가는 것은 테레사의 가장 큰 걱정이자 가장 절실한 바람이었다. 슬픔에 겨운 해럴드가 테레사를 죽일지도 몰랐다. 하지만 그렇게 되면 적어도 비참한 처지는 끝나게 된다.

올리브를 묻은 뒤 해럴드, 세라, 테레사는 물속을 걸어다니듯 무겁게 움직였다. 테레사는 답답함에 숨이 막혔다. 마르베야와 알라마가 반군의 손아귀로 들어갔지만, 슐로스 부부는 여전히 움직이지 않았다. 500킬로그램 포탄이 말라가의 한 건물에 모인 쉰두 명의 사람들을 죽이고, 레히나 호텔에서 결혼식을 하루 앞둔 신부가 두 다리를 잃고 나서야 그들은 슬픔으로 인한 무기력을 떨쳐냈다.
공습과 마찬가지로 해군의 포격도 심해졌다. 푸엔히롤라 주변 바다에는 전함이 다섯 척이나 있었다. 말라가에는 통제하는 사람이 아무도 없었다. 공무원도, 조직도, 아무것도 없었다. 민병대는 반쯤 미쳐날뛰었으며 전기도, 전차도, 경찰도 없었다. 말라가에 비하면 마드리드는 공습 뒤에 피크닉을 하는 것 같은 상태라고 했다.
"우린 떠나야 해요." 테레사가 해럴드에게 말했다. "부탁이에요. 마을 사람들 절반이 제가 이삭을 죽였다고 생각하는데, 제가 어떻게 살아남겠어요?"
"넌 살아남을 거다." 해럴드가 말했다.

"부탁이에요, 세뇨르. 전 열심히 일한 죄밖에 없어요. 결백해요."

해럴드가 쳐다보며 물었다. "그런가?"

테레사는 해럴드의 눈을 똑바로 바라보았다. "세뇨르, 저는 항상 주인님의 비밀을 지켰어요."

테레사는 해럴드가 무슨 말인지 서서히 이해하는 표정을 보고 심장이 두근거렸지만, 무표정한 얼굴을 유지했다. 다른 방법이 없었다. "세뇨르, 그 도이칠란트인의 존재를 알고도 부인께서 돈을 대주실까요?"

"테레사를 데리고 에스파냐를 떠날 거요." 그다음 날, 해럴드가 세라에게 말했다. "그 정도는 해줘야지. 올리브의 서류를 쓸 거요."

"그래요." 세라는 테레사와 눈을 마주치지 못했다. 테레사는 세라 또한 자신을 멀리할 이유가 충분하다는 것을 알고 있었다. 그러나 테레사는 세라의 비밀도 지켜주었다.

어느 추운 오후, 그들은 에스파냐를 떠났다. 그 배에서 가장 어색하고 이상한 조합의 삼인조였다. 그들이 도착했을 때처럼 출발을 알리는 화려한 분위기는 아니었다. 하늘은 잿빛이었고, 그 너머로 바다가 끝없이 펼쳐져 있었다. 말라가 부두에서 풀리는 녹슨 사슬 소리에 테레사는 기괴한 행복을 느꼈다. 떠난다는 안도감과 함께 죄책감이 들었다. 올리브의 죽음을 대가로 탈출할 수 있었으므로. 씁쓸한 기적이었다.

육지와 점점 멀어지면서 다른 승객들의 표정에서도 테레사의 표정이 보였다. 그들도 테레사와 마찬가지였다. 벗어나지만, 동시에 그러지 못했다. 테레사는 자신의 일부가 결코 이곳을 떠날 수 없음을 알고 있었다.

테레사는 배를 타본 적이 없었다. 태어나 줄곧 육지에서만 지냈기 때문이다. 해럴드는 그 배를 **구축함**이라고 부른다고 했다. 테레사는 영어 단어를 적어두던 공책을 떠올렸다. 테레사는 난간을 잡고, 파도가 몰아치는 바다로 몸을 던지고 싶은 충동을 느꼈지만 애써 참았다. 바다에는 너무나 많은 색이 있었다. 진흙과 우유, 석판과 나뭇잎, 햇빛이 파도 끝을 비출 때는 황동색, 가끔 뱃머리가 닿지 않는 저 너머는 순수한 청색. 테레사는 지난 몇 달 동안 자신이 몰랐던 색채가 얼마나 많이 있는지 알게 되었다. 바닷바람에 휩쓸려 자신의 기억이 사라지기를 바랐지만, 그런 일은 없었다. 그 어떤 자연의 힘도 테레사를 지우지 못했다.

테레사는 올리브를 발견한 그날 아침을 다시 떠올려보았다. 해럴드는 그 전날 밤, 올리브가 왜 밖으로 나갔는지 알지 못했다. 딸을 잃은 슬픔에 겨워 어째서 올리브가 거기 있었는지 생각할 겨를이 없었다. 그는 가족 일원 중 자기 외의 다른 사람도 사랑을 찾을 수 있다는 것을, 타인에게서 다른 목적이나 구원을 찾을 수 있다는 것을 생각하지 못했다. 그날 아침에 올리브는 아침을 먹으러 오지 않았다. 세라와 테레사는 이 문제는 입을 다무는 게 낫다고 암묵적으로 합의했다. 그들은 입을 다문 채 있었다.

그날 느꼈던 불편함은 곧 공포로 변했고, 해럴드는 행방불명된 딸을 찾아 차를 몰고 나가서는 산기슭에서 그녀의 시신을 발견했다. 한 시간 뒤, 그가 올리브의 시신을 뒷좌석에 실은 채 차로 대문을 밀어버리는 소리를 들었다. 해럴드는 딸을 품에 안고 비틀거리며 그들에게 걸어왔다. "아이를 데려왔소." 그는 마치 몇 킬로미터 떨어진 터널에서 소리치는 사람마냥 이상하게 울리는 목소리로 중얼거렸다. 죽은 딸의 모습에 세라는 기절했다.

앞으로 살아가기 위해 이 모든 일을 되짚어보던 테레사는 그날 있었던 일들이 조각조각 기억났다. 떨쳐낼 수 없는 것은 물리적인 것들이었다. 땅에 무릎이 쿵 닿았던 것, 석판에 토할 때 싸구려 커피 맛이 목구멍으로 올라왔던 것, 올리브 시신의 촉감, 하얗지만 푸르스름하고 뻣뻣하게 굳어 피투성이가 된 몸, 옷옷에서 보였던 세 군데의 총상.

"그 애는 여기가 자기 집이라고 했어." 몇 시간 뒤, 세 사람이 응접실에 모였을 때 세라가 말했다. 해럴드는 술에 취해 있었고, 세라는 약에 취해 있었다. 살아 있는 악몽이었다. 그들은 올리브의 시신을 집에서 가장 추운 뒤쪽 부엌에 두었다. "여기에 묻어야 해요." 슬픔으로 수척해진 세라가 중얼거렸다.

"오빠는 어떻게 됐어요?" 테레사가 물었다. 세라는 양손으로 얼굴을 가렸다.

"호르헤가 그를 잡으러 왔다. 난 올리브만 데려왔고." 해럴드가 말했다.

"호르헤가요? 어디로 데려갔는데요?" 테레사가 물었다.

"모르겠다."

세라는 소파에, 해럴드는 안락의자에 꼿꼿이 앉아 위스키 잔을 들고 잠이 들었다. 테레사는 그 잔을 바닥에 내려놓고 살그머니 복도로 나왔다. 호르헤가 오빠의 시체를 숲속 어딘가 던져놓는 장면을 떠올렸다. 그를 찾을 수 없을 것이다. 테레사는 벽에 기대서서 비명을 지르지 않으려 주먹으로 입을 막았다.

올리브가 이전의 올리브처럼 보이지 않았다. 피부는 얼룩덜룩했고, 눈을 감은 채 살짝 입을 벌리고 있었다. 입술 사이로 치아가 보여 더욱 연약하게 보였다. 테레사는 손을 뻗어 올리브의 팔을 만져보았다. 피가 멈추고 난 다음 얼마나 단단해졌는지도 느껴보았다. 테레사가 올리브의 머리를 만지자 자신도 죽은 것 같은 기분이 들었다. 살아 있지만 죽은 사람, 뼈와 살이 있는 유령. 올리브의 치마 주머니에서 뭔가 삐져나와 있었다. 이삭의 그림 앞에서 찍은 사진이었다. 올리브와 이삭이 다락방의 〈루피나와 사자〉 앞에 서 있는 모습이었다.

"**제 목숨을 걸고 약속해요.**" 테레사는 주머니에 그 사진을 넣으며 올리브에게 에스파냐어로 말했다. "**이 일을 그냥 넘기지 않겠어요.**" 그렇게 말하면서도 테레사는 그들의 죽음을 복수하는 일이 얼마나 힘든지 알았다. 마을 광장에 있는 그림자와 어떻게 싸운단 말인가! 이것은 최악이었다. 이렇게 무자비한 죽음 앞에서 테레사는 아무런 힘이 없었다. 그들을 되살려내기 위해 할 수 있는 일이 아무것도 없었다. 테레사가 살려둘 수 있는 유일한 것이라고는 기억뿐이었다.

이튿날 테레사가 짐을 마저 싸고 있는데 세라가 다락방으로 올라왔다. 올리브의 물감과 스케치북은 모두 치워두었다. 다락방에 유일하게 남은 것은 벽에 세워둔 〈루피나와 사자〉뿐이었다.

"이거니? 다음 그림이?"

"네."

세라는 그 앞에 서서 아무 말도 하지 않고 그림을 들여다보았다. 그러고는 테레사를 가만히 보며 말했다. "테레사, 이삭의 그림이 왜 여기 있지?"

"올리브가…… 맡아놓고 있었어요."

"왜지?"

"모르겠어요.

세라는 다시 그림을 보았다. "그랬구나." 세라는 그쪽으로 다가가 가장자리에 손을 얹었다. "구겐하임 그 여자한테 절대 보내지 않을 거야." 세라가 쉰 목소리로 말했다. "이건 내 거야."

"아뇨, 아뇨, 세뇨라. 구겐하임 미술관에 보내야 해요."

세라가 홱 돌아섰다. "네가 지금 내게 이래라저래라 하는 거니? 이게 내게 남은 마지막……."

"세뇨라." 테레사가 사정했다.

"손에 그건 뭐니?" 세라가 노려보았다.

"아무것도 아니에요." 테레사는 사진을 등 뒤로 감추며 말했다.

"어디 보자."

세라가 사진을 손에 쥐었다. 이삭과 딸의 행복한 순간을 본 그녀는 입을 손으로 가리고 돌아섰다. 세라는 〈루피나와 사자〉를 끌고 내려갔다. 테레사가 계단 아래를 향해 외쳤다. "이삭의 시신이 숲에 있는 것 같아요. 묻는 걸 도와주시……."

"닥쳐." 세라가 말했다. 세라는 걸음을 멈췄지만 돌아보지는 않았다. 세라는 손을 들어 흐트러진 곱슬머리를 쓰다듬었고, 테레사는 그 손이 떨리는 것을 보았다. "못 해." 세라가 속삭였다. "도와줄 수 없어." 세라는 비틀거리는 걸음으로 내려갔다.

세라와 함께 그림이 사라지는 것을 본 테레사는 몸에서 기운이 빠져나갔다. 하지만 세라에게 올리브의 그림을 빼앗을 수는 없었다. 영국으로 가고 싶다면, 적어도 당분간은 아무것도 하면 안 되었다.

테레사는 기억을 밀어내며 난간에 턱을 올려놓았다. 배가 속도를 높였다. 세라가 그림과 사진으로 무엇을 하려는지 알 수 없었다. 그림은 배의 창고에 있었다. 테레사는 그곳에 몰래 숨어들어가 그림을 자기 가방에 넣을까 하는 생각도 해보았다. 하지만 너무 위험한 짓이었다. 남의 눈에 띄지 않는 것이 좋았다. 사진은 훔치기 쉬울 것이다. 아마 세라의 핸드백에 들어 있을 테니까. 세라는 이삭의 모습을 간직하고 싶은 것일까? 아니면 올리브일까? 알기 어려웠지만, 그게 어느 쪽이든 세라는 사진을 부적처럼 움켜쥐고 있었다. 테레사는 등 뒤의 다른 승객들이 밤이 되기 전부터 산책하는 것에 대해 신경도 쓰지 않았다.

"안녕하세요." 생각에 잠겨 있던 테레사에게 한 남자가 말을 걸었다.

테레사는 깜짝 놀랐다. 수평선을 응시한 채로 짧은 머리를 가리기 위해 쓰고 있던 모직모자를 더 잡아당겼다. 아무하고도 이야기하고 싶지 않았다.

"거 참 아쉬운 일이지요." 그가 말했다.

그는 영국인이었다. 젊고 꼿꼿해 보이는 사람이었다. 난간을 붙잡은 그의 손을 보았다. 손가락마다 검은 털이 나 있었다. "좋지 않아요. 남고 싶었지만, 그럴 수 없었습니다. 결국 영사를 폐쇄해야 했습니다."

테레사가 돌아보았다. 그는 파란 눈에 엄격한 얼굴을 하고 있었다. 꼭 탐정소설에서 튀어나온 사람 같았다. 인상을 찡그리고, 혼잣말을 중얼거리고 있었다. 잠을 못 잤는지 얼굴이 퀭했다. 그럼에도 그가 먼저 테레사의 안부를 물었다.

"네, 괜찮아요. 감사합니다." 테레사가 최대한 영어 발음에 신경 쓰며 말했다. 어깨 너머로 뒤를 돌아보았다. 해럴드와 세라는 선실에서 나오지 않았다. 그들에게 다른 사람과 이야기하는 모습을 보이긴 싫었지만, 이제 그들도 상관하지 않을 것 같았다. 세라는 런던으로 돌아가야 한다고 고집을 부렸지만, 해럴드는 파리에서 페기 구겐하임과 다시 시작하고 싶어 했다. 세라와 해럴드는 곧 헤어질 것 같았다. 그들은 아직 모르지만, 테레사는 알 수 있었다. 그들 사이에는 올리브라는 그림자가 있었고, 올리브는 죄책감과 비난과 고통의 상징이었다.

"왜 계실 수 없었어요?" 테레사가 물었다.

"폭격 때문에요. 그것 말고도 유럽의 다른 곳에서 우리의 관심을 바라고 있으니까요. 하지만 그래도." 그는 헛기침을 했다. "그게 옳다고 생각하지는 않아요."

"그렇군요."

"이름이 뭡니까?" 그가 물었다.

테레사는 아무 말도 하지 않았다. 지친 그의 얼굴에 흥미롭다는 표정이 떠올랐다. "그랬군요. 그런 거죠, 그렇죠? 하지만 억양이 좀 특이하군요. 에스파냐어를 할 줄 압니까?"

"네."

테레사는 그가 자신에게 흥미를 느끼는 것을 알 수 있었다. 핀카를 떠난 이후 몸에서 떼어놓지 않았던 가방에는 올리브가 슬레이드 미술학교에서 받은 편지와 페기 구겐하임이 이삭 로블레스의 다음 작품을 기다리고 있다고 보낸 전보가 들어 있었다. 해럴드가 테레사의 신분증을 들고 있었고 테레사에게 쥐인 서류는 이것뿐이었다. 테레사는 가방을 만지작거리며 피로감과 경계심을 늦추었다. 머릿속은 너무 빠르게 돌아가 진정할 수 없었다. 영국인인 것처럼 연기하지 못해 배 밖으로 내던져지는 모습을 떠올리며 테레사는 난간을 더 꽉 잡았다.

"또 다른 언어를 할 줄 압니까?" 남자가 술병을 건네며 물었다. 테레사는 머뭇거리며 술병을 받아들었고, 도이칠란트어를 조금 할 줄 안다고 말했다. 그 말을 들은 그는 더욱 흥미를 보였다. "어디로 가는 거죠?"

"영국요."

"더 구체적으로는?"

"런던요. 커즌 스트리트."

"그렇군요. 거기에 가족이 있습니까?"

"부모님이 계세요."

"그렇군요." 그는 이렇게 말했지만 믿는 것 같지 않았고, 테레사는 가슴이 무너졌다. "이제 거기 가서 뭘 할 건가요?" 그가 물었다.

테레사는 해럴드와 세라가 자신이 떠나겠다고 하면 반가워할 거라고 생각했다. 그들은 각자의 비밀을 지키기 위해 테레사를 에스파냐에서 데려왔지만, 테레사는 자신에게 올리브의 이름을 빌려준 것만으로도 그들에게 충분히 감사했다. 자신이 슐로스 부부에게 성가신 존재임을 알고 있었다. 테레사는 어디까지 자신의 운을 믿어야 할지 알 수 없었다.

"다음에 뭘 할지는 아직 모르겠어요." 테레사는 감추는 것들 사이에 사실을 섞는다고 나쁠 것은 없다고 생각했다.

"내가 도움이 될 수도 있을 것 같군요. 절 도와준다면 말입니다."

"어떻게요?" 테레사가 물었다. 그의 등 뒤에서 에스파냐 해안은 이제 완전히 사라지고 없었다.

"이 주소를 찾아 오세요. 언제든지. 가능하다면 월요일이 제일 좋습니다."

테레사는 그가 내민 작은 명함을 받았다. 명함에는 작은 글씨로 **'런던, 화이트홀, 외교부'**라고 써 있었다. 그것이 무엇인지, 어떻게 거기로 가는지 알지 못했다. 하지만 사실대로 말하면 이 남자가 제안을 취소할까 봐 두려웠다. 테레사는 그가 어떤 사람인지 가늠해봤다. 내 몸을 원하는 것일까? 그런 것 같지는 않았지만, 영국인들이 얼마나 거짓말을 잘하는지, 그들이 원하는 것의 정반대를 말하는데 얼마나 익숙한지 테레사는 잘 알고 있었다.

그는 테레사가 망설이는 것을 보았다. "약속합니다. 괜찮을 거예요."

테레사는 다시 수평선을 보았다. 올리브의 〈루피나와 사자〉, 배 안에 깊이 묻혀 있는 그 소녀와 그녀의 잘린 머리, 사자를 떠올렸다. 테레사는 **'한 소녀가 죽었다'**고 생각했다. **'내가 구하려고 했기 때문에.'** 테레사는 올리브의 시신에 대고 속삭인 약속을 기억하며 물이 있는 쪽을 내려다보았다. "화이트홀." 테레사가 그에게 이렇게 말했다. "월요일."

그는 다시 미소를 지었다. "좋습니다. 거기서 만나도록 하지요."

테레사는 그의 발걸음이 멀어져가는 소리를 들었다. 명함을 쓰다듬어보았다. 크림색이었고 무게감과 권위가 느껴졌다. 뒷면을 넘겨보았다. 거기에는 이름밖에 적혀 있지 않았다. **'에드먼드 리드.'** 테레사는 이제 그 낯선 단어를 숨죽여 읽어보고 가방에 넣었다. 화이트홀이라는 것이 무엇인지 상상할 수 없었다. 에드먼드 리드가 무슨 일을 해줄 수 있는지도 알 수 없었지만, 테레사는 이제 자신을 돌아서게 할 수 있는 것이 없음을 알았다.

다른 승객들도 방으로 돌아갔다. 날이 급격히 추워졌다. 마지막 남은 햇볕이 사라졌지만, 테레사는 여전히 갑판에 머물렀다. 팔다리를 구분할 수 없을 만큼 사방에 밤이 내려앉은 뒤에도 테레사는 배가 영국에 도착하길 기다렸다. 구축함이 승객들을 영국 해안으로 나르는 동안, 테레사는 새카만 하늘과 별들을 지켜보았다.

후기

나는 퀵의 변호사를 곧장 알아보았다. 그는 '사라진 세기'의 개막식 밤, 〈루피나와 사자〉를 바짝 다가가서 살피던 정장 차림의 그 남자였다. 그는 자신을 '프레데릭 파'라고 소개했고, 나를 사무실로 데리고 들어가 한쪽에 붉은 리본을 묶은 두꺼운 서류 파일을 건네주었다. 손이 살짝 떨렸다. 숨이 막히는 기분이었다. 그날 밤에는 어떻게 미술관에 오게된 건지 그에게 물어보고 싶었다. 퀵이 초대한 것인지, 이유는 무엇인지. 하지만 나는 너무 겁이 났고, 내 손에 든 서류의 무게에 입을 열 수가 없었다.

"퀵 씨께서 바스티엔 씨만 열어보시도록 요청하셨습니다." 프레데릭이 말했다.

"감사합니다." 나는 서류를 가방에 넣고 용무가 끝난 것에 안도하며 사무실에서 나오려고 했다.

"여기로 모신 것은 그것 때문만이 아닙니다. 자, 여기 앉으세요. 바스티엔 씨."

나는 그가 시키는 대로 진녹색 카펫 위를 걸어 책상 앞의 커다란 의자에 앉았다. 프레데릭은 널찍한 책상을 돌아 들어가서 나와 마주 보고 앉았다. 분위기가 무거워졌다. 퀵이 그를 채용한 이유를 알 것 같았다. 내가 신경이 곤두선 것이 눈에 보였을 텐데도 그는 아무렇지도 않은 표정으로 나를 대했다. 프레데릭은 퀵의 목적에 꼭 들어맞았다. 그는 스핑크스처럼 퀵이 원하는 것만을 실행에 옮겼다. 그는 책상 위의 서류를 내려다보았다. "바스티엔 씨." 그가 두 손을 맞잡아 신전을 만들며 말했다. "마저리가 유서에 바스티엔 씨의 이름을 적었습니다."

나는 그 말을 들었고, 무슨 말인지 알았지만 그 의미를 파악할 수는 없었다. "네?"

프레데릭은 도마뱀처럼 차분하게 눈을 깜빡였다. 바깥 아래에서는 도심의 자동차들이 빵빵거리고 삑삑거렸다. "윔블던에 주택을 가지고 계셨죠."

"네."

"그걸 물려주셨습니다. 영구적으로."

어느 시점에, 나는 브레드 스트리트의 법률사무소를 나와 세인트 폴 역으로 걸어갔을 것이다. 심장이 두근거려 느릿느릿 걸었을 것이다. 퀵이 내게 집을 물려주다니. 나는 몇 가지 서류에 서명했다. 압도적인 일이었다. 언제, **대체 언제**, 그런 결정을 내린 걸까? 그리고 왜 나일까? 나는 상상도 해본 적 없는 종류의 유산이었다.

내가 그 서류 파일을 꽉 움켜쥐고 있었던 모양이다. 적어도 그것 하나는 분명히 손에 쥘 수 있는 것이었다. 종이에 적은 것은 더 잘 이해할 수 있었으니까. 어쩌면 나의 질문에 대한 모든 대답이 거기 있을 것 같았다. 나는 소매치기라도 당할새라 겁에 질렸고, 클래펌 커먼까지 가는 내내 지하철에 앉아 사람들 앞에서 그것을 펼쳐보지 않았다. 서류를 올려놓은 무릎이 뜨거웠지만, 나는 조용히, 혼자서 그것을 읽어야 했다.

드디어 나의 종착역에서 내릴 수 있었고, 겨우 계단을 올라가 문을 열자마자 리본을 떼어내고 읽기 시작했다. 내용은 '**친애하는 오델, 이건 긴 이야기예요**'로 시작했다. 나는 그것을 자정까지 앉아서 읽었다. 식사를 하는 것도 잊고, 목도 뻐근했지만 상관없었다. 퀵이 내게 알리고 싶어했지만 내게 직접 말할 수 없었던 이야기가 전부 거기에 있었다. 사람들, 장소, 안달루시아의 드넓은 하늘 아래서 보낸 저녁. 퀵의 이야기는 내 상상력이 그려낼 수 있었던 그 어떤 것보다 더 크고 밝았다. 피로로 눈은 충혈되고 머리가 지끈거리는 상태로 마침내 읽기를 마쳤을 때, 나는 또 다른 것을 깨달았다. 이것 역시 올리브 슐로스가 세상에 알리고 싶어 한 것이라고.

이 파일은 〈루피나와 사자〉에 대한 퀵의 명예로운 침묵의 증거였으며, 그 비밀은 너무 늦기 전에 올리브 슐로스의 이야기를 전하고 싶은 간절한 마음과 충돌을 일으켰다. 내가 퀵을 알고 지낸 기간 내내 퀵은 위기에 처해 있었다. 그녀는 더 중심을 잡을 수 없었다. 오랜 세월이 지난 뒤에 올리브와 오빠의 사진을 보고 〈루피나와 사자〉의 그림을 보게 된 것, 그 그림의 의미를 다른 누구보다 더 잘 이해하고 있었던 것. 그것이 상품화되고, 재해석되고, 이번에도 역시 이삭의 그림으로 알려지는 것을 지켜보는 것은 엄청난 갈등이 되었을 것이다.

테레사 로블레스로서 그녀는 올리브가 익명으로 남기를 원했지만, 마저리 퀵으로서는 그것이 부당하다고 생각했다. 두 자아 사이에서 그 어떤 것도 해결되지 않았다. 오히려 정신적 압박과 에스파냐에서 겪은 악몽 같은 일들의 기억에 강력한 진통제가 더해져 퀵의 환각은 더 심해졌고, 퀵은 기록을 남기는 것을 결코 잊어버릴 수 없었을 것이다. 내게 남겨놓은 파일을 보니 퀵이 어째서 그렇게 배려와 회피 사이를 오갔는지 이해할 수 있었다. 그림이 다시 등장함으로써 테레사가 튀어나왔고, 너무나 많은 것이 증명되었다.

퀵의 죽음이 자연사인지는 아직도 모르겠다. 나는 대체로 그렇지 않다고 생각한다. 퀵은 올리브의 죽음으로 겪은 트라우마를 도저히 설명할 수 없었다. 그리고 여명이 얼마 남지 않은 말기 암의 퀵은 변호사를 통해 내게 파일을 남겨놓고, 자신의 최후를 스스로 통제하고 싶었을지도 모른다. 나는 테레사가 만든 영어 단어 공책이 종종 떠오른다. 호르헤가 버리고, 올리브가 되찾고, 그 파일 속에서 내가 다시 발견한 공책. 그녀도 나처럼 글이 세상을 이해하는 데 더 쉬운 수단이라고 생각한 것 같다.

그녀는 내가 이 파일을 가지고 어떤 일을 해야 할지 프레데릭에게 구체적인 지시를 남기지 않았다. 그래서 몇 년 동안 나는 아무것도 하지 않았다. 사실 지금까지도, 내가 그 추운 11월의 밤에 침대에 누워 읽은 내용을 그 누구에게도 말하지 않았다. 지금 생각하면 후회되지만, 리드 씨에게도 알리지 않았다.

퀵은 영국에 도착한 이후로 무슨 일이 있었는지 자세히 설명하지 않았지만, 화이트홀에서 만나자는 리드 씨의 제안을 받아들인 모양이다. 나는 리드 씨가 외교부와의 연줄을 잇는데, 테레사가 고국의 언어로 그를 돕는 장면을 상상했다. 전쟁의 포효 앞에서 그녀는 꽤 유용했을 것이다. 1940년대 초까지 에스파냐에는 나치주의자들이 상당히 많았다. 그러니 영국과 리드 씨도 그녀에게 유용했을 것이다. 감사는 이상한 형태로 온다. 가령, 윔블던에 있는 아름다운 전원주택이라든지.

나는 사람들의 비밀을 지키는 데에 테레사만큼 충실해졌다. 로리에게도 퀵이 고모였을지도 모른다는 말을 하지 않았다. 내가 확실하게 증명할 수 없는 일에 착수하고 싶지 않았고, 퀵이 이미 세상을 떠났기 때문이다. 모르고 지낸 가족이 있는데, 이미 늦어버렸다는 것을 알게 되면 로리에게 더 힘든 일이 될지도 몰랐다. 그 파일에서 퀵은 세라와 이삭의 **불륜**을 언급했지만, 임신은 언급하지 않았다. **나는** 세라 슐로스가 로리의 어머니이며, 영국에 돌아왔을 때 임신 중이었던 것을 알고 있었다. 로리가 그렇게 말했기 때문이다. 하지만 시간상 테레사, 즉 퀵이 세라와 이삭이 한창 만나고 있을 때 임신했던 것을 몰랐을 가능성도 있다. 그러니 퀵은 로리와 오빠 사이의 관계를 알지 못했을 수도 있다.

만일 그렇다면 퀵이 로리의 주소를 주소록에 갖고 있었던 이유와 로리의 어머니에게 관심을 가졌던 이유를 설명할 수 없다. 어쩌면 병세가 악화되기 전에 퀵이 로리의 그림을 따로 조사한 결과일 수도 있다. 하지만 가끔은 궁금해진다. 퀵이 로리의 얼굴에서 오빠와 닮은 구석을 보았을까? 혹은 해럴드 슐로스의 특징이 아들의 얼굴에 남은 것을 보았을까? 아니면 그런 생각따위는 전혀 하지 않았을까? 그게 무엇이든, 퀵은 로리가 나의 애인이라는 사실을 별로 달가워하지 않았다.

이삭 로블레스와 로리에게 닮은 구석이 있는지, 사진만 다시 보면 알 수 있었다. 하지만 해럴드의 머리카락도 갈색이었다. 로리의 친아버지는 여전히 물음표로 남는다. 가끔은 로리도 이것을 알고 있었는지 궁금하다. 어머니가 아버지에 대해 늘 모호하게 말했다고 하니까. 하지만 그가 리드 씨에게 이삭 로블레스의 사진을 달라고 부탁한 것을 나는 언제나 기억할 것이다.

어떤 사람들은 내가 그동안 입을 다물고 있었던 것이 잘못된 행동이라고 생각할 것이다. 이삭 로블레스가 시장에 나올 때면 천문학적인 액수에 팔리곤 하니까. 올리브 슐로스는 예술적 성취를 인정받아야 하고, 로리는 진실을 알아야 한다. 하지만 진실이라든가, 예술적 성취라든가, 거울을 통해 올바로 볼 수 있는 방법이 존재할까? 모든 것은 빛이 어디를 비추느냐에 따라 결정된다. 테레사 로블레스는 자신이 진실을 밝히지 않고 일하는 것이 도움이 된다는 것을 알았고, 올리브의 이야기를 읽는 동안 나도 그랬다. 내가 아는 한, 그녀는 이삭 로블레스란 이름의 혜택을 분명히 누렸다. 그녀에게는 그림이 전부였으니까.

〈루피나와 사자〉는 현재 트라팔가 스퀘어에 있는 내셔널 갤러리에 걸려 있다. 신스가 새로 산 양가죽 코트를 입고 나를 기다리던 거대한 사자상 옆에 있다. 몇 년 동안 개인이 소유하던 그 그림이 다시 경매에 나왔고, 20세기 작품을 더욱 가져와야 된다는 갤러리들의 요청으로 국가가 매입했다. 마드리드의 프라도 미술관과 치열한 경쟁이 있었고, 프라도 미술관이 사들이지 못한 것에 리드 씨는 내심 만족했을 것이다. 그는 프라도 미술관이 고야를 대여해주지 않았던 것을 잊지 않았을 테니까. 사진은 프라도 미술관에게 돌아갔다. 애초에 그 사진이 어떻게 거기 갔는지는 미스터리다. 에스파냐에서 이삭 로블레스에 대한 관심이 계속 유지되기를 바라는 마음으로, 세라가 에스파냐의 국립 미술관에 보낸 것이 아닐까 추측할 뿐이다.

퀵이 죽은 뒤로도 전시는 성공적으로 평가되었고, 리드 씨는 그 전시가 만들어낸 관심과 수입에 만족했다. 게리는 세라의 집을 팔았고, 로리에게 집이 없어진 동시에 내게는 집이 생겼다. 로리는 〈루피나와 사자〉를 팔면서 어머니의 과거뿐 아니라 게리와의 관계도 끊었다. 적어도 그는 그럴 수 있기를 바랐다. 미술은 인간의 욕망에 순종하는 법이 드무니까. 나는 그가 그림을 소유하지 못한다 하더라도 족적은 남겼다고 생각한다. 〈루피나와 사자〉를 팔고 나서 로리는 미국으로 여행을 갔다. 그는 나에게 함께 가자고 했지만 나는 런던에 남기로 했다. 퀵의 집에서 지내며 스켈턴 미술관에서 계속 일하고 싶었기 때문이다.

로리는 돌아오지 않았다.

젊음이 지닌 탄력은 사람을 쉽게 변하게 한다고 말하고 싶다. 뉴욕으로 간 그는 매주 전화해서 내가 보고 싶다고, 왜 오지 않느냐고 말했다. 하지만 나는 내가 있고 싶은 곳에 있었고, 일을 그만둘 만큼 로리가 보고 싶지 않았다. 그는 내게 계속해서 글을 쓰라고 했고, 나는 그렇게 했다. 나는 글쓰기와 연애 사이에서 하나를 선택해야 하는 상황이 싫었다. 내게는 그 둘이 종종 같았으니까.

오래된 것이 그 영향력을 줄이지 않은 채 새로운 경험이 이루어지던 시절이었다. 나의 삶은 콩나무였고, 나는 잭이었다. 콩나무는 점점 더 크고 아름답게 솟아나 매달려 있는 것도 힘에 겨웠다. 나는 사랑을 했고, 사랑을 잃었다. 또 새로운 창조력과 소속감을 발견했다. 그리고 우리 모두가 겪는 더 깊고, 더 어두운 일이 일어났다. 그것이 아직 일어나지 않았다면, 우리를 기다리고 있는 것이다. 우리가 결국 혼자임을 깨닫는, 그 지워지지 않는 순간이.

나는 선택할 필요가 없었던 것 같다. 그 양분법은 내가 만들어낸 것일지도 모른다. 어쨌든, 전화 통화는 점점 줄었고, 곧 끊어졌다.

퀵의 집 열쇠를 받으러 갔을 때, 나는 신스와 패밀라를 데려갔다. 그곳은 구급요원들이 퀵을 들것에 싣고 나간 그날 밤과 거의 똑같았다. 그녀의 오 소바주 향이 희미하게 느껴졌고, 추웠다. 난방을 꺼둔 상태로 12월이 다 되어가는 날이었다. 고양이가 주방 문 앞에 나타나기를 기대했지만, 녀석은 달아나고 없었다.

우리는 방을 둘러보았다. 넓은 집은 아니었다. 위층에 방이 네 개 있었고, 침실 세 개가 있었다. 그리고 말도 안 되게 커다란 창문과 사방의 타일 때문에 겨울이면 얼어 죽을 것 같은 욕실이 하나 있었다. 퀵은 가진 것이 별로 없었다. 소박한 침대, 매력적인 러그, 금이 간 천장. 그녀의 방이라고 생각되는 방에는 창가에 작은 테이블이 하나 있었다. 그 테이블에 앉으면 정원이 내다보였고 위에는 타자기가 있었다. 서류의 내용을 쓸 때 사용한 것이었다. 나는 그 기계를 내려다보았다. 그것도 나를 마주 보는 것 같았다.

그날 이후로 나는 날마다 그 타자기를 유용하게 써보려고 노력해왔다.

내가 쓴 책을 돌이켜볼 때마다 내 평생의 목적이 마저리 퀵과 일하기 시작했을 때 무슨 일이 일어났는지 이해하는 것임을 깨닫는다. 그것은 퀵의 추도연설을 쓰면서 시작되었고 지금까지 계속되고 있다. 내 글이 집착하는 것, 그 기초와 형태는 내 인생의 그 짧은 기간에서 비롯되었다. 나의 글쓰기 작업은 내 자신이 재조립된 과정을 끊임없이 재조립하는 작업이다.

나는 종종 미술관에 갔다. 특히 사람들과 함께 서서 〈루피나와 사자〉를 보고, 그 영속적인 힘을 우러러 보기 위해서 찾아갔다. 테레사가 그 오래전 뜻했던 바가 나름대로 실현되고 있었다. 하지만 얼마 전부터 그 자매를 보면서 그들의 눈 뒤에, 그 붓 터치 뒤에 또 다른 이야기가 있다고, 이제 조금은 나의 것이기도 한 이야기가 있다는 생각이 들었다. 올리브 뿌리 옆에 묻힌 여인. 그곳에서 달아나 미지의 바다를 마주한 또 다른 여인. 그리고 나.

1967년에 재발견된 〈루피나와 사자〉는 나의 자각, 퀵에 대한 이해, 신스와 신스의 아기, 로리와의 만남, 내 글에 대한 자신감과 얽혀 있었다. 그 그림은 뒤늦게 터지는 시한폭탄을 장치한 듯 수십 년이 지나는 동안에도 이따금 부드럽고 무서운 파괴력으로 폭발을 일으켰다.

그리고 작년에 한 가지 질문이 떠올랐다. 우리를 쳐다보고 보내주지 않는 사자처럼 끈덕진 질문이었다. 나는 오랜 세월 소녀들에게 감추어진 진실, 아버지가 에스파냐에서 빌린 집 다락방에서 그림을 그리던 열아홉 살 소녀와 그 기적 같은 비밀을 즐기고 있었던 게 아닐까? 문득 누군가 루피나를 보고, 나를 보고도 이런 말을 믿어줄지 궁금해졌다. 나는 힘겹게 얻어낸 자신감보다 오히려 호기심 때문에 글을 쓰게 되었다.

내 질문에 대한 대답은 아직 알 수 없지만, 나는 그 답이 무엇인지 확신한다. 예술작품은 예술가가—다시 말해 올리브 슐로스가—그것을 실현시키려는 믿음을 갖고 있을 때 성공한다는 것이다. 내가 배운 것이 하나 있다면 바로 이것이다.

2002년, 윔블던에서
오델 바스티엔

그 어디에도 속할 수 없었던 예술가들의 이야기

2014년 데뷔작 《미니어처리스트》로 스타 작가의 반열에 오른 제시 버튼은 왕립중앙연극원에서 수학하고, 영국의 국립극장인 내셔널 씨어터와 던마 웨어하우스 같은 쟁쟁한 극단에서 연기한 독특한 경력을 갖고 있다. 그럼에도 제시 버튼은 배우로서의 경험에 별다른 추억이나 애정을 보이지 않는다. 20대 후반의 여자 배우가 맡을 배역 자체가 귀했다든지, 캐스팅하겠다는 전화를 받아보면 쓰러져 있는 시체 역이었다든지, 배우로 활동하면서도 정작 생활비는 비서 일을 하면서 벌어야 했다든지, 그녀가 겪었던 '서러운' 일들은 인터뷰마다 빠지지 않고 등장한다. 하지만 배우로서 경력과 연극을 공부하고 공연에 참여했던 경험은 제시 버튼의 작품 세계에 중요한 화두를 던져준 것 같다. 상상력과 섬세한 기술의 집합체인 예술작품인 미니어처 하우스를 통해 주인공 넬라 오트만과 그녀를 에워싼 사회의 면면을 드러낸 전작 《미니어처리스트》에 이어, 제시 버튼은 《뮤즈》에서도 예술가의 자아와 작품, 그리고 창작 행위의 관계를 탐색하고 있기 때문이다.

거침없고 완강한 넬라에 이어, 여성 화가에 대해 편견을 가진 미술상 아버지, 그리고 그가 대표하는 세계에 맞서 나름의 방식으로 싸우는 올리브를 통해 《뮤즈》가 보여주는 선연한 여성주의 역시 제시 버튼의 작품 세계를 관통하는 특징이다. 아버지의 영향으로 화가로서의 재능에 자신감을 갖지 못했던 올리브는 자신의 정체를 감춘 채 예술성을 인정받고, 아버지의 견해가 틀렸음을 스스로 인정하게 만들 방법을 찾게 된다. 올리브가 선택한 방법은 여성을 영감의 원천으로 착취하고, 작품을 통해 대상화하고 소비하며, 여성 예술가를 주변화해온 미술의 역사에 대한 반격이다. 그리고 그 흐름의 선두에 서서 미술품 시장을 조종하는 거래상 아버지를 향한 일종의 조롱이다. 비록 사적 자아와 공적 자아, 현실 자아와 예술가로서의 자아를 극단적으로 분리하는 올리브의 선택을 성공적이라고 평가하기는 어렵다 할지라도, 그녀의 기획이 기발하고 전복적이라는 것은 누구나 인정할 것이다.

에스파냐 내전 당시 올리브의 이야기와 교차 편집되는 1967년 런던의 이야기에 등장하는 오델은 올리브의 거울상과도 같은 인물이다. 160년 동안 영국의 식민지였다가 갓 독립한 트리니다드 토바고에서 태어나 자란 오델은 작가의 꿈을 키우며 런던으로 온다. 하지만 그녀를 기다리고 있는 것은 겹겹의 차별이다. 오년의 도전 끝에 런던 중심지, 서양 예술의 역사와 자긍심을 지키는 요새처럼 느껴지는 스켈턴 미술관 한 구석에 드디어 자리를 잡았건만, 오델 역시 자신이 가진 재능을 확신하기 어렵다. 상사의 도움을 받아 발표한 소설에서, 알파벳 하나가 빠진 그녀의 이름은 불안하고 연약한 자아상을 암시한다. 오델이 작가적 자아를 온전히 주장하게 되는 것은, 올리브의 이야기를 완성하는 때다. 따라서 오델이 소설을 통해 올리브의 예술적 자아와 현실 자아를 통합시켜주었다면, 올리브는 오델의 작가로서의 자아를 완성시켜주는 셈이다.

그렇기에 《뮤즈》는 여성 유대에 관한 이야기이기도 하다. 오델의 이야기를 설득력 있게 살려주는 신스와의 우정부터 올리브의 이야기를 아우르는 루피나와 후스타 자매의 전설에 이르기까지, 여성 간의 관계는 이야기 전체에서 반복적으로 울림을 갖는 모티프다. 소설 전체가 오델과 올리브가 만나고 그녀들의 삶과 예술이 상호 작용하는 과정이라면, 올리브에게 친구이자 뮤즈가 되어준 테레사, 오델에게 영감과 후원을 선사한 퀵이 보여주는 신비하고, 확고하며, 때로는 에로틱한 유대 관계는 소설 속에서 강렬한 매혹과 긴장, 여운을 선사하는 요소라고 할 수 있다.

제시 버튼은 2014년 BBC와 한 인터뷰에서 자신의 두 번째 소설의 가제를 'Belonging'이라고 밝힌 바 있다. 예술가에게 영감과 지식의 원천이 되어주는 그리스 신화 속의 여신, '무사이'를 가리키는 '뮤즈'는 예술 창작의 역사 속에 고착된 성역할과 고정관념을 환기시키고, 여성 예술가들을 통해 그 반전을 시도하는 이 작품을 더할 나위 없이 잘 설명해주는 제목이다. '소속된 상태,' 혹은 '소속감'을 의미하는 가제 역시, 그 어디에도 속할 수 없었던 예술가들의 소외에 대해서, 그리고 그들의 결속과 유대가 성취한 창조에 대해서도 이야기하고자 한 제시 버튼의 기획을 확인시켜준다. 치밀하고 풍부한 고증이 불러내는 과거의 실감이 이 작품의 가장 큰 미덕임에 틀림없지만, 그것이 전부는 아니다. 《뮤즈》는 오늘날 저평가당하는 여성, 여성 예술가의 현실에 대한 예리한 비판이며, 여성의 예술과 창작 행위에 대한 통찰력 있는 논평이기 때문이다.

2017년 여름
이나경

미술 관련 용어

휘트니 채드윅, 김이순 옮김《여성, 미술, 사회》(시공사, 2006)

Berger, John—About Looking (Writers' and Readers' Publishing Co-op, 1980)

Bernier, Rosamond—Matisse, Picasso, Miro—As I Knew Them (Sinclair Stevenson, 1991)

Bernier, Rosamond—Some of My Lives (Farrar, Straus & Giroux, 2011)

Guggenheim, Peggy—Out of This Century: Confessions of An Art Addict (Deutsch, 1980)

Hook, Philip—Breakfast at Sotheby's (Penguin, 2013)

Mancoff, Debra N.-Danger! Women Artisst At Work (Merrell, 2012)

1960년대 런던 묘사

Reed, Jane—Girl About Town: How to Live in London—And Love It! (Tandem, 1965)

에스파냐와 에스파냐 내전

Barker, Richard—Skeletons in the Closet, Skeletons in the Ground: Repression, Victimization and Humiliation in a Small Andalusian Town—The Human Consequences of the Spanish Civil War (Sussex Academic Press, 2012)

Buckley, Henry—The Life and Death of the Spanish Republic: A Witness to the Spanish Civil War (I.B. Tauris, 2014)

Cassanova, Julian—A Short History of the Spanish Civil War (I.B. Tauris, 2012)

Garcia Lorca, Federico—Romancero Gitano (1928)

Graham, Helen—The War and Its Shadow: Spain's Civil War in Europe's Long Twentieth Century (Sussex Academic Press, 2012)

Koestler, Arthur—Dialogue with Death (1942)

Lee, Laurie—A Moment of War (Viking 1991)

Lee, Laurie—As I Walked Out One Midsummer Morning (1969)

Preston, Paul—The Spanish Holocaust (HarperPress, 2011)

Woolsey, Gamel—Death's Other Kingdoms (1939)

트리니다드인과 카리브인의 영국 체류 경험

Braithwaite, Lloyd—Colonial West Indian Students in Britain (UWI Press, 2001)

Chamberlain, Mary—Narratives of Exile and Return (St Martin's Press, 1997)

Dathorne, O.R.—Dumplings in the Soup (Cassell, 1963)

Hinds, Donald—Journey to an Illusion: The West Indian in Britain (Heinemann, 1966)

James, C.L.R—Black Jacobins (Martin, Secker & Warburg, 1938)

Lamming, George—The Pleasures of Exile (Michael Joseph, 1960)

Miller, Kei (ed.)—New Caribbean Poetry: An Anthology (Carcanet, 2007)

Mittelholzer, Edgar—With A Carib Eye (Secker & Warburg, 1958)

Naipaul, V.S.—Miguel Street (Deutsch, 1959)

Schwarz, Bill—West Indian Intellectuals in Britain (MUP, 2003)

Selvon, Sam—The Lonley Londoners (Alan Wingate, 1956)

Sturat, Andrea—Sugar in the Blood (Portobello, 2012)

Tajfel, Henri and John Dawson—Disappointed Guests (OUP, 1965)

라디오 프로그램

Radio 4 (2015): 〈Raising the Bar〉: 100 Years of Black British Theatre and Screen, presented by Lenny Henry— 특히 에피소드2 〈카리브해의 목소리〉—카리브해 지역에서 런던으로 일하러 온 작가 및 배우들

영상 자료

The Stuart Hall Project (감독 John Akomfrah, 2013)—서인도 제도의 영국 이주, 수에즈 위기, 헝가리 혁명, 청년 반문화의 탄생, 시민권 운동과 베트남전, 전후 이민자로서 홀의 '영국성'에 대한 엇갈리는 경험.

London—The Modern Babylon (감독 Julien Temple, 2012)

Fighting for King and Empire: Britain's Caribbean Heroes (BBC4 다큐멘터리, Marc Wadsworth, The-Latest.com의 Deborah Hobson 제작, 2015년 5월 첫 방송. The-Latest.com에서 제작한 Divided By Race, United By War And Peace에 근거함.)

THE MUSE
뮤즈

1판 1쇄 발행 2017년 9월 18일 **1판 2쇄 발행** 2023년 8월 1일

지은이 제시 버튼 **옮긴이** 이나경
펴낸이 고세규
편집 김지선 **디자인** 윤석진

발행처 김영사
주소 경기도 파주시 문발로 197(문발동) 우편번호 10881
등록 1979년 5월 17일 (제406-2003-036호)
구입 문의 전화 031)955-3100 **팩스** 031)955-3111
편집부 전화 02)3668-3289 **팩스** 02)745-4827 **전자우편** literature@gimmyoung.com
비채 블로그 blog.naver.com/viche_books
인스타그램 @drviche **트위터** @vichebook
ISBN 978-89-349-7904-3 03840 책값은 뒤표지에 있습니다.

비채는 김영사의 문학 브랜드입니다.